小説

空をさまよって帰る

ウォード・テイラー［著］
川合二三男［訳］

22世紀アート

まえがき──訳者の被爆体験と本書との出会い──

本書の主人公リチャードソンは、マリアナ諸島のサイパン島を発進して日本本土を空襲したＢ29の機長である。

一九四五（昭和二十）年八月十五日、日本はポツダム宣言を受諾して、連合国に無条件降伏した。それより九日前の八月六日には広島市街地に、九日には長崎市街地に原子爆弾が投下された。世界最初の原子爆弾（ウラニウム爆弾）「リトル・ボーイ（チビ公）」を広島に投下したＢ29「エノラ・ゲイ号」も、原子爆弾（プルトニウム爆弾）「ファットマン（ふとっちょ）」を長崎に投下したＢ29「ボックス・カー号」も、マリアナ諸島のテニアン島から発進した。

八月五日の夜から八月六日にかけて、群馬県前橋市街は百機を超えるＢ29の空襲を受け、九十二発の焼夷弾を投下された。

当時、旧制前橋中学（現前橋高校）の三年生だった私は、校舎は軍隊（輜重《しちょう》兵部隊）に接収されて学校には通わず、新前橋にある工場に学徒動員されて工員の人達に混じって働いていた。空襲に備えて私は何日もかかって庭に防空壕を掘った。当日の夜、空襲警報が発令されると、姉は母をリヤカーに乗せて郊外の古墳（双子山）の方向に避難した。

私は父と一緒に家に残り、日頃の訓練どおり、焼夷弾が落ちてきて火災が起こったら消火作業をしようとしていた。裏庭の入り口には井戸があり、そこから下水までの間には、かなり広いコンクリートの洗い場があった。そこに掛け布団を持ち出してきた。火災が起きたら、水をかぶり、さらにびしょ濡れにした布団をかぶって消火しようとしていたのである。もちろん、まず自分の掘った防空壕に父と避難して、それからそこを飛び出して消火する手順だった。

やがてその時がやって来て、空が昼間のように明るくなった。B29の編隊が飛来して来て、パラシュートにつけた照明弾を投下したのである。

しばらくすると父が突然、「これはだめだ、お前逃げろ」と言い出した。とても消火出来るような状況ではないと、咄嗟に判断したのであろう。

私は、家の前の幹線道路の向こう側の側溝の中に入れてあった自転車を引き上げ、北の郊外に向かって走り出した。飛行機の侵入してくる方向へ逃げたのだ。県庁や利根川とは反対の方向だった。もう少し出発が遅れれば、退路を断たれていたことだろう。郊外に出たところで振り返ると、市街は燃えていた。時々、大きな爆発が起こった。

夜通し、市街の燃えるのをただ見続けた。これほど大規模な火災をそれまで見たことはないし、それ以後、今日まで見たことはない。

どうやってわが家のあった場所に帰り着いたのか、今となってはあまり覚えていないが、家族一同無事だったのは幸いだった。父は近くにある寺の墓地に避難していたという。

わが家は完全に消失したが、近所で焼けなかった家もあった。

焼け跡を見ていると、庭の防空壕の中には焼夷弾の筒が何本か突き刺さっていた。その中に避難していたら、命はなかった。庭に出して置いた釜は焼けて半分になり、黒焦げの米が少し入っていたのを、不思議な思いで見つめた。

焼け野が原になった市街の向こうに、赤城山の山容が目の前に大きく迫って見えた。「国破れて山河あり」というのは、こういうことだと思った。

前橋の市街が空襲を受ける前、一万メートルもの高空を飛行するB29をしばしば目撃した。恐らくいずれも、偵察飛行をしていたのであろう。

平和が訪れて、やがてB29のことも忘れるようになった。しかし、あるとき、戦時中に九州で墜落したB29の乗組員が、九州の大学医学部で生きたまま解剖されたという噂を聞いた。それから何年か経って、その生体解剖に関係した医師の心のあり様を扱った小説、遠藤周作の『海と毒薬』が発表されて、人々に大きな衝撃を与えた。

戦後になっても私は、折に触れて戦時中のB29のことを思い出した。その中で、衝撃的でありながら、現実だったと思えないのは、高空を飛行するB29に日本の飛行機が体当たりしたのを目撃したことだった。晴れた昼間だった。あたりには、私しかいなかった。たった一人でその瞬間を目撃したのである。焼け跡の広がる、戦争末期の空だったと思う。何の音も聞こえてこない、遥かな高空の出来事だった。体当たりされたB29はぐらついたが、墜落しなかった。日本の飛行機、それはおそらく戦闘機だったと思うが、体当たりしたあと、ゆっくりB29から離れて、落ちていった。ああいうのを白昼夢というのだろうか。その時も、現在でも、現実のこととは思えないのである。

B29について考えるとき、あの巨大なプロペラ機はいったいどこからやって来たのだろうということが心に浮かんだ。何人の乗組員がいたのかというのも分からなかった。

確か、昭和から平成になったころだったと思う。北鎌倉の寺を訪れた帰りに、大船まで歩いてみようと思いたった。歩いて行くうちに、道に面した古本屋があった。立ち寄って、いろいろ見ているうちに、一冊の英文の本を見つけた。パラパラとページをめくっていると、B29という単語が目についた。しばらく立ち読みしているうちに、サイパン島から日本を空襲したB29の機長が主人公の小説だということが分かった。

そこで買い求めたのが、本書である。

本書はかなり長い間、わが家の書棚に「積ん読」されていたが、退職してから、あるとき辞書を引き引き読んでみると、優れた文学作品であることが分かった。そのうちに、翻訳してみようと思うようになった。暇をみては翻訳を続け、やっと終わった。

目次

登場人物

リチャードソン　愛称リック。本書の主人公。Ｂ29の機長。陸軍大尉

（リチャードソン機のクルー）

フランクス　副操縦士

フォンク　航空機関士

モレリイ　航法士

ウイルソン　爆撃手

マーチン　無線士

（マーチンに代わって）アダムス

バーナム　レーダー操作員

フィー　射手

マトゥーチ　射手

ネイルソン　射手

ウイリンガム	射手
ウイザーズ	愛称ウイット。リチャードソンの親友。機長。陸軍大尉
テリー	リチャードソンの妻
ライネハルト	愛称ライネ。リチャードソンのデートの相手。病院で働くボランティア
テオ	ウイザーズのデートの相手。看護婦
ミラー	大佐。飛行大隊長
フェルター	初め少佐。後に中佐に昇格。飛行中隊長
トゥイード	診療所の軍医。大尉
トゥレント	機長。中隊作戦本部付将校
ザボロンコヴィッチ	中隊作戦本部事務官。陸軍二等兵。あだ名「透明人間」
サンダース	中隊作戦本部事務官。陸軍軍曹
シールズ	救難本部付将校。陸軍少佐
ジョナサン	ライネの婚約者

第一章

細かい水滴が集まってフライトデッキ（操縦室）の窓ガラスを次々に素早く滑り落ちていった。破れた旗のような形をした、ぼやけた白いものが、一つまた一つと機首を越えて流れ去り、雲の中に入っていった。飛行機はゆっくりと上下しながら飛んでいた。

雲は薄く、一瞬のうちにその中を通り抜けられるだろうと考えて、リチャードソンは雲の中に飛び込んだ。側面の窓からちらっと振り返ると、僚機も上下しながら飛んでいるのが見えた。その機体は、雲のかすんだ白さを通して、ぼやけていた。さらに後方には別の飛行機が編隊を組んで飛んでいるはずである。しかし、雲の中では、それらの機体や、休みなく動いている旋回砲塔や、爆弾を取り付けて膨らんだ機体下部は見えなかった。

平穏だったのは一瞬の間、実際には数分に過ぎなかった。柔らかい光がフライトデッキの中にたゆたい、いったん消えたあと、まるで雲のヴェールが情け容赦なく引き裂かれたように、突然目のくらむような日の光が飛びこんできた。まだいくらか遠くではあるが、下方に東京が横たわっていた。リチャードソンは束の間、その都市の無秩序な輪郭と、それを覆っている煙と埃の幕を眺めた。

そのあと彼は、下方や左の方の空中高くに黒い斑点を見つけた。彼はもう都市を見ていなかった。その斑点が急速に大きくなって日本の戦闘機の形になり、空中を横切るのを見つめた。「十時の方向に戦闘機！」という叫び声がヘッドフォンの中で聞こえた。

その斑点は日光の中で黄色に変わり、薄い翼を両側に突き出した。両翼の前縁にある砲門が姿を現し、そこからオレンジ色の炎が彼に向かって断続的に閃くのが見えた。

彼は何もすることが出来なかった。たとえ攻撃されても、勝手な行動をすることは許されなかった。まるで爆撃手が操縦しているかのように、まっすぐ水平に飛ばなければならず、ある種の非現実の恍惚状態の中でじっとしていた。彼は心の中で次のように考えていた。あいつは敵なんだ。自分の死は、あの戦闘機の火器の引き金を操作する親指ボタンの下で、すでに電子工学的に計算されてしまっているのだと。しかし、彼の心の残りの部分はそれを信じることが出来なかった。

彼の操縦している飛行機の火器が、接近して来る戦闘機に向かって発砲し始めたので、ガンガンという音が急に聞こえ始めた。震動しながらガンガンいう火器の音が、細かい埃の粒子を震わせながら、フライトデッキの空気を満たした。左の翼が少し下がった。そこで彼は、重い飛行機を注意深く水平飛行に戻した。

やがて上部の砲塔が射撃をやめ、他の砲塔もそれにならって、機内は静かになった。リチャードソンは頭を振った。一粒の汗が、操縦装置の中央にある黒いプラスチックの円盤の上にきらっと光りながら跳ねた。

一つの影がフロントガラスのむこうを飛び去った。戦闘機が離れていくのが見えた。（あいつに掴まらなかったな）と、リチャードソンは思った。（あの射程でどうして逃れることが出来たのだろう）

戦闘機が去ったあと、妙に平穏な時間が流れた。それは一分かそこいらしか続かなかったが、ずっと続くように思われた。その間、大きな爆撃機は日光を浴びてきらめく日本の田園の上空を重々しく飛行し、気流に乗って静かに上下しながら正常に飛行を続けた。

火薬の匂いは消え去り、埃の細かな粒はかすかにきらきら輝いて、やがて見えなくなった。戦争の喧噪がたった今おさまったばかりとは、とても思えなかった。

航法士のモレリイは仕事を中断した。フライトデッキの左隅にある彼の小区画に戻って時計を眺め、前にあるクリップボードに数字を殴り書きし、小さな四角の観測窓から外をじっと見つめた。そのあともう一度ちらっと時計を見た。それから彼は喉当てマイクに声を吹き込んだ。「航法士から操縦士へ」と、彼は言った。「機長、爆弾は三十秒以内に投下されます」

クルー（乗組員）は緊張した。はるか前方の機首にいる爆撃手から、機の大きな尾部の下方にあるプレクシグラスの小室で待機している射手まで、彼以外の十人の乗組員は、それぞれ異なったやり方で、航法士の言葉に反応した。航空機関士のフォンクは、すでに完全に調整してあると確信していたが、スロットルレバーをさらにほんの少し押した。彼のうしろの席の無線士は、任務のこの段階ではこれといってすることはなかったが、自分の前のコンソール（制御盤）の中の制御装置の列に素早く指を走らせた。そのあと、航空日誌が手元にあることを確かめた。尾部旋回砲塔の中にいるフィーは身体をひねって、パラシュートの革帯を通した脚がもっと楽になるように、姿勢を変えようと最後の努力をした。そのあと、機関銃の照門の柔らかいゴム製の接眼レンズにしっかりと額をつけた。

　機内の指揮官の立場にあるリチャードソンは、動作を最少にするように全員に指示した。彼は制御装置の上のマイクロフォンの親指ボタンを押して「了解、航法士」と言った。しかしその一方で彼は既に、爆弾投下に必要なコースの修正を本能的に計算していた。彼は、これではあまりに簡単すぎる、実際にはこんなに簡単ではあり得ない……と考え始めていた。

　空が突然暗くなり始めた。それはまるでベトベトした黒い煙のおびただしい染《し》みが飛行機の周りじゅうに出現したような状況だった。鈍く不規則なドシンという音がした。それは、エンジンや空気の流れの音域を超えるものだった。機体が急激に一方に傾き、次の瞬間には反対方向に傾いた。

　対空砲火だ。地上には多数の高射砲があり、おそらくは多くの高射砲部隊が存在し、いっとき平穏だった空に高射砲弾を打ち上げたのだ。

　リチャードソンは通路の向こう側にいる副操縦士のフランクスに向かって「プロペラ！」と叫びながら、

確実でスムーズな左腕の動きによって、四つのスロットルすべてを前に押した。フランクスは、プロペラ制御ボタンを前に押した。大きなエンジンが金切り声を上げ始めた。左手でスロットルを押し続けながらリチャードソンは、右手でマイクロフォンボタンを押して、マスクの中に声を吹き込んだ。「航法士」と、彼は言った。声は平静だった。「(爆弾投下前の)水平飛行に移るぞ」

「およそ六秒以内に、機長」と、モレリイが言った。「五秒前――四秒――三秒――二秒――一秒――旋回」

旋回するために機体が急激に傾いたので、地平線も傾いた。幸いなことに対空砲火が遠ざかった。しかし、機体が新しいコースに落ち着くと、ふたたび対空砲火が追いかけてきた。

リチャードソンは座席に腰掛けていて、身体がほんの少し前にずれるのを感じた。そして、空気の流れの中に変化する音を聞いた。爆弾倉の開いたのが分かった。

左翼の下方で対空砲弾がドシンと音を立てて爆発し、翼が自然に持ち上がった。しかもそのあと急激に沈み込んだので、操縦舵輪をコントロールするのがむずかしかった。彼はマイクロフォンに向かって爆撃手に呼びかけた。「あまり大きな修正をするな、ウイルソン」

一秒たって、機体が安定するのを感じた。そのあと機体は急激に揺れ、爆弾の投下されたのが分かった。

爆弾投下の後、湾に近付かないうちに、戦闘機の攻撃を受けた。クルーの誰もが、その戦闘機に気付かなかった。機体のあちこちで、切り裂くようなスタッカートの音が突然聞こえ、最後に何分の一秒か震動が続いた。リチャードソンは、自分の前にある装置に意識を集中しようとした。装置からは、四つのエンジンすべてがちゃんと回転していることが読み取れた。次に彼は、制御装置が正常に反応するかどうか試してみた。そのときだけは、耳の中のインターフォンから聞こえる、ぶつぶつ言う声に耳を傾けなかった。

レーダー室にいるバーナムが言った。「ここのレーダーの皮膜にいくつか穴があいていますが、重大な損傷ではありません」

尾部の半球形砲塔のフィーが言った。「自分には敵機が見えません。機長、あいつはどこにいるんですか」

モレリイの声が聞こえてきた。「マーチンがやられました……」フィーが言った。「やつはどこにいるんだ……」

リチャードソンが割って入った。「インターフォン・チェック」と、彼は言った。「機長からクルーへ。インターフォン・チェック。命令による以外は、全員インターフォンを使うな。さあ、今からインターフォン・チェックだ」

彼らは、爆撃手、副操縦士、航空機関士と、次々にチェックしていった。チェックによれば、ウイルソンの首のうしろには小さなガラスのかけらが刺さった。それは、弾丸が飛び込んできて粉々に砕けた側面の窓から飛んできたものだった。しかし、彼は重傷を負ったわけではなく、出血してずきずきするだけだった。モレリイまではチェックは異常なしだった。モレリイは言った。「航法士はオーケーです。マーチンは腕をやられました、機長」そのあとからは、チェックが早くなった。ウイリンガムは首と顔の側面に、粉々になった半球形砲塔の窓ガラスの破片が刺さったが、気にするほどのことではないように思われる。フィーは一度息を吸い込んでから、「オーケー」と小声で答えた。リチャードソンは航法士に問い返した。「マーチンの腕はどんな具合だ、モレリイ？」

「えーと……撃たれたんです、機長」と、モレリイが言った。「私はヘッドフォンのコードが届く限り身体を伸ばしています。あいつの頭はあちこち汚れています。あいつはそこに横になっています……。こちらに来られたほうがいいんじゃないでしょうか、機長」

「よし、そっちへ行こう」と、リチャードソンは言った。「副操縦士、（操縦を）代わってくれ」

彼が行ってみると、無線士は機体の天井から床近くまである第四砲塔の底部に、身体を丸めて横たわっていた。負傷した男の身体でふさがっていてほとんど余地がないので、リチャードソンは自分の足をマーチンの足に押し付けて、ひざまずかなければならなかった。無線士の腕はぐにゃぐにゃになり、血まみれだった。そして顔色は非常に悪かった。リチャードソンは、部下の中で最初に負傷したこの男の顔色を、その後ずっと忘れなかった。そして、極限に達した、回復する見込みのない疲労と、その後の三十分ほどの間にますます重くのしかかってきた息切れする努力を、その後幾度となく思い出すことになった。それまでの人生で経験したことのないほど疲れていたので、残っていた体力を振り絞って、やっとマーチンの腕に包帯をすることが出来た。

終わることがないのではないかと思われるほど長い時間をかけて、やっと、マーチンの砕かれた腕にサルファ剤を振りかけ、圧迫包帯できつく縛って出血を止め、青くなっている冷たい腕にプラズマ針で注射することが出来た。そのあと、毛布で包んだ。

立ち上がると、片足の感覚がなくなっていた。やっと歩いて自分の席に戻ることが出来たが、虚脱状態に近いリチャードソンは一瞬、自分は死ぬのではないかと真剣に考えた。彼の目の前で一条の光がピカッと輝いた。エンジンの、とどまることのない響きが、彼の耳の中でつぶやくようなかすかな音になった。彼には、左手の小指が裂けて脈打っていることだけがかすかに分かっただけだった。

回復するのに時間がかかった。弱った彼は三十分近く震えていた。考える意欲がなくなり、傷ついた動物のようにしか動くことが出来ず、身体がこわばってしまって、筋肉に命令を与えないと、どんな動作も出来ない状態だった。

彼がもし出来ないとしたら、フランクスにこの機を帰還させることが出来るのだろうか。それでも彼らは帰還したのだ。危険に満ちたビロードのように真っ暗な夜をくぐり抜け、無慈悲な海を越えて、彼らは小さな島にたどり着き、滑走路と安全を意味する幅の狭い、チカチカ瞬く灯火の群を見つけた。リチャードソンは汗ばんだ手で操縦舵輪を手前に回した。激しい震動を感じ、滑走路の上できしむタイヤの音を聞いた。やがて騒音は静まったが、すべてがあいまいな感覚を伴っていた。彼は、機内に負傷者がいることを知らせる合図のライトを点滅させた。一台のジープが滑走路にやってきて、機を診療所のある区域に導いた。「エンジンを停止する」と、彼は言った。排気管が音を立て、それから静かになった。フラッドライト（投光照明）の下で人々が機の方に集まってきた。低く叫ぶ声が聞こえた。彼が機から降りたとき、傾斜した舗装道路が踵に固く感じられた。

第二章

重苦しくぼんやりした眠りが続いて休息が得られず、朝になってようやくリチャードソンは、自分たちがなんとかしてからくも、あの状況から脱出出来たのだということを、心から実感出来たのだった。彼はクルーといっしょに、自分たちの乗った飛行機を見に行った。朝の明るい日差しのもとでそこに立ったとき、驚きの感情が彼に湧き上がってきた。その飛行機は、今まではスマートで輝かしい空の生き物だった。それが今ではズタズタに破れた金属の残骸と化し、はかなくもろい、哀れな姿になってしまっていた。それは、ギラギラ輝く日光を浴びて休息をとっているように見えた。リチャードソンは機体の周囲をゆっくり歩きながら、粉々になったガラス、ぱっくりあいた穴を見て、この飛行機が自分たちを連れて帰ったことに驚いた。彼は機内に上り、乾いた血の染みを見た。それらは、彼やマーチンやウイルソンの血であり、操縦席や、機内のあちこちにばらばらに放置されている飛行服や救命具などにこびりついていた。彼は裂けた床を見た。そこには一発の弾丸が床材に食い込んでいて、彼が腰掛けていた操縦席から数インチしか離れていなかった。彼とフランクスは、記念品として弾丸の破片を集めた。

彼は、必ずしも帰還出来るとは限らなかったこと、たった一つの幸運によって帰還出来たことを確認してショックを受けた。幸運。それは奇跡ではない。リチャードソンは「奇跡」という言葉を拒否した。ここには、奇跡も神も存在しない。存在するのはただ、鋼鉄とアルミニウムとワイヤーでできている機械と、知性と感情を持った人々と出来事だけなのだ。そして幸運。

彼はクルーを解散させて、ジープに乗り込んだ。そこから走り去ってからも、彼にはまだ自分がどこへ行こうとしているのか、分かっていなかった。

飛行中隊の区域に入った彼は、作戦室からやってきた通信兵の旗の合図で止められた。その通信兵は、アラバマ出身の赤毛の若者だった。彼は汗をかき、息を切らせていた。

「リチャードソン機長」と、彼はあえぎながら言った。「あなたをずっと探していたんです。代わりの飛行機が手に入りました。今夜、出撃の予定だということが今、決まりました。交替要員の無線士も決まりました。十三時に臨時の作戦会議があります」彼はそのほかのことをリチャードソンに伝えると、別の機長を探しにすっ飛んで行った。

新たな出撃。しかも今夜、この同じ日に。そして、出撃の急なスケジュールに関しては、何か不吉な感じがした。そして、そのための臨時の作戦会議。しかし、リチャードソンの心はすでに出撃と作戦会議と飛行機と爆弾と一人の男に対する思いでいっぱいになっていた。その男はまだ少年だが、大人の男と同じように戦った。彼の打ち砕かれた腕は決して治らないだろう。リチャードソンは出撃と作戦会議の知らせを心の中にしまい込み、意識してほかのことを考えることにした。彼はジープを駐車し、海へ降りる道を探した。彼には今、自分がどこに行こうとしているのか分かっていた。海岸に面した絶壁には磯波がリズミカルに打ち寄せ、リチャードソンが近付くと、小さな蟹たちがあわてて逃げた。彼はお気に入りの場所に登った。そこには草が生えていて、自然の丸い塚のように見えた。しかし、本当のところ、それは隠された日本軍のトーチカの屋根であった。

トーチカの屋根はカモフラージュの目的で芝土に覆われ、びっしりと草が生えていた。いつの間にかジャングルの植物が道の方にまではびこり始めた。かつては輪郭のはっきりしていたに違いない小道が、今ではほとんど見えなくなっている。この島を占領してから優に六カ月以上たち、そのあと間もなくB29の基地が建設された。人員や資材の搬入とキャンプ(駐留宿舎)や滑走路の建設によって、サイパン島の様相は徐々に変わっていった。古い砂糖工場のボロボロになった壁や錆び付いた機械類は、下の方から近付いて来るジャングルと張り合って、空に向かって立っている。

島には、置き去りにされて孤立した日本人がいる。だから、まばらにしか人のいない地域にいるときには、このことを思い出さなければならない。しかし、その古い防御用建造物は雑草に覆われ樹木が生い茂って、それに若芽が出ていた。この歩哨所のように戦線の突出部にある陣地は、早い時期に、その基盤になっている地面によって奪い返されていた。歩哨所の屋根の上に立っているとき、数インチ下の表面が自然のものではなく、人工的なものであることを本当に理解するのは困難だ。

下方のトーチカそのものの中は暗い場所で、海からの光が港を照らすにつれて、影が動いていた。そこへ初めて入ったとき、リチャードソンは時の経過した死の臭いをかいだ。数週間前には、腐った足のくっついた日本人兵士の靴がまだその中にあったが、今ではもうそれはなくなり、死臭は消えて、土とコンクリートの湿った臭いだけが漂っていた。彼は初めのころ、トーチカの中に入り岩棚に腰掛けて、狭い港の外の緑色の海を眺めるのが好きだった。平和な年月の間、穏やかで何もない海をずっと眺めていた日本人の歩哨に自分がなったと空想するのは楽しかった。しかしその一方で、そのような心の演技をするのは何という不穏当なことだろうと考えていた。表情に乏しい東洋風の顔付きをした一人の歩哨は、おそらく眼鏡をかけていて、長い平和な年月の間じっと海を見つめ、さらにじっと見つめ続けた。そしてついにある日、トーチカのただ一つの弱い場所である、彼の後方の入り口のあたりに爆弾が落とされたが、多分彼はトーチカを破壊した飛行機を見ることはなかったであろう。その歩哨は、トーチカの中に彼の足を残していった。天皇のために。

リチャードソンは歩哨に死をもたらしたものは何だったのかとぼんやり考えながら、彼が残していった足に棒を突き刺し、断崖から海に落とした。

「お前を海の深みに委ねよう。神よ、彼の魂と足に休息を与えたまえ」と、彼はつぶやいた。そのあとすぐに、自分の行った行為は卑小で浅薄だったと思った。彼は足のあとから棒を海に投げ込み、それら二つが泡立つ磯波の中を浮かんだり沈んだりしながら、やがて消え去るのをじっと見つめた。

このことがあってから、その後しばらくしてトーチカに入ったとき、足のことを思い出した。その後、彼はトーチカに入るのをやめ、その代わりに、その丸い屋根の上に腰を下ろして、チョコチョコ走り回る蟹と海を見つめるようになった。

彼は、数知れない蟹やそのほかの生き物がこの瞬間に死に、数知れないそのほかの生き物が生まれていること、また、莫大な数の生者と死者の中で果たす彼自身の役割はちっぽけなものであり、たとえ彼が死んでもたいしたことではないということに思い至って、いくらかほっとした。彼にとっても死ぬということは難しいことではないであろう。

しかし、そのような慰めは束の間のものであって、ずっと持ち続けることの出来ない見せかけのものであった。彼には永続する慰めがなかった。今日はいつもと違う日だった。彼は死についてあまりに多くのことを考えた。彼は死の淵のぎりぎりのところまで行って、死から逃れてきたばかりであった。今はもう死について考えたくなかった。彼は自分の心を何にしっかりつなぎとめておけばよいのか分からなかった。だが彼はこれ以上死について考えたくなかった。今日はもう考えたくない。

彼はシャツのポケットの垂れ蓋を上げて、タバコを取り出そうとした。そこにはテリーの手紙が入っていた。今となっては汗で湿って皺くちゃになっていたが、今朝、飛行待機線へ行く途中で受け取ったまま読まずに突っ込んでおいたところに、まだそのままあった。兵士たちは家から来る手紙に対して、決して無関心ではない。リチャードソンはテリーの手紙をどれも注意深く読んだ。しかし、急いで読んだわけではなかった。封を切るときに心が弾まないのだ。それらの手紙はどれもみな同じ内容だった。

この手紙もおそらく今までのものと同じだろう。いつでも彼はそのように考えまいと努力してきた。テリーからの手紙を開くときにはいつも、彼女はおれの妻なんだ、自分は彼女を愛しているし彼女も自分を愛している、彼女から手紙をもらって喜ばなければいけないと、自分に言い聞かせた。しかし、実際はそうでなかったのである。

それはともあれ、今日はいつもと違う。今日は、自分に考えさせないようにしてくれるものなら何でも嬉しかった。今はテリーに対してありがたいと思いながらタバコに火をつけて、封を切った。

いつもと同じ内容だった。彼の母は、冬の間ずっとかかっていたインフルエンザから、ゆっくり回復してきている。テリーのもとに、エドナ・フォンクとメリー・モレリイから手紙が届いた。二人とも今は家に戻っている。テリーは彼を愛していて、彼がいなくて淋しい。ヨーロッパにおける戦争のニュースから、彼女はそれが間もなく終わり、日本との戦争ももちろん間もなく終わるだろうと期待している。彼女は彼を愛している。

いつもと同じ手紙だった。彼は手紙をそばに生えている草の上に置き、その上に小石を乗せて重しにした。

そして、かすかに吹き始めた海風の中で手紙がかすかに震えるのを、じっと見つめた。そしてテリーのことを考えた。

しかし、それは楽しくなかった。彼は彼女がどんな容姿をしていたか考えた。彼女はいつも自分の周りに、雨で洗われた空気のような新鮮さを漂わせ、それは夏服と明るい髪リボンを連想させるものだった。こうした思い出は楽しいが、その楽しさにはどこか醒めたものがつきまとった。彼は彼女が夏の暑さの中で、風通しの悪い屋根裏部屋でのつらい生活を不平も言わずに、どんなに上手に切り抜けてきたかということを思い出した。使い古しの皺くちゃになった衣服をバスルームの盥の中で洗い、食堂に列をつくって、あわただしく準備される食べ物を受け取るために並ぶ。それからさらに、別の屋根裏部屋への慌ただしい引っ越し、バスルームの洗濯盥、無愛想に注文をとる食堂。これらは、熱に浮かされた戦争の日々でのどこでも見られる、飛行軍団に所属するカップルの生活の姿であった。彼はあれこれとすべてのことを思い出した。彼はテリーのことを考えようと努力した。かつて彼女のことが分かっていた時のように彼女を心の中に取り戻そうとした。しかし、それは楽しいことではなかった。彼はテリーのことを考えたくなかった。彼らの間には何かよくないことがあった。彼にはそのことが分かっていた。しかし、それが何であるかは分からなかったし、今はそれについて考えたくなかった。

おそらく、彼が悪かったのだ。たぶん彼はちょうどそのころ、何かを考えたくなかったのだ。彼はタバコを蟹に向かって投げ捨てた。そして、タバコの火が引き潮の中でキラッと光り、シュッと消えるのを見つめた。彼は立ち上がって、歩哨所の丸い屋根から道路に下りた。

クルーは、作戦会議に出席するため、指示された時間の五分前に集合した。いつもならば、彼らの噛み殺した笑い声とか、相手の考えに反発して激した神経質な声などから成る、耳ざわりなざわめきが聞こえるのだが、今日は低い話し声しかしなかった。リチャードソンは、じっと目を凝らさなくても誰か分かる範囲の、周囲の人々の顔を眺めた。彼は、最前列から十列目あたりの席に腰掛けていた。飛行隊長なので、席は通路の中にあった。彼は、通路席に腰掛けている飛行隊長たちの、前方に向かってまず横顔を、ついで次第に大きさを増してくる後頭部を見ることが出来た。

ソーレンがいる。彼のあごは不自然にこわばっている。数列目にはヘイフォードがいる。彼は自分のクルーに向かって、小声で元気よく話しかけている。ヘイフォードの前にはファッツ・ジョンストンがいる。彼の上唇にはいつも、ビーズ玉のような汗がついている。彼は十分に成長を遂げて肥った少年で、巨大な爆撃機を操縦するには向いていないように見えるが、そうした外見にもかかわらず、飛行大隊の中でもっとも機敏で、もっとも確実に操縦出来るパイロットなのである。そしてウイザーズがいる。

リチャードソンは熱心にウイザーズを眺めた。彼はその感情を恥ずかしく思ったが、しかし、そう感じたのである。ウイザーズは、いつもやるように、長い脚を折り曲げ、膝を前の席の後部に押し付けて、首をできるだけ後ろにそらして腰掛けていた。彼はずっと眠っていることが出来る。最も重要な作戦会議の最中でも眠ることが出来る。リチャードソンは、彼の痩せてとがったあごやカールした短い髪、皺の寄ったシャツを眺めた。ウイザーズについて観察出来たのは、以上がすべてであった。ウイザーズはテキサスの牧場からやって来た。リチャードソンは、彼が飛行機を操縦するのと同じ態度で馬に乗る様子をはっきりと想像することが出来た。それは、リラックスし、馬の鼻先を少し突き出させ、どうにでもしてくれという態度であった。ウイザーズが初めてテリーに会ったとき、彼の瞳は輝いた。しかし、やがて彼女がリチャードソンの恋人であることが分かると、彼の瞳からその輝きが正直にしかも慎重に消えていったのを、リチャードソンは楽しくほほえましい気持ちで思い出すのであった。それからというもの、ウイザーズはテリーに対して友人のような態度で接し、そうしたほうがいいと思われるときには、まるで兄のように振る舞った。そして、彼の瞳にあの輝きが二度と現れることはなかった。

リチャードソンはウイザーズが好きだった。酒に酔っているときもしらふのときも、空にいるときも地上でも、議論を戦わせているときも意見が一致するときも、ウイザーズが好きだった。

クルーの二人のメンバーが病気のため今日の作戦計画からウイザーズが外されているのをリチャードソンは知っていた。だから、彼が作戦会議に出席しているのを見て初めはびっくりした。そのあとで彼は、クルーが臨時に地上勤務になった機のパイロットたちも腰掛けているのに気付き、今夜出撃する予定である者もそうでない者も、すべての機長がこの会議に出席するよう命令されていたことを思い出した。それは、通常でない何かが起こる兆候であった。

左の方で誰かがつぶやき、クスクス笑うのが聞こえた。それは間違いなくフィーの声だった。リチャードソンはフィーの方を向いて眉をひそめ、周囲にいる自分のクルーのことを考え始めた。

フィーは、リチャードソンの左側の列のいちばん端に腰掛けている。彼は機上では二〇ミリ口径機関砲と一二・七ミリ口径の二連装の機関銃を指先に構えている少年である。彼はその若さと活力によって銃の引き金を引くことが出来る。レーダー室には、機上偵察員としてユダヤ系スコットランド人のバーナムがいる。リチャードソンはバーナムのことはよく知らなかった。次にマトゥーチ、ネイルソン、ウイリンガムがいる。彼らはいずれも農場で働く少年たちであったが、射撃を学ぶために農場からいやおうなしに引き抜かれたのであった。リチャードソンの知る限りでは、彼らはみな射撃の技術をきちんと身につけていた。

新たに補充された無線士は……何という名前だったか。アダムスだったか。そうだ、アダムスだ。……もちろんリチャードソンは彼のことをまったく知らない。しかし、彼の顔付きを見て大丈夫だと思った。

次に士官たちがいる。モレリイは黒人で、ほっそりしている。彼の航法技術のおかげで、遠く離れた基地にいつも帰還することが出来た。フォンクは航空機関士で、数学とエンジンについて熟知しているので、彼のやることにリチャードソンが異議を唱えることは滅多になかった。フランクスはのんきな性格だが、四発エンジンのパイロットとして十分な資格をもっている。ウイルソンはおだやかな性格だが、おだやか過ぎるところがあり、そのためにリチャードソンは、彼が飛行大隊の爆撃手たちの間で高い評価を得ているということ以外は、彼のことを全く知らなかった。

彼らはみな今まで任務をよく果たしてきた。リチャードソンとしては、今回の出撃にあたって、彼らの状態が良好だということが分かりさえすればよいと考えていた。今回の出撃には何かこれまでとは違うことが起こるのではないかという、何とも言えない予感がするのであった。

しかしその一方で、自分自身がどう行動したらよいのか分からなかった。彼は自分以外のことを考えながら毎日忙しく働いてきた。この前の出撃の後の彼自身の反応——自身がどのように感じているか、自身のことをどれくらいよく知っているか、新たな状況のもとでどのように行動するだろう——といったことを意識して考えまいとしてきた。

リチャードソンは急に鋭い不安を感じた。下を見ると、クリップボードを緊張して握っていたために指の関節が白くなっているのが分かった。それと同時に、身体の中を熱いものがサッと流れ、汗が額ににじみ始めるのが分かった。自身の弱さを苦々しく思いながら、いつものように自身をだまし続けてきたこと、自身の心の中に人間的な疑いや恐怖が入り込まないように、他人の考えを自身に押し付けてきたことに、ぼんやりとだが気が付いた。会議室の後ろの方で「気をつけ！」という、鋭く、とてつもない大声が聞こえた。大勢が足をひきずる音と、椅子の脚の後部のガリガリ言う音が、ほかの音をかき消した。リチャードソンは自分の両足が震えているのが分かった。しかし、緊張して立ち上がり、飛行大隊長とその後に従う幕僚たちが急いで演壇に向かうのを見ているうちに、彼の心はにわかにはっきりして自由になり、生き生きとした期待感だけが心を満たした。

ミラー陸軍大佐は三十歳代前半で、せっかちで神経質な怒りっぽい性格だが、その怒りをなかなか外に表さなかった。酒を飲んだり怒ったりすると、左あごのきめの細かい皮膚の中に、かろうじて分かるような筋肉の痙攣が走った。彼はこのことをたいへん気にしていて、それが起こらないように努力していた。そうすることで彼はついでに酔いや怒りも押さえ込んでしまうのであった。彼は体重が三十ポンド以上あるように見える。一時は実際にそれだけあった。今は彼のシャツはゆるく垂れ下がり、顔の骨が皮膚の下に隆起している。

リチャードソンは、ミラー大佐という人物をこうだと決め込むことが出来ないでいた。大佐には無鉄砲で勇敢なところがあった。彼は飛行大隊のどのパイロットとも同じくらい多くの戦闘作戦に参加し、二機を失った。うち一機は空中で放棄し、もう一機は海上に不時着させた。しかし、一人のクルーも失ったことはなかった。大隊の仲間は彼のことをそれほど尊敬しているわけではなかったが、多少は彼が好きで、いくらか彼を恐れ、しかもほとんど彼のことが分かっていなかった。

リチャードソンは、ミラー大佐の勇気が計算されたものなのか、それともやむを得なかったものなのか、彼の体重が減ったのは飲酒と睡眠不足の結果なのか、それともこれら三つは慎重に隠された神経の緊張に原因があるのかという疑問を心に抱いていた。彼にはこの疑問を解くことが出来なかった。しかし彼は、そんなことはたいしたことではないと考えていた。ミラーは短気で無作法ではあるが、優秀な大隊長である。リチャードソンは彼の命令に従って飛行することに満足していた。このことは、一人のパイロットが他のパイロットに対して下す決定として重要な意味をもっていた。

ミラー大佐は幕僚を従えて通路を歩いて来て、「着席、着席」と、素っ気なく言った。ふたたび脚を引きずる音、椅子のガリガリいう音がして、一同が席に着いた。

ミラー大佐は演壇に上る階段を身軽に駆け上がったが、最後の段でつまずいた。彼はかすかに顔をしかめて後ろや下を見てから、急いで演壇の中央に歩み寄った。そこで、両腕を脇につけ、一同に向かってすっくと立った。

作戦会議室の空気は、死のような静けさに満たされた。動く者は誰もいなかった。

「さて、諸君」とミラー大佐は言った。「我々には、これから興味ある仕事が待っている」

彼はそこで言葉を切った。彼の前にいる人々の顔には一様に興味の深まった表情が現れた。彼の普段のスピーチは素っ気なく短い。特に作戦会議のときはそうだ。彼がある種の前置きの中でたっぷりしゃべるというのは、特に重要な事態について論じる場合に限られている。

「今回の出撃では」と、ミラーは言った。「我々の戦術は従来のものとは全く違うものになる」

(いよいよおいでなすったぞ)とリチャードソンは思った。

「我々の目標は東京である」

「我々はそれぞれの飛行機によって夜間飛行を行う予定である」

「爆撃高度は五千フィートから七千フィートになるだろう」

ここで大佐は話を中断した。それからふたたび口を開いて、慎重に言い直した。「五千フィートと七千フィートの間だ」

人々が唇を湿らせ身体をピクピクさせる小さな物音が高まって突然室内の緊張がほぐれたが、そのあとふたたび急速にもとに戻った。後ろの方で「五千と七千の間と言ったのか」とささやく声がはっきり聞こえた。それに対する返事は聞こえなかったが、そうだそうだとうなずく頭と、静かにしろという断固とした身振りがされたに違いないと、リチャードソンは思った。

誰かがノートを落とした。それは床にぶつかって、単調で湿った音を立てた。

大佐が片腕をほんの少し持ち上げた。すると、ふたたび静かになった。

「装填する爆弾は、焼夷弾の束になる予定だ」

焼夷弾。それは、点火すると何でも焼き尽くす、長くて細い筒の束で、金属のバンドで結ばれている。地表からわずかな距離のところで爆発し、広範囲に爆発物を撒き散らす仕組みになっている。この攻撃のことは予告されてはいたが、今まで実施されたことはなかった。

焼夷弾。それは白熱した、容赦しない、消すことの出来ない火である。

「すべての火器を飛行機から取り外す予定だ。夜間には火器は不要だろう」

火器を搭載しないで日本の上空五千ないし七千フィートを飛行する。夜間。焼夷弾を搭載する。火器は搭載しない。一瞬、リチャードソンも、正確に聴くことが出来なかったのではないかと思った。他の者もそう思ったに違いない。ささやき声がザワザワと室内に高まった。

ささやき声が静まるまで、ミラー大佐は静かにじっと立っていた。それから彼は、顔をゆがめて、面白くなさそうな、ちょっと笑ったかのような表情を浮かべた。

「幸運を祈る」と言って、彼は演壇から降りた。

作戦会議はまるでひとつの波のような作用を及ぼした。リチャードソンは、自分ではどうしようもなく、その波に翻弄された。彼は、飛行コース、高度、燃料積載量、エンジン出力などを書き留めるといった、今まで長い間、習慣としておこなってきたとおりに行動した。そのようなこまごました仕事の積み重ねによって、爆撃というものが、単なる残酷な攻撃ではなく、多くの注意深い計画を統合したものとなるのである。

そうした仕事が終了するころになって彼は、自分の手が驚くほどしっかりと鉛筆を握っていることに気が付いた。風通しの悪い部屋にいても、いつものようには汗をかかないし、びっくりするほど快適な気分であった。働いていても、何かを聞いても、書いても、それらに精神を集中することが出来なかった。彼は心の中で、その快適な気分が何に由来するのか、いろいろ考えた。彼にはその気分が信じられず、その中に浸りきることに抵抗があった。そしてついにその快適な気分の理由が分かり、それを信じるようになった。それは解放された気分であり、ほとんど楽しいと言ってもよい現実逃避の気分であった。彼は、どうしてそういう気分になったのか分かった。以前から彼は、間もなく自分は死ぬことになるんだという、ほとんど先入観に近い結論を認めていた。したがって解放というのは、彼の心が懸念や希望から解き放たれることであり、終末の確かさに由来する、絶望的でありながら慈悲深い解放なのであった。

リチャードソンは、死の恐怖を知っていた。何年か前、彼は死にまつわる恐怖の、空虚で不毛な壁にぶつかり、死が終わりであってその向こうには何もないと信じる者を襲う、希望のない混乱を体験した。彼は、誰もが恐れるように死を恐れていた。彼がその恐怖に直面したのはずっと以前であり、容易なことではなかったが、引き延ばすことの出来ないつらい闘いのあげく、死の恐怖について考えることをやめ、そのためにとっておいた、心の中の小さい隙間にそれをしまい込んだのであった。

その恐怖はもう心の片隅に残っていないことを彼は知っている。それをしまい込んだということは、それを克服したということではない。しかし、彼に死が訪れるときまでは、その恐怖のために彼が思い悩むことはないだろう。そして、そのときにはもう悩んでも遅すぎるのだと、自分に言い聞かせた。死ぬときというのは、泣き叫んだりもがいたりする何秒間か何分間か何時間かであるが、実際には死そのものの一部分ではなく、死に付随するものに過ぎない。そのときが来たら人はすでに死んでいるのだ。思考が死に、心が死んで、残っているのは脳と肉体と神経だけである。残されたものは死んだ動物であって、人間ではないのだ。だからそのときには、恐怖を感じるには遅すぎるだろう。

リチャードソンは、死の恐怖とずっと休戦状態にあるのだ。この休戦によって彼は現在、心が安らかなのである。

飛行大隊に戻る道は珊瑚の白い粒で厚く覆われていて、歩くと足の下で埃が舞い上がり、次々にジープが彼を追い抜いて行くたびに、息のつまるような埃の煙幕が立ちのぼった。一緒に乗って行かないかという誘いをすべて断って、彼は一人で歩いた。シャツは汗でベタベタになり、珊瑚の埃が歯の間に入り込んでギシギシと音を立てた。やがて、大隊区域への曲がり角にさしかかった。

兵舎への小道の入り口でモレリイが、彼をつかまえようとして待っていた。多分、聞きたいことがあるのだろう。そうだ、モレリイはやたら質問したりはしない。今までのはみないい質問だった。

「機長、お聞きしたいことがあります」と、モレリイが言った。リチャードソンがうなずいた。「射手についてです。今夜の出撃に連れていく者は決まりましたか」

「いや、まだ決めてない。あいつらは話し合っているところだ。あいつらは、全員が行かなくちゃいけないわけではないことを承知している。おれは、考える時間をやって、コインをはじくかなんかして決めさせようと考えたんだ。おれとしては、誰に決まってもかまわない。いずれにしても、射手としてではなく、スキャナー（レーダー操作員）として必要なんだ」

「ネイルソンが行きたがっています」と、モレリイが言った。「あいつがそのことについて何か言ってました」

「よし、連れてってやろう。だが、あいつには言わないでいてくれ。あいつらに決めさせようじゃないか。どっちみち、もう決めたんじゃないか。ついでだが、気象の打ち合わせに行くトラックに乗る十五分前に、クルーのミーティングをしたいんだ。フランクスたちに伝えてくれないか」

「はい」とモレリイは言った。「レーダーを手伝ってくれとネイルソンに言ったのは私です」

「分かった」と、リチャードソンは言った。二人は別れた。

クルーは、リチャードソンのいる兵舎の入り口の片側に、半円形になって集まった。機体尾部の射手であるフィーはまだ来ていなかった。彼を待つ間、彼らはお互いの顔をそっとうかがった。フランクス、モレリイ、フォンクらの士官はみな、非常に落ち着いた様子をしていた。ネイルソンの顔は仮面のようだが、それはいつものことだ。リチャードソンは彼を信頼していた。マーチンの代わりの無線士は、神経質そうに見えた。しかし、彼はクルーのことを知らないのだから、それは当然だった。リチャードソンのところには、彼についての好ましい評判が伝わってきていた。レーダー操作員のバーナムは、顔をうつむけて、つま先で地面を蹴っている。リチャードソンには、彼が何を考えているのか分からなかった。射手のウイリンガムとマトゥーチは、無頓着な様子に見えた。

リチャードソンが半球型砲塔の射手たちに話しかけようとしたとき、フィーが駆けつけて来た。純朴な彼の顔は汗ばんで赤くなっている。黒い前髪がいつものように帽子からはみ出ている。

「申しわけありません、機長」と、彼は息を切らせて言った。リチャードソンは笑顔で彼にうなずいた。

「よし」と、彼は集まっているクルーに言った。「じゃあ、始めるぞ。みんな承知していると思うが、今夜の出撃には火器を外して行く。だから、射手は二人だけでいい。二人はレーダー操作員として行動することになるが、ブリスター（半球型砲塔）から着陸装置とフラップ（下げ翼）をチェックし、もう一方の眼を皿のようにして空中に他の飛行機がいないかどうか探すんだ。ところでおれは、誰が行くことになるか決めなかった。お前たちが決めるだろうと思ったからだ。おれは、志願兵とかいう馬鹿げたものを要請するつもりはないが、お前たちの中でどうしても行きたい者がいるか」

「おれは行きたいです、機長」と、ネイルソンが急いで言った。

「おれもです」と、フィーが同じように言った。「おれは一度、機体尾部とは別のところに乗ってみたいんです」

誰も笑わないので、彼はちょっとしょげた様子に見えた。

ウイリンガムとマトゥーチは、ほんの少しためらった後で、「おれも行きたいです」と、二人同時に言った。

リチャードソンは、彼らのためらいから苦悩を感じとって、彼らに笑いかけた。実際のところ彼としては、フィーよりも彼らのうちの一人を選びたかった。機体尾部の射手フィーは熱意の固まりだが、リチャードソンは彼のことをヘマをやらかす生意気な若者だと考えていた。パイロットとしての彼は、フィーが不必要な発砲をするので、インターフォンを通して数回にわたって警告しなければならなかった。しかしフィーは今までのところ、全体としては良好であった。そして、いずれにしても今夜の出撃では、それはたいしたことではなかった。

ウイリンガムとマトゥーチに向かって彼は言った。「お前たちはすこし遅かったが、もし希望があれば、他の者と一緒にコインをはじくチャンスをやってもいいぞ」

「そいつはいいですね、機長」と、マトゥーチが言った。

「行きたいやつに行かせましょうや。おれは構いません」と、ウイリンガムが言った。

リチャードソンはうなずいた。みんなが他の者を理解している。二人の射手が行くのを怖がっているとは、誰も思ってはいない。それは確かだ。

「よし、分かった」と、リチャードソンは言った。「ネイルソンは左側のブリスターを受け持ち、フィーは右側だ。ところで、お前たちに少し話がある。今回の作戦でどのくらい戦果が上がるか分からないが、やるのは難しくないと思っている。初めは、そうは思わなかった。だが、今はそう確信している。あるいは難しいことになるかも知れない。こう言ったからといって、おれはお前たちをからかっているつもりはない。お前たちも分かっているだろう。だが、おれはそのことについてちょっと考えた。チャンスがパンツを下ろしたとき、そいつを掴まえればうまくいくと信じている。大事なことは、おれたちが爆撃目標だけでなく、空中の他の飛行機も見落とさないようにすることだ。全員がそのことを覚えておくように。それがすべてだと思う」

一同が解散し始めた。リチャードソンが「待て」と言った。彼らは立ち止まって彼の方を見た。

「一つ忘れていた。今夜はいつもより早く爆弾を投下することは知っているな。目標を攻撃するとき、マニホールド（多岐管）を四十インチほど下げるつもりだ。プロペラがヒューヒュー鳴り始めても、何かまずいことが起こったとは思わないでくれ」

彼らがうなずいてニヤニヤ笑いながら立ち去ったあと、リチャードソンにはフィーが熱心に言っているのが聞こえた。「おい、みんな！　おれたちは大変な難題を解決しようとしているんだぞ！　どっちみち早く解決するだろうな、えっ」ネイルソンが何か言ったが、聞こえなかった。バーナムも何か言った。そして言い合う声が遠ざかっていった。

数分後、トラックがゴーゴー通り始めると、兵舎の前の道路は、急ぐ男たちでいっぱいになった。彼らは身体の前や後ろに懐中電灯やナイフやピストルあるいは水筒などをぶら下げていた。そして、飛行服その他の装具を詰め込んだ思い思いのバッグを下げていた。通常の機のいくつかが遅れて到着したのだ。いつものように縁起を担ぐ乗員たちは、他のクルーの中に友人を見つけると、「明日の朝会おうや」と言った。最後に、粗い珊瑚の道をガタガタ揺れながら、車両が通り始めた。

気象の打ち合わせは決まりきった日常の仕事である。飛行前の機体の点検も日常的な仕事だ。リチャードソンは地図や気象断面図、信号シートなどを整理していて、自分の手がしっかりしているのに気付いて、驚くと同時に喜んだ。唇は乾き、さえない味がしたが、正常だった。

航法士と爆撃手がコンクリート製の台に近い薮のところに歩み寄って、用を足した。彼らが戻って来ると、フランクスが笑いかけて「お前たち、心配しているか」と言った。彼らはニヤッとした。

打ち合わせた時間になると、エンジンが次々に回り始めた。フォンクは今まで右側のエンジンの点火に手間取っていたが、やっとうまくいった。

予定の時間になったので、リチャードソンはエンジンの出力を上げた。機体が重々しく動き始めた。転回し、まるでぎこちなくグルグル回る蛇のように滑走路に向かっている他の飛行機の長い列に合流した。格納庫の前を通り過ぎた。その前には整備員たちが立って手を振っている。管制塔の前を通過した。そこでは士官たちが集まって、手すりに寄りかかっていた。端の方まで長い地上滑走をして、転回した。

滑走路に近付くと、多数の飛行機のブンブンいう音が空気を震わせていた。ゴーゴーというとどろきが閉め切ったフライトデッキ(操縦室)の中に入ってきて、リチャードソンのヘッドフォンの下の方で震動した。フォンクがエンジンの出力を上げた。機はブレーキをかけられて張り詰めた状態になった。彼らの前の飛行機が滑走路に向かって動き出し、リチャードソンたちの機もその後に従った。リチャードソンは舵輪の上のボタンを押し、喉元のマイクに声を吹き込んだ。

「パイロットからクルーへ」と、声を平静に保ちながら彼は言った。「われわれは滑走路に向かっている。離陸に備えよ。機関士、チェックリストは終わったか」

「機関士のチェックリストは終了しました」というフォンクの声が返ってきた。

リチャードソンはフライトデッキの向こう側にいるフランクスの方に向かって叫んだ。「いいか？」フランクスはうなずいて、マイクロフォンボタンを押した。「OKです」と彼は言った。彼は腕時計を目の前にかざして言った。「十五秒後に離陸」

リチャードソンは、スロットル（絞り弁）をゆっくりと前に倒し始めた。彼の両脚と両腕に震動が伝わった。汗を拭うため、彼は急いで右の手のひらを太ももにこすりつけた。「白色灯！」というフランクスの声が聞こえた。彼は管制塔の方を見つめていた。「十秒！」

機内にエンジンの騒音が大きく響き始めた。リチャードソンは計器盤の時計に一度目をやってから、滑走路に視線を戻した。頭上や右方向で色鮮やかな緑の閃光がパッと輝いた。同時にフランクスが「緑色灯！」と叫んだ。

リチャードソンはすばやくブレーキを外した。機は揺れながら前進した。彼は左肘をまっすぐにし、四つのスロットルすべてを出来る限り前に倒した。

第三章

　重量のある爆撃機の離陸が終わると、出撃作戦行動が始まったばかりなのに、すでに終わってしまったかのような、リラックスした気の休まる時間がクルーの間に訪れた。これは奇妙で不自然に思えるが、実際には理解出来ることであった。クルーはたった今、非常に危険な、そして、それよりいくらかましではあるが違う種類の、やはりかなり危険な時間を通り抜けたばかりであった。しかも、作戦そのものの最終的な危険に出会うにはまだ時間があった。人間の脳の組織は、激しい緊張をいつまでも維持することは出来ない。それは、その刃を鈍らせ、来るべき緊張の挑戦に備えて、一時的な休息を身体に与えるのである。これより以前の、最も危険な時間は離陸であった。過重状態の飛行機が重々しくゆっくりと滑走路上を動き始めると、プロペラが空気を打ち、エンジンが激しく、そしてあるいはそう思えるのかも知れないが、無気力なうなりをあげる。その数秒間には、張り詰めた緊張感が高まる。この数秒間には、翼面はまだその機能を発揮することが出来ない。というのは、まだ十分な空気に恵まれていないからであって、間もなくそれは空気を十分に得て、生き生きとするであろう。一方、まだ地上に縛りつけられている機体のコースを変更するには、パイロットは車輪ブレーキを使用するか、どれか一つのスロットルを抑えるしかない。しかし、ブレーキもスロットルも、頼りにするにはばかばかしいほど役立たずなのだ。なぜなら、どちらか一方をちょっとでも間違って使うと、貴重な運動量を浪費することになり、離陸をまったく不可能にしてしまうからである。そして、操縦装置が増加する空気の流れに依存し始めて、機は加速して滑走路を驀進《ばくしん》してはいるが、まだ飛行するには至っていない時間帯がある。この時に、たとえ一つのエンジンの中でたった一回おかしな拍子が打っても、乗っている人と金属の塊は、細くて狭い滑走路から離れた、鋭くとがった岩の間に、雷のような音をたてて落下することになるだろう。

最後に、滑走路の端がますます近付いてそこにある信号灯がキラキラ輝く。まだ飛行していなくて残された時間のない、この最後の瞬間に、機首の車輪をほんの少し引き上げるために操縦舵輪をぐっと引っ張ると、その後はパイロットとしてはやることは何もない。ただ翼が過重に耐えられるかどうか待つしかないのである。待ちながら彼は、過熱したエンジンの響きに聴き入り、滑走路の端にあるデコボコした珊瑚の広がりと、そこに待ち構えている大惨事のことを考えるのである。タイヤがコンクリートの上をいやいやながらヨロヨロと走っている間、震動する操縦舵輪を死にもの狂いで、痛いほど握り続けて待たなければならない。ただ待たなければならないのである。

危険が去り、それまでガタガタ揺れていた舵輪が思いのままに動かせるようになった。そして、プロペラが珊瑚のすぐ近くで回転したので、その後に白い大きな埃の雲が舞い上がった。機は滑走路を離れて空中に浮かび、やっと飛行した。最初のその時間が過ぎ去った途端、クルーはすぐ次の危険に直面した。それは最初の危険の後に急速にやってきて、息つくひまもないありさまであった。今度は海が彼らの敵になったのである。離陸後パイロットは対気飛行速度を増すために機体をゆっくり海面に向かって傾ける。その僅かな下降によって速度が増すのである。そのあと彼は機体を海面に出来るだけ近付けながら、だましだまし水平飛行にもっていく。時には一つのプロペラの羽が海面を叩いて、しぶきがあがることもある。そこにはさらに、エンジンのもたらす絶対最大出力の問題が関係してくる。水は縮まない。だから、時速二百マイルのスピードで海面を叩くということは、まさに石または金属と衝突するようなものである。汚れたスパークプラグあるいは燃料輸送管の中の小さな空気の泡、または、一瞬のためらいや十個前後の小さな傷といったものによって、ゆっくりと引き込まれつつある車輪とか下がった翼端などが、待ち構えている海の中に突っ込むことになるだろう。そして、一瞬の間に機体はバラバラに分解し、乗員と爆弾は、石が水面を跳びはねるように海面にばらまかれて、海の底深く永久に沈んでいってしまうであろう。

終わることがないかのような、神経が引き裂かれるように苦しいこうした瞬間も過ぎ去って、クルーはやっと活動を始めることが出来る。その後もやるべきことをやって、初めて彼らは離陸の緊張から解放され、機がコースに乗るように操縦装置を調整し、機をいくらか上昇させ始める。彼らが願っているのは、ずっと飛行し続け、さらに数時間以上生き永らえることである。

そしてついに、クルーは深く息を吸い込み、両足を真っすぐ伸ばして震えを止め、心を自由に解き放って、神経を弛緩させて休息する時がやって来たのである。

高度計の針が千フィートの目盛りを指すと、リチャードソンはフランクスを指で突っ突いて言った。「交替してくれ。自動操縦に切り替えろ」

フランクスがうなずいた。

リチャードソンは痛む耳からヘッドセットをかなぐり捨て、しっかり留めてあった喉マイクロフォンのバンドを首から外した。次に、手のひらの端を安全ベルトの解除用の留め金に引っかけて、ベルトの先端を座席の片側まで緩めた。彼の顔と首は汗で湿り、シャツのカラーはぐしょ濡れになっていた。彼はハンカチを引っ張り出して汗をふきとった。シャツのポケットに片手を突っ込んで、つぶれたタバコの箱を手探りで取り出した。そして、もう一方の手を後ろや右の方に激しく動かした。口までコップを持ち上げる彼のしぐさに、やがて航空機関士が気付いた。

フォンクがうなずいて魔法瓶を取りに行き、紙コップに水を注いだ。腕を伸ばしてそれをリチャードソンに手渡した。

リチャードソンはコップの水を飲み干しタバコに火をつけると、座席にぐったりと身を沈めて目を閉じた。努力して身体中のありとあらゆる筋肉をリラックスさせ、頭の中を空っぽにして休息をとった。

ＣＦＣ（中央火器管制室）として知られている機体中央の区画では、打ち解けた会合が開かれるところだった。レーダー室からバーナムが這い上がったとき、フィーも尾部の区画から入り込んだところだった。二人とも、左側の射手の位置についているネイルソンの席の近くに腰を下ろした。

しばらくの間、誰も口をきかなかった。

フィーが手を伸ばして、隔壁に向かい合った棚からフルーツジュースの缶をとり、トレンチ・ナイフ（白兵戦用の両刃の短剣）で缶の蓋に穴をあけた。

「お前はポジションを離れてはまずいと思うよ」と、ネイルソンがフィーに言った。

「構うもんか」と、尾部の射手が答えた。「あそこから外を見たって、海しか見えやしねえ」

「そうさ。ここじゃ、おれたちは別の人間になるんだ」と、バーナムが仲間に言った。

「本当の話、ここにいるとおれはいつも、女の子のドレスの下に初めて手を入れたときのような気持ちになるんだ。良くないことばかり起こるってことを知るには、おれにはこのやり方しかないんだ」

他の二人は少しびっくりして彼を見た。レーダー操作員がこんなに率直に話をすることは、滅多になかった。彼が今まで女性について話したことがあったかどうか、二人とも思い出せなかった。

フィーが恥ずかしそうに笑った。ネイルソンはフィーが笑ったのを見て、彼をからかった。

「フィー、お前はきっと女の子の脚にさわったことがないんだろう」と、彼は言った。「ああ、残念ながらまだないね」と、フィーが言った。「お前のような歳とったやつは、女の子のことならなんでも知っているつもりなんだ。ネイルソン、お前が育った時とは時代が変わったんだよ。おれがハイスクールの初めの年に手に入れた女の数は、お前が結婚するまでにものにした女よりずっと多かったに違いないぜ、賭けてもいいよ」

フィーはネイルソンとくらべると、十歳ほど若い。二人はお互いにしょっちゅう相手に嫌気がさしていたが、そのくせたいへん仲が良かった。

「お前はくだらないほらを吹いてるんじゃないのか」と、ネイルソンは大げさな冷笑を浮かべて言った。

「お前、おれたちに最初のときのことを話せよ」と、バーナムが言った。「彼女はお前のあれを奪ったのか」

フィーは下を向いて弱々しく笑った。「えーと、あのな」と、彼は言った。「多分そうだ。おれはやられたと思う」

ネイルソンとバーナムが声をそろえてホーホーとはやし立てた。

「お前はそう信じているんだ」と、ネイルソンが言った。

「おい、おれたちに本当のことを言えよ」と、レーダー操作員が言った。

「いいか、おれはやられたって言ったばかりだぜ。それで十分じゃないか」と、フィーが言った。「おれはそれで悩んだりしなかったさ。おれだって本当にびっくりしたんだ。彼女は小柄で可愛らしかった。おれより年下か、そうでないにしても、そんなに年上じゃなかった。おれはバスケットボールの試合が終わったあと、家に連れて行くことになった。そして、おれのポンコツ車を脇道に停めたんだ。そのあと、ドレスの下に手を入れたら、彼女はパンツをはいていなかったんだ。おれはものすごくびっくりして、どうしたらいいか分からなかった」

「それでお前どうしたんだ」と、ネイルソンがたずねた。

「うん、おれは何をしたらいいか分からなかった。どうしていいのか分からなくて、しばらくウロウロしたあげく、彼女のいる方の座席に移ろうとしたんだ。そしたら、かかとがクラッチペダルの下にはさまって、片足がねじれたような具合になったんだ。おれは、死ぬほどびっくりしたね。彼女はおれの足を外そうとしたが、うまくいかなかった。畜生、だめだったんだ。彼女はおれを助けようとしたんだ。おれは死んじまいたかったよ」

「それからどうした。続けろ」と、バーナムが言った。「何が起こったんだ」

機体尾部射手は頭を上げた。「彼女はおれを助け過ぎたんだ」

ネイルソンとバーナムは爆笑した。

「そのあと彼女は怒り狂った」と、フィーが言った。「そして彼女はおれのことを大馬鹿者とののしったあと、彼女の家まで送らせた。それから後、彼女とデートしたことはない」

笑いが静まると、ネイルソンはフルーツジュースを取りに行き、それを紙コップに注いで、うまそうに飲んだ。

「今度の作戦を、お前どう思う?」と、彼がバーナムに聞いた。

「うん、おれには分からん」と、レーダー操作員は言った。「おれにはいいとは思えない。航空団本部にいるやつらに、自分たちのしていることが何か、分かっているとは思えないね。五千フィートで火器なしだとさ」

「火器なしっていうのは、ものすごく変だと思うよ」と、フィーが言った。「だが、これからそれをやらなくちゃならないんだ。なあ、これは家に手紙で知らせてやる価値があるぜ」

「おれたちが家に帰ることになるまでは、手紙は書かないつもりだ」と、バーナムが気難しい顔をして言った。「おれはこのリッキーボーイが富士山の上を飛ばないように願ってるよ。あいつはがっちりした山だ。おまけに今夜は月が出てないときてる」

「うちの機長はやらないさ」と、ネイルソンは言った。「彼は優秀なパイロットだ。たいていのパイロットより年上だ。彼は山の周辺を飛ぶよ。もう何年も山には近付かないようにしてるんだ。きっと、そういうやり方が好きなんだろう。それでも彼は飛べるんだからな」

「そうさ、彼はうまくやると思うよ」と、バーナムが言った。「それにしてもおれはまだ、五千フィートっていう、この作戦は好きになれないな。空いっぱいに他の飛行機が飛んでいるっていうのが特に気に入らないね。おい、あのフルーツジュースをとってくれ」

彼らはしばらくの間、だまって飲んだりタバコを吸ったりした。それから急に上を見て顔を見合わせた。エンジンの調子が変わったのだ。

「おい、上昇してるぞ」と、ネイルソンがフィーに言った。「お前は自分のブリスター・ウインドウのところに戻ったほうがいいぞ。他の飛行機がいないかどうか見張れよ」

バーナムは立ち上がって、レーダー室に通じるドアのところで身をかがめた。そこで肩越しにフィーの方を振り返って言った。「居眠りしちゃだめだぞ」彼は手を振って姿を消した。

笠の着いた照明の下の小さなテーブルで、モレリイは鉛筆と分度器と定規を使って、落ち着いた態度で仕事をしていた。片側にはローランセット（訳注・船舶や航空機が二カ所の無線局から受信した電波の到着時間を測定して、自分の位置を割り出す装置）の標示盤から緑色の光が断続的に射し込んで、そのかすかな光線が踊ったりチラチラしたりしていた。彼のすぐ前には羅針盤表示装置があった。彼は両方の装置に絶えず目をやっていた。ときどき紙片に殴り書きして、それを部屋の反対側にいる無線士に、身を乗り出して渡した。すでに二本のタバコが燃え尽きて、灰皿の役目をしている缶の蓋の中に捨てられていた。

やがて彼は鉛筆を置いて立ち上がり、ヘッドセットと喉マイクを外した。彼は、テーブルと銃座の間の窮屈な隙間で、出来る限り念入りに手足を伸ばした。そのあと、かがみこんで、手探りしながらフライトデッキ（操縦室）に向かってゆっくり前進した。フライトデッキに着くと、操縦席の近くの、自動操縦装置を納めてある小さな木の箱の上に腰掛けた。彼は前かがみになって、リチャードソンの肩に軽く手を触れた。

「現在位置と対地速度が分かりました」と、彼は言った。

リチャードソンは座席に腰掛けたまま、背を伸ばして振り向いた。

「そうか」と、彼は言った。「現在位置はどこだ。どれくらいのスピードが出ている?」「方位は正しく硫黄島に向かっています。コースは正常です。四十分以内には硫黄島と同緯度に並ぶ計算です。対地速度は二百マイルを越えています。きわめて僅かですが、横風と追い風を受けています」

「OK」と、パイロットは言った。「なぜ休息をとらないんだ。ラジコン（ラジオコンパス。無線方向探知機）で硫黄島に合わせるから、同じ緯度になったら知らせるよ」

「ありがとう。かならず知らせて下さい」

航法士は、前方にほんの少しノロノロと歩くと、副操縦士席のそばにしゃがみ込んだ。

「調子はどうだい、フランキー？」と、彼はフランクスにたずねた。「いくらか神経質になってるんじゃないか」

フランクスは彼の方を向いてニヤッと笑った。「いや、そんなことはないよ」と、彼は答えた。「おれは勇敢なタイプだからな」

「お前ってやつは、ウソつき野郎だ」

「いいさ、おれはウソつき野郎さ。だけど、お前だって怖がってるのさ」

「そのとおりさ」と、モレリイが言った。「おい、聞いてくれ。おれは手紙箱の中に妻宛ての手紙を残してきたんだ。テーブルの上に出してくるのを忘れてしまった。何かあったときには、思い出してくれ、いいな」

「分かったよ」と、副操縦士が言った。

「ありがとう」

モレリイはゆっくり自分の席に戻り、銃座で両足を支えて、椅子に斜めに深く腰掛けた。片手で水筒を探し、もう一方の手でポケットからタバコを取り出した。

爆撃手のウイルソンは、機首の区画の中の、背後の小さな場所に腰掛けていた。後ろから見ると、夜を背景にして、彼はぼんやりしたシルエットに見え、夜そのものよりもほんの少し黒く見えた。彼はぐっすり眠っているように見えた。

ところが実際には、彼はバッチリ目覚めていたのだ。爆撃手というものは誰でも、目標の上空を通過する数分間を除けばいつも眠っているのだという、いい意味のユーモアもたじろぐような言い伝えがあるが、ウイルソンは出撃のときには決して眠らなかった。その理由の一つは、亡くなって既に数年になるが、古き良きジェントルマンだった祖父を今でも畏敬しているからである。二番目の理由は、実際にはまだ何の失敗もしたことはないが、眠っていて過ちを犯すことを恐れていたからである。三番目の理由は、まだ女性を知らなかったが、彼が女性を畏怖していたからである。

幼い子供のころ、ウイルソンは祖父の熱心で慈愛に満ちた指導を数多く受けた。厳しい訓練の中で、彼には難しいことだったが、きちんとしていなければならないということを身につけたのであった。

「おい、坊や！」と、いつものように古きジェントルマンが大声で叱った。「ズボンを床に置きっ放しにするな！　お前はいったいどこにいるつもりなんだ。家畜小屋の中か？」このあとウイルソンは、あわてて脱ぎ捨てたコールテンのズボンをそこにほうり出したまま、ベッドの中にもぐり込んだ。そうしないと、雪で冷やされた隙間風の入って来る田舎の寝室でズボンを脱いだために冷えきってしまった両足のすねが、なかなか暖まらなかったのである。

やがてウイルソンは、こっそりベッドを抜け出してズボンを床から拾い上げ、椅子に掛けた。そうこうしているうちに、年老いたジェントルマンがボサボサの髪を揺すりながら彼の方にやって来た。来る前から、寝酒の匂いがした。

ウイルソン少年がベッドから離れ過ぎていて戻るのが遅れると、祖父はゴツゴツした手で彼のパジャマのズボンをピシャッと強く叩いた。そのあと、ベッドの上で二人の取っ組み合いが始まるのだった。祖父は少年の肋骨を指で押し、胃袋を揉んだ。おしまいに少年は鼻をねじられ、老人はウイスキーとリンゴ酒の香りのする、お休みのキスをするのであった。ウイルソンの祖父はいつも彼にお休みのキスをした。いつもそうした。

ウイルソンが失敗を恐れるのも、祖父から学んだことの一つであった。というのは、祖父には失敗というものがまったくなかったからである。祖父は遺言を残さず貧困のうちに死んだ。二枚のシャツだけを残したが、そのうち一枚は洗濯してなかった。台所にはほとんど食べ物がなくなっており、死んだときの老人の呼吸は、アルコール飲料で荒かった。そのため、彼の面倒を見ていた隣家の女は、あんなに飲むなんてと言いながら泣きじゃくっていた。しかし、激しく降る雪の中を、村じゅうの人たちが彼の葬式にやって来て、氷のように冷たい風の中で、帽子を脱いで立っていた。そして、村じゅうの男も女も子供たちも、とりわけウイルソンは、祖父が何事にも決して過ちを犯さなかったことを知っていたのである。

失敗を恐れるようになったのはそのころからであり、おそらくそれは、失敗を恐れるようになったきっかけに過ぎないであろう。最近になって彼は、自分もアメリカの或る爆撃手のようになるのではないかという恐れが、ますます生々しく鋭いものになってきた。その爆撃手は、子供たちが大勢遊んでいる校庭のあまりにも近くに、訓練用の爆弾を投下してしまったのである。また、彼の知っている爆撃手は神経を使い過ぎて、一斉投下をやり損なってしまった。そのために、彼に先導された飛行大隊全体のそれまでの努力が水泡に帰し、飛行機二機と乗員二十二人が燃え上がり破壊されるという、無益な犠牲をもたらしたのであった。

そして、ウイルソンの知らない女性たち。あるいは、もっとくわしく言えば、彼が知りたいと思っていたのに決してそうならなかった女性。一人の女性が、ほんのわずか彼の方に身体を傾け、震えながら彼の手を彼女の膝の上に導いたとき、それが何を意味していたのか、今になって気付いても遅すぎるのである。

彼が「マリリン、僕は……」と言っただけでそれ以上のことをしなかったのは、彼が怖がっていたからである。今も、手紙の中で彼女が彼の方にほんのわずか身体を傾けてきても、彼は怖いのである。

こうして爆撃手ウイルソンは今、爆弾投下用のテーブルの上に載せてあった本を、すぐそばのフライトデッキの床の上にきちんと積み重ね、爆撃手としてのチェックリストを心の中で読み上げた。それは、彼がその中の一項目でも忘れないようにするためであった。そのあと彼は作戦会議で得たデータを繰り返し繰り返し検討し、さらに爆撃手としての研修会でかつて学んだことや経験を通して学んだことをすべて復習した。それは、彼が失敗することがないようにするためであった。こうしたプロとしての精神の集中に疲れた彼は、あの晩マリリンのことをわけもなく恐れていなかったかどうか、もしこれから先にふたたびあのような機会が訪れたとして、また彼女のことを怖がるだろうかと考えた。そんなわけで、彼は眠っているように見えながら、実はそうではなかったのである。彼は一見、きわめて鈍感で無感動で眠そうで、しかも気楽で、度胸があるように見えた。しかし実際には、彼の心の中には祖父と二人の爆撃手とあの少女がいて、全く逆の状態だったのである。

相変わらず休息をとりながら、心だけを気ままに働かせていたリチャードソンは、気が付くとテリーのことを考えていた。というよりは、彼女の写真のことを考えていた。彼は彼女のことも彼女の写真のことも考えたくなかった。しかし、それらの写真を忘れることが出来なかった。写真には、彼らが会った日と同じ姿の彼女が写っていた。ほっそりした顔の中で彼女の目は大きくて黒ずんでいた。その目が彼を見上げていた。そして、その後、まったく違う時に撮った別の写真では、ベッドの中で彼のそばに横たわっている彼女の身体は、暗い中で淡いブルーであった。いろいろな時に撮った写真があった。その中には、彼らが出会って間もないころの、たいへん初期のものに違いないのもあった。その時の彼女は、彼女の母といっしょに教会から帰るところだった。簡素な黒いスーツを着て、喉もとに白いリネンの束を着けている。

カンザスにいた時の写真があった。そのとき彼女は浴室を出て、部屋に入って来たところだった。バスローブを身体に巻きつけていて、顔が紅潮していた。彼が彼女を両腕で抱き締めた、ちょうどその時、電話が鳴った。彼にはその電話が戦場からのものだということが分かっていた。彼女は「ああ、リック！」と言った。

リチャードソンは気持ちを過去から引き離し、座り直して、機外のギラギラ光る海を眺めた。計器にさっと視線を走らせたあと、ちょっとの間、意識してエンジンの響きに聴き入った。それからフランクスの方を向いて、自分の頭をコツコツと軽く叩いた。

「交替するぞ」と、副操縦士に言った。「休んでくれ」彼は自動操縦装置の方に手を下ろし、その下の「昇降舵」と書いてあるノブをほんのわずか動かした。

彼は目の隅で、フォンクが手をヘッドセット(訳注・マイクロフォンとイヤホーンを一組にした受送話器)の方に持ち上げるのを捉えた。リチャードソンは自分のヘッドセットを取り上げ、喉マイクを口もとに持ってきた。

「パイロットから機関士へ。パイロットから航法士へ。ゆっくり五百フィート上昇する。二人とも用意はいいか」

「OKです、機長」という、フォンクの声が聞こえた。

「航法士から機長へ」と、モレリイが言った。「われわれがどこにいるのか、はっきりしません。それ以外はうまくいっていると思います、機長」

「そううまくは行かないさ、モレリイ」と、リチャードソンは言った。「もしお前が日本を見つけることが出来なければ、ロシアが見つかるさ。おれたちは気楽な抑留生活を送ることになるだろうが、お前は脱走を企てて撃たれるだろうな」

一つの影が突然フライトデッキの上をさっと通り過ぎた。リチャードソンは急いで立ち上がった。彼にはその影が一筋の雲だということが分かった。目を凝らして頭上を見つめていると、そのほかの雲の重なりのぼんやりした輪郭が見えた。新月がちょうど昇ったところで、たいへん青く見える。バーナムは月なんか見えないと言ったが、その言葉がむしろ正しいと言えるほどその月は細くて、輝いてはいるが輪郭はぼやけていた。

「おい、フランクス！」と、リチャードソンが向こう側に呼びかけた。「ブリーフィング・フォルダーをよこせ」

「どうぞ、機長」副操縦士が、長いペーパーバックのフォルダーを差し出した。

リチャードソンは気象断面図を探し出した。彼はしばらくの間、彩色した線、飛行ルートに沿った雲の累層を示す、鉛筆書きの曲線を検討した。そのあと腕時計をにらみ、喉マイクを口もとに持ってきて、送信ボタンを押した。

「パイロットからクルーへ。聞こえるか」クルーの単調な声が返ってきた。最後に聞こえてきたのはフィーの声だった。しかも、彼の場合、了解したという返事にいちばん時間がかかった。

「目を覚ましていろよ、フィー」と、リチャードソンはマイクに声を吹き込んだ。「全員、よく聴け。上空は荒れ模様だ。出撃前に荒れるだろうと指示された地点に到着したところだ。安全ベルトを締めろ。他の飛行機の標識灯を注意深く探せ。分かったか」

彼らの了解する声が、彼の耳に力なく響いた。

「副操縦士、了解！」

「航法士、了解！」

「爆撃手、了解！」

「航空機関士、了解！」

フィーの声は、最後の射手のあとにあわててついてきた。リチャードソンは一人で苦笑して言った。「よし、パイロットからは以上だ」

機体が急に揺れた。フライトデッキの中で、かすかにきしむ音が聞こえた。エンジンのブーンという音が少し高くなったり低くなったりした。ふだんの飛行中の震動とは異なる、不規則な動きが感じられた。ふたたび、何かの影がフライトデッキの上を通り過ぎた。今回はずっと続いた。機首の周りに、灰色のとばりが固定した。そして、コックピットの窓の内側に霧のビーズ玉が生じた。空一面の雲の中に入って、彼らは厚い雲の暗闇の中を飛んでいた。

「航法士からパイロットへ」

リチャードソンが答えた。

「修正した結果、目標まであと一時間と出ました、機長」というモレリイの声が聞こえた。雲の中に入ったことと、航法士の目標到着時間の通告によって、機内に緊張した空気が忍び寄り始めた。機首にいるウイルソンが頭を上げた。彼はコックピットの小さなスポットライトの明かりの下で、ブリーフィングデータを入れ替え始めた。リチャードソンは、フランクスが座席の中で身体を動かしているのに気が付いた。彼自身はシャンとした姿勢で、緑色に輝いている計器をチェックした。彼はフォンクに燃料の消費量をたずねた。それに対して航空機関士は、消費量が巡航見積額より多少下回っていると答えた。リチャードソンは時々腕時計をにらみながら、もう一度書類にざっと目を通して、地名と飛行コースと見積時間を頭に入れた。

最後に彼はブリーフィング・フォルダーを脇に置いて、ふたたびマイクを取り上げた。

「パイロットからクルーへ。いいか、お前たち。今から戦闘準備に入るぞ」

フライトデッキの中で、一種の静かな、それでいてあわただしい動きが始まった。無線士と航法士は、後方の上部旋回砲塔の一隅に積み重ねられている、対空砲火用スーツとヘルメットを前の方に移し始めた。リチャードソンは、他の者が重くてかさばったベストを着用するために、座席の中で身体をねじったり伸ばしたりする間、待っていた。彼はその時間を使って昇降舵装置を少し動かして、機が徐々に上昇するようにセットした。「機長、準備して下さい」と、フランクスが彼に呼びかけた。

リチャードソンは計器から目を離し、自分の戦闘用装具をかき集めて身に着け始めた。これは、うんざりする作業であり、いつになっても好きになれない、息のつけない緊張する時間であった。ピストル・フォルダーを強く引っ張り、パラシュートの紐を締め、金属を織り込んだ、扱いにくい対空砲火用スーツを苦労して持ち上げ、調節しなければならなかった。その次に革のヘルメット用にヘッドセットを交換し、さらにその上に、頭にズシンと来る大きな鋼鉄製のヘルメットをかぶらなければならなかった。それをかぶると、まるで頭でっかちな怪物のように見えた。

また、この時がやって来ると、筋肉をコントロールしようとどんなに一生懸命努力しても、動作はギクシャクし始めるし、腋の下からシャツに汗がにじみ始めるのが分かり、口の中にいつものまずくて苦い味がし始めるのであった。窮屈なヘルメットをかぶって、かすかな頭痛を感じた。

彼は安全ベルトを引っ張り、窓の外の相変わらず見通しのきかない薄暗がりに、チラッと目をやった。そしてふたたび計器盤に視線を戻した。十分たったらクルーに警報を出すつもりだった。

いまや、こめかみは痛いほど脈打ち、両腕の下のシャツは冷たく湿っていた。

フォンクは、シリンダーヘッドの白熱した温度を示す計器の指針が、第一、第二エンジンに関しては正常、第三エンジンに関してはおよそ一九〇、第四エンジンに関しては52の数値を示しているのを確認した。ということは、どれも問題ないということだ。第四エンジンの場合、正常な状態でも、計器はいつも高めの数値を表示するのである。航空機関士は、目の前の計器の蛍のような点滅を見ていた。薄暗い中で燐光を発するきらめきを見ていると、安心する。エンジンの調子は良く、正確に作動していた。彼は、第二マニホールド（多岐管）——圧力計が他の圧力計と比べていくらか高い数値のところで指針が震えているのを、機械的に注目していた。そして、その数値がほんの少し下がったところで安定するように、スロットルの装置に機械的に手を伸ばした。第二スロットルはふたたびゆっくりと動いた。彼は無意識に修正した。その操作を終えたあとで、彼の指はエンジンカバースイッチの列に軽く触れた。彼の手はすっかり習慣化されていて無意識に動いたので、一秒後に、何をしていたか尋ねられても答えられなかったであろう。彼の腕と手首と指は脳の正確な延長なので、あらゆる神経と同じように無意識のうちに敏速に動いた。彼は酸素マスクの紐を軽く引っ張った。きっちりしたマスクは顔に邪魔だった。しかし、そのいらだちをあまりにも長い間ずっと感じていたので、これも他の無意識の行動と同様に、意識しないようになっていた。

フォンクはずっと以前から、戦闘飛行の際の慰めと救済手段を見つけていた。それは何かというと、目の前のテーブルにぎゅう詰めになっているエンジン関係の計器に、瞬きをしない、感覚の麻痺したような集中をすることであった。非戦闘飛行や戦闘準備期間、あるいは戦闘終了後には、これは当てはまらなかった。彼は自分の好きな道を選び、訓練を受け、軍隊での評価を経て機関士になった。彼はまた、想像力に富んだ、男というよりは少年であった。エンジンのことをよく知っている。地上では、油の染み込んだ指でエンジンを手際良く静かに分解し、ふたたびそれらの部品をそれぞれの箇所に間違いなく戻すことが出来た。飛行中の彼は、目をつぶって、回転したり逆回転したりするロッドとシリンダーとギアを心の中に思い描いた。彼の前には、大小の、互いに関連しあっているすべての部品の、蛍光を発する画像が絶えず浮かんでいた。彼はまた、絶えず動き鼓動を打ち続けている、大小の金属の部品の音と、頭の中に浮かんで来るそれらの内部の様子を、自分が触った感覚と関連させながら鋭い耳で聴きとり、身体じゅうの筋肉で感じとった。

飛行中ではあるが戦闘状態でないときには、最も純粋な本能と同じくらい確実な根拠のある感覚作用によってエンジンの状態を知った。

戦闘中は、彼はおびえた。そうなると、想像力は彼に良くない作用を及ぼした。つまり、彼の知覚作用は、動脈の中を流れる血液の鼓動によってかき乱されてしまい、本能の力は低下して不安定になり、全く頼りないものになってしまうのである。彼にはこのことが分かっていた。初めてこのことに気付いたときには、自分に裏切られたことでショックを受けたが、やがてそれを克服し、急いでその償いをした。それからの彼は本能ではなく、計器に頼るようになった。エンジンの機能に関する情報を得るために計器に頼るというよりは、むしろ一つの信仰、恐怖に対する麻酔剤、解毒剤として計器を頼りにしたのである。戦闘中のフォンクは、恐怖のとりこになるというよりは、おびえたのである。それは、一人前の男に向かって猛威を振るう恐怖ではなく、小さい声で少年にささやきかける性質のものであった。彼のすべすべした頬が震え、ほんの少し涙が出て、まばたきをする。彼は誰かに慰められ、抱擁され、守ってほしかった。

彼は、涙と、依然として痙攣している筋肉を元に戻すため、精神科医が興味を示すような転移をやり遂げた。彼は、エンジンの動いている金属にかかわるすべての思考を完全に心から締め出し、身体から脳に達するほとんどすべての感覚を全く無視した。繰り返し自分の名前を呼ばれた時以外は、彼が物音を聞くことが出来たかどうかさえ、疑問である。この、昏睡したような状態の中で、彼はチラチラする計器を見つめた。彼は地上にいたとき、クルーの仲間や部下たちと一緒にエンジンをチェックした。彼には、エンジンがほとんど完璧に仕上がっているということが分かっていた。彼はまた……実際には心の中で、言葉にはならなくても自分に語りかけたのであるが……自分が航空機関士の立場を越えるほど、出来ることはすべてやったし、もはや自分の指やスクリュー・ドライバーやレンチで触れることの出来ないことについてあれこれ心配することはないのだということを承知していた。彼が出来ることと言えば、計器の指針がダイヤルのマークの中央に位置するようにすることであった。そこで彼は、計器を直接動かすのはスロットルやレバーやスイッチといった制御装置なのだ、と自身に言い聞かせた。彼がしなければならないのは、意識を計器に集中して、指針が計器のマークのところに行くように、それに対応する制御装置を押したり引いたり回したりすることであった。こうしたことをしている間、彼はエンジンそのものの存在を忘れていたのである。

その時がやって来た。フォンクは、いつも自分のところにやって来る感じとよく似た、かたずを飲むような感覚が心の中にこっそり忍び込んで来るのを感じた。そのとき、いつも年齢のわりには小柄で、友人たちより頭一つ分背の低い少年は、雪がある程度積もると、町の中でこの上ない滑降場所になる、ホッジ老人の丘の頂上で順番を待っていた。やがてその時が来ると、彼は丘の上で橇《そり》を動かすために、ぎこちなく不格好な格好で走り、橇にドシンと乗り込んで、ほっとする。耳の中で冷たい空気が唸り、橇のスピードが増して、彼は舵をとることに精神を集中する。

ものすごいスピードで飛行しているこの巨大な爆撃機の中で、間もなくリチャードソン機長のしゃがれた声が聞こえてくるだろう。その声は次のように尋ねるはずだ。飛行時間を計算して、どれだけの燃料が残っているか調べろ。

「パイロットから機関士へ！　フォンク！」そら、やってきたぞ。「はい、フォンクです！」

フォンクは、目の前の小さな棚に張ってある規定の書式にチラッと目をやって確認すると、打ち合わせ通りのフライト・プランに基づいて飛行することの出来る時間を、かん高い声でゆっくり読み上げた。

「了解」というリチャードソンの声が聞こえた。「まだたっぷりあるな」

フォンクはふたたび酸素マスクを引っ張り、心を閉じて、目の前にある広いパネル盤の上の冷たい光を発している列と、小さな白熱灯の縦の列に沿って、リズミカルに休むことなく目を動かし始めた。

リチャードソンは「畜生、この酸素マスクってやつは。どうして誰かがこいつをもっといいやつに取り替えてくれないんだ」とぼやきながら、せかせかとマスクを外した。彼は腕時計に目をやり、クルーに警報を出す前にもう一本タバコを吸っておこうかと、独り言を言った。

彼が操縦舵輪の中央にトントンとタバコを打ち付けたとき、飛行機が急に空一面の雲から抜け出した。おなじみの薄明かりがほんのちょっとの間続いてすぐ消え、そのあと機は、なめらかなビロードのような闇の中に飛び込んだ。

リチャードソンは、酸素マスクを口許から後ろへ押しやった。タバコが床に落ちたのも気が付かなかった。機首の前方と右手に微かな赤く輝くものを見つけた。

「パイロットからクルーへ！」と、彼は切迫した口調で言った。「気をつけろ！　おれたちは、着いたようだ。航法士、前の方に来い」

数秒のうちにモレリイが四つん這いになって前に進んで、リチャードソンの席のそばにうずくまって、機首の窓越しに前方を熱心に観察した。

「どうだ？」と、パイロットが尋ねた。

モレリイがうなずいた。「爆弾の誤投下や偽装の火災にしては大き過ぎます」と、彼は言った。「ただ、気になるのは、もしもあれが目標だとしたら、われわれは今、海岸線の近くにいるはずです。しかし、レーダースコープにはまだ何も現れていません」

彼が話し終える前に、リチャードソンのヘッドセットの中にバーナムの声が入って来た。「レーダーからパイロットへ。機長、航法士と連絡がとれませんが、スコープの中に陸地の塊が近付いています」

「やったぞ」と、リチャードソンが航法士に言った。「スコープが何かを捉えたとバーナムが言ってる。お前の言っていた海岸線が現れたんだ」

モレリイは急いでその場を去った。

機首のウイルソンは、今は生き生きしていた。彼が、折り畳んであった地図を急いでパラパラめくるのが、機長から見えた。インターフォンから、ウイルソンとモレリイの、あわただしくかん高い大声が聞こえて来た。

「コースから左にそれている！　あそこの小さい湾の反対側に向かっている。標的は右の方だ」

「くそっ！　そいつはスコープに出ているやつじゃないぞ」

「くそっ！　そうじゃないんだ！　スコープに出ているやつなんかどうでもいいんだ、おれたちは近付いてるんだ。おれには地面が見えるぞ。おれは、前に見て、あの湾を知っているんだ。モレリイ、お前の言ってるのは二マイル離れたところだ。おれが言ってるのはそういうことだ！」

「分かった、分かった、おれとお前の考えは違うんだ……」

「議論をやめて、おれにコースを修正させてくれ」と、リチャードソンが言った。

ブツブツ言いながらインターフォンが静かになり、モレリイの声がした。「機長、五度右です。そうしなければいけません」

リチャードソンはすでに転回ノブを回し始めていた。「この風だと十度回したほうがいいだろう」と言って、彼はコンパスが十度回るまで、転回ノブを動かした。そのあとすぐに彼はふたたび窓外の赤い光に目を戻した。それはもはや動かずに、前方にあった。

これは、彼あるいはクルーの誰かが夜間に燃えている標的を初めて見た瞬間だった。そこには、ぞっとする恐ろしさで迫って来る美しさがあった。彼らと火災との間には、雲の累層があった。その重なる雲の層は、彼らの位置よりいくらか低かった。その雲の層を通して薔薇色のもやが立ちのぼっていて、それは今や刻一刻と増えつつあった。そのもやの上には、明るく絶え間ないうねりが赤く広がりながら立ちのぼっていた。それは見方によれば、日の出に似ていなくもなかった。火災の上の方には一塊の別の雲があるので、これと向き合って、下の方からの赤い光は優美なピンク色になって広がっていた。

リチャードソンは、その光景が変化し始める前に数秒間それを眺めた。

新たに発生した赤い色から、かすかな火花が上に向かって曲がりながら、稲妻のように光った。そのあと、ずっと遠くの方で別のものが光った。二番目の火花と同時に、一方の端から離れたところで、青白い光が一度ピカッと光り、さらに、間を置かずにもう一度ピカッと光った。明滅する白い閃光が対空砲火の爆発だということを、リチャードソンは承知していた。上昇して来る火花はおそらくロケット弾だろう。それとも、無謀な日本人の着想によって生み出された、別の何か気違いじみた花火の打ち上げだろう。曳光弾は、ここからずっと離れていて見えないのだろう。

リチャードソンは、前方の火災から目を離して計器をチェックすると同時に、クルーに呼びかけた。「航法士！」と、まず言った。「標的までどのくらいかかる？」

「二分です、機長。あるいは多少短くなるかも知れません」

「OK、モレリイ、引き続き情報をくれ。機関士、五百フィート上昇するぞ！　五百フィート上昇して、標的上空で対空速度が増加するように準備してくれ。二分以内にエンジン出力が変化するよう準備しろ。パイロットからスキャナーへ！」

フィーとネイルソンが急いで返事をした。

「お前たちスキャナーは、今から目を皿のようにしておけ。いいか。もしお前たちがおれに何かしてもらいたかったら、急いではっきり伝えろ。『右に旋回して上昇！』とか、『左に旋回して降下！』とか。又は『上昇』とか『降下』とか言え。それと、急いでそうするのかゆっくりそうするのか言うんだ。副操縦士、覚えておけ！　標的上空に着いたら、対空速度に合うように、数値を三千七百と二千三百に上げて、五千フィートに降下するぞ。お前はプロペラと対空速度に注意しろ。おれはスロットルと自動操縦を受け持つ」

フランクスは了解した。副操縦士の声はとてつもなく大きかったが、おれもあいつと同じように叫んでいたのではあるまいかと、リチャードソンは思った。彼の呼吸は速くなっていた。彼は自分に悪たれをついて、深くて正常な呼吸をするように努力した。今や、汗が両腕の下に溜まりつつあった。右の腋の下から出た汗が袖の隙間を通り抜けて、一インチずつ滴り落ち、二の腕の内側で跳ね返った。それは、おかしなことに氷のように冷たくて、あっという間に肘の方に流れていって、彼は身震いした。不安に駆られた彼は、ゆっくりと頭を上げて窓の外の火を眺めた。それは今、彼の右側にあった。

先程見てから数秒の間に、火災は大きく変化していた。もはや、それは美しくなかった。今やそれは、脈打って、険悪な赤になっていた。その底辺の方では色彩は褪せ、白との縞模様になっていた。頂点のあたりでは色調はオレンジで、断続的にチラチラ光っているものがあった。

中でも脅威的なのは、変化し、かき乱された塊を抜けて、百本、二百本もの、速い速度の深紅色の閃光が、十文字に交差しながら、あらゆる角度に勢いよく飛び出す光景であった。それらの閃光は、各々が火災のはるか上空で消えるのであるが、瞬く間に次の閃光が現れるので、上空に向かう、サッと切りつけるような動きには果てしがなかった。これらの閃光は、間違いなく曳光弾であった。飛行機は今や、それらを見るのに十分なほど近付いていたのである。そして、もっと大きくて速い、白い閃光は対空砲火であった。

(神よ！　あれはひどすぎるのではありませんか！)リチャードソンは酸素マスクの中でため息をついた。

(あそこを通り抜けるには、どうしたらいいんだ！)

「標的の上空に近付きました、機長！」というモレリイの声が聞こえた。「十秒、九秒、八秒……」

「一秒……標的上空！」という航法士の声を聞いたとき、リチャードソンは、旋回操縦装置を強く右に動かすと同時に、四つのスロットルをすべて前に押した。それよりほんの一秒ほど前に、フランクスは、ちょとの間プロペラ・コントロール・スイッチを前の方に倒していた。そこで今、エンジンはプロペラの高まった音と同調して回転が上がった。機のフレームが不規則に震動し、その震えはリチャードソンの神経を苛立たせた。

「フランクス、プロペラを同調させろ！」と、彼はマスクの中で怒鳴った。副操縦士が急いで手を動かすと、エンジンの響きがスムーズになった。

インターフォンからモレリイの声が聞こえた。いつもの彼の声とは違って、もの柔らかで一本調子な感じだ。「あと五度です、機長」

「五度右だな、了解！　パイロットからクルーへ。緊急時以外は、レーダー飛行のため航法士と爆撃手がインターフォンを使用する。モレリイ、お前がそうしたいと思う時は、いつでもこの飛行機をお前の言うとおりに飛ばすぞ」

「私が代わります、機長」と、モレリイが言った。そして、一息おいてから単調な口調で爆撃手に数字を並べ始めた。リチャードソンは自動操縦装置から手を離し、座席の肘掛けを握った。

ウイルソンの声が聞こえた。低くて聞き取りにくい声だ。「爆弾倉が開きました」そのとき、機体が震動し、わずかに進路から逸れた。リチャードソンはスロットルを前方にゆっくりと、心持ち動かした。

ふたたびウイルソンが言い始めた。今度は鋭くて大きい声だ。「黒い雲があります……」

彼の警告がなかったとしても、さっと筋肉が緊張し、リチャードソンは機が真っ黒な空間に突っ込むのが分かった。彼は、耐えられないほどの圧力によって座席に押し付けられた。機体がひどく傾き、左の翼が下方に向かって垂直になってしまった。その直後にリチャードソンの身体から圧力が去り、全くの無重力状態に陥った。信じられないことだが、どういうわけか、動きが逆になった。ピンと張った鉄製の安全ベルトが彼の胴を容赦なく締め付けた。金属製の何かがちょっと肩に当たった。頭は上方や後方にグイと押された。そのため、金属製の対空砲火用ヘルメットが、座席の後ろの装甲プレートに激しくぶつかって、けたたましい音を立てた。何かがきしる轟音が彼の耳を満たして、何も見えなくなった。

爆弾倉を開けっ放しにしたまま撃たれて爆発し、今、空中を飛ばされているのだという考えが、一秒ほど心に浮かんだ。

そのあと彼は、座席の後方にドスンと押し付けられてショックを受け、相変わらず座席に腰掛けているのに気が付いた。

それと同時に、フライト・インディケーター（飛行表示器）のチラチラ光る表面が視界を横切ったので、機が依然として飛行しているのが分かった。

チラチラする計器から彼は……ゆっくりと、やっとの思いで理解したのだが……機が一方の翼を傾けて急降下していることに気が付いた。多分、真っ逆さまに近い姿勢で降下しているのだろう。

彼は手をあちこちに動かして、座席の肘掛けを見つけた。何回もめくら滅法に動いた末に、やっと自動操縦装置を探し当てて、押し下げた。そのあと、両手で操縦舵輪を掴み、それを無理やり右や後ろにうごかそうとして、格闘した。それと同時に右足を方向舵に向けて真っすぐ伸ばした。

操縦装置は、彼の腕に逆らって、抗議するかのようにキーキーと音を立てて震動し、頑固に抵抗した。左側のエンジンの一つは、そのほかのエンジンと同調せず、フーム、フームという鋭い音を立て始めた。何か丸いものが、フライトデッキの向こう側を、ゆっくりと、あてもなく、滑稽な格好をして転がって行った。

そしてついに、じっと注目していた飛行表示器の横線がゆっくり上昇し、水平飛行を表示する線に達した。そのときリチャードソンは、頬の上を斜めに横切っている酸素マスクの端から漏れている煙の、セイヨウトネリコのような匂いを嗅いだ。ヘッドセットの中から、誰のか分からないが、うつろで元気のない「畜生！」という声が聞こえてきた。

その瞬間、彼らが燃える都市から猛烈に立ち昇る煙の柱から抜け出そうと必死にもがいていた、その黒いとばりが不意に消え去った。窓の外の血のように赤いもやを見て、コックピットの中の雰囲気が変化した。リチャードソンは、目の前一面に、激しく燃え上がる都市の心臓部を見た。その街路はぼんやりと黒い線になり、建物であったに違いないものが、今は倒壊したものの堆積物や瓦礫になっている。そして、全体が白熱した溶鉱炉の地獄と化していた。

「ウイルソン！」という、モレリイの、ひどく取り乱した声が聞こえた。「ウイルソン！　スコープに何も写ってないんだ！　何も写ってないぞ！　爆弾を投下しろ！　今だ！　落とせ！」

中断があった。ウイルソンは答えなかった。しかしリチャードソンは前方のかすかな動きを感じとった。機体が一方に傾き、その黒い積み荷を吐き出すにつれて、上方に向かうのが分かった。爆弾が放出されたのである。

リチャードソンは爆弾投下が終了したことを知って、束の間の心の安らぎを覚えた。それと同時に、翼の上に落ちる、パラパラという雨のような柔らかい音を聞いた。彼にはそれが、対空砲火の死の霰《あられ》だということが分かっていた。ふたたび彼は舵輪を強く引っ張り、翼が下方に傾いた。右側でフランクスがコントロールを保つために体重をかけているのを、目の隅で捉えた。機は身震いして旋回した。

ギラギラする光を浴びせ掛けられて、強烈な明るさになった。(燐光爆弾だ!)リチャードソンは歯を食いしばって、独り言を言った。赤い閃光のシャワーが、機首の前方にアーチをかけた。対空砲弾が、エンジンの咆哮を上回る大きな音を立てて、近くで爆発した。押し殺したようなドスンという音がして、機体が縦に揺れた。

リチャードソンは、ゆっくり数えるんだぞと自分に言い聞かせ、目を計器盤にしっかり向けておくように努力しながら、三十秒数えた。そのあと、旋回し終えるまで操縦舵輪を操作した。機が真っすぐ水平に飛行していることを計器が示すと、さらに努力して三十秒数えた。

やっと彼は目を上げた。灼熱した光が相変わらずコックピットを照らしていた。しかし今では、その光は後方から来ていた。そして、しだいに色あせていった。前方には、柔らかなビロードのような海が広がっていた。

「神よ」と、フォンクのつぶやく声がインターフォンの中で聞こえた。今まで彼がみだりに神の名を呼ぶことはほとんどなかった。「神よ、おれたちはやり遂げたのです」

第四章

山の深い峡谷があり、リチャードソンをその尾根の方に少しでも近付けようと、強く引っ張った。夢の小さな切れ端を吹き払おうとしたとき、目が覚めた。ハリス・ウイザーズが自分の方にかがみこんでいるのを、ぼんやり見やった。

「今、何時だ？」と、リチャードソンが言った。

「五時だ」と、ウイザーズが言った。「起きろ。お前のために、すごいものを手に入れたぞ」

「五時だって！　畜生め。ウイット、おれは昨夜、任務で飛んだんだぜ。頼むから、六時間ぐらいたったら、また来てくれ」彼は目をつぶった。

「だめだ、だめだ。起きろ！　これは重要なことなんだ」と、ウイザーズが言い張った。「お前はデートすることになったんだ、女とな」

リチャードソンは、彼の言うことをほとんど聞いていなかった。「放っておいてくれ」彼は目をつぶったままでいようとしたが、思い通りいかなくて目をあけると、腹を立てた。「デートだと？　デートとはいったい、どういう意味だ？」頭がズキズキした。

「お前がデートをすることになったと言ってるんだ」と、ウイザーズが楽しそうに言った。彼はベッドに腰掛けた。「よく聴け、リック。おれは、今晩のためにクルマを手に入れたんだ。兵站《へいたん》でジープを借りたんだよ。おれは、友人のテオ看護婦をダンスに連れていくつもりだ。彼女には、昨日来たばかりの新しいルームメイトが出来たんだ。彼女のことはまだ誰も知らない。お前は、そのルームメイトとデートすることになっているんだ」

リチャードソンは起き上がった。「それで、お前には何が分かっているんだ？」と、彼は言った。彼はまだ半信半疑で、大いに熱意のあることを示すには慎重だった。「もしも、お前がおれをからかうつもりで、起こしたんだったら、脳味噌を叩き出してやるからな」

「からかってなんかいないさ、リック。神に誓って、嘘じゃない。お前はデートをすることになったんだ。彼女は多分四十歳ぐらいで、華奢な人だ。おれには、どういう女性なのか、保証は出来ない。だが、お前はデートすることになってるんだ」

「よし、分かった。考えてみることにしよう」と、リチャードソンは言った。彼は目をこすって眠気を覚まし、かがみこんで、ベッドの頭のところにある箱の中に手を突っ込んで何かを探した。「海岸は晴れているか？」と、ウイザーズに聞いた。

「晴れている」

リチャードソンは箱の中からボトルを取り出し、水筒の蓋の中にウイスキーを慎重に注いだ。「もし本当なら、お前に飲ませてやろう」と、彼は言った。「それから、おれの目を覚ませたことも許してやろう。もう一度言うが、本当ならばだぞ」

「本当さ」と、ウイザーズが言った。そして、蓋に手を伸ばした。二人のパイロットは顔を見合わせて、ニヤッと笑った。リチャードソンの頭痛は、いつの間にかなくなっていた。


彼らは六時に、毛布とウイスキーをジープに積み込み、ピストルを革紐で吊るした。そのあと、病院へのガタガタ揺れる長いドライブを開始した。リチャードソンは先程シャワーを浴びて、カーキ色の清潔な軍服を着ていた。その服は、数日間マットレスの下に敷いて、慎重にプレスしておいたものだ。そして、さらにウイスキーを三杯飲み、今までお目にかかったことのないコンビーフの夕食をとったあとなので、幸せな気分だった。彼は話がしたくなった。

「知ってるかい、ウイット」と、彼は言った。「今回の出撃は、驚くような出来事だったんだ」

「そうだったに違いないね。おれも飛べたらなあと思うよ。正直なことを言えば、昨日はそれほど乗り気じゃなかったんだ。標的はどんなふうに見えた?」

「すごかったぞ」と、リチャードソンが言った。「爆撃のことを言うのにすごいという表現は不謹慎だが、今回の場合は、今までのと比べてそう言うしかない。ウイット、おれたちは見ることが出来た！　標的に対してどんなことが行われているのか、おれたちが何かいいことをしているのかどうか、本当に初めて、この目で見ることが出来たんだ。そいつは、おれがいつか見たいと思っていた、この上なく忌まわしい光景だったよ」

「お前はいいことをしたんだ」と、ウイザーズが言った。「おれは今日の午後、着陸直後の写真撮影パイロットの一人と話したんだ。彼が言うには、煙が風に吹き払われてはっきり見えたが、あの街の少なくとも半分近くが燃えていたそうだ。おれの聞いた話では、お前は煙の中で何かトラブルに巻き込まれたそうじゃないか。何があったんだ？」

リチャードソンは、煙の柱を通り抜けて飛行した時の状況を、いくらか誇張して話した。「それはともかく」と、彼は言った。「あんまり簡単だったんで、驚いたね。おれたちが標的そのものを見つけてからは、二、三発の曳光弾以外は見なかったんだ。最初の爆撃グループが高射砲をすべて沈黙させてしまったか、高射砲部隊が火災の消火で忙し過ぎて、射撃出来なかったとか、何かあったんだ。標的に到着したあとでたった一つ気掛かりだったのは、空中の他の飛行機と衝突しはしないか、ということだった。しかし、おれたちが見たのは一機だけだった。その飛行機はおれたちから遠ざかっていったし、そんなに近付いたわけでもなかった。そいつも、その時はおれたちの飛行機を見て、びっくりしたかも知れないな。そのことについては、別に言うことはないな。おれとしては、昼間の編隊爆撃よりも断然、焼夷弾攻撃の方をとるね」

「良さそうだな、よし」と、ウイザーズは言った。「次も飛ぶのか？　おれも飛ぶぞ」

「多分、飛ぶことになるだろう。あいつらのうち五人は、次回も引き続き行くつもりでいる。おれとしては、出来るだけ多く連れて行きたい。クルーの誰もがＯＫなら、全員を連れて行くことになるだろう」

彼らは、しばらくの間黙り込んだ。リチャードソンはふたたび、心の中で夜間の出撃について、考え始めた。それがどうしてやすやすと行えたのか不思議だと考え、炎上する都市の恐ろしい灼熱を、もう一度思い浮かべた。彼が標的から離脱して基地に向かって帰還し始めてから、考えるのはそのことばかりだった。しかし彼は間もなく爆撃について考えるのに疲れ、これから会うことになっている女性はどんな人だろうとか、今晩はどういうことになるのだろうとか、これからのことに考えを向けようとした。

「その女性のことだが」と、ウイザーズに言った。「お前はおれをからかっているのか、それとも彼女について何か知っているのか？　おれはそんなに期待してるわけじゃない。おれはただ、あらかじめ知っておきたいだけだ」

「ああ、おれの言ったことはよく分からないだろう」と、ウイザーズは言った。「テオが言うには、彼女は本当にきれいで、良い人だそうだ。髪はブルーネットで、姿もいい。彼女の身持ちについては何も分からないということだ」

「その女性の身持ちについては、おれが自分でチェックするよ。その点については自信がある」

「お前は、二つの点で自慢しているぞ。まず第一に、チェック出来るほど彼女と親しくなれると思っていること。第二は、ＯＫかどうか彼女をチェックするために何かやれると思っていることだ」

「そう、そう、何かをな。おれは、彼女がどんな香りがするか、嗅いでみるつもりだ」

「おい、おい！」と、ウイザーズが言った。「香水って、いい香りがするんじゃないのかい？　おれがこの島に来てから二カ月たって、初めて看護婦がクラブに入って来たとき、ドアが開き切らないうちから、彼女の香りが分かったぜ。だがな、おれたちはもっと程度の高い、知的な会話をしなくちゃいけないんじゃないかと思うよ」

彼らは顔を見合わせて、ニヤッと笑った。そして、ウイザーズが運転に注意を払う間、話をやめた。道は曲がりくねっていて、山に向かって上り坂になっていた。高度が増すにつれて、夜の空気は涼しくなってきた。リチャードソンは、そこにどれくらいの日本人が眠っているか考えながら、暗い谷間をのぞき込んだ。この島の治安警察は、島には三千人以上の日本人兵士が取り残されているのではないかと、見積もっている。いや、もっといると推測する者もいる。彼らは、サイパン島にいた日本軍の残留者が慌ただしく撤退した際に取り残されたのであった。しかし、彼らは、自分たちが取り残されたのだということを知らなかった。ときたま捕らえられる日本人は、彼らの仲間が戻って来て、間もなく彼らを救出しふたたびこの島を取り戻すのだという、絶対的な信念を述べている。彼らは、組織的な攻撃は仕掛けて来ない。そうするための蓄えがないからだ。しかし、彼らは時にはわれわれを襲撃してくる。たいていの場合、その目的は食べ物だ。しかし、武器や衣料品のこともある。そして、ときたま、襲撃の際に驚いたり何か他のことを気にしたりして、人を襲う事もある。軍には警告が出されていた。夜間は武装して行け。日中は武器が目につかないようにせよ。そうでないと、じっと見張っている日本兵たちは、お前たちが彼らを探していると考えるに違いない。移動する時には、必ず仲間と組んで行動しろ。夜間には、誰もいない浜辺や、人通りの少ない道路には近付くな。こうした警告があったにもかかわらず、襲撃は起こった。一人の看護婦は、夕方一人で歩いていて、刺殺された。砲兵隊の軍曹は、バナナを探しに一人でジャングルに入っていった。彼は、誰が見ても彼が単独の保安パトロールであると信じ込むような、十分な武器を身につけていた。その彼を彼らは射殺した。

誰もがこうしたいくつかの出来事を知っていた。しかし、誰もこうしたことが自分の身に降りかかって来るとは思わなかった。しかし、リチャードソンは他の者よりも、こうした危険について考え深かった。なぜそうなのか、彼にははっきりとは分からなかった。それからまた彼は、自分がときどき、ひどく生き生きした想像力のとりこになることや、以前から暗闇に対して恐怖感を抱いていることを承知していた。そして彼は、日本人の襲撃についての、別の事件を知っていた。その事件については、誰もが知っているわけではなかった。保安パトロールが発見したその兵士は、湿った砂の上に手足を広げて大の字になり、顔を上向けて横たわっていた。暗い夜の雨が激しく降り注いで、彼の受けたひどい傷から流れ出た血を洗い流してしまった。非常に鋭い刃が、彼の両足の間からほとんど真上に首まで、身体じゅうを通り抜けていた。その刃は、身体の最も柔らかい部分を深く破り、ベルトと胸部骨格組織をより浅く切り裂いていた。

驚くべきことに、その兵士はまだ生きていた。死んでしまったほうがよかったろうに。

その兵士が助けを呼べないで横たわっている間に、故意に刀を振るって彼を切り裂いたのだと考える、確実な根拠はなかった。その兵士は、その点について全く思い出すことが出来なかった。彼は酔っていた。攻撃してくる者から身を護ろうとして、酔っぱらってヨロヨロしながらも、立って戦っていたのが彼の最後の記憶である。彼が前によろめいた、ちょうどその時、刀の上向きの一振りが彼を捉えたのであろう。

リチャードソン自身は、それとは逆の証拠があるということを認めざるを得なかった。それでも、恐怖は残った。

そうだからといって、リチャードソンが、襲撃を特別に恐れるあまり、自身の行動を制限するようになったわけではない。ただ彼は、心の奥底にその考えを留めるようにし、夜間に島の道路を車で走る時には、ピストルを所持しているかどうか、自分が今どこにいるか、確かめるようにしている。もし自身に攻撃が加えられるような場合には、出来ることならその場から逃げようと、決意していた。しかし戦わねばならない時には、迅速に行動し、容赦しない戦いをする積もりだ。

彼は、日本兵や夜やジャングルについて考えるのをやめて、これから会う予定になっている女性について考え始めた。彼女はきっと、いい香りがするだろう。きっとそうだと思った。そして彼女はおそらく、黒い髪の、かなり思いやりのある女性であろう。そして、太っていない。頼むから太っていないでほしい。ガードルも着けていない。太っているかいないかはともかくとして、ガードルは着けないでほしい。彼は長い間、ずっと一人暮らしをしてきた。そして、友人たちの細君を批判的に見る習慣が身についてしまった。細君たちはみな、なんらかの理由でガードルを着けていた。その理由というのは、彼女らが太り過ぎているか、ひどく気難しいかのどちらかであった。もしも太り過ぎているのなら、彼女たちは、怠慢に加えて、怠慢を社会的に告白し、怠慢を認めたことになる。もしもひどく気難しいのだとしたら、ガードルを着けていようがいまいが、不快な気持ちでいるときに魅力を発揮することは出来ないのだ。

こんなことを考えているうちに、ガードルを着けていないテリーのことを思い出した。

ジープがわだちをドスンと乗り越えた。二人は悪態をついた。リチャードソンの腰におなじみの痛みが走った。ウイザーズの麻痺した腕にも痛みが走った。

「あの凹みだ」と、ウイザーズが言った。「畜生、あいつを忘れていたよ。だが、もう通り越してしまった。ちょうど曲がり角を曲がったあたりだ」

やがて病院が右手前方に、灯火をチラチラさせて姿を現した。門衛は彼らに、入れという合図に手を振った。彼らは、玄関前に停めてある、迷彩模様をほどこした軍用車両の列の間に駐車した。玄関には「看護婦宿舎」という看板が、いくらか曲がって、上の方に掛かっていた。

「おやおや、対空砲火の坊やが病気に罹っているぞ」と、ウイザーズが近くのトラックを指さして言った。それは日本製のトラックで、ひどく壊れていた。曲がったドアには、対空砲台の下手くそな絵が殴り書きされていた。

「あれ、車輪が付いてるぞ」と、リチャードソンが言った。「あいつ、ほしいな」

彼らは、家具がまばらに備え付けてある小部屋に入った。物淋しい顔つきの看護婦が彼らの名前を聞き、足首をゴシゴシ掻きながら、短い電話をかけた。

「連絡がつきました」と、彼女が言った。

リチャードソンは、彼の相手の女性も、この看護婦のように物淋しい顔をしているのではないかと、諦める気持ちになった。おそらく、もっと物淋しい顔をしているんじゃないか。

彼は考えていたよりも長い間、その気掛かりに耐えねばならなかった。テオは生き生きした顔付きの、ずんぐりした女性で、彼女の身体からは、香水の香りと消毒薬の匂いが競い合って漂ってきた。彼女は元気よく部屋に入ってきて、ウイザーズに心のこもった挨拶をした。

「マリーは遅れて来るわ」と、彼女がウイザーズに言った。「あの人はちょうど手術室から出たばかりなのよ。残念だわ。あなたは彼女が好きになるわよ、リック」

「そうか」と、ウイザーズが言った。「とにかく一杯やろうじゃないか。行こうぜ」

「彼女がどのくらい遅れるか、分かるかい？」と、リチャードソンが尋ねた。「もし時間があれば、道路の向こう側の第二病棟に入院している奴に会って来たいんだ」

「あの人は三十分以内には出て来れないわ」と、テオが言った。「行きたいなら行ってらっしゃい。あなたの飲み物は用意しとくわ」

「そうしよう」と言ってリチャードソンは、二人が看護婦のクラブに通ずるドアを通って行くのを、じっと見つめた。そのあと道路を横切って、長い建物の方へ歩いて行った。

その建物は、回復期の患者のための病棟ということになっていた。

もしもこれが回復期の病棟ならば、と彼は考えた。神は、本当に病気になっている者を救って下さるだろう。勿論その建物は回復病棟ではなかった。日本の飛行機による最近の空襲以来、そうではなくなってしまった。そこには以前、回復病棟があった。しかし、規模が縮小されてしまった。ひどい火傷を負った三人が、包帯をまるでミイラのようにグルグル巻きにされて横たわっている。そのほかにもいる。十六歳より上には見えない一人の少年は、両手足に重いギプスを付けていた。リチャードソンは、この病棟の中を通り抜けるのがいやだった。そして、いやがっている自分がいやだった。

マーチンのベッドは一番端の病室にあった。リチャードソンは、目を覚まして彼が通り過ぎるのを見ている患者たちに、心からの同情と慰めの気持ちが自分の口調に籠もるようにしながら声を掛けて通った。しかし、うまくいかなくて、惨めな気持ちになった。

マーチンのベッドは空だった。しかし、隣のベッドの男がリチャードソンの名前を呼んだ。

「やあ、ルビンスキー」と、リチャードソンはびっくりして言った。彼は整備員の一人だった。「どんなひどい目に遭ったんだ？　おれは、お前が空襲でやられたのを知らなかったよ」

正直言って、彼はルビンスキーについてはほんの少ししか知らなかった。ルビンスキーは、片方の足にちょっと包帯が巻いてあるだけで、口を大きく開けてニヤニヤしていた。

「そうじゃないんですよ、機長。おれは真っ先に防空壕に飛び込んだんです。ところが、おれのあとから飛び込んだのがデイブ・ストライカーだったんです。知っての通り、あいつはラードがいっぱい詰まった桶みたいな奴でしょう。そいつがおれの足の上に乗っかったんですよ。だから、さすがにでっかいおれのつま先も潰されちまったんです」

「そりゃ、ひどい目に遭ったな」と、リチャードソンは言って大笑いをしたが、ちょうどいい頃合いに笑いやめるのを忘れなかった。猿に似たルビンスキーが、大隊中で一番太っている男の巨体の下に埋まっている光景を想像すると、抵抗出来ないおかしさがあった。

ルビンスキーも自身の物語を楽しんでいた。

「おれはもう三日も美味しいものを食べて、寝床の中で過ごしているんですよ」と、彼は誇らしげに言った。

「そして、明後日もう一度レントゲンを撮ってからでないと、戻れないんですよ。ねえ、いいでしょう、機長。マーチンは映画を観に行きました。奴は、車椅子に乗せられて行ったんです」

「そうかい？　おれには、あいつが映画を観に行くほど良くなっているとは思えないが」

「本当のところ、奴は良くなってないんです。まだ、ひどく弱々しいんですよ。しょっちゅう手が痛いと言っています。でも病院の連中は、映画を観せれば、その間は奴が痛みを忘れていられると考えているんじゃないんでしょうか。ところで、ウイーラー軍曹がホールから落ちたのはご存じですね。彼は昨日、下の部屋に入れられました。背骨からあらゆるガラクタが取り除かれたのは良かったんですが、頭の方はそう早くは良くならないようです」

「そうか、そいつは知らなかった」と、リチャードソンは言った。「マーチンがいないなら、ちょっと軍曹に会って行こう。お前がそうなるといいと思っているなら、レントゲンが故障すればいいと思うよ。きっとそうなるさ。じゃあな」

彼はニヤニヤ笑っているルビンスキーと別れて、その場を去った。そして、病棟の端にある事務室に行った。電話をしていた年配の看護婦が彼の方に顔を上げ、送話口を手で覆った。

彼の質問に対して彼女は、「ホールを右の方へ降りて六つ目のドアよ」と言った。「違う。五つ目のドアだわ」

彼女はイライラした様子で電話に戻った。

五つ目のドアの前でリチャードソンはためらった。さっきの看護婦は最初に五つ目と言ったかな、それとも言い直した時だったかな？

彼が向き合っているドアは閉まっていて、その下の隙間から光は漏れていなかった。次の病室のドアは少し開いていて、そこから明かりが漏れていた。いずれにしろ、入ってみて聞くしかないな。

その部屋に入ったリチャードソンは、壁の方を向いて寝ている人影が頭に包帯を巻いているのを見て、ほっとした。しかし、包帯の量があまりに多いので驚いた。

「おい、ウイールズ」と、彼は静かに言った。「目を覚ましているのか？　やけに包帯が多いじゃないか」

ベッドの上の人影がかすかに動いて、寝返りを打ち始めた。その瞬間リチャードソンは、さっき話しながら何だか変だなと思い始めていたが、その思いが本当だったということに気付いた。ヒップもウイーラーのヒップではない。さらに、別のことにも気が付いた。病院の不格好なパジャマではあるが、肩もウイーラーの肩とは違う。そして更に、分厚い包帯の下には、白くて少年のような顔が見えた。それは、青白くて髪を短く刈ったウイーラーの顔とは似ても似つかないものだった。

「ごめん、ごめん」と、彼は急いで言った。「部屋を間違えた。おれの友達だと思ったんだ。目を覚まさなければよかったんだが……」

その時まで、彼の思考はまだ本能のずっと後ろにいた。しかし、彼は急にその遅れを取り戻したのだった。

「あれっ！」と、彼は狼狽して言った。「君は女か！」

「どういうことなの？」という、機嫌の良くない極めて女性的な声が、包帯の下から聞こえてきた。

「やあ、ごめん！　許してくれ……」彼はばつの悪い思いで、戸口の方に戻ろうとした。

「あら、構わないわよ」と、その女性は言った。彼女の声は、今度は退屈しているように聞こえた。

「そこのテーブルの上のタバコを取ってくれない？　どうしても眠れないのよ」彼女は細い腕を持ち上げて指さした。大き過ぎるパジャマの上着が喉もとから脱げて、リチャードソンには彼女が疑う余地のない女性であることが分かった。

彼は急いでテーブルの方に歩いて行き、皺くちゃになったタバコの箱を取り上げた。

「君は看護婦だね」と、彼は言った。「看護婦がこの病棟にいるとは知らなかったし、看護婦が病気になるとは考えなかったな。おれはウイーラー軍曹を探している。この箱には一本もタバコが入ってないな。おれのを吸えよ」

その女性は喉のあたりでパジャマを押さえ、細い手でタバコをつまんだ。爪は赤かった。その赤は暗過ぎもしないし、明る過ぎもしなかった。リチャードソンのライターの点きが悪くて、三度目にやっと炎が上がると、彼女はタバコに火を点けた。

「いいえ、私は看護婦じゃないわ」と、彼女は言った。「お願いだから、そんなに私を見ないで。きまりが悪いわ。この三日間というもの、男の人たちが私に着せたり脱がせたり、転がしたり、包帯をしたりしたわ。あらゆるタイプの男の人たち。太っている人、痩せている人、背の高い人、低い人。私は無感覚になったわ」

そんな話とは裏腹に、彼女の目から急に涙が溢れてきて頬を流れ落ち始めたので、彼は驚き、うろたえた。

「え、どうした……」

「髪をみんな切られちゃったのよ！」と、彼女は声をあげて泣き、手で顔を覆った。

リチャードソンはどうすることも出来なくて、しばらくの間、途方に暮れて立っていた。

「髪の毛を？」と、彼はやっと言った。「でも、全部切られても、また生えてくるさ。そうだろう？　さあ、もう気にしないことだ。ところで、君に何が起こったんだい？」

「信じては頂けないでしょうけれど」と、彼女は言って、顔から手を離した。

「信じてくれなくていいわ。私は井戸に落ちたのよ」

「井戸に？」

「それが、日本人の井戸だったのよ」

「なんと、似たような話があるものだ」と、リチャードソンが言った。「この病棟に来たとき、おれは一人の男と出会った。そいつは、友達が防空壕に飛び込んで来て、そいつの上に乗っかったので、足の指を怪我してしまった。おれは知り合いの男を見舞いに来た筈の病室で少女——おれは少女だと思っているが——に出会った。彼女は井戸に落ちた。どっちも、おれには、本当に起こった出来事とは思えないな」

「私には本当に起こったことなの。私は井戸に落ちたのよ。空襲警報のサイレンが鳴った時、私たちは外を歩いていたの。そこで、私たちは走り始めたわ。そうしたら、私が井戸に落ちてしまったんです。頭にはコブが出来るし、あちこちに怪我してしまったの。病院では、包帯をするために髪の毛の大きな束を切り取ったんです。なんてことをしたんでしょう。そこにはもう髪の毛は生えてこないわよ。私には、生えてこないのが分かるの」

リチャードソンは、自分の唇に微笑みが浮かんでくるのが分かった。それを追い払おうとしたが、うまくいかなかった。彼女は、彼が笑うまいと努力している様子をじっと見ていた。そのうちに、彼女の唇がほころんできた。ずいぶん奇麗な微笑だなと、リチャードソンは思った。二人は同時に笑い出した。

笑い終わった時、彼は「いや、君は大きな痛手を負ったようには見えないよ」と言った。

「看護婦でないとしたら、君は赤十字少女団の一人に違いない」

「よく、そう思われるわ。でも、私は今まで赤十字の仕事をして給料を頂いたことはないんです。あのいまいましい井戸に落ちた時ほどびっくりしたことは無いわ。そして今、私の髪は、軍隊を暗示するような素敵な格好に切られてしまっているの。私がドーナツを渡す度に、みんなびっくりして跳び上がるでしょうね。赤十字少女団の人たちが持っている印象と違うから」

彼女が話している間に、冷静になって観察した結果、リチャードソンは、彼女はおそらくたいへん奇麗な女性に違いないという結論に達した。彼は、大きな包帯を取り去った彼女を心に描いた。そして、想像上の彼女にちょっと口紅を付けてみた。彼女の歯は白く、歯並びが良い。目はくっきりして、ハシバミ色をしている。彼女は、病院のパジャマの中で本来の姿を失っているように見える。

「君の髪は何色?」と、彼は思わず尋ねた。

「赤。いいえ、赤かったんだわ」と、彼女は唇を噛んだ。くわえているタバコの灰がベッドに落ちた。急いでリチャードソンが灰皿を渡そうとしたが遅かった。彼にはそう受け取れるきっぱりした態度で、彼女はタバコを押し潰した。彼女が前にかがんだ時、香水の香りが漂ってきた。看護婦と違って、消毒薬の匂いがしなかった。リチャードソンは、音がしないように灰皿をテーブルの上にそっと置いた。彼の中にはまたもや狼狽の気持ちが高まったが、今回は先程とは違った種類のものだった。

「ついでに言うと、おれの名前はリチャードソンだ」

「私の名前もRで始まるのよ。ライネハルト。間もなく看護婦が来るわ。今、九時近くでしょう」

「ああ、そう、九時だね。遅くなってしまった。じゃあ……」

「私を訪ねて下さって、ありがとう」彼女はそう言って微笑んだ。「たとえあなたがそのつもりではなかったにしてもね。おやすみなさい」

「おやすみ」と言って、リチャードソンはドアから出た。

さあ、おれには二つの物語が出来たぞと、薄暗い渡り廊下を歩きながら、リチャードソンは考えた。同じ晩に二つの物語だ。ルビンスキーと女性。ライネハルト。おれは彼女のことをちゃんと思い出す事が出来るぞ——包帯をしていない彼女は、どんな様子だろう……。


ウイザーズとテオと遅刻したマリーは、クラブで二杯目の酒を飲んでいた。リチャードソンは彼らにルビンスキーの話をして、雰囲気を和らげた。彼はあの少女のことは話さなかった。何故かというと、彼自身、彼女のことを十分に理解していなかったし、あの時に確かめなかったという、いささかのためらいがあったからである。

ウイザーズの話では、マリーは四十歳ぐらいで華奢だということだったが、とんでもなくて、びっくりするほど若くて魅力的だった。ただし、いくらか喋り過ぎる傾向があった。リチャードソンは、性格分析を試みるという、矯正不可能な自分の習慣を呪いながら、ジープに乗るまでに自分としての評価を決めていた。マリーは悪くない。しかし、良いという言葉の、言外の意味をすべて含めて、良いというに過ぎない。普通の成り行きだったら、マリーと意味のない会話をして一緒に笑い、無駄かも知れないがいくらか望みがあるかなと思いながら、戯れの恋の遊びをしただろう。そして、その晩の終わりまでには、彼女が彼にふさわしくないことを、しぶしぶ認めることになったであろう。ところが、彼はそれをすぐに決めてしまったのだ。いずれにせよ彼は、自分が恐らくやるだろうと思うことを、すべてやってしまった。彼はマリーと楽しく過ごし、彼女が本来魅力的な女性であることが分かって、嬉しくなった。彼は、ウイットとテオとマリーが仲間を組んでいるのを見て喜んだ。しかし、マリーは今晩のための、今晩だけの女性だと、早くから決めてしまった。

自分でかなり驚いているのだが、リチャードソンは今まで、妻に対して不貞なことをしたことがなかった。このことでなぜ驚いているかというと、彼はどんな女性に対しても、厳格に貞節を守る考えがなかったからである。欲望と機会が訪れた時、自分がテリーに対して、意識せずに、法律的な観点から見て不貞な気持ちになるだろうということは、自然であり、理解出来るものに思えたし、道徳とは関係なく実際的な意味において正しいと思った。彼は、その問題に善悪の判断という光を当てて考えたことはなかった。

それにもかかわらず、不貞の機会が何度かあったが、彼は依然として貞節を守ってきた。

ホノルルに一人の女性がいた。彼女は空軍大佐付きの民間人の秘書で、男の誘いを容易く受け入れるようなところがあった。そして、飲みっぷりがよかった。リチャードソンが彼女から遠ざかるようになったのは、彼女が酒を飲み過ぎるからだと思っていたが、或いはそうではなかったかも知れない。彼女のコケティッシュなところが、より大きな原因だったかも知れない。

その島ではもう一人、看護婦とも付き合っていた。彼女の場合は、最初から良くなかった。

そして、今はマリーだ。しかし、今回も良くなかった。付き合っていればやがては良くなるに違いないと期待を抱きながら、努力してみようという気にはならなかった。今日、デートの帰り道で彼女にキスした。それに対して彼女は、月並みな抗議をした後で、キスを返してよこした。久しぶりに女性とキスをするのはよかった。しかし、彼女の型にはまったような抗議は、あまりにもわざとらしかった。しかも彼女はクスクス笑ったのだ。彼は、彼女の服から出ている脚の後ろを触った。すると彼女は、彼の手を押した。その仕草はふざけ半分だった。どうして彼女は、彼の手をそのままにしておくか、それともそれを断固として払いのけて、彼女の気持ちを取り違える可能性を残さないようにするか、どちらかに出来なかったのだろうか？

このことがあってから、彼はただゲームをしているように振る舞った。なぜかというと、彼女の方もその気持ちだったし、彼は彼で、テリーとはどんなふうだったろうとか、テリーとマリーとではどこが違うのだろうかとか、そんなことをずっと考えていたので、そんなことを考えるのはやめたくなって、そのためには何とかしなければならなかったからである。

病院に着くと、ウイザーズとテオは多少の抗議をしたが、それを無視して、二人を暗い駐車区域のジープの中に残して、マリーと一緒に病院に入った。マリーは明るく振る舞った。彼女は、他の二人を残して来たことについて理解しているように見えた。数分の間とりとめのない話をしてからリチャードソンが立ち上がると、彼女は別に反対はしなかった。彼女との素敵な夜は、友達のような関係で終わった。彼女が行ってしまうと、リチャードソンは雑誌を手にして再び腰をおろし、消灯時間になるまでそこで過ごした。彼は大きな自己犠牲を味わった。やがて眠くなってきたので、いろいろ考えないようにした。

消灯時間から数秒たって、テオが走り込んできた。彼女はあわてている様子で、口紅がいかにも塗ったばかりに見えた。彼女はリチャードソンに優しくおやすみの挨拶をしたが、心はこもっていなかった。

リチャードソンがジープに乗り込むと、「リック、ありがとう。お前は年とったキューピットだ」と、ウイザーズが言った。

「馬鹿め、お前にそんなことが言えるのかよ。あの気の毒な娘は、帰って来たとき、ひどくあわてた様子だったぞ。おれはもう少しで、おれに何か話したいのか、まるで彼女の父親のように尋ねようとしたくらいだぜ」

「ほう」と、ウイザーズが言った。「あの若いレディーは、いつもあわてているんだ。リラックスしているせいだろう。そう言ってなかったか？」

「おれは聞かなかった」と、リチャードソンが言った。

「そうだ、お前は聞かなかったんだ。ジェントルマンだよ。お前キスすることにも話すことにも反対なんだ、そうだろう？」

「さあ、おれには分からないな。お前だって、おれと同じくらい分からないのさ」

「キリストの愛、性病、子供が生まれるんじゃないかという恐れ」と、ウイザーズは、その言葉に抑揚をつけて引用した。

「それはそれで正しいさ」と、リチャードソンは言った。「しかし、もっと重要な問題は、男たちには、大口を開けてペチャクチャ喋る習慣があるってことさ。男たちが喋るのをもっと控えれば、もっと大勢の女性と一緒に寝ることになるだろうよ。女性たちが何よりも恐れているのはそのことだよ——喋られるんじゃないかっていうことさ」

「なぜお前はおれに議論を仕掛けるのさ、おれはお前に賛成なんだぜ」

「へえ、そいつは気が付かなかったな。ところで、なぜおれたちはこんなことを話しているんだい？　このことはもう前に話したぜ」

「お前は欲求不満なんじゃないか、おれもそうだが」と、ウイザーズが言った。

「それって、お誘いかい？　今晩はもう約束済みだよ、親しき友よ」

「馬鹿だよ、お前は」と、ウイザーズが言った。


ジープが山道のいくつものカーブを苦労して通過し、やっと山を越えた。前方には島の南端が広がり、月光に輝く海の向こう側に応急滑走路のチラチラする灯火が見えた。

「おい」と、突然リチャードソンが言い出した。「お前に赤毛のことを言うのを忘れていたよ」

「赤毛？　赤毛って何のことだ？」ウイザーズは軽率にも道路から目を離した。

「おい、お前の素敵な目を素敵な道路から離すな！　彼女が自分のことを赤毛だって言うんだ」彼はウイザーズにラインハルト嬢のことを話した。

「そうか、そうか、そうか！」と、ウイザーズは言った。「ピチピチした素材ってわけだ！　医学生じゃなくて、全米サービス協会の関係かな。この馬鹿でかい戦争の最中に、かわいそうな少女が一人で傷ついている。導いてくれる者が必要なことは確かだ。お前がやれよ。お前しかいないぜ。おれは、たった一つの質問だけはしないように、うんと気を配っているつもりだ。どの道、おれには何一つ話すことが出来ないというわけじゃないいさ。お前を見ていて、そう思うんだ」

「いや」と、リチャードソンが真面目な口調で言った。「この場合は違うと思うね。よく分からないが、そう思うんだ」

「いつだって違うのさ。ベッドに入ってから、その違いが分かるのさ。これは、露骨なことを言ってしまった。謝るよ」

「その言葉はなかったことにしよう」と、リチャードソンが言った。「実際のところ——こう言うとお前にはショックだろうと思うが——おれはもう、あの女性と会うつもりはないんだ。彼女のことはお前に任せようと考えているんだ」

「リック、お前っていう奴は！」と、ウイザーズは言った。「お前とは古くからの友達じゃないか！　お前、そいつはよくないぜ！　お前は、戦争の中で勇敢な行為を繰り返しているうちに、緊張のあまりおかしくなっちまったんだ。おれは、友達のお前から彼女を取り上げるつもりなんかないぞ。彼女が入っているのは何病棟って言ったっけ？」

「何病棟って言ったか覚えていないが、第二病棟だったかな。そうだ、第二病棟だ。包帯を全部とったら彼女がどんなふうに見えるか、きっと話してくれ」

「おい、リック」と、ウイザーズが言った。「まじめに話せよ。お前、良心のトラブルか何かあるのか？　今夜お前はマリーに対して父親のようだった。そうだな。そして今は、赤毛のラインハルトに対してこんな状態だ」

「そいつは、はっきりした質問だと思うよ。それじゃ、完璧な回答をしよう。おれには分からないんだ。自分が独身主義のタイプだとは思っていない。しかし、テリーを国に残してきてから、ずっと長い間、独身の状態で過ごしてきた。誓ってもいいが、それは決して道徳心からじゃないんだ。何かの原因で、興味を失ってしまった気がするんだ。テリーに対する貞節の問題だとは思わない。テリーと結婚していることが、そのことと何らかの関係があるとは思えないんだ。ただ興味を失ったんだ。どうしてそうなのか分からないが、とにかく興味を失ったのさ。それはちょうど、何かをやるのに、やり方は分かっているが、本来の目的のためにそのことをやっても、もはや楽しくないのと同じだ。もちろんお義理でやることは出来るが、そのうちに自分が脇にどいて、お義理でやっている自分自身をじっと見つめているのに気が付くんだ。それからあとはもちろん良くないさ」

彼は、ウイザーズが急に左側にジープの向きを変えたので、話すのをやめた。「おい、この道を降りてどこへ行くつもりなんだ？　なんで下の道へ降りるんだ？」

「航空隊司令部食堂のそばに停めようと思うんだ。夜のこの時間に開いているのは、あそこだけだからな。腹はすいているかい？」

リチャードソンは、焦げたコンビーフや、ぐにゃぐにゃしたパンケーキを思い浮かべて、あまり食欲が湧かなかった。「そんなに腹は減っていない」と、彼は言った。「でも、お前がそうするなら、喜んで付き合うよ」

ウイザーズは上手にギアを入れ替えて、仮兵舎の間の小道にジープを乗り入れた。「おれはちょっと腹が減っている」と、彼は言った。「きっと新鮮な卵が食べられるぞ。新鮮な卵がきらいなら、食べなくてもいいんだぜ」

「いや」と、リチャードソンが言った。「おれはそうは思わないが……」彼は急に話をやめて、ウイザーズに探るような視線を投げた。「お前は何の話をしていたっけ？　新鮮な卵って、どういうことだ？　この島が海から誕生して以来、この島には新鮮な卵なんてなかったはずだが。嘘じゃないのか？」

「嘘なんかじゃない」と、ウイザーズが冷静そのものの態度で言った。「どこから見ても新鮮な卵そのものさ。飛行隊食堂でいくつか手に入れたんだ。今朝、空輸されてきたそうだ」

リチャードソンはあっけにとられた。乾燥卵は島でよく知られていた。いやむしろ、知られ過ぎているといってよい。それは、調理の仕方次第では、新鮮な卵と同じくらい良い味がすると言われている。しかしリチャードソンは、いまだかつて、熟達したマジシャンでもあるコックにお目にかかったことがないのである。彼が朝食をとる皿には、週に数回は、脂のしたたる黄色い塊が載っていて、かすかに、非常に人工的な卵の匂いがした。それを口に入れると、まるでスポンジゴムのような歯ごたえだった。

「いいかい」と、浮き浮きした口調でウイザーズが言った。「おれは、いい連中を知っているんだ。先週、おれがボトルの注文をした相手が、食堂付きの軍曹だったのさ。卵はおそらく、仕入れてから二日とたっていないだろう。とりわけ、飛行大隊の幕僚連中が皆で卵を探し出して飛行隊食堂の朝食に招待し始めたとなると、特別だからな。ただしおれは、今晩のために卵四個をがっちり予約してあるんだ。壮観なきらめきの中でおれたちの夕べを高揚させるのが、おれのささやかな秘密だったのさ」

「なんということだ、新鮮な卵が二個とは！」と、リチャードソンがふたたび、恐れ多いといった口調で話し始めた。「しかも、自分で全部食べられるというのに、おれに贈り物としてくれるとは！　お前はすばらしい奴だよ。格好のいい男だ。ウイザーズよ、お前はおれの本当のいい人だぜ。おれは、お前が自分の言っていることが分かっていると思いたいね」

「期待して待っていろ」と、ウイザーズが言った。「四個全部をおれ一人で食うことについて正直に告白すればだな、食堂の連中は、一人に二個以上の卵をサービスしたくないって言うのさ。それに、卵が食えるのは今晩だけなんだ。しかし、おれはお前の感謝の気持ちを受け取っておくよ。さあ、着いたぞ」

彼らは、薄暗い明かりのついた建物の前に駐車した。しかし、いくらか離れているので、ジープは目立たないだろう。リチャードソンは、ふたたび禁酒制時代の昔に戻って、自分が酒類密造者と会っているかのような、人目を気にする気分になった。彼は、ウイザーズが勤務中の軍曹に、古くからの友人として挨拶するのを、楽しい思いで見つめた。二人は、部屋の隅の、背中がドアにぶつかる、一番暗い席についた。

キッチンの中からたくさんの話し声が聞こえ、果てしないと思われる時間がたってから、軍曹が足をひきずりながら急いで彼らのテーブルにやって来て、卵を置いていった。卵は美しかった。

「ああ、天国だ！」と、リチャードソンがつぶやいた。「愛とは、友情とは、真実とは、名誉とは何か？　つまらん！　おれが今までに見た最も美しいものは、この卵だ！」彼はナイフとフォークを手にした。ウイザーズもそうした。彼らは一言も喋らず、がつがつと食べた。

朝、普段よりもいっそう胸の悪くなるような形で、乾燥卵が置かれていた。それをおもちゃにしていると、ウイルソンが診断呼集のため、朝食の途中にあたふたと出掛けて行ったと、フランクスが言った。

「そうか」と、リチャードソンが返事をした。「あいつに何かトラブルがあったのか？　昨日着陸したときには何ともなかったが」

これは不吉な前兆だった。翌日に次の作戦が予定されていて、もしも士官のうちの一人が病気にかかったとすると、リチャードソンのクルーは計画を変更しなければならないからだ。

「あいつは多分、胃の具合が悪いんだと思います、機長」と、フランクスが言った。「食い過ぎじゃないかと思います。治るでしょう。バーナムが診療所の方へ歩いて行くのも見ました。多分、足の傷の手当をしてもらいに行ったのだと思います」

「そうか。それならよかった！　ところで、足の傷というのは何だ？　バーナムはいつ足に怪我をしたんだろう？　何かあったらおれたちに知らせてくれると思っていたのになあ！」

「ええ」と、フランクスが冷静に言った。「あいつら二人のことは、私がたまたま見つけたんです」彼の声には、いくらか感情を害した響きがあった。意味を微妙にぼかすことで、下級士官は、あからさまに無作法な振る舞いをせずに、上官に対して非難の気持ちを伝えることが出来るのだ。フランクスは優秀な士官だが、しばしば思慮に欠けるところがあった。彼のたった一つの欠点は、滅多にないことだが、何かを真剣に受け取った場合に、自分自身にも誰に対しても、あまりに真面目に取り過ぎるところがあったのである。

「分かった、分かった」と、リチャードソンはフランクスの非難を受け入れて言った。

「お前は出来るだけ早くおれに話して、やることをやってるよ。おれが言っているのは、ほかの奴らも自分でおれに話さなきゃいけないっていうことだ。いいよ、おれは医者に会って確かめてみるよ、ありがとう」

飛行中隊の軍医は、気楽な態度をした、愛想のいい中年の男で、年に二万人いた自分の患者から引き離されて、軍隊で働くことになったのだった。彼は今、二十年前のインターン時代以来やったことのない種類の仕事をしていた。診療所にあてられている仮兵舎の奥で暮らし、便所や残飯処理施設を点検することに、かなりの時間をかけていた。実際、リチャードソンがある日、便所の点検という医師として楽しくない義務を果たしているこのトゥイード医師に同情したことがきっかけになって、彼と親しくなったのであった。医師の仕事というものは、快適で、それほど辛くないものだとリチャードソンは思っていた。飛行隊の軍医であるトゥイード大尉は、その才能からみて軍人か航空機搭乗医師に適しているのではないかと、彼は思った。しかし、彼はやがてこの医師を尊敬し賛美するようになった。というのは、彼は才能豊かとはいえなくても、ある種の誠実な能力を十分持っているからであり、同時にこの医師は、いくらか恥ずかしそうな顔をしながら、しかもたびたび、極めて現実的でしかも大きな理解と思いやりを示したからである。

リチャードソンは、暑い兵舎の中で、シャツを脱いで腰掛けている医師の腰の周りの、汗で濡れた脂肪の起伏を眺めて、この人はメイン州の、夏は涼しい家からここまで、なんとはるばるやって来たものだろうと思って、彼を信頼した。

「君の少年たちは、みな大丈夫だよ、リック」と、トゥイード医師が言った。「バーナムは、珊瑚で足をちょっと怪我しただけだ。彼は飛べるよ。彼は、君が聞かないうちは、君には何も言わないでほしいと、おれに頼んだよ。君が彼を地上勤務に回すんじゃないかと心配しているようだ。ウイルソンは頭痛を訴えている。胃じゃなくて頭だよ。それにしても彼の頭痛は、おそらく胃から来ていると思うがね。しかし、彼は大丈夫だ。ただし、彼の頭痛で気になるのはひどい痛みで、しかも思いがけない時にやってくることだ」

「思いがけない時ですって？　何回ですか？　私には何も言ってませんが」

「いや、そうしょっちゅうじゃないよ。ごく最近のことだ。週に一回かそこらかな。昨日の出撃が終わった直後に痛みが起こって、それから今朝だ。何か特別な原因があるわけじゃない。彼は食事の量を少し減らしている。次の出撃では飛べるよ。そのあと、まだ具合が悪いようだったら、一週間かそこら地上勤務に回したらいいだろう」

リチャードソンは医師をじっと見つめた。そして、考える時間をつくるためにタバコに火を点けた。それから彼は、タバコを椅子代わりに使っている小型ロッカーの端に注意深く置いた。

「えーと、ドクター」と、彼は言った。「私は、私のお手製の精神医学を必要以上に試みようとは思いません。それに『精神神経症』という言葉はやっかいなので、使いたくありません。しかし、昨日私たちが着陸したあと、ウイルソンはそんなに問題があるようには見えませんでした。彼はちょっと疲れているなとは思いました。そう、私には分からなかったのです。彼がたびたび訴えているという頭痛は、私にはあまりに奇妙で、理解出来ないのです。それに、あなたは、彼が大丈夫だとさかんにお話しになっている」

トゥイード医師が彼の話をさえぎった。「彼は大丈夫だ」と、医師は言った。「彼は良い少年だ。本当のところ、恐らく疲れているんだろう」

「確かに、彼は良い少年です」と、リチャードソンは言った。「そして、私たちはみな疲れています。あなたも疲れていらっしゃる。そしてウイルソンは大丈夫だとおっしゃる。それでは、一つの質問だけにお答え下さい。私たちが次の作戦に参加しないで、彼に四、五日考えさせたほうがいいとお考えですか」

医師は、すばやくリチャードソンを見て、譲歩した。その譲歩は優雅なものだったが、二人ともそれが譲歩であることを承知していた。

「ああ、四、五日の休息をとるのは、きっと彼のためにいいだろう」と、彼は言った。「次の出撃に参加しないのはいやだと思う。しかし、あなたは最近たいへん辛い思いをしている。休息をとるのは、あなたにとっていいことだと思うよ。ウイルソンは大丈夫だ。私としては彼を地上勤務させたいとは思わない。しかし、もしあなたが今回の出撃を取りやめたいと思うなら、それはあなたの責任で……」

リチャードソンは微笑んで、立ち上がった。「確かに」と、彼は言った。「私たちは彼を地上勤務に回したくありません。でも、私たちはたぶん出撃を取りやめるでしょう。トゥレントがそのことを作戦計画の中で決めるでしょう」彼はドアロで立ち止まった。「ドクター、あなたは、世界でたった一人の、私を怖がらせない飛行隊軍医だと思います。ありがとうございました。今晩、クラブでビールをおごりますよ」


彼は歩いて、飛行中隊地区に帰って来た。出撃を取りやめ、その結果、本国への帰還がさらに延期されることを考えると、幸福な気分ではなかった。しかし、それ以上に心配なのはウイルソンのことだった。だが、クヨクヨしても始まらなかった。彼は、いっそう心配なことを考えないようにした。それは、次のようなことであった。おそらく、年配のトゥイード医師は、彼が考えているよりはるかに鋭い人物なのであろう。それがどんなに一時的なものであれ、どんなに非公式に行われようと、どんなにウイルソンの名前で行われようと、地上勤務にされたのは、彼、リチャードソンなのだ。

作戦本部の置かれている仮兵舎の反対側で、彼を呼び止めるトゥレントの声を聞いた。彼は道路を横断して来た。

「明日の出撃だが」と、トゥレントは低い声で言った。「まだ非公式だから、秘密にしておいてくれ。お前は取りやめにするつもりなんだって？　お前のクルーの何人かが診断呼集を受けてるそうじゃないか」

「クルー全部が地獄行きだよ」と、彼は苦々しく言った。「たぶんおれは取りやめにしなければならないだろう。バーナムは足に怪我をした。ウイルソンはどこか内臓が悪い。フィーも腹痛を起こしている。そんなわけだ。おれはやる気がないよ。早く良くなってほしいね」トゥレントは彼に同情した。「次回があるじゃないか。せいぜいよく眠っておくことだな」

しかし、リチャードソンは、さっぱり睡眠時間が取れなかった。眠るのは自由だったが、眠れなかった。飛行中隊では、相変わらず非公式にではあるが、しかし確実に翌日の出撃に備えて周到な準備が行われていたが、それが原因で眠れないのではなかった。仮兵舎の中では、睡眠不足の人々が眠らないで仕事をしていた。来るべき作戦について話すのは、慎重に避けていた。装備をひそかに点検し、手紙を書いていた。そうした緊張の高まりで眠れないのでもなかった。正午の静けさの中で、岩にぶつかる波の音が聞こえ、彼の心の中に、落ち着きのない気分がわけもなく膨らんで来た。そのために眠れないとも言えなかった。

そして、いつしか彼は仮兵舎を出て、海に向かって歩いていた。

第五章

彼は何も考えずに、にわか雨が降ったあとのジャングルの葉を切って通り抜けて、真っすぐに海岸の崖と岩に向かって道を降りた。彼はトーチカのてっぺんにあたる、草の生い茂った塚の上に腰をおろして、タバコに火をつけた。そして、下の方の打ち寄せる海水の中を動き回っている蟹に向かってマッチを投げた。彼はビールを一本持って来た。その一本は、にわか雨がやって来る前に、草が深く茂ったところに隠しておいた。きっと冷えているだろう。彼は岩に打ちつけて、キャップを外した。彼は心を開いて考え始めた。初めて会った時のテリーのことが思い出された。

テリー。彼が会った時、彼女の頬には染みがついていた。古い小さな町の新聞社で、彼女はタイプライターの前に屈み込んでいた。少女。まさに社内の少女であった。

夜の十一時といえば、カンザスの小さな町では遅い時間だった。その区画全体で、働いているその少女の頭上に灯っている、この裸電球の外に明かりが点いているところはなかった。故障した車を諦め、電話を探し始めたリチャードソンの目についたのが、そのきらめきであった。

新聞社のドアは古く、ガタが来ていた。ノブは立派だが擦り減っていた。彼は別にそうしようと考えたわけではなかったが、物音を立てずに入った。彼が狭いカウンターに向かって二歩歩いたところで、彼女が部屋の中の彼の動きに気付いた。彼女はひどく驚いて立ち上がり、「あっ！」と言った。頭を力いっぱい持ち上げ、無意識に片手を口に当てた。身体全体が緊張していた。

彼の方も、彼女の反応のあまりの激しさに驚いて、ドアの方に二歩あと戻りし、彼女に話しかけて、安心させようと考える前に、ノブを手探りした。「ごめん！　君をおどかすつもりはなかったんだ」と、彼は言った。「電話を探していただけなんだ」それだけでは十分ではないと思い、彼は付け加えた。「クルマが動かないんだ」

彼女は何も言わなかったし、まったく動かなかった。そのため、これでは不十分だという感情に彼は圧倒されてしまった。彼は後ろ手でドアを開け、外に出た。

暗くなった通りを急いで歩きながら、彼は、「畜生、おれは神経質になっているぞ」と、独り言を言った。「あの少女は、おれが話しかけたとき、ビクビクしていた。そして、おれはあの少女があんまりびっくりしたので、彼女よりもっとビクついてしまった。ここのところ、おれは空を飛び過ぎている。酒を飲み過ぎているのかも知れないな。恐らく両方だろう。あんなふうにあの少女にそっと近寄るなんて、いいことじゃなかった。ところで、電話はどこにあるんだ？」

最初の曲がり角の近くに、明るい照明を灯したガソリンスタンドがあった。もちろん、そこには電話もあった。基地の電話交換手は、ウイザーズ機長のことは聞いていないと言ったが、探し出してくれた。ウイザーズは眠そうで、愚痴をこぼしていたが、しまいにはすっかり目を覚まして、リチャードソンが陥っている苦境を聞いて笑いだした。彼は、ガソリンスタンドの店員が彼のクルマを修理出来ない場合には、彼を迎えにやって来るよう待機していてくれると、約束してくれた。

「もちろんおれはお前が、まず最初に店員にクルマを点検させると思うがね」と、ウイザーズは辛辣に言った。

リチャードソンは、受話器を置き、改めて自身をののしった。彼は、ガソリンスタンドの夜勤店員が彼のクルマが動くようにしてくれるといいがと思ったが、最悪の場合も考えたのである。

夜勤の男は、彼のクルマが動くようにした。

「バッテリーの鋼索が緩んでいたとは！」リチャードソンは、カンザスのうすら寒い初冬の夜の中を、基地に向かってクルマを走らせながら、ものすごく自分に腹を立てていた。「おれは、自分の航空日誌に三千飛行時間と記録してある、飛行軍団所属のチャキチャキのパイロットで、戦闘に出掛ける準備をしている。エンジンのことは、何年も勉強してすべて知っている。そのおれが、気の毒にもタイピストを驚かせて死ぬような思いをさせ、この上ない友人をベッドから引きずり出してしまった。しかも、ガソリンスタンドの夜勤店員の前で、自分の愚かさをさらけ出した。すべての原因は、五セント十セント均一店で手に入るプライアーを使って緩んだバッテリーの鋼索を締めるということに考えが及ばなかったからだ！」一晩中頭から去らなかったこの思いに決着をつけようと、彼はアクセルペダルを一杯に踏み込んで、クルマに当たり散らした。

彼女は、タイピストではなかった。しかも彼女は貧しくはなかった。彼女は一本の指でしかタイプ出来なかった。彼女の父親は、町で最も尊敬されていた弁護士だった。彼は、彼女とその母親に、古い優美な木造家屋を遺した。その家には長いスロープの付いた芝生があり、金庫には黄色く変色した札がびっくりするほど詰まっていて、その金庫を開けた時には、こわばっていてバリバリ音を立てた。彼女は、普段は頬にプリンターのインクをつけてはいなかった。新聞社でレポーターとして働いていたが、それは、その仕事が好きだという理由からだった。そして、頬の染みは職業上やむを得ずついたものであって、滅多にあることではなかった。もし、染みがついていなかったら、もし、社のスモックを着ていなかったら、そしてあの時、彼女があんなに途方もなくびっくりしなかったら……。

一カ月たってからリチャードソンは、これらのことを知った。それまでに、バッテリーの鋼索が緩んだ夜のことは、彼の記憶から都合よく抜け落ちてしまっていた。彼はきりもなく空を飛んでいた。カンザスの夏、飛べる飛行機は旧式のＢ17しかなくて、Ｂ29の戦闘クルーを訓練するのは不可能だった。そして戦争。彼の前には、生き残る可能性はなく、果てしのない無限が広がっていた。

自らに課した閉塞状態からリチャードソンを無理やり引っ張り出して、彼に自分が生気を失っていることを自覚させたのは、ウイザーズであった。郊外のカントリークラブで、基地の士官たちを招待したダンスパーティーが開催された。ウイザーズは、名誉ある賓客として招待されたのに断ったら失礼ではないかと、リチャードソンをしつこくせっついて、出掛けることを承知させた。

そして、招待パーティーにテリーが来ていたのである。彼女は入り口で彼とウイザーズに会った。彼女は、黒いドレスを着ていて、目は黒かった。髪は光を受けて光沢のあるブラウンだった。彼女は美しかった。頬には染みなどまったくついていなかった。リチャードソンは彼女に今まで会ったことがなかった。

「あなたは、この間の晩、オフィスで私をびっくりさせた人だわ」と、彼女は言った。「あなたも私と同じくらいびっくりしたのを覚えているわ」と言って彼をじっと見た。「あなたは、あんな風に飛び出さなくてもよかったのよ。あなたのクルマに何が起こったの?」

「いまいましいバッテリーの鋼索が緩んだだけです」と、リチャードソンが恨みがましく言った。それまで彼は上の空だったが、急にはっと気が付いた。それから彼は謝罪し、テリーが笑ったとき、頬に染みをつけてオフィスにいた少女を、信じられない思いで彼女の中に探した。

それが始まりだった。

岩のむこうの海で何かがはねた。そしてリチャードソンの意識はサイパン島に戻った。彼は、海の中ではねたのは魚だと思った。そして、ポケットを探って三本だけ残しておいたタバコを取り出した。どれも皺くちゃで、湿っぽかった。そのうちの一本は、潰れてちぎれていた。彼は紙が破れた箇所にしっかり指先を当てて、折れたタバコに火をつけた。煙が渦を巻いて、目にしみた。そして彼は、今サイパン島ではほとんど夏になろうとしているが、カンザスのあの最後の夏から一年近く経とうとしていると、思った。

カンザスの夏の間、飛行とクルーとの仕事の合間にリチャードソンはしばしばテリーと会った。彼女の母、トマーソン夫人ともたいそう親しくなった。彼は彼女が好きだった。彼女は白髪まじりでやつれていた。それでいて陽気だった。彼女はテリーをこよなく愛していたが、母親たちの間にしばしば見られるわがままやジェラシーとは無縁だった。彼はよくトマーソン家の広いポーチに腰掛けて、トマーソン夫人が家の中に入るまで、二人を相手に話し合った。そのあと、テリーと二人だけで腰掛けていた。夏がほとんど過ぎ去り、季節が変わり始めるまで、夕方の長い時間ずっとそこに、彼らは腰をおろしていた。

とうとうやって来た最初の雨は冷たかった。それは秋の訪れを告げていた。その雨が降り始めたとき、まだ九月だというのに、周囲には十一月のような気配が漂っていた。不意に雨が襲いかかって来たとき、リチヤードソンとテリーは、田舎道をドライブしていた。いつもそうであるように、彼らは黙ってドライブしていた。そのころ、彼らはあまり話をしなくなっていた。会話は必要ではないように思われた。なぜそうなのかリチャードソンはよく分かっているわけではないが、それはいい感じであり、快適な感じであった。

しかし、彼とテリーとの関係には、彼には分からない何か他のものがあって、それが良い感情に影を落としていた。二人の間には、ある種のぎこちなさといったものがあった。それは、決してはっきり説明出来るようなものではなかった。あいまいで、ぼやけた邪魔もので、彼には名前がつけられなかった……ぎこちなさといったものか。

冷たい雨のほとばしりが、顔に当たった。彼は風防ガラスを見上げ、空が真っ黒になっているので驚いた。隣のシートのテリーを見た。彼女は目を閉じて腰掛けていた。風防ガラスのすき間から入り込んでくる突風の中で、彼女の長い髪が動き始めた。わずかな小さい雨の粒が額に溜まっていた。「幌を閉めようか?」と、彼は聞いた。「間もなく、ものすごい雨になるよ」「いえ、いえ、私は楽しんでるわ。涼しくなるってとてもいいことだわ」

彼女は目をあいて、彼に向かって微笑んだ。そのあと、ふたたび目を閉じて、頭を動かして正面に顔を向けた。

(ああ、テリー!)彼はテリーが好きだ。たとえ彼女がぎこちないように見えても、それこそ彼女の有りのままの姿なのだ。彼女とのわだかまりを、彼はそれほど気にしていなかった。彼は考え過ぎ、必要以上に本を読み、読んだことについて真面目にとりすぎているのだ。彼は今のような生活を送りながら、読書の習慣から抜け出せないでいた。彼には、探求し過ぎ、分析し過ぎ、疑い過ぎる傾向があった。彼のトラブルは、想像力を余りにも多く、不器用に使い過ぎることから起こった。彼は、テリーについて思い悩むのをやめなければならなかった。テリーには問題はないのだ。

しかし、それにしても……あいかわらずぎこちなさがあった。あるとき、彼が彼女にキスしたことがあった。そのとき、彼女は「そんなに強くキスしないで」と言って震え始め、彼から身を引いた。彼が彼女にぎこちなさを感じたのは、そのときが最初だったろうか？　そこには何かがあった。彼には、その何かが分からなかった。しかし彼は、そのことを心の中であくまで追求することが出来ないでいた。そこには、何かがあった。

突風を伴った豪雨が、続けざまに打ちつける巨大な粒になって彼の目の中に飛び込み、風防ガラスを急流に立ち向かうダムに変え、彼の周囲のすべての革のシートクッションに大きな音を立ててピシャッと当たったとき、彼はあわててシートの中で姿勢を真っすぐにした。彼は急ブレーキをかけた。テリーが彼の方に倒れかかり、びっくりして叫んだ。クルマは田舎道の真ん中でスキッドして止まった。彼の髪はすでにびしょ濡れになり、雨水が額から滴り落ちて、目の中に入り込んだ。そうした中で彼は、幌を上げるコントロールレバーを必死に探した。レバーを手探りして屈み込んでいる彼の耳に、テリーの笑い声が聞こえた。「急いでよ！」と、彼女は笑いながら言った。「私たち、溺れちゃったわよ！　あなたは、目の中に髪の毛を入れて、川から這い上がった子犬のように見えるわよ。急いで幌を上げて！」

彼は、彼女に笑い返しながら、「閉めるさ！」と言った。そして、幌を動かすレバーを見つけた。そして、幌がきしりながら動き始めたとき、頭上で雷が鳴った。

「私たちもうこれ以上行くことは出来ないわよ」と、テリーが言った。「あなたは運転しようとしても、前が見えないわ」

「ここにずっといるわけにはいかないよ。ここにずっといて、雨が止まなければ、ぬかるみから出られなくなってしまう。ハイウェイは遠くない。行ってみよう」

耳をつんざくような雷鳴の中を、彼らは出発した。ハイウェイに沿って四、五ヤードのところで、観光客用のモテルのネオンサインを見つけた。その標識は奇跡的に点灯していたが、風の中で激しく揺れていた。リチャードソンは、標識の下をくぐってモテルの構内に入った。「雨が止むまで、ここにいよう」と、彼は言った。

彼らは雨が止むのを待った。

彼は彼女に一度キスした。

コンバーシブル（畳み幌付き自動車）の幌から、雨が漏り始めた。リチャードソンがハンカチをその箇所に詰めて雨漏りを止めようとしたが、それはあまりいい思いつきではなかったようで、生地が破れて、雨の滴りは流れになった。彼は畜生と言って、ブルブル震えながらコートを脱いだ。彼はコートをテリーの肩にかけた。そのあと、彼のシートに二人で抱き合って縮こまった。幌から漏った雨は、車輪の上で跳ねた。

彼らの頭上にあたる、幌の他の側でも雨漏りが始まった。リチャードソンはどうにもならない思いで、それを見上げた。

「ここから出よう」と、彼が突然言い出した。彼女が答えられずにいるうちに、彼はクルマをスタートさせた。そして、数ヤード走ったか走らないうちに、窓に明かりのともったオフィスがあった。雨は窓から跳ねて、オフィスのドアに降り掛かっていた。彼はオフィスに駆け込んで、すぐに戻ってきた。手には鍵があった。彼はもう一度クルマを動かした。今回は直進して、小屋の一つの脇の空のガレージにクルマを入れた。彼はクルマから降り、テリー側に歩いてきて、ドアを開けた。

「行こう」と、彼は言った。「構わないかい？」

「私は構わないわ」と、彼女は言った。

二人は小屋のドアから、薄暗い明かりの点いている部屋に入った。彼は彼女の腕をとって、立ち止まった。

「テリー」と、彼は言った。「君をだまそうとしたんじゃないことを、分かってほしいんだ。雨宿りをするだけの目的で君をここに連れて来たんじゃないんだ。計画していたわけじゃないが、雨だけが理由ではないんだよ」

「分かってるわ」と、テリーが言った。屋根に当たる雨の音で、彼女の声ははっきりとは聞こえなかった。

「君がそうしたいなら、ここから出られるんだ。オフィスで雨が小降りになるのを待つことが出来ると思うよ」

「ここから出て行きたくないわ」と、テリーは言った。彼女の声はちょっと口ごもっているだけだった。

二人は暗い明かりの下でしばらくお互いを見つめた。

リチャードソンは、後ろのドアを閉めた。


彼は、後になっても、彼女が眠っているときの様子を忘れなかった。風が止み、屋根に当たる雨の音が弱まって、おだやかな囁きに変わった。彼女が眠ったのが分かった。彼女は、彼の折り曲げた肘の中に頭を入れて寝ていた。枕にかかっている髪はダークブルーで、静かに眠っている彼女の顔は、すべすべしていた。彼は毛布を引き上げて、剥き出しになっている彼女の肩を覆った。彼女はちょっと身じろぎして、片手を伸ばした。彼は彼女の手を握り、自分の頭を枕に戻した。そして、彼も眠った。

目を覚ましたとき、嵐は去っていて、夜はふたたび静けさを取り戻していた。窓のカーテンを揺すってかすかな音を立て始めたそよ風には、雨の匂いはほとんど残っていなかった。今は、毛布の下のテリーの身体は温かくなっていて、彼の肩に触れている彼女の額は湿っぽかった。

彼は彼女の目を覚まさせたのではないかと思った。頭を上げて見ると、彼女が目を開けているのが分かった。彼は、彼女は何を考えているのだろうと思った。そして、ためらいがちに「ハロー」と、言った。彼女は彼の方に向き直って、落ち着いた声で「ハロー」と言った。そのあと、「今、何時？」と聞いた。

彼は、片方の肘を立てて起き上がり、彼女に覆いかぶさるようにして、腕時計をのぞいた。驚いたことに、まだ十二時を少し過ぎたばかりだった。「君も驚くと思うよ」と、彼は言って、彼女に腕時計を見せた。

彼女は、彼を見上げて微笑み、頭を持ち上げて彼に軽くキスした。

「でも、私たち、帰る支度をした方がいいと思うわ」

彼は、彼女が身支度する間、彼女に背中を向けて立ち、飲み物を作った。塩素の匂いのする湯で割った辛口のウイスキーを飲みながら、背後で彼女が立てる小さな音を聴いていた。やがて、その音がやんだ。そこで、彼は振り返って彼女を見た。

たくさんの皺がついてしまったが、依然としてすがすがしく新鮮に見える、黄色と白のサマードレスを着て、彼女はじっと立っていた。片手の指で髪を後ろに撫でつけるのをやめて、彼女は頭を傾けて、彼をじっと見つめた。

「今晩のことは、不謹慎だわ」と、彼女が言った。「でも、リック、あなたを愛していると思うわ」

そう言った時の彼女の声には幸せな響きがあったが、それと同時に、底を流れる苦悩があるように、彼には感じられたのである。彼は、グラスを唇に持っていきかけたまま、じっと立っていた。彼は、ほとんど聞き取れない声で「なんてことだ」と言った。

「私が言った意味は、言葉で表現するとすれば、不謹慎と言うことよ」と、彼女は言った。「多分、この言い方は正確じゃないでしょうね。でも、いずれにしろ、重要なことではないわ。重要だと思いたくないのよ」

「愛については、分からないんだ、テリー」と、彼はゆっくり言った。「今まで誰にも、愛しているって言ったことがないと言ったら、信じるかい？」

「信じるわ」と、彼女は言った。「あなたを知っているもの」

彼はふたたびグラスを取り上げて、飲んだ。

突然、彼女が彼に笑いかけた。「もう、そのことを話すのはやめましょう」と、彼女は言った。「ウイスキーと水の入ったグラスのほか、何も身につけないで、そこに立っているあなたを見ると滑稽だわ！　帰りましょうよ」

彼女は、彼を驚かせた。彼女はいつも彼を驚かせた。彼は、急いで身支度をしながら、彼女を覗き見た。

彼女は、薄暗い明かりの下で、鏡の前に立って髪を整えていた。髪のウエーブを櫛が梳くたびに、髪の上で光が輝いた。

彼らは、夜の静寂の中を車を走らせた。二人とも幸せだった。リチャードソンには、二人が幸せだということが分かった。それまでの長い人生の中で、思い出せる限り、こんなに幸せなことはなかった。彼女の家に着いて、クルマから降りると、彼女は腕を彼の腕にからませた。そして、小道を歩いて行くとき、彼の手をとった。彼が彼女と別れてからまだ一時間しか経たなかったが、そんなに僅かな時間しか経っていないということが、彼にはほとんど信じられなかった。


海からの微風が、岩の間で少しそよいだ。リチャードソンは、時計に目をやった。いつの間にか時間が経っていた。一瞬、彼の心を漠然とした不安がよぎった。彼は、時間を見過ごさないこと、作戦会議に遅刻しないように確認のためのチェックをすること、滑走路上で待機している間、腕時計の秒針が遅滞なく時を刻んでいるかどうか見ることに慣れていた。しかし、すぐに彼は我に返った。彼はサイパン島にいて、今日は、出撃のスケジュールはない。今日は、何かをしなければならないということは、一切ないのだ。昼も夜も、すべて休息時間なのだ。急ぐことはない。カンザスで過ごした時間についても、テリーについても、考えたいことをすべて考えることが出来る。

飛行大隊は、十月に出発した。秘密裏に。夜間。使用出来るすべての飛行機は、その夜に離陸した。それは、表向きは別の爆撃訓練に行くことになっていたが、実際には帰還しないで、新しい基地に向かうよう、フライトプランがファイルされていた。ほとんどすべての飛行機が使用可能であり、そのこと自体、驚くべきことであった。それを可能にしたのは、飛行機のほとんどが新しいということだった。飛行大隊は、一週間前にとうとうB29を手に入れたのである。

リチャードソンは、基地の変更を秘密にすることについて、それまで耳にしたことがなかった。彼も皆と同じように驚いた。勿論、それで終わりというわけではなかった。航空機関士の会議で手に入れた数字をフォンクが彼に見せた時、リチャードソンには、飛行機の燃料積載量が、通常の夜間訓練飛行と比べて余りにも少な過ぎるのが分かった。そして、モレリイが、明らかにでっち上げられたと思われる、航法士の大陸横断用フライトプランを彼に見せたとき、リチャードソンは、これは飛行中にもう一度作りかえられるに違いないと考えた。そこで彼はある結論に達した。九時までに彼は、緊急用のブルボンのボトルとパジャマと、特製のカミソリの刃を入れた、自分の短期旅行用緊急時バッグを、秘密裏にフライトデッキに詰め込んだ。彼が見たところ、フライトデッキのあちこちに、他の者のバッグや包みがいくつか、詰め込まれていた。

彼がテリーを電話に呼び出すことが出来たのは、十時前であった。彼が期待していたように、彼女はこれが緊急事態であることを、彼の声を聞いてすぐに察知したに違いないと思った。「おれたちは、十二時を過ぎないと、今夜の任務のための離陸はしないよ」と、彼は彼女に言った。「だから、君はここに来て、おれたちの計画した通り、クラブで二時間ほどおれたちと過ごせるよ」

彼女がよく承知しているように、その晩の計画など何もなかったのだ。

彼女は一度口ごもったが、すぐに自分を取り戻した。「もう時間が遅いわ」と、彼女は言った。「急がなくてはいけないでしょう？」

「急いだ方がいい。それから、エドナ・フォンクを一緒に連れて来てくれるかな？　彼女はクルマを持っていないと思うんだ」

「二十分で着くわ、リック」と、テリーは言って、電話を切った。

エドナ・フォンクは、ベッドに入っていたが、急いで起きて来た。彼女は、走っている車の中で髪からピンを抜いた。フォンクは、彼の妻には彼らの意図がちゃんと分かっているに違いないと、確信していた。そしてリチャードソンは、彼だけが電話出来た立場から考えて、彼女たちは、彼が十分に秘密を守って伝えた内容を、しっかり理解したに違いないという点でフォンクに同意した。彼は、フォンクと一緒に、車が駐車区画に走り込んで来るのを待っていた。

「自然に振る舞ってくれ」と、彼はテリーに言った。「せめてゲートをくぐるまでは、笑っていてくれ。もしも、君がずっと待たれていたように振る舞わないと、衛兵は入れてくれないかもしれないよ。急にだめだということになりかねない」

「笑いたいような気分じゃないわ」と、テリーは言った。それでも彼女は頭を上げ、顔をしかめて彼に笑いかけた。

クラブに着くと、リチャードソンとフォンクが説明した。基地から外部への電話は、リチャードソンがかけたあとすぐに遮断されてしまった。基地を訪れて来る人たちは審査されるようになり、今では、飛行機が離陸を終えるまで、基地から出ることは禁止された。これは、通常の警戒態勢であると説明されているが、彼らは独自の見解を持っていた。

「でも、あなた方はどこへ行くの？」と、テリーが無邪気な質問をした。「あなたは、シャツをどうやってきれいにするつもりなの？」と、家庭的な妻であるエドナが夫にたずねた。「おれたちは、訓練の次の段階のために新しい基地に行く」と、リチャードソンが言った。「今度の基地が何処にあるのか、おれたちにも分からないんだ。おれたちは移動すると思うが、君たちには何も言えないんだ。しかし、多分そんなに遠くではないと思うよ。エドナ、君のリチャードはシャツを洗濯する必要はないんじゃないか。遅くとも四、五日のうちに、クルマと衣料品をとりに帰れると思うよ。上の方の連中が今、関心を持っているのは、飛行機を秘密のうちに新しい基地に移すことさ。飛行機がそこに移ってしまえば、賭けはすべて終わって、おれたちはまた、普通に作戦を開始することになるだろう」

フォンクは、エドナと一緒に部屋の別の隅に行き、リチャードソンは、テリーの手をとった。

「リック……」と、彼女は言った。「ねえ、何も話す必要はないわ。あなたは、私の疑問に何も答えられない。そしてあなたは、私が何を言おうと行かなければならないんだわ」

「気にしないで」と、彼は言った。「さっき言ったように、そんなに遠くへ行くわけじゃないんだ。それに、多分四、五日経ったら、持ち物を荷造りしたりクルマを受け取るために、帰って来るだろう。それが終われば、大陸横断飛行のチャンスがいつでもある。そして、君は僕に会いに来れると思うよ。そして、時々そういうチャンスがあると思うんだ」

「分かってるわ、リック。分かってるわよ」

しばらく話したあと、彼らは黙りこんで長い間腰掛けていた。そしてとうとう彼の行かなければならない時がやって来た。

彼は、彼女の唇に傷がつくほど激しく、急いでキスをして、彼女から離れた。

飛行機に乗り込むと、彼は忙しかった。今では熟練して身についてしまった、決まりきった手続きに従って機械的に作業を行った。それは、慣れてはいるが退屈な仕事であった。しかし、いつでもやらなければならない仕事であった。フランクスと一緒にチェックリストを読み上げながら作業を進めていった。地上走行用滑走路上で待機している間に、シリンダーヘッドの温度が計器の小さな赤い線に近付かないかどうか気遣いながら見守った。すべての操縦装置を、それらがちゃんと動くかどうか確かめるために、ギリギリまで動かしてみる。こうして、空中で生き残る保証を得るために、パイロットが地上でやらなければならないことをすべて行うのである。

もう、離陸のために向きを変えるまで、やれることはすべてやった。リチャードソンは、クラブで待っているテリーとエドナのことを考えた。彼女たちは、飛行中隊の離陸が完了するまで待っていなければならない。すべての飛行機が地上滑走し、待機している間の、エンジンの低い音に耳を傾け、そのあと、すべての飛行機が次々にスロットルを開く時の、破壊的な震動を感じ、滑走路を突っ走る時の轟音を聞くことになるだろう。

彼は以前テリーに、「離陸するところを見ていちゃだめだよ。いいことじゃないと思うよ」と言ったことがあった。しかし、彼女は今見ているに違いない。彼女とエドナは、クラブのテラスに立って、色とりどりのライトが滑走路を走り抜けて、飛翔し、消え去っていくのを、じっと見ているに違いない。

震動する飛行機の中に腰掛けて待機しながら、彼は、テリーには彼の理解の及ばない慎み深さがあるということをまた考え始めた。それは、彼を大きく悩ませるものではないし、そのことについて考えることは滅多になかった。それにもかかわらず、それは存在するのである。彼らが親密になったにもかかわらず、そして、とくに最近の二、三週間というもの、おかしなことに彼にはかすかな不安な感じがするのであった。テリーについて彼の全く理解出来ない何かが依然として存在するに違いなかった……。

そのあと、順番が来て、彼はスロットルを前に倒し、巨大な飛行機を離陸位置までガタガタ走らせ、彼を夜の中へと導く、滑走路の長く明るいトンネルを、極度に緊張しながら突進し始めた。

飛行中隊は飛んだ。日中も夜間も、二週間というもの、飛びに飛んだ。リチャードソンは、大変な思い違いをしていた。フォンクの一張羅のシャツは、実際ひどく汚れてしまった。そして、衣服やクルマを持ち帰ったり、家族を連れて来るために以前の基地に行くことは、許可されなかった。そして、新しい基地は以前の基地から遠く離れていた。その距離は、千マイルくらいあった。

彼らは、銃撃段階の訓練を開始した。リチャードソンとクルーは、毎日二回以上銃撃訓練のために飛行した。クルーが新しい飛行機に一層慣れてきたので、リチャードソンは、時々フランクスに操縦を任せて、自分自身で銃撃を試みた。機首の爆撃手の席に屈み込んで、動力で旋回する砲塔の制御装置でもあるプラスチックのグリップに手を添え、照準器の接眼レンズに目を押しつけた。照準器の内部では、照準像の小さな赤い点のついた円盤が、踊ったり消えたりしていた。銃撃区域の周囲に広がっている、よどんで、半ば凍った水たまりから、彼の撃った弾丸がしぶきを上げるのを見つめた。滅多にそんなことはないが、時には、ぼろぼろの布をつけた標的を弾丸が引き裂くのが見られた。銃のズシンという反動で、機体が震動するのを感じた。火薬と埃のまじった匂いがした。そして、銃が作動する時に機内を通過する、銃塔装置の焼け焦げた油の匂いがした。

　砲塔が動かなくなった。銃には度々そういうことが起こるのだが、引き金に安全装置がかけられたあとで、オーバーヒートした銃身と薬室が原因で、困ったことに銃が爆発したのである。電気回路が焼け、訓練を中止せざるを得なくなった。一度は、空対空銃撃訓練の最中に、おそらく安全装置が原因と思われるが、火花断続器が機能しなくなり、リチャードソンの機の上部砲塔の射手が自機の翼を銃撃してしまった。機は安全に着陸したが、銃撃装置に対する彼らの信頼感は著しく低下した。

　銃撃訓練は十分に行われた。そこで、本来そのために計画されていた訓練日程を半分に短縮しようということになった。しかし、問題がまだあった。飛行中隊のＢ29は、全機揃ったわけではなかった。何人かのパイロットは、まだ新しい飛行機での訓練が済んでいなくて、今まで通りＢ17で飛んでいた。リチャードソンは、そのほかの義務に加えて、訓練指導教官になった。彼は、Ｂ17のパイロット七人の指導をした。その中の一人、ウイザーズを除いては、彼らの指導はどれも難しかった。いくらか自信過剰の傾向はあるが、ウイザーズは飛行機をうまく飛ばした。リチャードソンは彼に、うぬぼれの強いパイロットたちの抱える問題について辛辣に話した。ウイザーズが最後の着陸で、腰骨を打つような完全な失速をやらかした時には、思いっきり笑って点検表にサインした。

　二週間経つと、クルー全員が疲労の極に達した。顔には皺が寄り、一様に目が充血していた。朝になって部隊にやって来る射手たちの顔には、短い髭が目立ち始めた。それを見ても、飛行隊長たちは、彼らがどんな砲塔で、どんな電気火花回路を使って、夜通し働いているかということをちゃんと知っているので、彼らに軍隊の身だしなみについてお説教をするつもりはなかった。小規模な事故の発生率は、急激に増加し始めた。基地の病院で診断呼集の合図を待つ人々の列が、毎朝増えていった。能率がしだいに低下していくという指標によって、大隊の人員機構は影響をこうむっていた。こうした人的要素の機能低下がそのまま、銃撃訓練中止の原因になったとは言えないであろう。彼自身が部下と同様に、おそらくそれ以上に悩み、いやになっている大隊長にとって、やり遂げなければならない仕事があった。そして、人的機構というものは、最終的には修復可能な問題なのであった。しかし、一つの機構が壊れる時には、ちょっとやそっとのことではどうにもならないものなのである。大隊の備砲担当士官が大隊長のデスクの上に赤線入りのグラフを置いたとき、大隊長は両手を投げ出して敗北を認めた。彼は、大隊の銃砲のうち、発砲する能力のないものの数を示す数字に目をやっただけで、決定を下した。

銃砲の整備のために、大隊の訓練は中止された。飛行クルーの全てのメンバーに一週間の休暇が与えられた。リチャードソンは、一時間も経たないうちに基地を後にした。

それは、非常にすばらしい一週間だった。休暇の初めには、それがどういうふうに終わるのか、彼には想像出来なかった。

急いだにもかかわらず、以前の基地での荷造りと片付けに、一日の大半を要した。それでも彼は、トマーソン夫人とテリーとの夕食の時間に間に合った。以前そこでとって以来初めての、あわてなくていい夕食だった。夕食の後、彼はテリーと一緒に静かな街を歩いた。「明日は一緒に過ごせるよ」と、彼は言った。「ここは、ちょうど基地に戻る別れ道なんだ。道沿いのカールスバードかどこかへ行こう。二、三日、一緒にいられるよ。君のお母さんを心配させたくはないが、あと五日しか残ってないし、そのうちの二日は、ドライブで過ごす予定なんだ」

「母がそんなに心配するとは思わないわ」と、テリーは言った。「多分、ちょっとだけ心配するかもね。それに母は、あなたが考えるよりずっとよく観察してるわ。私たちは母をうんとお人好しだと思っているんじゃないかしら。それに彼女は寛大でもあるのよ。彼女の年代と歳を考えたら、余計そう思うわ。そのうえ、母はあなたが好きなのよ、リック。母のことは心配してないわ」

「もうここには帰って来れないと思うよ」と、リチャードソンが言った。「帰って来れると思うのは夢だ。あまりにも遥かな夢だ。それをかなえる時間がない。他のこともあるしね。われわれには、長くいる場所はないと思う。恐らく次の基地は、もっと遠い所になるだろう。それに、いいかい、君が知っているように、われわれ戦闘集団は海外に派遣されるための訓練を受けているんだ。基地がもう一度変わって、訓練がもう一段階終わると……」

「カールスバードへ行くわ」と、テリーが言った。

残された日数の四日目の朝、旅行者用小住宅のドア口に立っている彼女を残して、彼は、地平線のかなたに見える紫色の山脈に向かって、速い速度でクルマを走らせていた。彼は山脈を見てはいなかった。目の中いっぱいにテリーの姿があった。彼女はきちんとした黒の旅行用スーツを着て、しっかり立っている。目は黒くて大きく、顔は疲れた子供のように青ざめている。

もっとスピードを上げて、もっとドライブを続けても、彼の心の中の彼女の姿は、消え去るどころか、ますます大きくなるに違いない。彼は試みるのをやめた。急に決心がついて、彼はクルマを急転回させて、他にクルマのいない真っすぐな道を戻り始めた。

彼が戸口に立った時、彼女は、彼女の旅行鞄を閉じていた。彼には、彼女の表情は読みとれなかった。

「戻って来た」と、彼は言った。「君が一緒でないと、行けないんだ」

彼女は何も言わなかった。

「君を連れて行きたいんだ、テリー」と、彼は言った。「僕は……僕は君を愛している」

彼女は震えながら、深く息をついた。「私を愛しているなんて言わないで、リック」と、彼女は言った。

った。

「私を連れていって」

アルブカーキから、二人はトマーソン夫人に電報を打った。彼女はサクラメントで彼らと落ち合った。ウイザーズもそこで彼らに会った。彼は軽く手を振った。彼はおなじみのおだやかな表情を浮かべていたが、しだいに目の中に鋭さが増し始めた。しかし彼は、極めて能率よく打ち合わせを行った。その晩、彼らは結婚した。リチャードソンが休暇に入ってから、七日目であった。基地に戻ることが、彼らのハネムーンであった。

彼らは、地階の部屋で結婚生活を始めた。その部屋は、当時の基準では広かった。二十年は経っていないベッドが一台。椅子が三脚で、そのうちの一脚は、クッションシートがついていた。物を入れるのに十分な大きさの引き出しのついた戸棚が二つ。そして、窓が一つあった。

最初の朝、リチャードソンはテリーに家庭的な事柄を申し出た。「あんまり突然に、君に面倒をかけ始めていやなんだが」と、彼は言った。「でも、君はもう空軍の中にいるわけだから」彼はクシャクシャになったシャツの包みを彼女に渡した。「これを洗ってみてくれるかい?」

「はい、機長」テリーは快活にそう言った。「シュナイダー夫人がバスルームから出て来たら、すぐ私が自分で洗うつもりよ。アイロンを借りるにはどこへ行けばいいか分かってるわ」彼女は彼に笑いかけ、お別れに長いキスをした。

何日か経って彼は、彼女がまず自分のアイロンを手に入れ、次に、間に合わせのアイロン台を作ったことを知った。彼はそれまで、そんなに染み一つなく洗濯されたシャツを支給されたことがなかった。彼は、彼女がエドナ・フォンク、メアリー・モレリイと連れ立ってちょくちょくランチを食べに出掛けるのに気が付いた。彼女は二人が好きなのだ。二人の方も彼女が好きなのは明らかだ。缶と広口ビンの列が、テリーが天然の冷蔵庫と呼んでいる、窓と網戸との間の狭いスペースに積まれるようになった。二人は、その土地のストアで、電気コーヒーポットを見つけた。躍起になって探していた他の客が何故か気が付かなかったらしい。そのことがあってから、彼らは朝、部屋でコーヒーを飲むようになった。テリーは急速に、飛行隊員の妻としての生活の仕方を身につけていった。

リチャードソンは、その他のことも教えなければならなかった。それは、慣れるのが容易でない事柄であった。

ある日、彼は早く帰宅した。彼の制服はまだ清潔で、髪はブラッシュしたばかりだった。出迎えた彼女はすぐに、「どこか具合が悪いの」と、聞いた。

「飛行隊について君に知ってもらいたいことが、他にあるんだ」と、彼は言った。「君はうんと早くから知っていなければならなかったんだが、こうしたことは先延ばしすることが出来ないんだ。今日は、長い滑走路が閉鎖されて、われわれの飛行が中止されたので、帰って来たんだ。滑走路が閉鎖されたのは、飛行機が其処に墜落したからだ」

彼女は、何を質問していいか分からないまま、彼を見た。

「彼らは、君の知らない連中だ」と、彼は言った。「他の飛行中隊から派遣されてきたクルーだ。空中で火災を起こしたんだ。そのトラブルをほとんど処理したように見えたが、完全じゃなかった。最後は滑走路に墜落して炎上した。全員が死んだ。こうしたことは時々起こるんだよ」

「分かったわ」と、一つの教科を学んだ彼女は言った。彼女はさらに次の教科も学んだ。リチャードソンは、テリーを取り巻く慎みの雰囲気、ぎこちなさをそれまで忘れ去ったことがなかった。その雰囲気は変わっていなかった。そんなにはっきりはしていなかったが、依然としてあった。おそらく、時が経てば……しかし、ある晩、彼は、時が経ってもその雰囲気に変化がないことに気付いた。

衝動に駆られた彼は、彼の感じていることをすべてテリーに話した。

彼が話し終わった時、彼女は「私には分からないわ」と、彼に言った。「あなたの言う意味は分かるわ。自分でも、私の中にそういうものがあると思うもの。でも、なぜだか分からないのよ。私はこのことを気にしまいと心に決めていたの。あなたがほんとうは私を愛してはいないということが私に分かっていたのは、それが原因なんだわ」

「いや、僕は君を愛しているんだよ！」と、彼は抗議した。「君にそう言ってたじゃないか。僕はいつも君に本当のことを言うようにしてきたつもりだ。言葉で言うのは簡単だよ。そして君はそうして欲しくはなかったろう。僕は、こういう黒か白かっていう問題や、絶対ということにこだわるのはいやなんだ。君は誰かを全く愛していないか、あるいは彼を愛していないかだ。人間のほとんど全ての感情に段階があると同様に、愛情にも段階がある。僕はいろいろな言葉の意味を知っているが、それと同じくらいに自分の感情を表現出来るよ。僕は君を愛しているんだ。もう一度言えば、満足するかな？　君を愛してるよ！」

彼女は、片手を彼の額の方に伸ばして、向こう側のライトを消し、元の位置に戻りながら彼の頬にキスをした。

「もう、寝ましょう」と、彼女は言った。

幸福な日々が続いた。全体として言えば、慌ただしい日々であり、到着したり出発したりした。彼らは転居し、再び転居した。最初は屋根裏部屋だったが、それなりに住み易かった。しかし、それだけのことだった。次は、驚いたことにアパートにありついた。なんとアパートにだ！

「どうしてなの、私たちはパーティーが出来るわ！」と、テリーが驚いて言った。

「そうだな」と、リチャードソンが言った。「今晩から始めよう。ウイザーズを呼ぼうよ。あいつをくつろがせることが出来るよ」

彼らには、運の巡り合わせがあった。それは、しばらくは不運であったようだが、やがて非常な幸運に変わった。そして、それは彼らに、途切れることのない四日間の昼と夜をもたらした。ある晩のフライトの途中、リチャードソンの機の第二エンジンが突然咳き込み、オイルがすべて黒い流れになって漏れ出した。プロペラは、普段のように空気抵抗を少なくするような回転をしないで、高速回転をするようになった。そのため、緊急着陸せざるを得なくなった。ダメージを受けたエンジンを点検しようと急いだリチャードソンは、滑走路をグジャグジャにしたオイルの中で滑って転び、膝をくじいてしまった。暗い夜に、損傷を受けた飛行機を操縦して無事に降り立ったのに、そのあと、滑走路の上で倒れて膝をくじくとは馬鹿げていた。しかし、馬鹿げていようといなかろうと、膝をくじいてしまったのだ。

四日間、テリーはアパートで彼を看護した。膝の手当ては大したことはなかったが、回復には時間がかかった。そこで彼らは話をした。午後の長い時間、時には夜のもっと長い時間、彼らは話し合った。テリーは彼に、少女時代のことや、彼女が非常に愛し続け、今でも愛している父が死んだことや、父が死んで非常に淋しいことを話した。新聞の編集者であるエリクソン氏のことや、彼女がどういういきさつで新聞社で働くようになったかも話した。エリクソン氏は、どちらかといえば恐ろしい内容の小説を書いているが、それらの小説はまだ出版されていないのだと、彼女はリチャードソンに話した。そして彼女は、気難しい編集者が恐ろしい小説の著者であることを思い出してクスクス笑った。リチャードソンは、彼女がクスクス笑うのをこれまで滅多に聞いたことがなかった。彼女は今まで彼が思っていた以上に幸福だったのではないかと、彼は考えた。

彼の方も、自分のことを彼女に話した。家族のことや友人のこと、二人が出会う前の生活のことを話し、以前に話そうと思っていながら時間がなくて話せなかったことを話した。彼は、テリーと話すのが楽しかった。四日間のやむをえぬ休息によって、彼もテリーも、今まで彼がどんなに疲れていたかということが分かったのであった。

彼が休息をとれたのはよかった。新たな任務についてテリーに知らせなければならない日が来た。その日、彼はアパートに帰って来たとき、口を固く結んでいた。彼はテリーに話したくなかった。

彼女は、他の女性と同じように、その知らせを受け入れることが出来た。「こうなることは分かっていたわ」と、彼女は静かに言った。「私にはもちろん分かっていたわ。これが最後の移動なんでしょう？　海外へいくの？　ここから？」

「最終的な移動じゃないよ。まず最初に、われわれが乗り込む戦闘用飛行機を選び出さなければならない。今度の移動はそのためのものなんだ。われわれは、二週間以内にここを離れるだろう。もちろん、それは予想だが。そのあと一週間かけて、飛行機を選んでチェックする。そのあと、海を越えるんだ。多く見積もって、全部で三週間か。多分もっと短いだろう」

ウイザーズがドアをノックして、一杯飲もうと叫んだので、その晩、テリーと考える時間はなくなってしまった。

翌朝からものすごく忙しくなった。リチャードソンにとって、毎日が気違いじみたものになり、非常な速さでそれぞれの仕事をやり遂げていかなければならないので、みんな、悪夢のような、無意識のパターンの中に投げ込まれた。週末になって、飛行大隊は命令を受け取った。

「ネブラスカ州のカーネイだ」と、リチャードソンは彼女に言った。「問題が絞られてきた。カーネイには一週間滞在する」

「一週間というのは確かかね?」

「もっと短いということはあり得ないね。新しい飛行機が手に入って、それらを点検しなければならない。対空速度表示器の点検をして、コンパスの針を動かしてみる。そうしたことをすべてやらなければならない。われわれは、カーネイを朝早く出発することになるだろう」

「われわれですって?」

「われわれさ。君もだよ。カーネイに家族を連れて行くことは、明らかに禁止されている。命令ではそういうことになっている。しかし……」

「今すぐ荷物をまとめ始めましょう」と、テリーは言った。

カーネイに着いてから、一週間たった。後になってリチャードソンは、その一週間の細かい事柄を思い出すことが出来なかった。二人は、滑走路の上で別れの挨拶をした。彼らは、くるぶしの深さの新雪の中に立っていた。剃刀の刃のような風が、雪の細かい粒の上を通って、彼らの顔やコートの襟の中に吹きつけ、テリーの黒い髪に、キラキラ輝く銀色の埃をくっつけた。彼がキスしたとき、彼女の唇は氷のように冷たかった。

彼は、彼女の方を振り返りたかった。彼は振り返ろうと試みた。しかし、飛行機が地上滑走していたので、プロペラが雪の乾いた細かい粒を吹き上げて何も見えない雪煙をつくってしまい、彼女を見ることは出来なかった。

サイパン島では、太陽が低い位置にある時に海面のかなり近くにいると、色あせた水平線に向かって広がる、キラキラ輝く光の通り道を眺めることが出来る。リチャードソンは、空になったビールの缶を、出来るだけ遠くの光の通り道の中に投げ込んだ。彼には確かめることが出来なかったが、彼は、その空き缶がそこで跳ね返るのを見ることが出来たと思った。

彼は、兵舎に帰る道を歩き始めたが、彼の心を依然として満たしていたのは、テリーという謎のような女性への思いであった。

第六章

夕方の早いうちに、彼は、マーチンを見舞いに病院に行った。正直言って、彼にはマーチン以外の誰にも会うつもりはなかった。最後まで彼はそう信じていた。ところが、マーチンを見舞ったあと、彼にはその日の夕方もう何もすることがなかった。すると、突然彼は病棟の事務室に足を向け、ライネハルト嬢に会いたいと言った。

彼女の部屋に行く途中、もう一度彼女に会いに行こうとしているのを、一瞬不思議に思った。実際彼は今まで、彼女に会うつもりはなかった。そのことは、ウイザーズに正直に話した。それなのに今、彼は彼女の姿を見るのを楽しみにしていた。

「彼らは、君の髪をみんな切ってしまったわけではない」と、この前彼は言った。そして、自分が話したことをすぐに忘れてしまっていた。

彼は、ウイルソンのことも飛行中隊のことも明日の出撃のことも忘れてしまった。彼女が小妖精でもなくトラブルに巻き込まれたことを訴える少女でもなくて、生き生きした、感嘆しないではいられないような美しい女性であることが分かって、彼の心はすぐに歓声を上げた。

「いらっしゃい」と、彼女は言って、読んでいた本を脇に置いた。「多分、私は自分の髪のことを大袈裟に言ってたわね」

そのあと、彼は何も言わないで、長い間じっと見つめた。包帯の大部分は外され、一本の白い細紐が、伸びてきている彼女の髪の銅色とコントラストをなしていた。そして、小さな髪環によって半ば隠されていた。彼女は、スラックスをはき、セーターとジャケットを着て、ちゃんとした服装でロッキングチェアーに腰掛けていた。セーターの色は、薄いグリーンだった。彼女が深く息を吸い込むと、セーターの胸の部分が左右一様に持ち上がった。

「腰掛けなさいな」と、彼女は言った。「みんなは、私の名前を縮めてライネって呼んでるわ。リチャードソン機長以外に、みんなはあなたのことをどう呼んでるの？」

「リック」と、彼は言った。彼は、ベッドの端に腰掛けた。「君は病人には見えないね。この間の晩、僕に会った時だけ具合が悪かったのかな？　早く治ったんだね」

「本当は病気じゃなかったのよ」と、少女は言った。「この間の晩は、ちょうど気分の落ち込んでいた時だったんだわ。まだ身体じゅう痛い。でも、病院の人たちは、きょう私を起こして服を着させました。セラピーの一つだと思うわ。一日中ベッドの中にいると、元気がなくなってくるの」

「しばらく君のそばにいていいかな？」

「今晩僕がまた来るって予想してたかい？」

「もちろん、いいわよ」

リチャードソンは躊躇した。そのあと、思い切って言った。「えーと」と、彼は言った。「今晩僕がまた来るって予想してたかい？」

「分からないわ」と、ライネが言った。彼女の額のあたりに眉をひそめるような気配が浮かんだ。「多分そうだと思うわ。何故？　あなたはそう思ったの？　あなたにそう思わせたものは何かしら？」

「ただ聞いただけだよ。何故そう考えたか僕には分からないな」と、彼は言った。突然彼は、自分が微笑みを浮かべ始めたのを感じた。少女も微笑んだ。

彼らは黙り込んだ。そしてリチャードソンには、その沈黙が強制されたものでもなく、不愉快なものでもなくて、自然で、くつろいだ沈黙であることが分かって、ある種の楽しい驚きを覚えたのであった。彼が感じたのは、名付けることは出来ないが、しいて言えば一番近いのは、リラックスするという感じであった。その日の緊張も、彼の心にわだかまっていた執拗な疑いも、彼が行うあらゆることや彼の行くあらゆる場所につきまとって来る、疑いと不確かさのモヤモヤに直面しているのだという、憂鬱で無益な思いも、それらすべてが、あっという間に消え去ってしまった。

今や、彼の心は明るく静かであった。彼は壁に寄りかかり、片方の足首をもう一方の足の膝に組み、帽子をベッドの足元にほうり投げた。

ライネは、タバコの箱を彼に向かって投げた。それは、彼の胸に当たった。彼らは再び微笑みを交わした。

「あのね」と、リックが言った。「こういうことを言うのは馬鹿げていると思われるのは十分承知しているんだが、それでも僕は言わなくちゃならない。僕らはずっと以前からお互いに知り合っているように思えるんだ。本の中に出て来るようにね」

「私たちはもうハイスクールの生徒じゃないわ」と、ライネは言った。しかし、彼女が話している時に彼女の目の中にきらめいたものは、彼が彼女自身の考えていることを言葉に表現したこと、彼女の意見から非難の味を奪い取ってしまったことを示していた。

「こういうことは滅多に起こるものじゃない」と、リックが言った。彼は彼女をじっと見て、彼女の目を自分の目で包み込んだ。そして再び彼らの間には長い沈黙が続いた。

リチャードソンは、彼が今見ているものが好きだった。しかし、それは何かを発見して驚く楽しさといったものではなく、むしろ、彼女を見ていると、周知のなじみ深い良いもの、非常に良いもの、彼がこれは良くなると期待し、そうなっても驚かないものを彼が見ているのだという感じがした。

その少女はスリムだが、身体は、彼女のスリムさを裏切るかのように、十分に成熟していた。じっとしている時の彼女は全く小柄に見えるが、ちょっとでも身体を動かすと、光と影が彼女の顔や首の、日焼けした皮膚に作用して、皮膚の下のしっかりした筋肉をあらわにした。そして、彼女の着ているゆったりしたセーターだけが、彼女の胸のくっきりした輪郭を強調していた。リチャードソンは、服の下の彼女のヒップは、少なくとも黒いスラックスを着ている今ほどボーイッシュには見えないだろうなと、ぼんやり考えた。彼女を抱いたら気持ちがいいだろうな、という思いに彼はとらわれた。しかし、その思いは切迫したものではなく、彼はそれを心の中に沈み込ませた。

彼女には、頭を低くして見上げる癖があり、それによって、目にかすかに瞑想的な印象が漂った。彼女は今、そのしぐさをした。しかし、すぐに頭を上げた。それはまるで、彼らの間の、会話なしで心が通じ合っているムードを、意識して変えようとするかのようであった。さらに彼女は追い打ちをかけるように、必要以上の激しさでマッチを擦ってタバコに火をつけ、高い声で話し始めた。

「さあ、何か話しましょうよ」と、彼女は言った。「あなた自身のことを全部私に話して。あなたはどんな装備を身につけてるの。今まで毎日何をしてきたの。全部話して頂戴」

リチャードソンは笑った。そして、初めはふざけて答えていたが、そのうちに気が付いてみると、彼女にすべてを話していた。話がしやすかった。急がずに、言葉も選ばなかった。承知の上で多くのことを構わずに話した。彼女が聴いていることが分かった。実際によく聴いていたが、それほど念を入れて聴いているふうでもなかった。彼は、ウイルソンのことを話した。それから、機体左側の射手であるネイルソンについて話した。実際に根拠があるわけではないが、ネイルソンは彼の妻が浮気をしているのではないかと疑っている。その次はフランクスについて、彼は優れたパイロットだが、痛ましいほど若いのだと話した。さらにリチャードソンは、最近の出撃と戦争について話した。

結局まだそんなに話したわけではないということに気が付いて、彼は驚くと同時に喜びを感じた。言葉が、彼の唇からやすやすと流れ出て、話すのに非常に短い時間しかかからなかった。そして、今まで何日かの間考え続けてきたことをすべて話したのであった。彼の考えはほとんど無意識のうちに整理されていた。そして、話している間に、それまでずっと思い煩ってきたことのあれこれについて、これ以上クヨクヨしないで、それ以外のことをしようと決心していたことに、話し終えた時に気が付いて喜んだのであった。

彼は、リフレッシュされたと、はっきり意識して、話すのをやめた。急いで二本のタバコに火をつけ、一本をライネに渡した。

「今度は君の番だ」と、彼は言った。

少女は、初めにちょっと口ごもった。そこで彼は、いくつかの短い質問をして、彼女が話しやすいように仕向けなければならなかった。しかし間もなく、彼と同じように率直に話し始めた。

母については、ちょっと話しただけだったし、父については彼女は何も話さなかった。しかし、彼女の伯母が慎み深い資質の女性であることや、現在海軍に勤務している素敵な青年がいることが分かった。そのほかのことについて、彼女はいろいろ語った。彼女の子供時代は、地味で淋しいものだったという印象を受けた。

そして彼はしだいに、彼女の言葉や態度に潜む、性格の深みや暖かさに気付き始めた。彼女は、赤十字社に入会するには適性を欠いているのだと、その理由を説明した。彼女には、自分では認めたくない、奉仕に対する根深い欲求があるのだろうと、彼は思った。病院に来てから、彼女はボランティアとしてスタッフの一員になったのだ、ということを彼は知った。おそらく彼女が眠れないでいる時、病院のスタッフが彼女をベッドから出てくるように言って、彼女は看護婦たちの細かな仕事をいろいろ手伝うようになったのだろう。看護婦たちはオーバーワークなのよ、と彼女は言った。それが本当の理由のすべてではないと彼は考えた。

彼らが看護婦たちのことを話しているとき、そのうちの一人が姿を現した。彼女は、硬い髪で、眼鏡をかけているが、感じのいい顔をしていて、親切だった。

「ねえ、あなたたち」と、ドアのところに立って、彼女が言った。「規則は規則よ。その場所を、それ以上堕落させるわけにはいかないわ」

リチャードソンは、あわてて帽子を取り上げた。彼は、戸口に立って、どういうふうにお休みを言ったらいいか考えながら、いくらかきまりの悪い思いがしていた。ライネが助け船を出してくれた。

「明日の晩、またいらっしゃる?」と、彼女が尋ねた。

「そうしたいと思うよ」と、リチャードソンが言った。

ドアから四歩離れたところで彼は、戻る決心をした。彼女は、引き返して来た彼を見上げたが、驚いた様子はなかった。

二人とも、一言もしゃべらなかった。彼は、歩み寄って彼女の肩に手を触れた。彼女が顔を上げた。

彼らのキスは、短く、誠実なものであり、情熱のかけらもなかった。それは、予期されていたものであり、自然で天真爛漫で、あらかじめ運命づけられた、そして驚くに当たらない、なんとはなしに正当なことであった。

リチャードソンは、自分の唇に彼女の唇の温かみを感じながら、何も考えずに歩み去った。

彼に分かっているのは、非常に眠いということだけであり、しかも満足していた。


リチャードソンは、まだ眠くてしょうがなく、しかも疲れていたが、自分のベッドの端に腰掛けた。尻の下のシーツには、眠っている間に汗をかいて出来た染みがあって、湿っぽかった。ベッドの近くの床は掃除をする必要があるが、見ているだけで、意欲が湧かなかった。靴にこびりついて固まっている泥も、きれいにしなければならないのは分かっているが、見ていて嫌気がさしてきた。ドアの近くの小さい支柱には、ブローニング式自動拳銃と、バナナの枯れた軸がかかっていた。バナナのもぎ取られた箇所には、繊維質の蔓が垂れ下がっている。いちばん上には、縮んで腐りかけたバナナが三本着いている。

彼の水筒は、彼が書き物机として使っている箱の中の釘に掛かっていた。彼は、水筒とその蓋を繋いでいるチェーンの下に、曲げた指を入れて、水筒をはずした。水筒の水は、口に含むと、味がなく、生ぬるかった。顔や髪の毛に振りかけると、やっと水らしく感じた。

フォンクが、リチャードソンの向こう側のベッドの上で身動きし、頭を持ち上げた。彼は、ベビーベッドで寝ている、成長し過ぎたベビーのようで、滑稽に見えた。

「やあ、機長」と、航空機関士が言った。

「お早う」と、リチャードソンが返事をした。彼は、朝いつも頭がはっきりしていて陽気なフォンクがうらやましかった。

シャワーに行く途中で、彼は、半ば草に隠された珊瑚の固まりにつまずいた。此処では今までにも何度となくつまずいたことがあった。彼は、ぞんざいに作られたシャワー用のサンダルを遠くの方に蹴り飛ばした。そのサンダルは、ある日の午後、木片を削って作り上げたものだった。彼は、そのサンダルを拾うために、用心して歩きながら、ブツブツ文句を言い続けた。

シャワーの水は、彼の皮膚と比べるとはるかに冷たくて、それを浴びている間は気分が爽快になった。水を浴びれば目が覚め、気分がさわやかになるだろうと思って、恥も外聞もなく、しきりに水を浴びてみたが、効果はなかった。彼は、見た目には不似合いなほど清潔で軽快な感じで兵舎に戻ったが、彼の内面は重苦しく、どろどろしていて、何かが詰まっている感じだった。

朝食は、鉛色をして味がなく、食べる気のしない、ベトベトしたパンケーキに、もう飽き飽きしているシロップがついていた。コーヒーは薄く、底に滓が溜まっていて、その上に浮かんでいるという代物だった。汚れたテーブルの向こう側に腰掛けているフリーマンは、銃の電気的発砲コントロールシステムについて切りもなく話していて、リチャードソンは、その話を完全には理解出来なかった。そして、フリーマン自身もよく分かっていないんじゃないかと疑っていた。

しかし、銃について話しているうち、リチャードソンは、もっと前に済ましておかなければならなかった銃の清掃のことや、そのほかの、飛行機に関する仕事をあれこれ思い出した。それらは、しなければならない仕事であり、通常の地上クルーの領域外の仕事であった。いずれにしろ、今日は飛行機は飛ばないだろう。スパークプラグの交換をしなければならない。今は、クルーを集めて、銃の清掃や簡単な修理をさせる好機に違いない。あいつらにも忙しい思いをさせておこう。リチャードソン自身は、忙しい状態でいるのは好きではなかった。しかし、ほかの連中が飛ばなければならないのに、自分たちはおそらく飛ばないだろうということが分かっていて、イライラしながらただ待機しているよりは、仕事を与えられるほうがクルーとしてはいいだろうという考えにとりつかれた。いったんその考えにとりつかれると、それはリチャードソンの頭から離れなくなり、よし、今日は忙しい一日にしてやるぞという思いを深めた。

リチャードソンが食堂を出た時、ちょうどいい具合にフランクスが道沿いにやって来た。彼は、野球のバットとグローブを運んでいるところだった。

「試合をやるのか」と、リチャードソンが聞いた。

「いや、マトゥーチとフィーを相手にちょっとキャッチボールをやろうと思っているだけです。手紙を書くのに疲れちゃいましてね」

「そうかい。お前に話したいことがあるんだ。キャッチボールはやめにして、連中を集めて、機内で仕事をしようじゃないか。銃の手入れをしなければならないし、ウイルソンは火器の配線をチェックするだろう。飛行機が飛ばない日には、おれたちには、やらなければならないことが沢山あるはずだ。お前はどう思う？」

「おっしゃる通りです」と、フランクスが言った。彼の表情が明るくなった。「連中は、今夜飛ばないので、何かやることがあれば、喜ぶと思います」

「それじゃ、連中を集めてくれ。おれはトラックを探す」

フランクスの嬉しそうな様子は、リチャードソンの励みになった。いい思いつきだったんだ。連中に機上で仕事をさせるのはいいことなんだ。彼は、この些細な決定の正しさを確認したことで、いくらか気分がよくなった。

バーナムのこともオーケーだった。モレリイと話していて、それが分かった。ここのところずっと、彼はバーナムが心に何かトラブルを抱えているに違いないと思っていた。おそらく疲労から来ているのだろうが、いずれにしても、彼は何か悩んでいて、気分が優れない様子だった。彼は腹蔵なく話すタイプではなく、リチャードソンに少しも心を開こうとはしなかった。打ち明け話をしようとしない、バーナムのこのような態度が、彼の性格なのか、ほかのものなのか、何かの一種の兆候なのか、リチャードソンには何とも言えなかった。

しかし、さりげない会話の中で、バーナムとリチャードソンの橋渡しをしたのはモレリイだった。航法士は、レーダー操作員と極めて緊密な連携をとって勤務しなければならなかった。計器だけを頼りに爆撃する時、彼ら二人の協力があって初めて飛行機を目標の上空まで導くことが出来るのである。だからリチャードソンは、レーダー操作員についてモレリイに尋ねたのである。彼らが飛行機にやって来て一時間ほどたった時、モレリイがタバコに火をつけるために、物置き台のところにやってくるのが見えたので、リチャードソンは彼のそばに近付いた。

「ちょっといいかな」と彼は言って、自分のタバコに火をつけるために、一呼吸置いた。「おれの見たところでは、バーナムの足は良くなっていると思うがどうだろう。そんなに大変そうには見えないが。お前は、クルーの中で誰よりもあいつの身近で働いているから、おれはお前にあいつのことについて何かあったら聞きたいと思っていたんだ。大体のところ、あいつは最近どんな様子なんだ？　おれが言ってるのは勤務上のことだ。お前と一緒にレーダーの操作をしているだろう？」

「ええ、バーナムは、いつも問題を抱え込んで仕事をしてますよ」と、航法士は答えた。彼の口調にリチャードソンは戸惑った。

「そうかい？　なぜだろう？」

「もちろん、冗談ですよ」と、モレリイが言った。「彼は元気にやってます。ただあいつが自分で問題があると考えているだけです。あんなにうまく仕事をこなしながら、仕事をするのがあんなに楽しくなさそうなやつを見たことがありません」

「そいつは知らなかったな。どうしてあいつは、仕事が楽しくないのかな？」

「率直に言って、あいつは仕事が好きじゃないんですよ」と、航法士は笑った。そしてリチャードソンは、自分の言葉が初めから軽く受け取られていたことに気が付いたのだった。「奇妙なことなんですが」と、モレリイが言葉を続けた。「バーナムは、初めっから、レーダー室と、そこにあるすべてのものが嫌いなんです。私には彼を非難することは出来ません。あの部屋は暗い穴です。あなたが御覧になっても、そこで何が行われているか分からないと思います——彼はそこに腰掛けて、四六時中、ブツブツ文句を言っています。でも、彼は、いままで私が一緒に仕事をした中で、最高のレーダー操作員です。そして、われわれが目標の上空に着いた時には、彼は極めて冷静で、まるで日曜学校のピクニックに出掛けているようです」

「そうかい、それが分かって良かったよ」と、リチャードソンは、安心して言った。「あいつが、仕事が好きでなくても、ちゃんと仕事が出来ることが分かって良かったよ。多少、心配してたんだ。お前たち二人の間でこれまでずっと何があったか、おれには分からない。だが、おれの考えでは、あいつはいままでずっと快適に仕事をしていたんだが、最近になって面白くなくなったんじゃないのかな」

「いや、そうじゃありません。あれがあいつのやり方なんです。あなたは、あいつと折りあっていくには、しばらくの間、あいつを知るようにする必要があると思います。あいつは、以前ずっと木材会社で働いていて、いつも戸外で過ごしていました。だからおれの想像では、それが彼のレーダー室を嫌う理由の一つだと思います。それから、ある日あいつは飛ぶこともいやなんだと言いました。でも、それがあいつの男としての在り方なのです。あいつは何かが嫌いなんです。そうでないとしたら、好きだけれども、それを認めたくないんです。しかし、あいつは仕事が分かっています。そして、仕事に戻ると、機械のように働くのです。おれたちがレーダーの画面に見入っていたり、目標に近付いたりした時、おれはときどき多少興奮することがあることを認めますよ。そして、それはインターフォンのおれの声に出ていると思います。でも、あいつの声は全く何事もないように、いつも低くてしっかりしています。バーナムについては気にしなくていいですよ、機長。あいつは、喉に怪我をする前のように、あるいは別の人間のように行動しています。でも、あいつは大丈夫です。バーナムについては問題はありません」

リチャードソンは、バーナムのことを念頭から追い遣り、モレリイがウイルソンについてどんなことを言うか聞いてみようと、急に思い立った。しかし、あまり気乗りがしなかった。こうした会話をする相手は、いつもはフランクスしかいなかった。なぜなら、クルーの他のメンバーについて指揮系統上彼に次ぐ副操縦士と議論するのは、職務上普通のことだからである。このような非公式かつ型破りなやり方でモレリイから聞き出すのは、彼の好みのやり方と比べると、はるかに強引なことに思われた。しかし、この場合、フランクスとウイルソンがかなり親しい友人であることを考えると、フランクスは、リチャードソンの必要としている、ウイルソンに関する公平で正確な評価を提供出来ないのではないかと、危惧したのであった。そして、飛行機の指揮官というものは、クルーに関する情報を手に入れるためには、必要とあらば、スパイのような品位のない行為をしてもやむを得ないのであった。その一方で、リチャードソンは、バーナムについての会話の中で、以前はそれほど考えていなかった、モレリイの資質の真価を認め始めていたのであった。航法士は、物事を探求したり分析する心が豊かで、人間の性格に対して関心を抱いている。

そんなわけで、リチャードソンは、衝動に基づいた行動に出たのであった。「今日、ウイルソンとはいろいろ話したかい？」と、彼は聞いた。「あいつの考えについてはどう思う？」

モレリイの表情が敏感に変化した。それは、いくらか警戒したものになり、声の調子もそれまでと違ったものになった。

「あいつのことは知らないんです、機長。ウイルの気分があまり良くないのが気掛かりです。あいつは今日、ほかの者とはあまり話をしていませんでした。そして、青い顔をしています。かなり胃の具合が悪いんじゃないでしょうか」

この場合は役に立たなかった。リチャードソンは、バーナムの件で打開の道を示してくれたモレリイに礼を言って、飛行機に戻った。彼が誰かに話してほしいのは、すでに彼の知っているウイルソンの症状ではなくて、その理由であった。彼自身がすでに知っていると確信している、一般的、全般的な理由ではなくて、もしもそういうものがあるとして、特別な理由であった。

彼は、飛行機の長い胴体の下で身をかがめ、フライトデッキに登り、前方のウイルソンの方に身を乗り出した。ウイルソンはスクリュードライバーを使って、爆撃手の計器盤に向かって何か作業をしているところだった。フライトデッキには、彼ら二人しかいなかった。しかし、いつ誰が登ってくるか分からなかった。ウイルソンから話を引き出すのには今、この場所がいいのではないかと、リチャードソンは考えた。

「もしも胃が痛むようなら、ここにいないほうがいいぞ、ウイルソン」と、彼は注意深く言った。「もしも気分が良くないようなら、寝ているほうがいいと思うが」

「いや、具合はいいんです、機長」と、ウイルソンは言った。「何もしないで寝ているよりは、何かしているほうが気分がいいんです。今日は調子がいいと思います。明日もいいんじゃないでしょうか」彼は話しながら頭を低くして、スクリュードライバーを忙しく廻した。

良くない。リチャードソンはあきらめて、銃の手入れをするのを見るために戻った。いつもほとんどそうであるように、今日も、銃の手入れには、予定より時間がかかった。そのため、リチャードソンとしては、機上での仕事に全力を注ぐことは容易で、ほとんど一日中その仕事を続けることが出来た。やがて四時になったが、それまでに銃は完全に掃除され、脱出口は、その場所にいる者によって各々、掃き出され、清められた。さらに、緊急時の装備が点検され、元通りにされた。リチャードソンは、仕事を終了すると伝えた。

彼らが帰った時、ほかのクルーはブリーフィングの最中だった。一日中仕事をした後で腹が減って、リチャードソンと士官たちは、早めに食事をした。食事の後、彼が一人で兵舎に向かって歩いていると、ウイルソンが背後からやって来て、彼と並んで歩き始めた。これには彼は驚いた。爆撃手は自分と真剣に話をしたいのではないかと、彼は考えた。彼は、ウイルソンが話すきっかけを掴めるように、慎重に待った。

ついに、その時が来た。ウイルソンは、何げない口調で話し始めた。「機長、私と一緒にクラブまで歩いて頂けますか。お話ししたいことがあるんです」

「ああ、いいよ」と、リチャードソンは言った。「ビールをおごるよ」

彼らは向きを変え、薮を通り抜ける狭い道に入った。すぐに、その道は狭すぎて、話をするのに適した場所がないことが分かった。狭いために、一列縦隊で歩かなければならなかった。暗黙の了解をしたかのように、二人は、ありきたりの話だけしながら歩いて、やがて映画館までやって来た。

サイパン島には、太平洋上のすべての占領された島と同様、あちこちに伐り開かれた場所が点在していた。それらの場所には、それぞれの組織が、そこに居住する人々のために、粗末な映画館を建てた。それらの映画館はしばしば、砂袋を並べた座席と、小さい小屋、映写室として使う粗い板囲い、それとスクリーンから成っていた。ここのは、比較的豪華に出来ていた。座席はドラム缶で、粗削りではあるが、本物のステージがあった。今は人がいなくて静かであり、午後遅くの日光が踏み付けられた地面をまだら模様にしていた。リチャードソンは、ウイルソンが本当に話したいと思っているなら、クラブよりもここのほうがいいのではないか、という考えが不意に浮かんで、立ち止まった。ウイルソンも同意するのではあるまいか。リチャードソンが腰を下ろすと、ウイルソンもドラム缶の一つに腰掛けた。そして、ちょっと間を置いてから話し始めた。

「私の胃痛についてですが、機長」と、彼は言った。「私が悩んでいるのは、実は胃じゃないんです」

「そうなのか？」と、リチャードソンは、当たり障りのない言い方をした。

「いずれにしても、あなたはご存じだと思いますが。私を見ていれば多分分かると思うんです。私は怖いんです。機長、急に怖くなってきたんです」

「おれたちはみんな怖いのさ」と、リチャードソンは優しく言った。

「いいえ、あなたは怖がってなんかいません」と、爆撃手は下を向いて、言い張った。「私の言うのは、そういう意味じゃないんです。あなたは怖がってなんかいません。あなたは怖がっていると言いますが、本当は怖くはないんです」

「よし、そのことについて議論するのはやめよう。だがな、お前がこの問題を持ち出してからずっと、おれが知りたいのは、一体いつからお前は怖くなり始めたのかということだよ。今までお前は、いつも調子がよかったじゃないか。おれたちがひどく撃たれて、お前の肩にガラスがささった時でも、怖がってなかったよな」

ウイルソンは、当惑したように眉をひそめて、上の方を眺めた。「それがおかしいんです。その時は怖くなかったんです。悪くはない、とは思ってました。でも今は具合が悪いんです」

「いいかい。おそらくそれは、お前の胃のせいさ。多分お前の抵抗力が落ちているんだ。それとも、それを何と呼んでもいいが、胃のトラブルのせいで身体が弱っているから、お前は気分が良くないんだよ」

「いいえ、そうじゃないんです」ウイルソンは、急に話すのをやめて、立ち上がろうとした。

リチャードソンはすぐに、自分が舵取りを誤ったこと、論争を慎重に避けようとして、実際には思いやりに欠けてしまったこと、ウイルソンをどんな時よりも一人の人間として扱わなければならない今のこの時に、子供のように扱った自分はよくなかった、ということに思い当たった。まだチャンスの残っている間に、もう一度話をしようと、彼は急いだ。「分かった、ウイル」と、彼は急いで言った。「腰掛けろ。おれはお前をからかうつもりじゃなかったんだ。お前の胃が問題なんじゃないということは分かった。お前が怖がっていることも。ひどく怖がっていることも分かった。お前は、もう飛べないんじゃないかと心配している、そうじゃないか?」

タイミングが良かった。ウイルソンはすぐにリラックスし、感謝しているといってもいい態度で彼を見上げた。「そのとおりです、機長」と、彼は言って、待っていた。

「いつから怖がるようになったんだ?」

「この前の出撃の時、突然なんです。それは、私が火災を見下ろしている時でした。その時、いきなり恐怖感にとらわれたんです。それまで経験したことのない感じでした。その火災を眺めるのは、炉の扉から中をのぞき込むようなものでした。私は、そこで燃えている人たちのことを考えました。そして、あいつらは私を憎んで殺したいと思っているに違いないと思いました。私は、あいつらに文句を言うことは出来ません。その時、曳光弾と対空砲火が私たちの方に向かって撃ち上げられ始めました。そこからどうしたら脱出出来るのか、分かりませんでした。震動も何も感じませんでした。心の中が病んでいて、動くことが出来ないような感じでした。爆弾の安全装置を外す時が来て、やっとのことでスイッチを押すために腕を持ち上げることが出来たんです。私は――私はほとんど麻痺していたんです」

「一つ聞きたいことがあるんだ」と、リチャードソンが言った。「おれにはお前の答えが分かっていると思うんだが、聞いて確かめたいんだ。お前は、地上の日本人のことを気の毒だと思っていたんじゃないか？」

「いえ、絶対にそんなことはありません！」と、爆撃手は急いで言った。「出来れば、私自身があそこから脱出出来た瞬間に、あいつらを一人残らず殺していたでしょう。いいえ、私は、あいつらに憐れみなんか全く感じていませんでした。あいつらが怖かったんです。あいつらが私を殺すんじゃないかと怖かったんです。あいつらが私を憎んでいて、私を殺したいと思っているのが分かっていたんです。今でもあいつらが私を憎んでいるのが分かります」声がしだいにか細くなって、彼は話すのをやめた。静寂のなかでリチャードソンは、「分かった」と言った。静寂が続くように、彼はその言葉が考え深く響くように、意味を込めて言ったのであった。そこで静寂は続き、彼に考える時間が与えられた。

彼には今、ウイルソンの悩んでいる原因が分かった。どうしたらいいか分からず、果たしてそれが見つかるかどうか自信がないのは、ウイルソンに説明して彼を納得させる言葉であった。彼はウイルソンに対して使えるどんな言葉も持ち合わせてなかった。彼が自分自身に対して言う言葉をウイルソンに対して言うことは出来なかった。なぜなら、爆撃手は彼とは違う人間であり、違う言葉が必要だからである。

自分の意志に反して彼は、言葉を探すことから脇道にそれて、人の心というものは細かい点ではなんと異なった働きをするものだろう、それにもかかわらず、全体としてはなんと似たような働き方をするものだろうということに驚いていた。彼自身、ウイルソンと同じく日本人の憎しみを感じとっていたのだった。そのことで彼は、ある意味でなんと似たところが多いのだろうと驚いた。しかし、違う人間だということからくる相違点があるために、ウイルソンに何と言ったらよいのか分からなくて困っているのだった。

なぜなら、彼とウイルソンはある意味ではまったくよく似ていたが、別の意味ではまったく似ていなかったからである。つまり、ウイルソンは、彼が見ることが出来るものを恐れていたのに対し、リチャードソンは、自分が見ることの出来ないものを恐れていたのである。これは、全く問題にする必要がないとはいえないが、ほとんど取るに足らないことであった。これはおそらく、想像力が強いか弱いかという相違であった。そして、今まで見ているところでは、ウイルソンは、想像力に欠けているとはとても言えない、知性豊かな人間であることは確かであった。だから一層、それは想像力の相違なのである。しかし、リチャードソンに理解出来ないのは、まさにそのことであった。

そして、彼には爆撃手に何を言ったらよいのかということも分からなかった。ああ言えば……いやこう言えば……そんなことを言うのは多分良くないだろう、しかし、何か言わなくてはならない、やってみなければならない。

「あのな、ウイルソン」と、彼は言いかけて、あまりに切迫した言い方をしているのに気が付いて、その言い方をやめた。「あのな」と、もっとトーンを下げて話し始めた。「お前がどんな気持ちでいるか、おれにはよく分かっている……」

彼は、ウイルソンの顔に浮かんだ、もうやめますという表情に驚いて、話すのをやめた。「どうしたんだ？　お前がどんな気持ちでいるか、おれに分かっているとは思わないか？」

「あなたは、私の気持ちが分かるといいますがね、機長」と、ウイルソンは、いくらか辛そうな、がっかりした調子で言った。「私は、あなたがそれを親切心で言ってくれているのが分かりますし、ありがたいと思っています。でも、私の場合は違うんです。あなたが怖いというのは、私の言う意味とは違うんです。あなたが何も怖がらないことは、私たちみんなが知っています。あなたは腰掛けて、どんなことが起こっても、ただそれを受け入れるだけです。あなたは、私のような気持ちになったことがないんです。あなたは、そういう気持ちにはなれないんです」

「ちょっと待てよ」と、リチャードソンはゆっくり言った。「お前だけが怖がっているわけじゃないぞ。怖がっている人間に共通しているのは、怖がっているのは自分だけだと思い込んでいることだが、それは違うぞ。お前はそのことを承知していなくてはいけないんだ。おれが怖がっていないとお前が言ったことについて、そいつは本当じゃないということが、お前にはきっと分かってると思うよ」

「いや、それが本当でないとは思いません。本当だと思っています」と、ウイルソンは言った。「あなたが驚いたことがないとは言ってません。だれだって驚きます。あなただって驚くと思います。あなたには驚くという感覚とか、それに類するものが十分に備わっていないと、私が考えていると思ったらそれは間違いです。でも、あなたは違う。あなたは長い間、飛行機を飛ばしていて、何事が起こっても、何をなすべきかということをいつも的確にわきまえています。あなたは、自分に自信を持っています。あなたは違います。私はそれでいいと思います。あなたは、大勢のほかのパイロットなら私をいらいらさせるのに、私に親切に同情してくれて、地上勤務に回してくれました。あなたがそうしたことを私は知っていましたが、それについてあなたに何も言うつもりはありませんでした。でも、あなたは私が怖がっていることを本当には理解出来ないんです。そしてあなたは私を助けることは出来ないんです。私以外のだれも私を助けることは出来ないと思います。そして、私は自分を助けることが出来ないんです」

「そうか、おれには出来ないって言うんだな」と、リチャードソンは言った。「いいか、ウイルソン。おれが理解しているとお前が信じようとしないのなら、おれにはお前を助けることは出来ないさ。でも、おれは理解してるんだ。そしておそらくお前を助けられると思うよ。いいか、一つ例をあげよう。お前は、初めて東京に夜間出撃した時のことを覚えているか？　あの時の任務は現在行っているような焼夷弾爆撃じゃなかった。悪天候の爆撃のことさ」「私たちが探照灯につかまった時のことですか？」

「そうだ、探照灯につかまった時だ。畜生、あのいまいましい探照灯め！　おれたちがあの晩、もうちょっとでパラシュート脱出するところだったのを知っているか?」

　ウイルソンは、彼を見つめた。「パラシュート脱出ですって?」と、爆撃手が問い返した。「いや、知りませんでした。私たちはひどくやられたわけじゃありませんよね。どうして、すんでのことにパラシュート脱出するところだったんですか?どういう意味ですか?」

「なぜかというと、おれがビビッていたからさ。おれの言う意味はそういうことさ。おれは、もう少しでパラシュート脱出の命令を出すところだったんだ。どうしてかと言うと、おれは、このままで済むとは考えなかったし、対空砲火で吹き飛ばされるのを待っているよりは、可能なうちにパラシュート脱出を試みて、捕虜として生き永らえるほうがましだと考えたからさ」「あの時そんなことは言わなかったじゃありませんか?」と、ウイルソンが聞いた。

「ああ、あの時は、そんなことは言わなかった」と、リチャードソンは答えた。「初めに何本もの探照灯がおれたちの機をグルッと照らして、対空砲弾が機の方向舵に命中したのを覚えているだろう?　機全体が震動した。おれは外を見た。探照灯の光がまるでギラギラ光る沢山の目のように見えた。おれは、身体じゅう寒気がした。本当に機を放棄すべきかどうか分からなかったが、放棄したいとは思っていた。おれにそれをやめさせたのは、誓って真実だと思うが、おれがビビリ過ぎていたために、手を伸ばして警告ベルのボタンを押すことが出来なかっただけなのさ。おれは動けなかったんだ、本当だぜ。おれはただ腰掛けていて、操縦装置を前にしてすくみ上がっていたのさ。どのくらい経って、そんな状態から回復したのか分からないんだ」

ウイルソンは彼を見たが、その目には初めて力がみなぎっていた。「なんてことだ」と、彼は言った。「それは知りませんでした。あなた御自身で私におっしゃらなければ、私は信じなかったでしょう。そいつはおかしいですね。あの夜、私はそれほど怖くはありませんでした。ひどく怖いとは思わなかったですね」

「お前は怖くはなかったと思うよ」と、リチャードソンは言った。「クルーの誰も怖くなかったんじゃないかな。違う人間は違う時に怖がるのさ。その時はおれの番だったんだ」

「あなたは怖がっている様子を見せたことがありません。そんな様子に見えなかったのは確かです」

「お前だってそんな様子には見えなかったさ。別の日の夜に、お前は怖がったと言うが、おれには分からなかったぜ」

「その時は怖くなかったんです」と、ウイルソンは考えながら言った。「でも、あとになって具合が悪くなったんです。あなたは具合が悪くなったことなんてないでしょう」

「おれは、どうしたらいいか分からなくなって、独り言を言ったよ。そうさ、おれは具合が悪くなるところだった。でも、途方に暮れて独り言を言ったんだ」

「途方に暮れたら、私に話してくださいよ」と、ウイルソンが言った。

リチャードソンは爆撃手を見て、思い切って笑って見せた。ウイルソンも笑い返してきた。それは、笑いとは言えないような笑いで、弱々しく、面白くもなんともない笑いで、彼の白い顔に浮かんだ、ほとんどしかめっつらに近いものだったが、それでも笑いは笑いだった。リチャードソンは、気分が高揚するのを感じた。今や、彼ら二人の間の雰囲気は全く別のものになったのだ。ウイルソンは彼に似たものを感じとり、彼を信頼するようになったのだ。こうなれば、おそらく本当にウイルソンを助けることが出来るだろう。

彼はこの瞬間を利用して、思い切った賭けに出た。

「おれは、お前の言ったことで、気が付いたことがある」と、彼はウイルソンに言った。「なぜ気が付いたかというと、あの悪天候爆撃と探照灯のあと、おれはお前と同じことを独り言で言ったからさ。お前は、日本人がお前を憎んでいる、お前を殺そうとしていると言った。お前はそれを自分だけだと思った。おれの言う意味が分かるか？　お前には下の方にいる日本人が『あのウイルソンの野郎が私たちを焼こうとしている、あいつを殺そうじゃないか』と言っているように思えるんだ。おれが次に言おうとしていることが分かるか？」

「私の考えでは」と、ウイルソンはちょっと間をおいて言った。「あなたの言う意味は多分、私が私自身のことについて考え過ぎているんじゃないかと……」

「それはちょっと違うな」と、リチャードソンは言った。「誰だって自分のことは考えるさ。だが、誰でも同じように真実に近付けると思うのは幻想だよ。お前がすべてのことを自分に関連づけて考えるのは当然だ。だが、お前だって、何が真実かということはちゃんと承知してると思うよ。日本人がお前のことを個人的に知っているわけじゃない。あいつらは、おれたちみんなを殺したいと思っているんだ。そういう意味でお前を殺そうとしているだけだ。あいつらは、お前のことを知らない。お前がどんな様子をしているか、お前が何者か知らないんだ。あいつらはあらゆる方角に向かって射撃し、汗びっしょりになって、空を砲弾で一杯にしている。あいつらは、撃った弾がどこかの誰かに当たればいいがと思っているのさ」

「続けて下さい」と、ウイルソンが言った。「分かってきたような気がします」

「いいか。こいつは、戦争の中で古くからある考え方を逆にしたようなものだ。その考え方というのは、ほかの者が弾に当たって死ぬのが分かっていながら、そばに立っていて、すぐそばでほかの者が殺されるのを見ていながら、自分もやられるということが信じられないということだ。そう感じる者もいるだろう。ところが別の者は、お前と同じように、どの弾丸もみんなまっすぐ自分に向かって来るように感じるのだ。そいつは、観点の問題だ。これこそ正しいなんていう観点などないのさ。すべては運だよ。運ほど特定の個人と無関係なものはないね」

「運ですか」と、ウイルソンはつぶやいた。「運ですか……」

「そうさ、運なのさ」と、リチャードソンはウイルソンを励ました。

彼は、ウイルソンがアマチュアのスポーツ・ギャンブラーだったことを思い出して、この問題をギャンブルに置き換えてみたらどうだろうと考えた。しかし、そうすることで事態がよくない方に行くのではないかと考えて、比較するのはやめようと決心した。

その代わりに彼は言った。「もう一つ別の要素がある。運……それと時間だ。物事を検討し、いろいろな考え方に慣れ親しむのに必要な時間だ。今のお前は信じたくないだろうが、三日経てば、すべての物事がお前には今とは全く違うものに見えてくるだろう。恐怖というものは、ある意味で手術の時のショックのようなものさ。時間が経てば身体の組織が治ってくるように、時が経てば心も癒されるのだ。四、五日経ち一週間経てば、お前の胃も、なにもかも元通りによくなるさ。明日の出撃には、機首に誰かほかの者を座らせるよ。そうすれば……」

リチャードソンは、ウイルソンの顔がこわばるのを見て、自分がすべてを台なしにしてしまったこと、せっかく手に入れたものを失ってしまったことに気が付いた。

ああじゃないか、こうじゃないかと考ながら、明日の出撃にはウイルソンは参加出来ないと考えていることを当の爆撃手に話しているうちに、自分が先程言ったことをすべて疑わせてしまったのだ。急いで彼は、事態を回復させようと試みた。彼は普段の口調で絶望的な努力をした。「いやいや、それではだめだ」と、彼は言った。「お前がよくなっていると思うんなら、明日連れて行こう。明日は大丈夫か？」

彼は、ウイルソンの顔をそっと見て、反応をうかがった。しかし、これはと思われるものは何も見つからなかった。多少は緊張がゆるんだのかどうか。どうとも判断出来なかった。しかし、とにかく十分に努力はしたのだ。ましなボタンのつけ替えにはなったろう。彼は立ち上がった。

「クラブへ行って、ビールを飲もう」と、彼は言った。


三十分後に飛行中隊に戻ると、彼がウイルソンに話して激励したことや、いずれにしろ彼の励ましがおそらくウイルソンの助けにはなったのではないかという希望は色あせた。リチャードソンには、一日中彼に付きまとっていた、鈍く重苦しい気分がふたたび戻ってきた。そしてクルーが、打ち合わせから戻って仲間同士のおしゃべりをしながら、出撃のための計器の点検をするために出掛けて行くと、リチャードソンは、彼にしばしば訪れる自信喪失と意気消沈の苦しみの淵に自分が沈み込んで行くのが分かった。

彼は、兵舎を後にして海と崖に向かって降りて行った。そこに来てみると、困ったことに、自分が出撃の準備の喧噪の中にいないのは失敗だったし不適切だという気持ちに強く捉われてしまって、すぐに中隊に引き返した。彼は、飛行場へ行って離陸を見守ることに決めた。その後で彼はおそらく、作戦室の中で、出撃した機の最初の位置報告と、おそらく爆撃報告そのものが届くのを待つことになるだろう。

その晩、彼は病院に行くまいと思った。そう決心すると、その日一日じゅう彼に付きまとっていた無意識の欲望に初めて向き合った。それは、ライネに会いたいという強い願望だった。彼は、自分がライネに強く惹かれていることを初めて自覚したのであった。その魅力にあまりにも強く引き付けられることがないように、心の中で慎重に決心しなければだめだぞと、自分に言い聞かせた。

彼は作戦室に行き、病院に電話をかけた。電話口に出た看護兵に彼は、今晩彼女を訪問出来ないとラインハルト嬢に伝えてほしいと頼んだ。

彼は、滑走路の端に近い所に立って、離陸を待っていた。そこには人の群れがあり、彼らはいつもそこに立って、飛行機がエンジンの出力を上げ、機体を震動させ、緊張して、信号灯がグリーンに変わるのを待つ様子を見ていた。彼は立って飛行機を見ていた。それらの飛行機の中にいる人間を彼は大抵知っていた。それなのに彼には、彼らが自分とは縁のない人間であり、自分とは全く似ていない人間であると感じていた。彼は、彼自身がこれらの人々と無縁だと感じ、ある晩やある朝、自分が彼らの一員であったこと、これから先の晩や朝にふたたび彼らの一員になるということが信じられなかった。

最後の飛行機がきらめくライトの列を離れて機体を傾け、夜の闇に飲み込まれてしまうと、彼はそこから離れて、ジープの方へ行こうとしているトゥレントに歩み寄った。

「お前がここに来ているとは知らなかったな」と、作戦室付将校は言った。「一緒に乗って帰るかい？」

「ああ、ありがとう」彼はジープに乗り込んだ。彼はジープの端にむこうずねをぶつけて自分の不注意をののしった。

トゥレントは、暗闇の中で彼に向かってニヤニヤした。「今晩はジープを探してたんじゃなかったのかい？」

と、彼が聞いた。「おれの聞いたところでは、お前は病院でよろしくやっているそうじゃないか」

リチャードソンは、強いて笑顔をつくり、声を平静に保った。「お前がどこでその情報を手に入れたか知らないが」と、彼は言った。「おれが病院で何をしてるか話すっていうのは時期尚早だぞ。あそこでよろしくやっているのはウイットの奴さ。おれはあいつにただついて行っただけだよ。あいつは出撃した。だからおれは今夜は寝床に入るよ」

兵舎は暗かった。出撃した者以外は、おそらく全員が映画を見に行っているのだろう。リチャードソンは、一杯飲むことに決めた。

彼が酒瓶を探していると、テーブルの上に積み重ねたものの中から、一枚の手紙が下に落ちて、その手紙の中から一枚の写真が現れた。写真の中のテリーの顔が彼を見上げた。彼は写真を拾い上げ、酒を注ぎながらそれを手に持って眺めた。

写真の中のテリーは、真面目で思い詰めた目をしていた。写真を撮った時に彼女の上に降りそそいでいた明るい陽差しの中で、彼女の顔は白く輝いている。彼女は、非常に奇麗な少女のように見えた。彼がいままで見たことのない奇麗な少女に見えた。

彼は、ゆっくり酒を飲みながら、写真をずっと見続けた。その後、彼は写真を封筒の中に入れ、空になった水筒のキャップをはめると、壁に掛かっていたレインコートとピストルをとって、作戦室へ歩いて行った。彼はトゥレントにジープを貸してくれと頼んだ。

涼しい夜に、山を越えて速いスピードでジープを走らせながら、リチャードソンは、ライネとの関係が今後どうなっていくのか考えたくなかった。しかし、その一方で彼はライネのことを考えることで、クルーや戦争について思い煩ったり、もはや我慢出来ないものとして今では諦めている、うるさい心配事から解放されるのを喜んでいた。しかし、彼がその晩ライネの許に行こうとしたのは、彼の心を満たすためではなかった。いずれにしても、遅かれ早かれ彼女を訪れるだろうということは、彼には分かっていた。彼はただそれを、まるで死に直面して絶望的に突進するのと同じように、早々とやってしまっただけだ。彼は何年もかけて女性を知ってきた。それは、思春期のこわごわした手探りから始まり、女性というものが必要だという事実を、半ばは理解し半ばは恐れながら世間並みに受け入れながら進むうちに、徐々に彼の、何と呼んだらいいのか分からないが信頼出来る本能が発達して来た。その本能に基づいて彼は、自分の出会った女性が彼にふさわしいかどうかを判断出来るようになった。ある女性が彼にふさわしくない時には、彼は人間的見地から時には失望することはあったが、驚くことは滅多になかった。別の女性が彼にふさわしいと判断しても驚きはしなかった。この信頼出来る本能に基づいて、彼はライネのことが分かった。昨夜の彼らのキスの瞬間から、彼は、彼とライネがお互いに強くひかれ合い、もしも親密さというものが実際に可能ならば、おそらく二人は確実に親密になるであろう、そして、きっと――そうだ、全くそれは有り得ることだ――お互いに深く愛するようになると確信した。

しかし、彼はこのことをすべて慎重に、きっぱりと心の中にしまい込み、細部にわたって考えないようにした。今夜、ついに病院の灯りが目の前に現れた時、彼はライネに会いたいし彼女に会わなければならないということだけを考えるようにした。

彼は正しかった。彼女がクラブにいると聞いて、まっすぐそこへ行くと、彼女がカウンターに仲間と一緒にいるのが見えた。驚いた様子も見せずに、彼女はすぐに彼の方に歩いてきた。

「やっぱり来られたのね」と、彼女は笑顔を見せないで言った。「うれしいわ」

「ああ」と、彼は答えた。「しかし、君はほかの人たちと一緒のようだが、出られるかい？」

「勿論よ」

彼女はカウンターにいる看護婦や男たちの集団のところに彼を連れて行った。

「結局デートが出来ることになったわ」と、仲間たちに向かって言った。

たいへん若くて正真正銘のブロンドの髪をした中尉が「やあ、おれはそうだと思っていたよ」と言って、嬉しそうに笑った。

「リック」と、ライネが言った。「この人はスタンフォード中尉よ。こちらはリチャードソン大尉。御免なさい、スタン。許してくださる？」

「ああ、勿論さ」と、手をリチャードソンの方に伸ばしながら、中尉が言った。「あなたが見えられて、残念ですよ、大尉。でも、あなたが第一優先権を持つと思っていましたよ。それに、彼女は私に、あなたが多分見えるだろうと言ってましたしね」

リチャードソンは、中尉に対して遺憾の意を表す言葉を努力して述べ、二人の看護婦と外の二人の将校の自己紹介に対して無意識に応じて、勧められて酒を一杯飲んだ。その間じゅう、ライネを見ては、驚きに我を忘れた。一度は病院のベッドの中の彼女に会った。次に会ったときの彼女は、スラックスにセーターを着ていた。いま、明るい花模様のドレスを身にまとった彼女を見ると、息の詰まる思いがした。彼女の胸は、服を着ることで、隠れるどころか、その存在を強くほのめかしていた。彼女の脚はスリムでありながら、丸みを帯びていた。以前は気が付かなかったが、彼女のウエストのなんと細いことか。彼女の肩はなんとほっそりしていることか。彼は出来れば彼女を自分の方に引き寄せたいと、何度も思った。

数分経ち、カップ半分ほど飲んだところで、やっと彼は言葉を選んで彼女に話しかけた。「君は本当におれが来ると考えたのかい?」と、彼はたずねた。

「あたしは、そう思ったわ」

「どうしてそう思ったんだろう?」

「直感よ」と彼女は言って、首を一方に少し傾け、彼を見て微笑んだ。

「直感なんか信じるなよ」と、彼は言って、微笑み返した。

「私だって信じていないわ」彼女の微笑みは急に消えた。彼女はグラスをカウンターの上に置いた。「今はこれ以上飲まないでおきましょう」と、彼女は言った。

「そうしよう」彼はグラスを彼女のグラスのそばに置いた。「ドライブしたい? 浜かどこかへ行ってみようか?」

「そうしたいわ」彼女は振り返って、ほかの人たちに手短に話をした。彼女が皆に快活に詫びている時の声は、彼に話をする時とは全く違う口調だった。ほかの人たちの方を向いている時の彼女の顔は、リチャードソンから見ると、釣り合いのとれないほど快活な、まるで仮面のようだった。彼女がリチャードソンの方に向きを変えると、その仮面は消えた。彼女は彼の腕に手を掛けた。彼には、彼女の緊張しているのが分かった。それは、落ち着いた、名状しがたい予感であり、彼自身のそれにいくらか釣り合った気分であった。

浜は、ほとんどその名に値しなかった。火山島には浜は滅多にない。そして、この浜はたいていのものよりもっと小さかった。実際には、これは、深く小さな入り江の中の、小石の多い砂地の、狭い一端に過ぎなかった。そこから先は、一方は珊瑚のギザギザした塊、反対側は成長し続けるジャングルによって、浜のそれ以上の発展は妨げられていた。その浜は病院の近くにあり、病院の区域の一部になっていた。その区域は、周囲を有刺鉄線で囲まれていたが、それは格好だけで、障壁としては役に立ちそうになかった。病院からいちばん離れた端には、ジャングルが成長してほとんど浜がなくなっていて、上陸用舟艇の、錆びて腐食した船体が、粗い砂の中にはまり込んでいた。その船体は、奇妙な角度で座礁していて、その低い方の船縁は、埋もれていて見えなかった。錆びついた船底と上方の船べりとで、天井のある、大まかな避難場所のようなものが出来ていた。病院から浜へやって来た看護婦や医師たちは、この放棄された船を、即席の更衣室として利用することがよくあった。

浜は、昼間は安全だと考えられていた。たとえ夜でも十分安全だとリチャードソンは考えた。彼がライネを連れて道路から狭い道に降りた時、病院の灯火は見えなかった。振り返ると、ジープの輪郭が空を背景にくっきりと見えた。夜間に浜へ行くことは、規律違反であることを彼は承知していた。ライネもそのことは分かっていた。しかし、二人とも規律のことは口にしなかった。リチャードソンだけは、瞬時、手を下に下ろして、親指でピストルの撃鉄と安全装置にさわった。それはほとんど無意識の動作であった。彼はそれをすぐに馬鹿げたことだと考えて、それをすると同時に忘れてしまった。

「あの岩に腰掛けましょうよ」と、ライネが言って、彼らは小道から浜の方へ歩いて行った。彼らは、ジャングルと海の間にあって、砂の柔らかな表面から突き出ている、平らな珊瑚の板に向かって歩いた。

彼女が岩に腰掛けようと向きを変えた時、リチャードソンは、彼女の腰に手を当てた。服の滑らかな生地の下に、彼女の脇腹の皮膚の下の肋骨の端や、背中の筋肉の膨らみが、彼の手のひらの中に丸くしっかりと感じられた。彼は急いで手を引っ込めた。

「タバコは？」と、彼はたずねて、彼女のそばに飛び上がった。

彼女はうなずいて、黙ってタバコを取り、彼が差し出したライターの炎にタバコの端を近付けるために、頭を静かに傾けた。海から吹いて来る微風の中で、彼女の髪の一房が、彼の首に触れた。彼女の顔が近付いた時、彼女の肌の新鮮な香りがした。

高まってきた彼のムードをこわしたのはライネだった。急に彼女が話し始めた。「ご承知だと思うけど、私は帰国しなければいけないと、考えてるの」

「帰国するって？」彼はびっくりして言った。

「ええ、私がこの島に来たばっかりだってことは、承知してるわ。でも、病院の中で外に何もすることがない時に、いろいろ考えたの。赤十字奉仕団の少女のようにドーナツを渡すだけの仕事をするつもりはないわ。もっと私に出来る何かがあるはずよ。それらしいものをいくらかは見てきたけれど、戦時には、ドーナツを渡すより何かほかのことがあるはずだと考えたの。でもここには、私がこれ以上やらなければならないことがないのよ。おかしなことだけど、戦時だからここへ来たんだけれど、ここを出たほうが戦争に貢献出来ることがあると考えてるの。帰国して飛行機工場で働いている女の人たちの方が、私より役に立ってるわ」

「それだけが君の理由かい？　それだけの理由だったらちょっと弱いね。赤十字奉仕団は、兵士たちにドーナツを渡す以上のことをしているよ。それは君にも分かってるはずだ。それに、君は自分でも言ってるように、この島に来たばかりじゃないか」

ライネは、落ち着きなく少し身じろぎした。「それだけが理由だとは思わないわ」と、彼女は言った。「きっとほかに理由があるんでしょうね。でも、それについてあまり考えたことがないの」彼女は話すのをやめた。それから急に頭を上げ、それまでとは違う口調で話し始めた。「ああ、なんて私は馬鹿なんでしょう。私はこの島に居ることも出来るし、出ていくことも出来るんだわ。今そのことで悩んで、一晩を駄目にしてしまうことはないわ。今晩の私はふさぎこんでいたわ。許してください。そして、忘れて下さい。あなたはタバコに火をつけなかったでしょう」

リチャードソンがタバコに火をつけたとき、大粒の雨が腕に降りかかった。驚いた彼は周囲を見回した。月もなく、空も、病院も見えなくなっていた。浜はにわかに雨のヴェールに閉じ込められてしまった。雨のヴェールの縁が彼らに近付いて来て、雨脚が早くなるのが分かった。

「やあ！　大変だ！」と、彼は大声で叫んだ。「ここから出よう！」

彼らは、半ば岩から一緒に滑り落ち、不格好な姿で走った。彼らの身体はぶつかり、湿った砂に足をとられた。ライネは息を切らして笑い始めた。

「私の靴の中は、砂で一杯よ！」彼女は泣き笑いしていた。

リチャードソンは、上の方の道を見上げた。ジープの輪郭がぼやけて見えた。それは、非常に遠くに見えた。

「ジープまで行くのは無理だ」と、彼はライネの耳に口を寄せて言った。「あそこへ行くまでにびしょ濡れになっちゃう」

突然、ライネが「あそこにボートがあるわ！」と、叫んだ。「雨が止むまで、あのボートの下にいましょうよ」

浜に乗り上げた攻撃用ボートの、錆び付いた船体は、ほんの数歩のところにあった。彼らがボートにたどり着いた途端に、唸りをあげる豪雨になった。リチャードソンは頭を下げるのがすこし遅すぎて、はがれてぶらさがっている金属に軽くぶつかった。彼らは、ボートの突き出した船べりの下にお互いの身体を密着させて立った。

リチャードソンが頭を撫でている間、ライネは、ふたたび息を切らして笑いころげながら、彼の頬にそって腕を動かして髪を撫でた。雨が二人の心の奥に潜んで抑圧されていた憂鬱な気分をすべて洗い流して、彼らを自由にし若返らせたかのように、あっという間に、彼らは陽気になった。

「結局、二人とも濡れてしまったな」と、リチャードソンは言った。雨滴が首からとめどもなく流れ落ちて、シャツのあちこちの部分が背中に張り付くのが分かった。

「気にしないわ」と、ライネが言った。「ここに来なかったら、もっと濡れたと思うし、とにかく気にしないわ」彼女は、少し彼の方に身体の向きを変えた。彼女の笑い声の快い調べが、湿った空気の中にまだ漂っていた。

気が付くと、リチャードソンの両手は、いつの間にか彼女の腰に触っていた。ボートの船体の下の真っ暗闇の中では、彼女を全く見ることが出来なかった。そして、おそらくそのために、かえって彼女の身体がまるで彼自身の一部であるかのように、彼女の存在を鋭くはっきりと感じたのであった。彼はゆっくりと両腕を上げた。彼にはそうする積もりはなかったが、片方の腕が彼女の胸をこすった。しかし、彼は腕を持ち上げる動作をやめようとは思わなかったし、彼女もいやがらなかった。彼女の肩を抱きしめると、彼は両手に服の濡れた生地とその下にある、彼女の身体の温かさをしっかり感じとった。彼には見えなかったが、彼女の顔が上を向いて彼の顔の方に傾き、待っているのが分かった。

大きな喜びの波が彼に押し寄せた。彼は指だけで彼女の肩をそっと引き寄せた。彼女は彼の方に身体を傾けた。彼女のあごが彼の肩にぶつかった。彼女の着ている服の薄い生地が濡れて彼女の胸にぴったり張り着き、彼のシャツの前のほうにさわった。

彼は彼女の腕をますますしっかり掴んで、顔を傾けた。彼女の唇は雨で冷たくなっていたが、そのあとすぐに温かさが増してきた。

かなりたってから、彼女は身じろぎして、顔を動かして「あなたは私の口を傷つけたわ」と言った。その声は小さくて、短く、不平がましくはなかった。そして彼女は彼の腕の中でゆっくりと力を抜いていって、両膝を曲げた。

リチャードソンは、腕をゆりかごのようにして彼女を抱きながら、彼女のそばにひざまずき、彼女の身体をそっと降ろして、砂の上に座らせた。彼女は彼にぴったりと身を寄せた。

「ライネ！」と、彼は彼女の耳に囁きかけた。「ライネ！」

彼女の身体は、急に体力を使ったために緊張していた。彼女は両腕を持ち上げて彼の首を抱え、自分の方に情熱的に引き寄せた。彼は、彼らが避難している場所の外側の砂の上に落ちる雨の、柔らかな音だけをぼんやりと聞いていたが、その太鼓を叩くような果てしない音と、頭上に響くうつろな雨の音を、聞くというよりは感じていた。彼の心は舞い上がって、あらゆる警戒心や思考から離れていた。彼は彼女を引き寄せて抱擁し、それが決して終わることがないと感じ、そう願っていた。

その時、急に終わりが来た。

リチャードソンは、唇をライネの唇からもぎ取るように引き離すと、雨の降っている闇の中をじっと見つめ、それと同時に、雨音とは違う別の音がしないか耳を澄ませた。

第六感といったものはないのだと、彼は今までしばしば考えた。そういう名前で普通呼ばれているのは、彼がそれに親しむように訓練してきた、あるいはそれを知ろうと自分自身を訓練してきた、あるいはまた、すべての人間に共通の純然たる本能によって知ることの出来る、物音や感触や形状に対して人の心が同調するということに過ぎず、完全に説明可能なのである。リチャードソンは音に敏感になる訓練を受けたし、自分でもそうなるように訓練してきた。その結果彼は、エンジンの唸りや翼が切る空気の流れの中の、この上なく些細な変化を、即座に、意識して努力することなく、機械的に、しかもそれ以外の何かに注意を集中していても、発見することが出来るようになった。

彼は今、ボートの外に、降っている雨とは違う別の動きがあるのに気付き、警戒した。

ごくわずかな、細切れの時間の中で、自分がどうしようもない愚か者であることを思って、自身に対して高まってくる怒りの波を押さえつけ、道のむこうの、雨の中にぼんやりとかすんでいるジープを見つめた。

そして彼は、やれる可能性のあるただ一つのことをやらなければならないと決心した。

時間がない。時間が十分にあるという見込みはなかった。ボートを引っ掻くかすかな音が聞こえた。それは雨の音ではなく、手か武器の触れる音だということが、彼には分かった。ジャングルを背景にした薄暗がりの、やっとそれと分かる濃密な部分は、以前にはそこになかったものであり、疑いもなく今そこにあり、ゆらめいていて形がなく、それでいて疑いもなくそこにあるからには、それは人間に違いない。あるいは何人もの人間なのか。一人はボートの後ろにいる。一人かあるいはもっと大勢の人間が、ボートとジャングルの間にいる。二人以下ということはあり得ない。おそらくもっと大勢いるらしい。彼は、失われた時間を悔やんだ。しかし彼はライネの方に顔を向けた。

「ジャップだ」と、彼は囁いた。「ジープの方へ走って行って、エンジンをかけてくれ」それが計画と呼べるかどうか分からないが、彼には一つの計画があるということを、彼女に説明している時間はなかった。島にはまだ多くの日本人がいて、彼らが丘から降りて来られるという事実を信じないか、あるいは忘れていたために、十二人の男と、少なくとも一人の女が引き裂かれ、ずたずたにされた。しかし、そのことについて考えている時間はなかった。この上なく底抜けに愚かな者だけが我を忘れて、現在リチャードソンが落ち込んでいるような状態になるのだ。しかし、そんなことを考えている時間はなかった。ライネが理解して行動してくれる時間しかなかった。そして、彼としては、現在出来る僅かなことを同時に行うしかなかった。

彼は、ライネから荒々しく離れて身体を回転させ、ざらざらして湿った砂の中に膝と脚を深く取られながら、砂を蹴飛ばしてボートの下から激しい雨の中に飛び出した。彼は走りながら、両手をベルトに激しく打ちつけて、気が狂ったようにピストルと、それの入っているケースの革を掴んだ。彼が引き金をさがしていた時、指の爪の一本が裂けてしまったことに、あとになって気が付いた。それでもピストルは使えるようになった。

彼は、ボートのそばを真っすぐ上に向かって走りながら、口を大きくあけて雨に向かって叫んだ。「走れ！」と、彼は叫んだ。「走れ！」そうしながら彼は、ピストルの引き金を引いた。雨で湿った空気の中で、さえない奇妙な爆発音が響いた。オレンジ色の炎で一瞬、雨脚が見えた。彼は前方に向かって盲滅法に走り続けながら、さらに二度、発砲した。彼は、発射の反動でピストルが腕に強く当たるのを、快く感じた。彼は走りながら、ピストルをぐるぐる動かして、手当たり次第に撃った。彼には何かに狙いを定めることが出来なかった。彼は、自分が急に走りだしたことや、思いもよらない、耳をつんざくような発射音がしたことや、閃いた炎や、彼の荒々しい叫び声などによって、雨の中に出現した何者かを驚かすことだけを望んだのであった。

彼は、心の片隅で、背後の物音を聞いた。それは、道の方向から聞こえたドスンという音であった。そして、飛び出していったライネがジープの方に走って行くのを知って、よかったと思った。それが納得出来ても、彼はふたたび発射し、さらに発射し、そのあと急いで二度発射した。彼の前の砂の上でドサッという音がした。そして、湿った薄暗がりの中で何かが動いたような気配がした。彼はぐるっと向きを変えて走り、つまずきながら、指で押して、ピストルの中の空の挿弾子を外した。それから、ベルトの中の弾丸のはいっている挿弾子を取り出した。

ピストルの銃尾の中に新しい挿弾子を装着し終えたと同時に、ジャングルを通り抜けてジープに向かう道に出たのが足の感触で分かった。その瞬間、ジープのスターターの、高くなったり低くなったりする音が聞こえた。彼は走りだした。弾丸を込めるためにピストルを持ち上げ、浜に向けて、出来るだけ早く引き金を引いて、五発発射した。そのあとジープに乗り込むと、まだ目の中には火薬の煙が染みて痛み、耳の中はガンガン鳴っていて、どのようにして其処にたどり着いたのかはっきりとは分からなかった。ライネは、珊瑚の砂の道をジープを全速力でガタガタ走らせながら、手探りして片手で彼の膝に触り、「ああ、リック、リック、リック」と繰り返し繰り返し言っていた。

第七章

汗の酸っぱい匂いのする簡易ベッドの上で、リチャードソンは突然目を覚ました。狭い通路の向こう側では、フォンクが足首を交差させ、左足の外側を大きなつま先と右足のつま先の間に投げ出して、仰向けに寝ていた。フォンクの簡易ベッドの向こう側には、リチャードソンの十分に睡眠をとった目に、映画スターの裸に近い写真が見えた。それを見ても彼は楽しくなかった。彼の舌は厚くなったような感じで、苦い味がした。なんとなく舌を動かして唇をなめた時、彼の小型トランクの上に昨夜ほうり出しておいた、ずぶ濡れになった泥だらけの服が目に入った。昨夜というよりは、今朝といった方がいいかも知れない。彼がやっと兵舎に帰り着いたのは、ほとんど夜明けに近いころだった。

時刻はもう昼に近いので、彼は急ぎ始めた。急に立ち上がると、めまいがして、頭がずきずきし始めた。口の中の苦みはまだ残っていた。寝台の下を手探りして、やっとグレープジュースが入っているはずの、潰れた缶が見つかった。その、くすんだ単褐色の缶には文字が書いてなかった。彼が三角形の缶切りで口を開けて飲もうとした時、静かにドアが開いて、ウイザーズが入ってきた。

「昨夜、何が起きたんだ?」と、彼は、楽しいことを待ち受けている様子で尋ねた。

「畜生、トマトジュースだ！」と、リチャードソンが缶を口から離しながら言った。「昨夜は、おれにはありとあらゆることが起こったよ。おれみたいな気持ちになったやつは、まずいないぜ。まったく物も言えないさ」

「そのことについちゃ、お前と言い合うつもりはないよ。おれが知りたいのは、何が起こったかってことさ。ちょっと前におれは、テオと話をしたんだ。彼女の話では、お前が一人で日本人の集団と戦ったというんで、病院じゅうが興奮してるって言うんだ。それに、お前は、あの赤毛の赤十字娘と一緒にいたというじゃないか。お前が気前よくおれに譲るって言ってた、あの子だろう？　いったいどういうことになってるんだ？」

「シャワーへ一緒に来いよ、話してやるから。ドラマチックで、スリリングで、勇ましい話なんだ。すんでのところでおれは殺されるところだったんだ」

せっけんが目に入った時にはブツブツぼやいたリチャードソンだが、昨夜の出来事について、ウイザーズが聞き惚れて笑い出すような話をした。

「それでおれたちは帰ってから、保安パトロールに連絡をとったんだ」と、彼は話を締めくくった。「あれは失敗だったよ。おれのでっかい口にチャックをして、誰にもしゃべらなければよかったんだ。保安パトロールの熱心な連中が、一晩中おれを連れまわして、軍規違反の実地検証をやったんだ。お前がどう言おうと、あれは、あの連中のためにやったんだぜ。勿論、日本人の死体なんか見つからなかったさ。でもな、もっと早くあそこに行けば、生きたやつらがいたことは間違いない。みんなそう思っていることは確かだ。特におれはそう思うね。畜生、ライネをあそこへ連れ出すなんて、なんて馬鹿なことをしたのかな」

「そうだな。ところで、そのライネのことだが」と、シャワーからの帰りにウイザーズが言った。「彼女のことはどうなんだ？　お前は、彼女をおれに譲ろうとしていたじゃないか。そいつは、呉れ騙しをしたことになるぜ。前は、彼女にそれほど興味をもっていなかったんじゃないか。彼女は奇麗な、いい子なのかい？」

「そうだ、そのとおりだ」と、リチャードソンは、まじめに言った。「彼女は、すごくいい子だよ、ウイット」

「ああ、そうらしいな」

「そうだ、おれには分からなかったんだ。だが、彼女は本当にいい子だ。彼女のことはあとで話すよ。打ち合わせの時間は十三時だったっけ？　出撃の予定はあるのか？」「打ち合わせは十三時半だ。今朝、変更になったんだ」と、ウイザーズが言った。「おれたちは出撃するよ。後で会おう、ガンマンよ！」

リチャードソンは、水筒の水を歯ブラシに垂らして歯を磨きながら、練り歯磨きをつけるのは、舌に味わせるためだけだと考えた。髭を剃る時、昨日傷つけた場所を忘れて、其処をまた傷つけてしまった。髭を剃り終えるころまでには、頭もいくらかはっきりし、楽しく食事が出来そうな気分になった。しかし、身体全体に微かな神経痛の始まるのが分かった。それは、彼が神経質になり、いらいらするようになるということであった。

下士官用兵舎の裏で、ウイリンガムは、ひょろ長い体躯をかがめ、頬からひっきりなしに汗を流して、兵舎の防空壕の手入れに余念がなかった。彼の働きぶりは、ゆっくりではあるが、手順がよかった。近くに堆積している砂山からすくった砂を砂袋の中に入れ、その口をしっかり結んだ。次に、防空壕の壁の上の所定の場所に、重い砂袋を苦労してきっちり押し込んだ。ほかのクルーから来た一人の射手が、破れた壁の上にのんびり寝そべって、両足を壕の中に入れてブラブラさせていた。彼は、たばこの煙を吐くと、物憂げな態度でウイリンガムに話しかけた。

「お前、もうたっぷり入れたじゃないか」

「ほっといてくれ」と、つぶやきながら、ウイリンガムが言った。「せめてお前に出来ることといったら、そこをどくことさ」彼は、飛び出した砂が射手の靴先に引っ掛かるように、わざと砂袋の端を持って振り回した。「お前は怠け者の仲間だ。あいつらが壕の上で働くのは、空襲の時だけだ」

「お前をひねってやるぞ、ハム」と射手は言いながら、靴を脱いで、金色の砂を壕の床にはたき出した。

二人の会話は、親しい友人の間でだけ交わされる、はた目には乱暴に見えながら、当人同士は相手をからかっている種類のものであった。

ウイリンガムは、重い足取りで砂山の方に歩いて行き、ほかの袋に砂を詰め込み始めた。彼にとって防空壕は、趣味に近いものになっていた。彼はその砂袋をほとんど片手で、所定の場所に積んだ。空襲の間を除いては、彼以外の者が防空壕の上で働くことが滅多にないのは事実に近かった。空襲時には、彼らはみな、防空壕の中かその近くにいないわけにはいかなかった。その上、日本軍はそのうるさい空襲をするのに月夜を選んだので、日中よりもむしろ、そういった夜のほうが防空壕の構築には好都合なのであった。しかし、いろいろな邪魔が入った。夜間戦闘機と高射砲部隊に命令を伝えるための、飛行中隊の拡声器システムを通して流される、航空管制センターの放送係員の、とてつもなく大きく耳障りな声を聴くために、しばしば仕事を中断しなければならなかった。そして、日本の飛行機が視野に入ってきて、サーチライトがそれを追いかけ、対空砲火が雷鳴のような、地面を揺さぶる不協和音を奏で始めると、その時にはもちろん防空壕の上の仕事は全く行われなくなる。そういう時には、ウイリンガムはいつも、念入りに仕上げた皮肉をこめて、次のように言うのであった。「さあ、お前ら、素敵な時じゃないか。ここへ出て来て、お前らの尻を月の明かりに当てて腰掛けないか？　あいつらが行っちまうまで、壕の上で何にもしないでいるなんて、まったくいい考えだぜ」彼はこう言って、おおいに満足したのだった。

今日、ウイリンガムは、防空壕を趣味以上のものとして使っているのだ。彼には漠然とした不安があるだけで、仕事に熱中する本当の理由を恐らく自身にも説明出来ないと分かっているが、心の中にある不安に対する鎮痛剤として、頑固に仕事をし続けて来たのであった。今晩出撃するだろうということは、承知していた。そして彼はまた、今、ほかの者たちが最初の夜間焼夷弾攻撃から帰還してきて、ほかの出撃を恐れる以上に夜間焼夷弾攻撃に対して恐れを抱く理由はないのだ、ということが分かっていた。それにもかかわらず、依然として彼の胃は、早く食べ過ぎて食物を消化出来ないでいるかのように、重苦しかった。

帰還したほかの者たちは、歓声をあげていた。のろまな日本の飛行機をやっつけたんだと、彼らは興奮してしゃべっていた。ウイリンガムの胃は、あいかわらずおかしかった。袋を一杯にして防空壕に戻ってきて、仲間の射手に向かって彼は言った。「足をどけろ、馬鹿め」そう言って、足をどかした場所に重い袋を投げ出した。それで、もう一段出来上がった。「タバコをくれ」と言って、彼は仲間の射手のそばに腰掛けた。

兵舎の中で眠っているほかの者たちが目を覚まさないように、二人は低い声で話した。

その時、網戸が大きな音をさせて開いたので、二人ともびっくりした。CFCの射手であるマトゥーチが、眠そうに目をこすりながら姿を現し、彼らのそばをほとんど走らんばかりに急いで通り過ぎ、兵舎の裏にある便所に通じている小道のほうへ行った。彼は顔をしかめていて、びっくりした彼らが声をかけても、返事をしなかった。

「あいつはどうしたんだ?」と、もう一人の射手がウイリンガムにたずねた。

「GI病にかかったんだと思うよ」と、ウイリンガムが答えた。「やつは、今朝、もう三回外に出ているぜ」

彼はタバコを投げ捨て、シャワーを浴びてくると言った。彼は兵舎の中に入りながら、ズボンを脱ぎ始めた。

汚れたタオルを腰に巻いてシャワー室に通じる小道を歩いている彼に、朝日が射して皮膚が熱かった。彼は、あいかわらず重い感じのする胃をそっと揉んだ。多分おれは治るだろうと、考えた。多分おれもＧＩ病にかかっただけなんだ。

ミラー大佐は、早い足取りで通路を歩いて行った。彼の背中と肩はピンと張り、襟から首にかけて赤くなっていた。それを見た誰にも彼の怒っているのが分かった。

演壇に上って彼らに向かって立った時には緊張して赤くなっていたミラーの顔は、この前の出撃について話し始めると、束の間穏やかになった。

「あれはかなりのものだった」と、彼は言った。「お前たちみんなが知っているように、われわれは驚くほど完璧に彼らに攻撃を加えた。彼らは焼夷弾にどう対処したらいいか分からなかった。この攻撃で、彼らの防御に割れ目が出来た。われわれは、彼らの防御を大きく打ち破ろうとしているのだ。先般の出撃は大きな成果をあげたのだ」

話が中断し、彼の顔がふたたび緊張した。「しかし、先般の出撃は良好というところだ。かなり良好というところかな。われわれは日本に対して今まで一機も失わなかった。しかし、今回われわれは、自分たちの間抜けが原因で一機を失った。その上、すんでのところでもう一機失うところだった。その二機は、目標に着く前に接触した。ほかのクルーがそれを目撃した。二機が接触した理由は、高度を間違えたことだ。お前たちは、ある高度で飛べと指示されていた。われわれが高度をずらして設定したのは、楽しんでやったわけではないのだ。お前たちが互いに空中衝突するのを避けるために設定したのだ。今度の出撃では自分たちの高度を維持するように目を凝らせ。以上だ」

リチャードソンは聴いていて、大佐の話には以前から鋭さがあったが、今回は、彼の声に激しいものが加わった感じがした。ミラー大佐を先頭に、司令部の将校たちの小さい集団が通路をこちらに戻ってきたとき、リチャードソンには、大佐のカラーが大き過ぎ、両腕が硬直しているように見えた。あの人はやつれたのではないかと、思った。

リチャードソンが自分の考えに耽っていると、そこへフランクスが割り込んで、小声で話しかけてきた。「あの人はいつもはおれたちみんなに腹を立てるような人じゃありませんよね」と、副操縦士は言った。「なんでイライラしてるんだと思います？　飛行大隊に何か原因があるんでしょうね？」

「おそらくな」と、リチャードソンは短く答えた。「あの人になにかトラブルがあったんだ」彼は以前からミラー大佐に対して同情を覚えていたが、そういう気持ちがあることを彼はしぶしぶ認めた。なぜなら、ミラーに対するそうした同情は感情的で根拠のないものに思われたからである。そしてさらに、そうした同情は、表面に現れず、掴みどころのないものであって、リチャードソン自身がある意味ではミラー大佐に似通っているように思え、なんとなく、あいまいな自己確認の過程に思えるのであった。そして、彼は、それ以上そうした考えを続けることは出来ないので、考えるのをやめた。しかし、彼には、ミラーが病んでいるのではないかという気持ちを振り払うことが出来なかった。

打ち合わせが終わって、リチャードソンはウイザーズと連れ立ってクラブへ行った。彼らは、崖の下の海の中に缶を入れて冷やされていたフルーツジュースを飲んだ。「あのピーターソンは抜け目のない奴だぜ」と、ウイザーズが、フルーツジュースを冷やす役目の、クラブのバーテンを指さして言った。「どうやって冷やすと思う?　砂の中に缶を埋めると思うだろ?」

「そうじゃないんだ。初めはそうやってみたが、缶は流されてしまった。そのあと彼は、大きな箱を手に入れて、そいつを珊瑚の塊に縛り付けた。そして、その箱の中にフルーツジュースの缶を入れた。フルーツジュースはいつもそこで冷やされているのさ。あいつは仕事もきちんとやるよ。熱心な奴で、指図されなくても、いつも行ったり来たりして、物を運んでいるんだ」

ウイザーズはジュースを飲んだ。「オーケイ」と、彼はきっぱりした口調で言った。「話したくないことを話すのはやめて、話題を変えよう。おれは、他人の身に起こることにあまり興味はない。お前に聞くのはこれで三度目だが、これで最後にしよう。ライネハルト嬢のことだが、彼女を愛してるのか？」

ウイザーズが余りにも軽い口調で話すのにいささか閉口したリチャードソンは、強いてまじめな顔をして、ちょっと間をおいてから答えた。

「えーと、それじゃ話そう、ウイット」と、やっと彼は言った。「前に言ったように、ライネは、本当にいい少女だ。彼女には、ある種の暖かく本物の資質があって、それがおれを引きつけるんだ。それでまた、おかしなことに、本当の彼女は、おれが見ている彼女とは違うんだ。彼女は、非常に素晴らしい、いわば成熟した容姿をしていると思うよ。彼女がいい姿をしていて、肩の周りに奇麗な髪がかかっているところがとりわけ素晴らしいことは間違いないよ。彼女は……結局のところ、非常に情熱的でありながら、申し分なく好ましく見えるんだ。それでいて、もしお前が彼女を少し知るようになったとすると、彼女を取り巻いている、好ましくて人懐こい雰囲気のために、お前は、彼女の容姿がどうかなんてことをいささか忘れてしまうだろうな。もちろんおれは、彼女が情熱的にはなれないだろうなんて考えてはいないよ。いずれにしろ、おれには分からないが、彼女は一風変わった少女だよ」

「ほんとうかい」と、ウイザーズは言った。「変なことを聞いて、かんべんしてもらいたいがね、お前、この少女について本当に何か考えているのか、ええ？」

「多分な。それほど本気で考えているわけじゃないけどな」

「本気じゃないだと！　驚きだね。まじめに考えてないとはどういうことだ！　その言葉は引っ込めろよ。それでお前が、あの二人は感じがよくて友情にあふれた奴らだなんて考えるようになって、全然腹が立たず、しかも相変わらず情熱的であり続けられるとしたら、お前はかなりいかれてるぞ」

リチャードソンは笑った。それは、ウイザーズの典型的な意見だった。リチャードソンはいまだかつてウイザーズほど、情にもろい本来の性質を、世間慣れしているという見せかけの下に隠そうと、一生懸命に努力している人間に会ったことがなかった。その世間慣れは完全に見えすいたもので、むしろ、見えすいていると思わせているかのようだった。

ウイザーズは誠実で、気取らなかった。リチャードソンは、ウイザーズの考え方のなかにある、いかにも矛盾しているようなものに気付いていた。それは、一言で言えば、世間慣れしているかのように見せかけるといったことであった。その一方でリチャードソンは、ウイザーズは誠実であり、格好をつけるような奴ではないと思っていた。彼の考えでは、それはウイザーズ自身の中にある矛盾から生じているのだ。ウイザーズは、それが真実であれ見せかけであれ、自分の信念に忠実であり、その信念が何であるか正確に決められるように、いつでも準備しているのだということを認めざるを得なかった。彼はウイザーズが好きだ。

「皮肉屋になろうとして、そんなに一生懸命になることはないさ」と、彼は言った。「お前は何人の女性を裏切ったんだ？」

ウイザーズは、自分とリチャードソンの目の間にフルーツジュースの缶を持ち上げた。実を言えば、彼は女性を裏切ったことはなかったのだ。ただ一度だけ彼が女性を裏切ったと思ったことがあった。大学の二年生だった彼は、ハイスクール二年生の少女を、半ば完成した男子クラブハウスへ連れて行った。輝くようなブロンドの髪をしたその少女には、急に上目遣いをする癖があった。二人が薄暗闇の中に入ったとき、デコボコした地面に彼女がつまずいた。彼女の身体が彼のほうに傾き、彼の膝が彼女の両膝の間に入った。初め、彼女の唇は彼のキスに逆らった。しかし、それは最初だけだった。ウイザーズはフルーツジュースをもう一杯飲んで、彼女の名前を思い出そうとした。エミリイ……そうだ、エミリイだ。すべてが終わって一カ月もしないうちに、エミリイがどんなに多くの青年たちと一緒に歩いていて彼らの方によろめいたかということを知った。そして、偶然のように見える彼女の身体の動かし方とか、逆らうようなしぐさとかに気が付いたのだった。

もちろん、エミリイのあとにも多くのことがあった。それほど多くはないにしても、かなりいろいろなことがあった。しかし、彼女たちを裏切ったことはなかった。現在のテオとのことでもそうだ。ウイザーズが彼女と同じように率直であり、ある意味では信頼出来る人物であることがテオには分かっていた。彼女には求婚をほのめかす男たちが大勢いたが、彼女は彼らよりウイザーズのほうが好きだった。しかし彼女には、自分のしていることが正確に分かっていた。やがて彼が自分から離れていくであろうということ、なぜ彼が去っていくのか……しかもきわめて近い将来に……ということを知っていた。テオは知っていて、ウイザーズには、彼女が知っているということが分かっていた。

本当に、彼はいまだかつて一人の女性も裏切ったことはなかった。彼はそうする必要がなかったのだ。彼女たちには分かっていた。やがて終わりが来ることが分かっていても、彼女たちは彼が好きだった。彼女たちが彼を好む理由はいろいろあったが、そのほとんどを、ウイザーズ自身は自覚していなかった。それらは、彼の目の中にはなにかしら少年めいたものがあるとか、彼の髪は黒くて、額の上のほうに立ち毛らしきものがある、といった類いのものであった。彼は優しくて押しつけがましいところがないし、女性を裏切ることが出来るとは到底思えなかったので、彼女たちに好かれたのであった。

リチャードソンがウイザーズを好きな理由は、緊密な編隊を組むときに右翼の方向に位置するいい奴だということや、彼が何かをやろうと言うときには、くやしいほどうまくそれをやるからだった。それからまた、非常に見え透いてはいるものの、彼の気さくな言動は、時々考え込んでしまいがちなリチャードソンにとっては、一種の解毒剤のような効果があって、生き返ったような気分になるのであった。

(畜生、おれはセンチメンタリストだ)と、彼は思った。「さあ、出かけるか」と、彼は大声で言った。

「いやだ」と、ウイザーズは面倒くさそうに言った。「おれはここにいたいね。気象の打ち合わせの時に会おうや」

「分かった、打ち合わせのときに会おう」リチャードソンは出口のほうへ歩いて行った。「おい、リック」と、ウイザーズがためらいながら言った。「おれがライネと一緒にいても殺そうとするなよ」

兵舎の前の路上で、リチャードソンはウイルソンに出会った。

「この時間に歩いていて、気分はいいのか?」と、彼は爆撃手にたずねた。彼の話し方は、思っていたよりも優しさに欠けていた。「ええ」と、ウイルソンは、リチャードソンから視線を外して答えた。

彼が歩いていると、後ろから一台のジープがやってきた。道路の端に寄ったとき、ジープのフロントガラスに「飛行中隊長」と書いてあるのが見えた……リチャードソンはこれについていつも、すこし格式ばっているなと考えていた……運転しているのはピーター・フェルター少佐だった。

「乗れよ」と、フェルター少佐は言った。いかにも彼らしいやり方だが、ジープを完全には止めずに、リチャードソンを座席にはい上がらせた。

ここ数カ月間、リチャードソンは、フェルター少佐についての好奇心が、決して強いとはいえないが、しだいに高まってきているのを感じていた。その好奇心にはいくらか反感が混じっているのが自分で分かっていた。彼は時々考えるのだが、少佐は、第一次大戦時のパイロットたちがそうしていたのではないかという伝統にのっとって、あえて生きようとしているのではないだろうか。当時のパイロットたちは、ブランデーとミルクを飲み、生卵を食べて生きていたと思われる。そして当時は、いかにも作り話めいてはいるが、パイロットが「最後まで生き残る人間がここにいる」という最後のコーラスを歌い、最後のブランデーを飲み干して出撃しないとしたら、この上なく風情のないものだったのである。

リチャードソン自身は、そういう物語を読んで楽しんだが、第一次大戦の中で実際にこのようなことが起こったかどうかは疑わしいと思っている。そして、今回の戦争では、こんなことは起こらなかったし、これに類したことも起こらなかった。リチャードソンやウイザーズや何人かの無茶な連中が勤務外に飲む酒の量はかなりのものだと思うが、彼らのうち、酒を飲んで操縦しようと考える者はそんなにいないだろう。なかには二日酔いで操縦する者はいるかも知れない。しかし、酒を飲んで操縦する者はいないだろう。ところが、ピーター・フェルター少佐はほかの者と違うのだ。フェルター少佐はパイロットは酒に強いという言い伝えの影響を受けていると、リチャードソンは考えている。おそらく彼は、飛行中隊のどのパイロットよりも、言い伝えに近い生活をしているのだろう。彼はどのパイロットよりも出撃に近い時間に酒を飲み、誰よりも二日酔いがひどく、その回数も多い。何カ月も前に、カンザスの飛行場でリチャードソンが初めて彼を見たとき、フェルターは、B29の機首の下に立ってタバコに火をつけようとしていたが、両手がひどく震えているために、うまく火をつけられずにいた。飛行機に近付き過ぎて、禁止区域の中に入り込んでしまった彼はそこに寄りかかり、むっつりした、つかみどころのない顔つきをして、二本マッチを擦った。しかし、タバコを炎に近付けないうちに、二本ともマッチが指先に当たって消えてしまった。最後には一人の下士官が彼のためにマッチを持ってやった。彼は急いでスパスパ吸うと、ありがとうとも言わず、感謝のジェスチャーもしないで、その場を立ち去った。彼の態度はいつも無作法で横柄であり、一風変わった無造作なところがあって、もったいぶった様子をしていた。

しかし彼は、リチャードソンが羨まずにはいられないような、確実なタッチで操縦した。彼は今までのところは、飛行中隊で計画したすべての出撃に加わってきた。彼のクルーの仲間たちは、きわめてこっそりと彼のことをののしった。「畜生め。あいつを殴るわけにはいかないしな。あいつは、空を飛ぶ畜生だ」と、彼の機の副操縦士が言っているのを聞いたことがある。その悪口は二回聞いたが、強調の仕方は全く違っていたが、どちらもまったく同じ内容だった。

リチャードソンはもはや、フェルター少佐といかなる会話も始めるつもりはなかった。過去に何回も会話を試みたが、返ってくる返事には他人を傷つける質問があるだけだったし、自分が突然守勢に立たされていることに気付いたからである。今、彼らは飛行中隊の区域に向かってクルマを走らせているが、二人は全く口をきかなかった。フェルター少佐は、リチャードソンを降ろすためにいくらか長めに停車したが、リチャードソンがありがとうと言っても、ろくに返事もしないで、ジープの車輪を回転させて走り去った。いつもの、なかば怒りを含んだ、なかば奇妙な挫折感が戻ってきた。

気象の打ち合わせが終わって、出撃ラインに向かうトラックの中でガタガタ揺られながら、リチャードソンは、ウイザーズと一緒にいたとき以外、その日一日ずっと心の中に居座っていた、わけの分からない苛立ちがふたたび押し寄せてくるのを感じた。その苛立ちには、これまたわけの分からない不吉な予感がつきまとっていた。いくらか頭痛がして、トラックの揺れで頭痛は良くならないが、それとは違う感じだった。口の中は相変わらずさっぱりしなかったが、それとも違っていた。

苛立ちと不吉な予感は、熱い空気と立ちのぼる珊瑚の埃のなかで、赤い落日の光線によって運ばれてきた。その感覚は、あらゆる物、あらゆる人のなかにあった。

ミラー大佐は、出撃の打ち合わせの席で、ずっと緊張し怒っていた。いつもはゆったりした気分でいる彼だが、今日はウイットに富んだことを言っても、彼の周囲には緊張感が漂っていた。

トラックが最後の上り坂をやっと登りきると、飛行機が見えてきた。なにかまずいことが起こったことがすぐに分かった。いつもならば、翼の下に地上整備員が横になっているとか、エンジンカバーのきらきら光る金属の上のオイルの染みではないかと思われるものを注意深く点検するとか、静かではあるが緊張感にあふれた光景が見られるのだが、今はそれに代わって、慌ただしい動きが見られた。五、六人の整備員が忙しく働いていて、一つのエンジンからカバーの三日月形の部品が外されて、地上に横たえられていた。

「やあ、まずいことになってるな、マスターズ」と、リチャードソンは、トラックから飛び降りると、思わず言って、整備主任に近付いた。「何が起きたんだ。離陸までもう四十分しかないぜ」

マスターズ軍曹が、彼の立っている梯子から、拳大の長いレンチを彼の方に差し出している助手を見下ろしたとき、額から汗の玉が滴り落ちた。「だめだ、初めは一と八分の五のやつをよこせと言ったろう！」と、彼は言った。そのあと、ふたたび頭をエンジンに近付けると、リチャードソンの方は見ないで、彼に言った。「分かってますよ、機長。でも、どうしようもないんです。ここにオイル漏れが見つかったんです。ほら、見えるでしょう。でも、もうほとんど直りました。今、カバーをつけようとしているところです。間もなく終わりますよ」

彼は低い声で「そうなるといいんだがな」と、つけ加えた。エンジンカバーの奥の方で、カーンという金属音が聞こえた。マスターズがレンチを落としてよろめき、梯子の上でバランスを失いそうになった。彼は、エンジンに向かって直接に話しかけたが、それはまるで生きているものに話をしているかのように熱心で、声には親しい感じがこもっていた。「お前はどうしようもない奴だな」と、彼は言った。

リチャードソンは、今やコントロールがきかなくなってあふれ出そうになっている、自分の内部の苛立ちを押さえつけようと努力しながら、その場を立ち去った。

彼は、努力してゆっくり、飛行機の前面の空き地の方へ歩いて行った。その場所に、彼個人の装備品を注意深く拡げた。パラシュート。ライフベスト。ピストルとホルスター。水筒とナイフと緊急用糧食と応急手当用医療品の品々。それらの装備を飛行中に身体じゅうに装着しなければならないときには、身体に締めつけるための、革帯と締め金と付属品のすべてが、うんざりするほどからみ合い、彼がどんな動きをしても、彼を突いたり傷つけたりするのだ。

それがすむと、彼は、出撃関係書類入れの中身を、目の前に拡げた。本当は書類を乱暴に放り出すのが性にあっているのだが、そうしないで、一枚一枚注意深く正しい順序に地面に並べた。彼は、おおげさな注意を払って几帳面に点検した。地図、グラフ、横断面図、暗号データ表をチェックし、正しく並べた。

腕時計にちらっと目をやると、クルーの携帯品を点検する時間になっていた。立ち上がると、地面に置いてあったエンジンカバーの部品がすっかりなくなっていた。そして、マスターズ軍曹と彼の助手たちが、カバーをネジ留めしているところだった。それを見て彼は、これでとにかくエンジンは使えるようになったという、多少の満足感を得た。

彼が声をかけると、クルーが集まって来た。彼らの足元に置かれた個人的な装備の塊を素早く見下ろしながら歩いて、「よし」と言った。「今回の出撃はうまくいくだろう。この前の出撃は、知っての通り定期偵察飛行のようなものだった。今回もそうではないとは言えない。今回もいい飛行が出来ると思う」彼は元気に話したが、それは見せかけだった。彼の声には真実味がこもっていないことを彼は自覚していたし、クルーがそのとおりだと思ってはいないことも分かっていた。しかも、彼らを解散させた直後で、誰もがまだ彼の言うのが聞こえるときに、彼は、見せかけの陽気さをとりつくろうチャンスを全く失ってしまった。つまり彼は、モレリイから不必要な質問を受けたのだが、それに答えたとき、彼の声に苛立ちがはっきりと出てしまったのである。モレリイはレーダー滑走の手順変更について、滑走の改良をしたほうがよいと考えていた。「いや、そうじゃない、モレリイ！」と、リチャードソンはいらいらして言った。「お前は事態をややこしくしようとしているだけだ。そんなことをすると、動きがとれなくなるぞ。そんなことは忘れろ」モレリイは傷ついたようにみえた。

リチャードソンが振り返ると、ウイルソンが、クルーのほかの者から離れて、隅のほうに立っていた。リチャードソンが航法士と話している間、ウイルソンがどこにいたか、なんとなく分かっていた。そして、彼が話がしたくて待っていることも分かっていた。

爆撃手は、下を向いて足元の小石をあてもなく蹴りながら、タバコをスパスパと神経質にあわただしくふかしていた。リチャードソンが彼の方に目をやると、ウイルソンがタバコを投げ捨てて、彼の方にやって来た。彼の歩き方には不自然な硬さがあり、ギクシャクしていた。リチャードソンは、何かがあるなという不安な予感にとらわれた。

ウイルソンが立ち止まって、唇をなめた。しかめっ面をしていて、顔色は悪かった。「機長」と、彼が言って、ためらった。「何だ?」と、リチャードソンが短く言った。

「機長」と、爆撃手がふたたび言い始めた。「どうもよく分からないんですが……だいぶ胃腸の具合がよくないんです……どうしてだか分からなくて……」

　ふたたび話をやめたとき、彼の顔色はいっそう悪くなった。リチャードソンは我慢しようとしたが、苛立ちが怒りに変わり始め、ついに怒りを抑え切れなくなってしまったのを感じた。彼は今やウイルソンの言おうとしていることがはっきり分かった。リチャードソンは、ある意味で心の中の緊張が解けるのを感じた。これは、今まで彼が直面したことのない状況だった。それに対しては、たった一つの、この上なく単純な解答しかなかった。ウイルソンは飛ぶのが怖いのだ。リチャードソンは、前日、多分不器用にまごまごしながら、それでいて誠実に、同情と勇気をもって爆撃手に近付こうとしたがうまくいかなかった。少なくとも、結果としては失敗した。彼の目の前で精神的に参ってしまっているウイルソンにとって、今出来ることはたった一つしかない。それは、絶望的な勇気をふりしぼって恐怖を告白することなのだ。それしかないのだ。リチャードソンは幾度も自分自身に問いかけ、ウイザーズとしばしば話し合ったことがある。それは、誤解されることの多い、軍規というドグマについてであった。実際にはそれは何なのか？　それは、いつ、どのような状況のもとで、いかに適用されるのか？　一人の人間が、戦闘に直面してひるんだ場合、彼の上官は何をしたらよいのか？　背中をピシャリと打つのか、親切な言葉をかけるのか、それとも、模範を示してついてこさせるのか？　あるいは、銃口をつきつけて、どちらが危険か選ばせるのか？

リチャードソンは、ルールというものを知っている。彼はそれらを本を読んで学んだり、本を読んだ人たちに聞いて学んだりした。本に書いてあるとおりにルールを機能させるためには、ルールをどのようなやり方で、どのように変えて適用するのかということを、彼は本や他人から学んだのではなく、人間は身近な出来事の中で試行錯誤を繰り返してのみ、本当に学ぶことが出来ると信じるようになったのであった。

今、彼はルールのことは考えなくてもよかった。考えるとすれば、一つだけ選択すればよかった。それは、生を選ぶか死を選ぶかということである。立ち上がって戦うか、それとも降伏するか。食うか食われるか。危機に際して、頼りになる決まり文句のようなものしかないのか、という考えが頭をよぎって、彼は奇妙な喜びを感じた。

それは、極めて簡単なことであった。ウイルソンが途方もない決心をすることが出来ないことでそうなった。時間がないのでそうなった。クルーのほかの者が近くにいて、彼らが、たとえ聞いたり見たり出来なくても、何が起こったか知るか感じるにちがいないということで、そうなった。ここで、この場所で、この時間に、この男と彼自身が対峙していて、しなければならないのは、一つの簡単なことしかなかった。本能的に、考えなければならないことも実際にはなくて、そして計画とか意図も全くなく、リチャードソンはそれをやった。

彼は、自分を襲った怒りの発作に身を任せた。彼は、考えようというあらゆる試みを放棄した。そして、感情をおもむくままに解放させた。その日の一日の苛立ちが凝縮し、とうとう爆発したのである。

彼は、爆撃手をじっと見つめた。

「ウイルソン」と、彼は言った。「一時間前におれはお前に具合はいいかと聞いたな。そのときお前は具合がよかった。今になって考えを変えても、遅すぎるぞ」

彼の口調には冷たい残酷さがあって、それがウイルソンにショックを与えた。ウイルソンはもう一度話そうとして、口をあけた。

「機長、おれは……」

「悪いけどな、ウイルソン」と、リチャードソンが冷たく言った。「飛行機に乗れ」

リチャードソンは自分が震え始めるのを感じた。

「ウイルソン！」と、彼は荒々しく言った。「おれは、飛行機に乗れと言ったんだぞ！」

第八章

彼は疲れていたが、休息をとることが出来なかった。眠っている間も休まらなかったし、今も休めなかった。前方の曲がりくねった道路に目をじっと向けて、ジープの揺れに身を任せていた。彼は、雨に洗われた空気が生き生きと顔を撫でていくのをありがたいと思った。彼はもうウイルソンのことを考えるのはやめようと自分に言い聞かせた。しかし、爆撃手の顔はいつでも彼の心の中や目の奥にあって、目の前の道路の埃の中に、その輪郭がゆらゆらと現れてくるのであった。彼は心の休まるときがなかった。

涼しい山の頂上に向かってジープはがたぴししながら骨折って登り、夕方になりかけの静けさの中に、トランスミッションのギイギイという大きな音が響いた。エンジンの、ドンドンいう音やシュウという音や、あわただしく跳びはねるようにパチパチいう音が、珊瑚の断崖にぶつかって反響した。その後、最後の坂を登って頂上に着き、長く曲がりくねった下り坂になると、すべての音がしなくなった。

リチャードソンは、片手をハンドルから離して、目をこすった。ライトをつけると、たそがれの中で弱々しく輝いた。彼は、自分の心が休みなく働いて静まろうとしないのがいまいましかった。

隣のシートにはライネが乗っていた。彼女の身体の輪郭がしだいに暗さの増す中で柔らかく浮き上がり、ジープの動きにつれて、少しずつ揺れた。彼女はだまっていた。しばらくしてリチャードソンは、手を伸ばして彼女の膝に軽く触れた。

ライネは、ゆっくりと何げなく手を上げて、彼の背中に当てた。二人とも、お互いを見なかったし、話をしなかった。ジープが曲がりくねった道路のカーブを曲がるときに、彼らの身体が同じように揺れるのを除いては、動きのないまま、ゆっくりした下り坂を下方の平地に向かっていった。道が平坦になると、ジープのエンジンがふたたび、車輪を力強く回転させ始めた。リチャードソンが口を開いた。「帰るには早いな」

「でも、帰らなくてはいけないわ」と、ライネが答えた。

リチャードソンが言い張るのはおかしかった。帰りたかったのは彼のほうであり、彼女はまだ帰りたくなかったのである。「なぜ?」と、彼はたずねた。「どこかへ行って、もう少し話をしてもいいだろう」「いけないわ。あなたは疲れています。二、三時間しか眠っていないんですもの。出撃の後で、まだ休んでいないのに、今晩は来てはいけません」

「休みたいとは思っていなかったし、今も休みたいとは思っていないんだ」彼は運転し続けた。前方に病院の明かりが見えてきた。ゲートを通過した。看護婦用区域の前に駐車している車は一台しかなかった。

「クラブへ行って、一杯飲もう」と、リチャードソンが言った。

「いいわ」

八時というこの時間のバーには、人々の出て行ったばかりという、まぎれもない雰囲気が漂っていた。ほんの少し前に、かなりの数の男女が、夕べの楽しみを求めて、この場所から立ち去ったのであろう。彼らは、この島のあちこちにある、飛行連隊クラブや飛行大隊クラブあるいは飛行中隊クラブを目指して、散開していったのであろう。もっと大胆で時間を気にしない連中は、おそらく、思い切って島を横断して、ガラパンの町にある艦隊クラブへ行ったことだろう。ほかの者たちは、きっとそうだろうと思うが、安全のために七人ないし八人がグループとなり、全員がピストルかカービン銃で武装し、ジープを連ねて、人里はなれた秘密の場所へ出掛けたのだろう。その場所ではおのおののカップルに分かれることが出来る。その場合、それぞれのカップルが安全確保のために必要な範囲内にいなければならないのは当然だ。しかし、長い間の沈黙によって妨げられていた、用心深いささやきや静かな会話をするのに十分な距離は保っていることだろう。

今、バーには、乱雑に置かれたグラスがあるだけだった。そのうちのあるものは中身が半分入っていたが、大部分のグラスには、溶けた角氷が入っているだけだった。空き缶のふたで作った灰皿の中には、ひねり潰された吸い殻が残されていた。そのうちの一つは、まだいぶっていた。小さなテーブルの周りには、椅子がてんでんばらばらの方向を向いて置かれていた。それらは、腰掛けた人たちが後ろに引いて立ち上がったままになっていた。ジェームズという名前だが、それがファーストネームなのかラストネームなのかリチャードソンの知らない、白い服を着た看護兵が残っていた。彼は二人を見てうれしそうな様子だった。

「ハロー、ジェームズ」と、ライネが言った。「ブルボンソーダを二つ作ってくれる？　スタシイ中尉のボトルを使ってちょうだい。十八番のボトルよ」

ジェームズは、洗浄槽の水の中にグラスを突っ込むのをやめて、ライネに向かって微笑した。彼の目は彼女を率直に、だが穏やかに値踏みしていた。彼は非常に若かった。「分かりました」と、彼は言って、リチャードソンの方を向いて「機長、今晩は」と言った。

「この人は、リチャードソン機長よ、ジェームズ」と、ライネが言った。

「そうですね、知っています」と、ふたたび微笑しながらジェームズが答えた。「前にあなたの飛行機に乗ったことがあるんです。でも、あなたは覚えていらっしゃらないでしょうね」

「本当かい」と、リチャードソンは驚いて答えた。「君が乗ったんだって？」

彼は何週間か前のある日のことを思い出そうとした。その日、シリンダーを交換した後の離陸テストで飛行したのだった。そのとき、駐機場に近付いて整備員たちと話をしていた二人の設営隊員と、生き生きした顔付きの若い看護兵を乗せた記憶がよみがえってきた。そのときの看護兵がこのジェームズだったのだ。彼はその後、このバーで彼を二、三回見たはずだが、テストフライトのときのことは思い出さなかった。

「ああして乗ってみて、どうだった？」と、ジェームズにたずねた。「着陸した後で君と話をしなかったが」

「すばらしかったですよ、機長。あれは素敵な経験でした」彼は照れ臭そうに、ニヤリと笑った。「あのあと、私は故郷に手紙を出して、おれはB29に乗って飛行したんだぞって、友達に書いてやりました。あいつらは喜んだと思いますよ。でも、お袋は、私が日本の上空で撃墜されるんじゃないかと心配しています。だから、私はあれから、B29には乗らないことにしているんです」彼は、話しながら、バーの下のボトルやグラスを片付けていた。それが一段落すると、彼は彼らの前に二つの飲み物を置いた。

「お母さんには、心配しないように言えよ。そして、いつかもう一度おれたちの飛行機に乗らないか」と、リチャードソンが言った。

バーからテーブルへ移るとき、彼はライネの耳元でささやいた。「困った連中だ」と、彼は言った。「B29に乗るのがすばらしいなんて考えているんだ。B29に乗って、自分が出撃したような気分でいるのさ」

「あなたはきついことを言ってるわ」と、ライネが言った。「あたしだってB29に乗って飛ぶのはすばらしいことだと思うわ」

「そうだな、多分そうだと思うよ」彼は、飲み物を半分ほど飲んだ。その中のソーダはひどい味がした。彼は、残りをほとんど一気に飲み干した。

ライネは、彼女の飲み物をもっとゆっくり飲み、それが空になる前に、グラスを押しやった。「まずいソーダね」と、彼女が言った。「ジェームズががっかりするから、彼に言ったらだめよ。ほかのものを飲む?」

「今はいらないよ。ちょっとジープへ行こう。あそこにボトルを置いてきたのを思い出したんだ」

「でも、もう帰ったほうがいいんじゃない？」

「いや」リチャードソンは、本当は帰ろうと考えていた。しかし、彼は今、そうじゃないと言い張った。「ちょっとジープへ行こう」

ジープのあるところは、深い蔭になっていた。しかも、クラブの入り口についている沢山の裸電球の光との対照で、よけい深い蔭ができていた。リチャードソンが後ろのシートに手を伸ばして、毛布にくるんで床の上に慎重に転がしてあったボトルを探していると、彼の唇がライネの髪をこすった。彼女の髪からは、洗って清潔な香りがただよい、それと同時に彼女の身体の温かみが伝わってきて、彼ははっとして彼女から離れた。彼は彼女からかなり距離を置いて、ボトルの蓋を外し始めた。

（ああ、なんてことだ）と、彼は混乱した頭で考えた。（この少女は、言葉では言い表せないほど、素敵だ）（そしておれは……）ボトルの蓋はとれたが、そのあと彼はタバコを手探りしていた。彼はその間、考え続けた。（彼女はおそらく、サイパン島でいちばん美しいだろう。彼女には暖かみがあって、優しい。月の光の中で、彼女の胸のふくらみや長いスリムな脚が見える……そして、おれは彼女の好ましさを前にして、しりごみしているのだ……）彼は考えても仕方がないと思って、考えるのをやめて、ボトルをライネに向かってぶっきらぼうに突き出した。「さあ、さっきのまずいソーダより、これのほうがうまいぞ」

「ほしくないわ」彼女はさっきから、彼の躊躇や混乱に気付いていた。「私は自分の部屋に帰ったほうがいいと思うし、あなたも帰って眠ったほうがいいと思うわ」

「なあ」と、彼は言った。早口で話しながら、彼には今ライネとの間にわだかまりがあるのが分かっていた。

彼はそれをそのままにしておいてはいけない、そのわだかまりをどうにかしてなくさなければいけないと、考えていた。「なあ、ライネ。今夜は、自分がどうなっちゃってるのか分からないんだ。おれが、戦闘で疲れ果てたような格好をしているのは、分かっている。君に悪いと思っているよ。でも、おれが参っているのは、戦争とかそういったものじゃないんだ。おれが参っているのは……」

「出撃のときに何が起こったの、リック？」と彼女は、彼の言葉を慎重に遮り、彼がそれ以上言うのを押しとどめて、言った。

彼は驚いたが、驚いたこともすぐに忘れて、爆弾投下とウイルソンについて、すぐに話し始めた。

スロットルを操作しているとき、リチャードソンは、大抵、ゆったりしていた。飛行機のエンジンというものは、乱暴に扱ってはいけない。われわれを帰還させてくれるように、その働きに任せるのがいいのだ。リチャードソンはエンジンをいたわって操縦した。彼はスロットルを一つずつそっと前に押し、それらを指や手のひらで感じとり、腕の筋肉を通してエンジンの震動を本能的にとって、それらの震動を和らげ、滑らかにした。

いつもはそうなのだが、今回は違っていた。滑走路を脚輪走行して整列すると、リチャードソンはブレーキを強く引き、四つのスロットルレバーをしっかり固定した。エンジンは咆哮し、その一つは短く咳き込んだ。いらいらして、リチャードソンの額から汗が流れた。彼はすべてのエンジンを咆哮させた。緑のライトがきらめくと、彼はブレーキペダルから急いで足を離し、手首に近い部分でスロットルを強くたたいた。

機体が左へ曲がり始めると、彼は、第一エンジンのスロットルをギリギリまで引っ張り、機体が滑走路に添うようになるまで待って、ふたたび第一エンジンのスロットルを急いで全開にした。

それは、熟練したやり方だった。エンジンを扱うのは難しいが、熟練した技術でやってのけたのである。滑走路の半ばで、飛行機は本格的に、真っすぐ走り始め、方向舵はニュートラルを保ち、すべてのエンジンは二千七百のフル回転に達した。

リチャードソンは、飛行機を驀進させた。自分の汗の酸っぱい匂いがシャツの襟から立ちのぼってきた。彼は機体をまだ地上に留めておいた。滑走路の端が彼の方に追って来てはじめて、彼は舵輪を動かした。そのあと、海のギラギラする光がむこうに見え、滑走路の端に生えている椰子の茂みが機首の下に隠れると、彼は舵輪を力いっぱい手前に引いた。

機首がゆっくりと上がり、機体がちょっと軽くなったが、そのあとふたたび重く沈みこんだ。かすかな衝撃を感じた。滑走路のいちばん端に、車輪がはねて触れたのである。その次に、さらに激しい衝撃があった。それは、より激しく、より荒っぽい衝撃であった。機体がきしって、よろめくようなその衝撃は、おそらく、車輪の下方の粗い珊瑚の砂が、着陸装置や翼や胴体、操縦装置などにぶつかって震動したのではないかと思われる。そして、突然、機体はよろめき、半ば失速した状態で空中に浮かんだ。

リチャードソンは、親指を鋭く上に上げた。「ギア、アップ！」と、彼は言った。

「畜生！」という、右側方射手の声がリチャードソンのマイクに飛び込んできた。抑えたつもりが、大声になってしまったのに気付いていないようであった。そのあとで、今度は普通の、意識して普通にした声が聞こえてきた。「右側の着陸装置が上がりました！」

「左側の着陸装置が上がりました！」という、左側方射手の声が、そのすぐ後に続いた。

リチャードソンが言った。「フラップ。しぼれ。ゆっくり」彼は、徐々にスロットルを戻し始めた。彼は、フランクスが両手で作業しているのを、目の端で確認した。フランクスの片手は、翼のフラップ・スイッチをリズミカルに動かし、もう一方の手の指は、プロペラ・ピッチをコントロールするトグル・スイッチを蝶番で動かす、長方形の金属棒に、今、触れたところだ。

高度五百フィートで最初の旋回が完了すると、コースを設定する前に、リチャードソンは、右手をわずかに動かしてフランクスの注意をひき、マイクに声を吹き込んだ。「副操縦士。交替の待機をしろ」

フランクスは、突然のことに驚いた様子で、腰掛けたまま姿勢を正した。リチャードソンは普通、少なくとも最初の一時間かそこらは自分で操縦する。リチャードソンがふたたび話し始めたとき、副操縦士は舵輪に手を伸ばしたばかりのところだった。

「交替するぞ」と、リチャードソンは言った。彼は、安全ベルトの留め金を気短に外すと、座席から立ち上がった。フランクスは不思議そうに彼を見上げた。

副操縦士の方に身をかがめて、リチャードソンは言った。「千フィートまで上昇したら、コースを設定しろ。おれは、機体後部へ行って来る」

彼の言うことを理解出来ず、信じられなくて、フランクスは言った。「何て言ったんですか？　何かトラブルがあったんですか？」

「トラブルじゃない」と、リチャードソンは言った。「千フィートまで上昇し、モレリイが報告してよこしたコースで飛ばせと、言ったんだ。対空速度に注意しろ！」

副操縦士は、計器盤に目を戻した。

リチャードソンは、ライフベストを脱いで、それをシートの後ろに無造作に投げた。次に、ピストルの入った革ケースのついた革帯を、身体をよじらせて外した。さらに、水筒、ナイフ、弾薬ケース、緊急用道具一式をつけたベルトを外した。それらを彼は、投げ散らかした山にして積み重ねた。次に彼は、汗で濡れたシャツを身体から脱ぎ捨て、スラックスをぐいとひっぱり上げて、操縦席から機体後方へ向かった。その後、リチャードソンは、機体とクルーの点検をした。精力的に動き回って、航空機関士の飛行日誌を読んだり、モレリイの地図の上に引かれた、今日のコースをたどったりした。彼は、無線士の行動指示書のホルダーや暗号書、通信文のコピーもチェックした。フライトデッキからの長いトンネルを懸命に這って通り抜け、中央火器管制区画に入ると、彼は、二人の射手のそれぞれの戦闘装備を注意深く点検した。手入れが完全ではないピストルや大き過ぎて身体に合わないパラシュートなど、不都合なものを見つけると、彼は、彼らに厳しく注意した。

リチャードソンがその区画から去ると、ウイリンガムとマトゥーチは、驚いたという顔を見合わせた。

「全能なる神よ」と、マトゥーチが言った。「あいつに何が起こったんだい？　あいつが何をやったか見たかい？……おれの水筒の中にたっぷり水が入ってるかどうか、振ってみたんだぜ！　なんであんなにピリピリしてるんだ」

「お前の言うとおりだよ」と、ウイリンガムが答えた。「今まであいつがこんな離陸をするのを見たことがないぜ。その後、ここへやって来て、おれの緊急ケースの中に日焼け止めローションが入っているかって聞いたんだぜ。あんなちっちゃなケースの中にそんなビンが入るかどうか、あいつだって分かってるだろう。お前の言うとおり、あいつは何かにやられちまったんだよ」

「そうだ、そのとおりさ。さあ、いまいましい銃座に戻って、海の野郎でも眺めるとするか」

リチャードソンは、自分の座席に戻り、フランクスにそっけなく合図を送ると、操縦を交替した。左の手のひらの下にスロットルを感じながら、両手を操縦装置の上にかざしたとき、彼は第三エンジンがほかのよりいくらか震動しているように思われた。「航空機関士！」と、彼はすぐにマイクに声を吹き込んだ。「第三エンジンの具合が悪くないか？」フォンクはあわてて姿勢を正し、計器盤にじっと目を凝らしたまま、マイクを掴んだ。「どうしてでしょう、何も具合は悪くありませんが、機長」と、彼は言った。「すべて順調に見えますが」

「スロットルに感じるんだ。震動している感じだ」

航空機関士は、黙って、スロットル四分儀の上に手をかざした。

「そっちは震動は感じないか」と、あくまでリチャードソンは言い張った。

フォンクの声は、あいまいだった。「震動していても、ほんの僅かだと思います。たいしたことはありません。エンジンの温度は低いんですが」

「冷え過ぎだ。回転を上げろ」

リチャードソンは振り返って、計器盤からの薄暗い光の中で、航空機関士の手が計器類の上をいそがしく動くのを見た。すぐに機関士が言った。「シリンダーヘッドの温度が上昇しています、機長」と、彼は言った。「現在二五〇です。いま二六〇になりました」

「およそ二分間、その温度を維持しろ」

計器盤に設置してある時計の緑色をした秒針が、小さな緑色の点から成る円周を、カチカチと回った。「オーケイ、フォンク」と、リチャードソンが言った。彼はもう一度スロットルに触れた。まだ、微かな震動はあるが、前より弱くなった。

「効果がありました、機長」と、航空機関士が言った。

「十分とは言えないがな」と、リチャードソンがぶっきらぼうに言った。「お前がすぐにやったのがよかったんだ。計器に頼り過ぎちゃだめだぞ。もう少ししたら、もう一度震動がないかどうかチェックしろ」

「機関士、了解しました」と、フォンクが形式ばって言った。

パラシュートの留め金が、リチャードソンの背中に食い込んでいる。彼は、その感じがなくなるまで、身体をよじった。自動操縦を解除し、手動操縦に切り替えた。たそがれがやってきた。眼下に広がる海の色は、いつのまにかグリーンから、くすんだ紫色になった。空はグレーだが、頭上は黒くなっていた。しばらくの間、機内は静寂に包まれた。

やがてリチャードソンは、フランクスと操縦を交替した。「手動で飛ばせ」と、彼は言った。「いい練習になるぞ」彼は立ち上がって、背伸びをした。彼の胃は痙攣を起こし、まずい味が口の中に広がった。しかし、彼には緊張感があり、気分は高揚していた。神経質にはなっていないし、不安でもなくて、しっかりしていて、自信があった。その一方で、彼はいらいらしていて、落ち着きがなかった。動きたいという衝動に駆られて、彼は再びトンネルをくぐって機体の後方へ行った。今回は、レーダー区画に立ち寄った。

「スコープに何か写ったかい、バーナム?」と、彼はレーダー操作員に聞いた。

バーナムは、スコープには何も写らないと言った。「次々に雲が写るだけです」と、彼は付け加えた。

操縦士が彼の方にかがみ込むと、バーナムは身体を脇に寄せて、小さいテーブルに隙間をつくった。リチャードソンは、額をゴム製の観測チューブに押し付け、終わることのない光の帯を見つめた。それは、背後の、上から落ちてくる輝点の後を追って、速い速度でぐるぐる回っていた。それが通過したあとに、燐光のかすかな線がたゆたった。それは、とらえようもなくぼんやりしていて、固形の物体というにはあまりにも透明であった。

「モレリイ中尉と一緒にチェックしてるのか?」と、彼は尋ねた。それは、不必要な質問だった。リチャードソンもバーナムも知っていることだった。リチャードソンがそんな質問までしたということを知れば、航法士モレリイはおそらく不快な気持ちになるだろう。しかし、この暗くされたレーダー区画の中で、クルーのほかの者から遮断されて、いつもたった一人で、チラチラ瞬くレーダースクリーンを見つめているバーナムにとっては、この上なく無意味な質問でもありがたいのだ。鈍感で想像力に乏しいバーナムにとっても、人との接触は嬉しいし、操縦士の声を聞くのは嬉しかったのである。

「そうです」と、急いで彼は答えた。彼は、素早い動きで、テーブルの小型スポットライトを点灯すると、そこに広げられている地図を、太い指で指した。「モレリイ中尉とおれは、さっき、島を一つ見つけました」と、彼は言った。「中尉が予想したのとほとんど同じ時刻に、かなりはっきりその島が見えたんです。おれたちは予定のコースに乗っています。ほんのちょっと右寄りだとは思いますが」彼はライトを消した。

「もうじき、日本本土を見つけられると思うか？」

「もうすぐだと思います、機長。今夜は、受像機の具合がいいんです。予想より早く硫黄島を見つけました。一時間半、いや、おそらく一時間で着くでしょう。そう長くは……あれっ！　畜生、どうしたんだ！」

レーダー区画の薄明かりが突然消えて、厚くねっとりした闇に閉ざされた。さっとかすめる光の帯は消え失せ、断続的にチラチラする光もなくなった。レーダー装置は機能を失ってしまった。

バーナムがスポットライトを点灯した。それとは別の、頭上の電球の光で区画が明るくなった。彼はひざまずいて、懐中電灯を点けた。やたらにののしりながら、彼は、用具箱を引っ張り出し、レーダー装置の前部のプレートのネジをドライバーで外し始めた。「畜生め」と、彼はつぶやいた。

苛立ちが高まってきて、リチャードソンは、しばらくの間修理の具合を見てから、そこを立ち去った。彼が立ち去るとき、床にはネジが散らばり、機体の震動で上下に軽く揺すられていた。そのほか、チューブやプラグ、かなり長いワイヤーなども散乱していた。しかし、依然として、レーダースクリーンに緑色の光は現れてこなかった。

リチャードソンは、自分の席に戻る途中、航法士のところで立ち止まった。「バーナムがレーダーの部品を飛行機じゅうに散らかしているぞ」と、彼はモレリイに言った。「あいつは修理出来ると思うが、どうかな。コースに乗って、間に合うにはどうしたらいいと思う?」

「分かりません、機長。あなたがお戻りになった直後から、われわれは二つの雲の層の間を飛行しています。星の観測をすることが出来ません。でも、ちゃんと飛んでると思いますよ」

「お前のほうがよく分かってるんだから、バーナムがレーダーを直せるかどうか、考えなくていいな。目標地点に行くのに、推測航法をしなければならないかも知れないな。おれには、最新の情報を伝えてくれ」

自分の席に戻ると、彼には、機首に座っているウイルソンの姿が、ぼんやりした輪郭となって見えた。一瞬彼に声をかけようかと思ったが、思い直した。舵輪を前にして姿勢を低くすると、パラシュートの留め金が、ふたたび背中に食い込んだ。

フランクスと操縦を交替すると、リチャードソンには元気が戻った。そろそろ海岸に近付く時間だった。彼らは今、真っ暗闇の中を飛行していた。「まるで、レヤーケーキ（カステラの層の間にジャム、クリームなどを入れたケーキ）みたいですね」と、リチャードソンの席のそばまで、這うようにしてやって来たモレリイが言った。「レヤーケーキみたいです。われわれの上も下も一面の雲の層に覆われています。おそらく、それぞれの外側にもさらに別の層があるでしょう。どうして、こうも天候が良くないんでしょう？　気象情報はこんなじゃありませんでした。目標が見えないほうに賭けますよ」

「火災の炎が見えると思うよ」と、リチャードソンが言った。「その前にまず富士山が見えるんじゃないか。バーナムはうまくレーダーを直したのかな？」

「だめです」

「あんまり手間をかけずに、我々の現在位置を知るアイデアが何かないものかな」

「そうだ、機長！」と、モレリイが言った。「現在位置測定装置――Lがあります。推測航法と併用すれば、コースや時間を正確にチェック出来ます」

「モレリイ、お前は自信過剰じゃないのか。びっくりするじゃないか」

リチャードソンは、インターフォン・チェックを要求した。ウイルソンの返事は遅かった。パイロットは彼を二度呼ばなければならなかった。

天候の変化はなかった。頭上に晴れた夜空を見ることが出来るのなら、下方の雲の層の上を飛行するのは悪くない。また、眼下の地上に、少なくとも何か目印になるいくつかの地点がありさえすれば、上方の雲の層の下を飛行するのも悪くはない。物質そのものの中を飛行するのは、まさに計器の仕事であって、それについて思い煩うことは何もない。なぜなら、くよくよしても何にもならないからだ。しかし、今夜の雲の層の重なりは、いつもにない頑固さであり、リチャードソンははっきりした違和感を覚えた。灰色をした蔓状の小さな雲がひっきりなしに上方や下方をかすめていく中を、このように長時間飛行するのは、非現実的であるばかりか、どこか正常でないところがあった。それはまるで、洞穴の口の中に飛び込んで、果てしなく飛行しているようなものだった。

彼は、クルーに対して、戦闘準備に入るよう早くから命令を出した。今夜、彼は、自分のパラシュートと対空砲火用ベストとヘルメットを、考えられる限りしかも普通は滅多にやらないほどきつく締め付けることに、片意地で冷たい満足を感じていた。彼は、クルーに、規定の場所で、各自の戦闘準備のための各項目の呼称と、何らかの混乱を引き起こす原因となる手順を、インターフォンを通して言わせた。それでかなり時間がかかった。彼のヘッドセットが再び沈黙を取り戻したときには、進路を変更する時間になっていた。

進路を変更する時間だったが、機の位置を確かめるための、目視出来る目標物も、航法上のチェックポイントも見当たらなかった。しばらくの間、リチャードソンは、フライトデッキの左側の窓から外を何度もじっと見つめた。何も見えなかった。何かが見えるはずだ。いつも爆撃の先導機が、あとから来る爆撃機の目印になるように、目標の上空やその周辺に、たっぷりと照明弾を落としておくのだ。その一方で、この時間には、リチャードソンの機の前には、一ダースあるいはそれ以上の爆撃機が飛行しているはずである。目標はすでに火災に包まれて明るくなっているに違いない。しかし、何も見えないではないか。刻々と時間が経過するにつれて、彼らの置かれている状況は、非現実なものから、脅威へと変わっていった。モレリイは、現在のコースを維持するよう勧めた。

航法士が言った、ちょうどその時、左の方からかすかな光が彼の目に飛び込んできた。彼はとっさに操縦舵輪をさっと回した。

「モレリイ！」と、彼はマスクの中に声を吹き込んだ。「あの、ずっと左の方に見えるのは何だと思う。クリスマス・キャンドルか？」

ちょっと間を置いて、モレリイは言った。「旋回したほうがいいと思います、機長」リチャードソンはすでに旋回コントロール・ノブを中心に動かしたところだった。

光は機首の方向に定まった。それは少し明るさを増し、そのあと、すっかり消えてしまった。数秒たっても光が現れないので、リチャードソンは、クルーの誰もが心の中に疑問を持っているのではないかと思った。彼は、目標が前方にあることは間違いないのだと自分に言い聞かせた。雲が目標を覆い隠しているに違いない。しかし、さらに数秒が経過しても、前方には暗黒しかないのを見て、彼の不安と苛立ちが高まった。

そのあと、機体が一つの雲を通り抜けて傾いだとき、ふたたび機首の前方に光が現れた。しかし、その光はかすかなもので、彼が期待していたような、燃え盛る明るさとは程遠いものだった。それは、ヴェールに包まれたような光で、上がったり下がったりしながら、掴みどころなく動いていた。

やがて、彼もほかのクルーたちも、納得がいった。フライトデッキの空気そのものにも、ある予感が訪れた。目標は、厚い雲の層に遮蔽されている。その光はフィルターをかけられ、放散されている。雲は目標を覆っているわけではないが、機の位置から見ると、目標の前面にあるのだ。機がその雲の幕を突き抜ければ、そこには、燃え盛る塊の上に澄んだ空が広がっていて、火災とサーチライトのギラギラする輝きと高射砲弾の破裂音に見舞われるだろう。今は見ることが出来ないが、やがて彼らはこれらのすべてを見ることになるだろう。そして、すべては、彼らが雲を突き抜けたときにはっきりするだろう。それはまるで、真っ暗な部屋からカーテンを通り抜けて、明るい照明の灯った部屋へ追いやられたようなものだ。

これから何が起こるかということがリチャードソンに納得がいったとき、彼と下方の目標の光との間に、突然一つの影が現れた。彼は、目の焦点を遠い目標から近くに戻した。すると、ウイルソンが立ち上がって身体をよじり、機首の彼の席から後方へ這い上がろうとしているのが見えた。

リチャードソンは、ぎくっとして思い出した。彼は爆撃手のことを忘れていたのだ。今、ウイルソンがゆっくりと片足を座席に上げて身体を持ち上げようとしているのを見て、何時間も彼にしつこくつきまとってきた、いらだちと言い知れぬ怒りが一つになって、爆撃手に対する激しい怒りとなった。ウイルソンは切れてしまったのだ。彼もまた、雲のヴェールを通り抜けてやって来るに違いない、恐ろしい場所に対する脅威を感じてきたのだ。彼は自分の持ち場を離れようとしている。

リチャードソンは、今まで感じたことのない激しい怒りにとらわれた。あっという間に彼は安全ベルトを外して、それを放りだして立ち上がり、フライトデッキの中央の棚の方に身をかがめて歩み寄った。その下に爆撃手の席がある。ウイルソンが這い上がって、頭を上げたとき、リチャードソンは彼と向き合った。

リチャードソンは、ジープの中で、ハンドルを前にして出来るだけ低く腰掛け、話に熱中しながらも、隣にいるライネに本能的にたえず気を配っていた。彼は話をやめた。「しゃべり過ぎたな」と言って、座席のうしろのボトルに手をのばした。

「いいえ、そんなことはないわ」と、ライネは言った。「私にも一杯頂戴。いったい、ウイルソンは何をしようとしていたのかしら、リック？」

「さあ、おれには分からないんだ。あいつは、パニックに陥ったんじゃないかな。あいつ自身、何をしたいのか分かっていなかったんだろうな。火災を見下ろす必要のない場所へ逃げ出すことしか考えられなかったんだと思うね」

「そのあとで何が起きたの？」

それはもちろん、途方もない状況だった。ウイルソンには行く場所がなかった。そして、彼が機首の持ち場から離れないように阻止している間は、リチャードソンには、爆弾を投下するよう彼に強制することは出来ないのだ。そうかといって、爆撃手の身体を押しのけて、リチャードソン自身が爆弾投下ボタンを押すことは出来なかった。

だが二人とも、途方もない状況に陥っているということをほとんど自覚していなかった。二人とも思考停止の状態であり、動物のようになっていた。一方は恐怖にかられ、他方は憤怒のあまり、そうなっていた。

リチャードソンは、爆撃手が這い上がって来るのを待っていた。彼に這い上がって来てほしかった。彼は、ウイルソンを自分の席に戻させたいとは思わなかった。彼は、自分たちが爆弾投下地点に近付いていることや、もしもウイルソンがすぐに彼の席に戻らなければ、ぴったりの時間に爆弾を投下出来なくなるだろうということを、忘れてしまっていた。

彼はもはや、爆弾のことも、飛行機のことも、任務のことも考えなかった。彼に分かっているのは、煮えたぎった怒りをウイルソンに叩きつけて、彼を破壊することだけだった。彼はウイルソンを憎んだ。彼は、目の前の青白い顔を目がけて拳をたたき込みたかった。二人ともどのくらい時間がたったのか分からなかったが、しばらくして、二人の目が合って、そのままになった。そのあと、ウイルソンは向きを変えた。ゆっくり、おそるおそる、狭いスペースの中で動いて横向きになり、彼は、爆撃照準器のある彼の持ち場へ戻って行った。

リチャードソンは、フランクスが彼の飛行服の足のところを引っ張ったり、彼の足を強く叩いたりして、彼の注意を引こうとしていることに、徐々に気付くようになった。「機長！」と、副操縦士がしわがれた声で叫んだ。「機長！　爆弾投下地点です！　投下時間です！」

リチャードソンは、ひどくよろめきながら、自分の座席に戻った。彼が手早くマスクを顔につけ、ヘッドフォンのコードと、安全ベルトの留め金を手探りしていると、飛行機の周りじゅうの空が、強烈な赤に変わった。機首の正面で、オレンジ色の閃光がきらめき、ぐるぐる回った。高温のギラギラする光が下方から上がってきて、フライトデッキの中のガラスや金属のありとあらゆる表面に反射し、数えきれない点になってちらちら踊った。機体は、熱せられて舞い上がった空気と煙の強い風にあおられて、がたがた揺れた。

彼が、ギラギラする光に目を細めると、今は彼の前には鮮明な輪郭を描いているウイルソンの姿がはっきり見えた。爆撃手の身体が一方に傾いた。一瞬、リチャードソンは、ウイルソンが撃たれたのだと思った。そのあと、彼の計器盤の青い小さなライトが光った。同時に、まるでそれまで掴まれていた巨大な手から突然解き放たれたように、機体が上方に飛び上がった。爆弾が投下されたのだ。

彼の話がとぎれると、「そのとき、彼は爆弾を投下したのね」と、ライネが言った。「ウイルソンやみんなにとってよかったと思うわ」

「そうだ」と、リチャードソンが言った。「爆弾投下をやってのけたことで、結局あいつは救われたんだ。

そうでなければ、救われる可能性がなかったろうし、あいつは終わりになっていたことだろう。もちろん、爆弾投下そのもので救われたわけではないと思うよ。なぜならそうする勇気が出てきて爆弾投下をしに戻ったのか、それとも、爆弾投下よりもおれが怖くて戻ったのか、あのとき、おれには分からなかったからな。おれは、殴ろうとしていた。自分でも分からないんだが、おそらく、おれはあいつを殺そうとしていたんだろうな」

「そうじゃないわ、リック」と、ライネが言った。「そうじゃない。きっとそうじゃないわ。でも、あなたの心の中になぜ彼が爆弾を投下しに戻ったかという疑問がまだあるとしたら、出撃から帰還したあとあなたは何をしたの？　結末はどうなったの？」

「帰還したとき、おれはすぐに報告書を書いて、あいつを地上勤務にまわしてくれるよう要請したよ。おれは今までの生涯で、こんなにいやなことをしたことはなかった。でも、そうせざるをえなかったんだ。そして、おれがそれを書き終えて、自分の前に置いてある報告書を見つめて、いやな気持ちでいるとき、ウイルソンが部屋に入って来たんだ」

「彼はあなたに、報告書の中で彼を地上勤務にまわす要請をしないで、彼を救ってほしいと頼んだんじゃないの、そうでしょう？」

「あいつはおれに何も頼まなかったよ。何が起こったか、おれに話しただけだ。あのときどのような思いがして、現在どう感じているか、短い言葉で静かに話しただけだ。あいつは、自分が長い間ずっと限界点に向かっていることを知っていたんだ。爆弾投下を前にして座席から立ち上がったときに、限界点ぎりぎりまで近付いていたし、そのことを知っていたんだ。おれはずっと思い違いをしていたんだ。あいつは限界点ぎりぎりまで近付いてはいたが、まだ切れてはいなかったんだ。しかし、立ち上がって後ろへ動き始めた数秒間のどこかで、突然、心の中の緊張の高まりがストップしたのが分かったんだ。いわば恐怖の臨界点に達したんだな。あいかわらず恐ろしかったし、恐怖は弱まってはいなかった。しかし、もうそれ以上大きくはならなかったんだ。もっと恐ろしくなるという恐怖はもうなくなったのさ。

あいつはおれにこうしたことを、ごく普通の口調で話したよ。すばらしいインスピレーションが浮かんだわけでもないし、急に結論が出たわけでもない。そういうことではないんだ。ただ、恐怖の容量の限界に達しただけなんだ。終点に着いて初めて、何かを確かに知ることが出来るということに気が付いたんだ。

あいつは、自分の前に立って待っているおれを見た。おれが考えていることを、心の片隅で承知していた。おれがあいつを殴るか止めようとするのを、予期していたんだ。でも、どちらも怖くはなかった。それより前に、もう気が付いていた。そして、それ以上前に行くのをやめたのは、おれが原因ではなくて、そのことがほんとうの理由だったんだ。こうしたことをすべて自分でやった。あいつが言うには、自分の身に何が起こるかということは心の中に閉じ込めておいて、あのとき、気分はよかったのだそうだ。そして、その時が来たとき、あっさりと引き返して、爆弾を投下したんだ。目標の火災を、途方もない光景を見た。それは、あいつを脅えさせた。その光景は、今まで見たことのない、最悪のものだった。しかし、それまでに感じた以上の恐怖をもはや感じなかったのだ。今までそうなったほどには恐ろしくならなかったのだ。だから爆弾を投下したんだ。

あいつは、おれがあいつを助けようとしたことに対して感謝したかった。そのことが言いたくて、おれのところに来たんだ。そして、何が起ころうとも、もう大丈夫だし、自分のことを心配しなくていいということをおれに言いたかったんだ。

そう言って、部屋から出ていったのさ」

「ああ、リック」と、ライネが言った。

「おれは、報告書を破り捨てたよ」と、リチャードソンが言った。

ジープの中で、ライネの隣りに腰掛け、生温かいウイスキーを飲みながら、しゃべったので喉がいがらっぽくなっていた。リチャードソンは、疲れきって空虚だった。休息はとったが、休んだという感じがしなかった。だるくて、元気がなかった。

彼は、タバコをジープから投げ捨てた。それは弧を描いてキラキラ光りながら飛んだ。「たぶん、おれは今までよりうまくいくだろう」と、彼は言った。

彼らは、看護婦の居住域の側面の入り口の方へ一緒に歩いて行った。リチャードソンが言った。「聴いてくれてありがとう」そう言って、引き返した。歩きながら、入り口に立って彼を見送っているライネの姿が、一つのイメージになって、彼の心の中に焼き付いていた。そのイメージの中で、彼女の髪には光が当たり、喉の皮膚は黄褐色になっていて、真摯でありながら何か問いかけるような眼差しをしている。

彼がジープのスターターに手をのばしたとき、彼を呼ぶ彼女の低い声が聞こえた。彼女は戸口を離れて、彼の方に歩いて来た。彼は彼女が来るのを待った。

「リック」と、彼女が言った。「宿舎には誰もいないわ。まだ早いから、しばらくはみんな帰って来ないと思うわ。わたしの部屋にいらっしゃいよ」

彼女は彼をじっと見上げた。

「ライネ……」と、彼が話そうとした。

「いらっしゃい」と言って、彼女は彼の腕をとった。

彼らは身体をしっかり寄せ合って、戸口の方へ歩いて行った。

第九章

「飛行機はすぐには乗れない状態です」と、リチャードソンの前に立って、フォンクが言った。朝日が彼の短くて硬いブロンドの髪の中できらめいた。

「何ていうことだ」と、リチャードソンが言った。「昨日着陸したときには、何でもなかったのにな。どこが悪いんだ?」

「おれたちは調子がいいと考えていたんです、機長。あのとき、最後のやつに撃たれていたのに、気が付かなかったんです。今朝、搭乗前の点検をしてみると、無線機がやられていました。整備の連中が分解してみると、あちこちのケーブルがずたずたになっていました。胴体下部には、マスターズの気付かなかった、小さい穴があいていました。たぶん、そこから砲弾の破片が飛び込んだんでしょう。ほんの小さな破片なんですが、あちこちのケーブルを切ってしまったんです」

「分かった。ほんの少しケーブルが切れてもな……」と、リチャードソンが言った。

「そうです。しかも、無線機全体の配線が切れているんです。整備の連中は、十フィートおそらくそれ以上のケーブルを取り替えなければならないでしょう」

「修理にはどれくらいの時間がかかるんだ?」

「たぶん半日はかかると思います」と、航空機関士が言った。「整備の連中は、すぐにとりかかったとして、半日かかると言ってます。でも、まだ修理を始めていないんです」

「まだとりかかっていないのか?」

「機長、整備の連中は、てんやわんやなんです。現在行っている、連日の焼夷弾爆撃のような最大限の努力を要する作戦を遂行するのに、十分な人員が得られないのです。マスターズ曹長は、プロペラ修理部門に一人融通しなければなりません。その上、彼は自分でもエンジン組み立て部門の応援に行かなくてはならないのです。航空大隊の通信技術員以外の者には、ケーブルの交換をすることが出来ないのです。そして、連中は明日にならないと修理にとりかかれないのです」

フォンクの背後にウイザーズが歩いて来た。「飛行機が使えないのか?」と、リチャードソンにきいた。

「おれのもだ。車輪の交換だってさ、いやになっちゃうよ。修理を要するのが、おれたちの機の前に一ダースは並んでいるんだぜ。機体の維持は大変なことになっているのさ」

二人のパイロットは、一緒に食堂の方に歩いて行った。トゥレントがうしろの方のテーブルに腰掛けていた。三人は一緒の席に腰掛けた。

「なんていうことなんだ、ティーニー」と、リチャードソンが彼に言った。

「われわれの一団は、ばらばらになってるな。ウイットは地上にいる。おれもだ。作戦に修理が追いつかない状態だ。そうじゃないか？　今晩お前が出撃を計画しているのは、何機なんだ？」

「十機だと思う」と、トゥレントが言った。「おれも出撃しないことになってるんだ。大隊本部は、この一カ月出撃したことのない、間抜けな幕僚におれの機を使わせようっていうんだ。大隊がいつも各中隊を管理しようとしたり、いつもおれたちの飛行機を調達している実態が分かったらなあ」それは、トゥレントのいつものぼやきだった。

「このパンケーキはタイヤのチューブのような味がするな」と、ウイザーズが言った。

「おい、今日はみんなで休暇をとって、バナナ探しに出掛けようじゃないか」

トゥレントは乗り気な様子だった。彼は身体が大きくて不格好な若者だった。それが、ティーニー（ちっぽけな）という彼のニックネームの由来だった。彼は食べるのが好きだった。彼は中隊随一のバナナ・ハンターだった。しかし、その彼が首を横に振った。「作戦本部にいるおれたちは、たとえ一晩じゅう飛んだとしても、次の日は一日じゅう働かなくちゃいけないんだ」と、彼は言った。「あんたたちとは違うんだ」

ウイザーズとリチャードソンは、一緒になってホーホーと囃し立てた。ちょっと抵抗するジェスチャーはして見せたが、トゥレントを説得するのは難しいことではなかった。

「二時間ほど出掛けてくるだけだよ」と、ウイザーズが言い張った。「ビリングスが作戦本部でのお前の仕事の代わりをしてくれるさ。ジープはおれが手配出来るよ」

「あんたはいつもジープが手に入るんだな」と、トゥレントが言った。「おれたちが作戦本部じゅう探してやっと、こわれかけたおんぼろのジープ一台を手に入れる始末だし、大佐だっておれたちのジープを取り上げているというのに、どうやってあんたはそんなに多くのジープを手に入れることが出来るのかな?」

「気にしない、気にしない。おれには友達が大勢いるんだ。おれと軍用自動車軍団は、いろいろな仕事を一緒にやってるんだ」

彼らはコーヒーを飲み干した。ウイザーズはジープを探しに出て行き、リチャードソンは、トゥレントが二度目に注文したパンケーキの残りを食べる様子を見つめた。「おれは、お前が食うのを見ないことにするよ」と、彼は作戦本部付の将校に言った。「こんなものを二つも食うと、胃の中に鹿弾を二、三ポンド詰め込んだような気分になるよ」


それから一時間後、ジャングルの奥には、すべてのものが防音毛布に包まれてしまったかのように、深くて息のつまるような静寂が支配していた。彼らのまわりじゅうに密生している緑の葉を震わせるかすかな音もしなかった。汗が流れてシャツが身体にはりつき、眉毛の上を流れて、頬に音もなく滴り落ちた。もう帰ろうかと最初に言い出したのは、ウイザーズだった。「ここは、狙撃するには格好の場所だぞ」と、彼が言った。「おれたちは、日本兵の領域の真ん中にいるんだ」

「お前はそう考えるがな」と、リチャードソンが言った。「今までにおれたちが取ったバナナは何房だ？　五房か？　もう一房取ろうや。そうすれば、二房ずつ持っていけるじゃないか」

彼は、地面が小さく隆起している方へ歩き始めた。そのいちばん高い所の木々が茂って絡まり合ったあたりに、バナナがびっしり群れをなしているのが見えた。

六つ目のバナナの房を取らないうちに、彼らが帰ることを決めたのは、最初の木の根元に日本兵の遺体があったからだった。

日本人の遺体を見るのは珍しいことではなかったし、びっくりすることはなかった。彼らはそれまでに、腐った衣服が道の上に散乱して堆積しているのを、何回か見てきた。しかし、この遺体は、彼らがその上を踏みつけてしまったということで、それまでの場合とは違っていた。遺体を踏んでしまったのはリチャードソンである。

斜面の上に一つの岩があり、その岩から降りるとき、彼は片足に全体重をかけた。かかとの下に何か柔らかい感じがあった。同時に、半ば口笛のような、半ばため息のような、プスッという音がした。吐き気を催すガスが立ちのぼってきた。彼は急いでもう一歩踏み出し、背後と下を見た。彼が大声を上げたので、ウィザーズとトゥレントが急いで登ってきた。

遺体は、蔓と葉がごちゃごちゃと堆積した中に、半ば隠れて横たわっていた。頭はずっと後ろの方に飛んでいた。それはすでに頭蓋骨だけになっていて、乾燥した僅かな肉片が、そのくぼみにこびりついていた。左腕は固くなって、地面に投げ出されていた。

「ああ、これはまだ新しいんじゃないか?」と、トゥレントが言った。

「見ろよ」と、ウイザーズが言った。「こいつは、手榴弾で自決したにちがいない。腕がないし、このめちゃくちゃになっているところには、胸があったはずだ。おそらく、あそこの木のところまで飛ばされて、ここへ転がり落ちたんだ。口をきけない、かわいそうな奴」

「なぜいつも日本兵に憐れみを感じるのか分からないが」と、リチャードソンが言った。「おれはときどき、そういう気持ちになるんだ」

「こいつに憐れみなんか感じる必要はないんだ」と、トゥレントが言った。彼は、木の生い茂っている斜面を見上げた。「あそこのバナナは青すぎる」と、彼は言った。「さあ、行こう」

バナナの房を置いてきたので、彼らは急いで引き返した。最初に房を残してきた場所に戻ると、そこに置いたはずの房がなくなっていた。

「ここに置いたことは間違いない」と、ウイザーズが言った。「見ろ。バナナを置いたここの草がまだ倒れているぜ」

リチャードソンは、首のうしろの皮膚の毛がよだつように感じた。「行こう」と、彼が言った。「そっと歩け。銃に手をかけちゃだめだぞ。ちゃんとあるかどうか確かめてもだめだ。ハンカチを探してもだめだぞ」彼がほのめかしたり警告したりする必要はなかった。ほかの二人はすでに行動に移っていた。三人とも、腕を両脇にしっかりつけて歩いた。だれも何も言わなかった。

ジープが走り始めると、彼らは、微風が顔に当たって爽快な気分になった。かつて日本人が経営していた砂糖工場の、ほとんど痕跡のない道路に沿って走り、そのあと、表面のしっかり固まった新設の道路に出た。「まったく、あんなところへ行くなんて、ばかなことをしたもんだ」と、トゥレントが言った。彼は、後部座席のリチャードソンのそばに積み重ねてあるバナナを、肩越しに見た。「それに、あそこにあったバナナはまだ青かったな」と、彼は言った。

自分の前の座席に腰掛けているトゥレントの後頭部を眺め、日焼けして赤くなった筋肉質な首には、縦横に小さな皺が走っている様子を見ているうちに、トゥレントにとって、バナナを探しにジャングルの中に入って行ったのは、とりわけ愚かな行為だったなということが、リチャードソンにはにわかに納得出来たのだった。トゥレントには二人の子供がいる。一人は娘で、幼いほうのこどもは、おそらく男の子だろう。リチャードソンは、ある日、カンザスでトゥレントと一緒にいる子供たちを見たことがあった。子供たちのいる父親というものは、自分のことではなくて子供たちのことを思ったら、日本兵の出没するジャングルには入って行かないようにするだろう、とリチャードソンは思った。

しかし、彼の印象では、トゥレントは、家族にあまり関心がないようだった。この、作戦本部付将校は、無神経な男だった。人に好かれ、頼りにはされるが、面白味のない人間だった。飛行中隊の連中と一緒にいると、彼は、がさつで無作法であり、時には荒々しいこともあった。リチャードソンには、家族と一緒にいるときの彼ががさつで情が薄いのではないかと、想像出来た。中隊のほかのメンバーは、あらゆる機会に、聞かれなくても、家族のことを話した。リチャードソンは、トゥレントが彼の家族のことを話題にするのを、聞いたことがなかった。

ふと思いたって、彼はトゥレントの方にちょっと身を乗り出して、話しかけた。「お前の家族はどうしてる？　たしか子供は二人だったな、一人だけだっけ？」

それはまるで彼が、隠されていたレバーに触れたようなものだった。トゥレントが振り向いた。リチャードソンは、トゥレントのどちらかと言えば粗削りな顔の形や輪郭が、いままで彼が見せたことのない表情を浮かべて、柔和になったのを見て、びっくりした。それからトゥレントが話し始めた。彼には二人の子供がいる。一人は女の子で、もう一人は男の子だ。女の子は彼のことをダディ・ディーと呼ぶ。男の子はまだまったくしゃべれないが、岩のように堅い筋肉を持っていて、彼の二倍も年上の子供たちと同じくらい強い。二人とも彼によく似ている。いくらかは母親に似ているかも知れないが、ほとんど彼に似ている。誰もがそう言うのだ。女の子の髪は明るいブロンドだが、やがては黒ずんだブロンドに変わるだろう。二人とも、手におえない小悪魔だ。彼の妻から届いた最近の手紙によると、子供たちは、家を毎日めちゃくちゃにしているという。幼いビリーは、しつけるのがたいへんだ。あの子が土いじりをするときには、いつも土を指さして叫ぶ。まだ一言もしゃべれないが、何が起こっているか、みんなちゃんと承知している。利口な子供たちだ。

一人の人間を毎日見ていながら、彼についてなんと僅かしか知ることが出来ないことかと驚きながら、リチャードソンはトゥレントの話に聴き入っていた。トゥレントは、飛行中隊のエリアへ戻る間じゅう、しゃべっていた。最初の十五分が過ぎたとき、リチャードソンは、彼の話を聞いていて、なぜおれは退屈しないんだろうと、不思議だった。彼はまったく退屈しなかったのだ。

しばらくして、彼は、自分が心の一部分でトゥレントの話に耳を傾けることが出来ることに気付いた……トゥレントは同じ話を繰り返していた……そして、リチャードソンは、自身の考えを追い続けた。彼は、テリーと一緒に過ごしていたとき、なぜ子供たちのことを考えなかったのだろうと、不思議に思い始めた。あるいは、おそらく、彼が子供のことを考えたことがなかったというのは、正確ではないだろう。しかし、彼は確かに子供を持つことを真剣に考えなかったし、そのことについてテリーと話しあったことはなかった。子供が欲しいかどうか、お互いに相手に問うことはなかったし、まして、いつ産むことにしようとか、何人がいいかとか、男の子がいいか女の子がいいかとか、ブルーの目をしている子がいいとか、褐色の瞳の子がいいとか、そうしたこと一切について話したことがなかった。

彼はいつでも子供が好きだったことを考えると、これは奇妙なことだった。彼は子供たちとうまくやってきた。彼は子供たちについて、ある種の感情を抱いていた。それはどういうのかというと、子供たちのレベルで彼らと話をしたり、子供たちの言葉で彼らに物語を話してやるのが好きだ。だからといって、苦労してそうしようとはしなかったのである。彼は、姉の幼い娘のお気に入りだった。短い休暇を家で過ごしたとき、その姪と多くの時間を過ごしたが、彼が何と上手に娘の面倒を見ることが出来るのかと、姉をびっくりさせた。彼は姪の面倒を見るのが好きだったのである。

そしてテリーはと言えば、彼女は女として咲き誇っていた。母親の本能が彼女の内部から力強く湧き出ていて、それをだれも見誤りようがなかった。彼女はいつも子供を見ていた。愚かにも彼は今まで、テリーが友達の赤ん坊に手を差し伸べるのを見ると、彼女は自分の子供たちがいなくては、ほんとうに幸せにはなれない女性に違いないのだと、自分たち二人には考えが及ばないまま、独り言をいうことがしょっちゅうあった。だから、彼らがその問題を一緒に話し合ったことがないというのは、確かに奇妙なことだった。そしてリチャードソンは、ついに一つの結論に達したのだった。背景にトゥレントの声を聴きながら、彼はテリーとの関係で自分が間違っていたということを痛切に感じた。いつも、彼自身のことと、やらなければならないことしか考えなかった。休みなしに飛行した。彼自身が飛行しないときには、クルーを訓練するために彼らと一緒に働いた。考える時間を自分に与えないために、熱狂的で多忙な生活に没頭したのだった。なぜ射撃制御装置がしょっちゅう故障するのかを確かめたくて、実弾射撃飛行をしたのだと思う。フォンクといっしょにエンジンの勉強をしたり、モレリイといっしょに航法を学んだりした。さらに飛行して、フランクスに短距離の着陸訓練をさせて、彼のやり方がコントロールオーバーであることを分からせようとした。予告なしに他の基地に移動してからも、同じことをさらに繰り返し繰り返し行った。

テリーのために時間を割かなかった。彼女を無視していたわけではなかった。普通の意味から言えば、無視していたのではなかった。それは、一種の知的な無関心であり、精神的な親近感のようなものが欠けていたと言えるかも知れない。彼はテリーを一個人、一人の人間としてではなく、一人の女性として扱っていた。彼は彼女を彼の生活の一部にしていたが、あくまでも一部に過ぎなかった。テリーは、彼が新しい飛行機を飛ばしたり、クルーの新しいメンバーを訓練したり、テキストには載っていない航空戦術を学んだりする、彼の生活のその他の部分の間に挟み込まれていた。リチャードソンには今になって分かるのだが、彼女をないがしろにしたことが、その当時たくさんあり、いまだにそうとは気付いていないことは、さらに多くあったであろう。しかし、それがすべてではなかった。彼には理解出来なくて、ただ分かっているだけだが、彼とテリーとの間には具合の悪いことがあった。

彼はその問題にはお手上げの状態だった。その問題は、依然として存在する、強固な不安の塊であり、払いのけることの出来ない疑いであり、解決の方法を見つけ出せない問題であって、いつもお手上げにならざるをえなかったのであった。

彼らが作戦本部のある兵舎の前にジープを乗りつけると、入り口に一人の事務官が立っていた。彼は、暮れ方の太陽を避けるために手をかざし、彼らを待ち受けている様子だった。彼は、ジープの中にいるトゥレントを見つけると、急いで行動を起こした。

「ちょっと待っていてくれ」と、ジープから飛び出しながら、トゥレントが言った。すぐに彼は戻ってきた。「航空大隊の奴らめ」と、彼はぶつぶつ言った。「みんな知りたくはないだろうがな。あいつらは、結局おれの飛行機を使わないことにしたんだ。おれが出撃することになったのさ」

「お前が出撃するんだって?」と、ウイザーズが言った。「打ち合わせはもう始まったんじゃないか？　大隊本部まで送っていくよ」

トゥレントは、大きな身体をふたたびジープに押し込んだ。

「おれは、出撃するのは構わないんだ。あまり間を置かずにまた出撃出来て、結構なことさ。だがな、最後の最後まで大隊の連中が決心出来なかったことで、おれは腹を立てているんだ」彼は話をやめた。「しまった、忘れていたぞ」

「何を忘れたんだ？　装備か？　お前の兵舎のそばで止めようか？」

「いや、打ち合わせのあとで、取りに来るからいい。おい、リック。おれは今日、離陸の間、管制塔の中にいることになっていたんだ。大隊管制塔士官さ。おれの代わりにやってくれる奴が思い付かないんだ。だれかを探す時間がないんだ。おれの代わりをやってくれるかい、リック？」

「いいよ」と、リチャードソンが言った。「管制塔に登って離陸の様子を見たいかどうか、ウイットにも聞いてみるよ。離陸のスケジュールや携帯品なんかの情報はどうやって手に入れるんだ？」

「作戦本部の事務官が管制塔に持って来て、渡してくれるはずだ。恩にきるよ。じゃあな」彼らは、打ち合わせの行われている大きなカマボコ型プレハブ兵舎の前に着いた。トゥレントは、ジープから急いで這い降りた。そこからゆっくり走り去るとき、兵舎の中から大勢のひそひそ話す声が響いてきた。


リチャードソンは、ジープの後部座席の後方に片腕を伸ばし、道路のカーブで車体が揺れると、積み重ねてあるバナナの房に腕の重みをゆだねた。バナナをいくつかライネにあげようと、彼は考えた。

突然彼女の名前が心を占めると、それからずっと彼女のことを考え始めた。

彼がふたたび恋に落ちることになってしまった時と場所が最悪だった。とりわけ、ここ数年がそうだ。しかも、ここは戦争でたたきつぶされた、太平洋上の島だ。戦争のまっただ中で、彼はいつもクルーと仕事のことを考えていなければならない。目覚めている間は働いたり、学んだりしている。そして、まだパイロットや隊長になっていないときにも、彼はきっとそうなるだろうと考えていた。彼が幼い恋の段階を通過すると、そのあとに思春期がやってきた。それは、さまざまな意味や感情に出会ってつまずき、愛情と情熱とはどう違うのかという解決の見込みのない苦労をする時期である。そのあとには、受容し、あきらめ、気にしない、もはや不思議に思わない時期が来る。そして、その後にテリーに出会った。それらすべての後で、再び恋に落ちたのだ。

しかし、彼がどう考えているにせよ、彼はライネとの恋に落ちるのを避けられたのであろうか？　彼女はキラキラ光る才能を周囲に漂わせている。彼女のきびきびした姿は彼の心をとりこにし、彼から離れなくなったのである。彼が一人で彼女の名前を口にすると、彼女に関する数限りない思い出が押し寄せて来るのであった。彼は、彼女の唇の柔らかい圧迫感を昨夜と同じように今もはっきりと感じることが出来る。曲がりくねった道路をこうしてがたがた揺れながら走っているジープの中でも、彼の周りには、なんとも言えない暖かな彼女の香りが漂っているような気がするのであった。目を閉じると、彼女の優しいささやきが聞こえ、その柔らかな肌を感じることが出来た。彼がキスしたとき、彼女の身体が彼の腕の中で急に動いたことも思い出した。彼がいつもまっさきに考えるのは彼女のことであった。彼女のことを忘れることが出来なかったし、一瞬も忘れたくなかった。それはまったく気違いじみていたし、それが気違いじみていることは彼にも分かっていた。

「0―2―9をチェックしたぞ。あいつの四番機は転回した」リチャードソンは双眼鏡を下ろし、額の汗を拭った。傍らではウイザーズが、手に持った合板にクリップでとめてある長い紙に、しっかりとチェックマークをつけていた。

二人は、管制塔の周囲にグルッとしつらえられている、バルコニーのような狭いプラットホームの上に立っていた。彼らは、ウエストの高さの鉄製の手すりに寄りかかっていた。背後には、管制塔の観測室の、斜めにとりつけられた幅広の厚いガラスがあった。いつもだと、無線受信装置のスイッチが入れられ、ダイヤルが合わされていて、バッテリーのパチパチいう耳ざわりな音が、このガラスを通して聞こえてくるのだが、今は音がしなかった。彼らの立っているプラットホームから下のほうを眺めると、この島の鬱蒼と茂った深緑のジャングルが、無造作にほうり出されたカーペットのように横たわっていた。ジャングルのあちこちがえぐり取られて、それぞれにB29が一機ずつ駐機する、何百という格納区画が造られていた。そして、ジャングルの一部はまっすぐに切り取られて、二本の鉛色の定規のように一対の滑走路が、一方の海岸から別の海岸に向かって伸びていた。

リチャードソンは、無線のヘッドセットをつけ、イヤホーンの一つを耳の後ろのほうに押しやっていた。

そして、ハンドマイクをベルトに下げていた。ヘッドセットとハンドマイクのコードがプラットホームの上を這っていた。彼は無線装置には関心がないような様子だった。それには理由があった。離陸の間は厳しい通信規制が行われていたのである。そうすることによって、敵が通信を傍受して空襲の警告をするのを阻止する効果があったのだ。リチャードソンは無線装置を、最も緊急な時にだけ使用することにしていた。

今、暑い空気の中で低い音がし始めた。規則的に中断するエンジンのかすかな咳き込み音が起こり、あちこちの駐機区画から埃が立ち始めた。リチャードソンとウイザーズが見ていると、二つの滑走路のおのおのの端のほうで、多くの巨大な飛行機がそれぞれの区画の中で活動を始めていた。次々とエンジンの始動が始まった。

プロペラがガクガクとまわり始め、やがてキラキラと輝いて回転する弧となった。暮れかかった太陽が、百の翼、二百の翼、三百の翼の上で輝いた。

今はウイザーズも双眼鏡を使っていた。双眼鏡を急いで目に当てたり目から離したりして、長い用紙にチェックしていった。

最後に彼は双眼鏡の革紐を首からだらりと下げると、リチャードソンに向かって言った。「エンジンの始動は終わったぞ。出発線に三機出てきている。二機は83番の駐機場からで、一機は82番からだ。82番のやつは、どのエンジンもかからなかった。だから、四つのエンジンを順番にかけ直そうとしたんだ」

低かった音が今では高まり始めた。管制塔の左方から始まった音の波が、彼らに向かって動いてきた。リチャードソンは、自分の腕時計と、ウイザーズが彼の方に向けて掲げているスケジュール表をかわりばんこに見た。「地上滑走を始めたぞ」と、ウイザーズが言った。

離陸の方角は北東だ。滑走路の西の端の両側に位置する数多くの駐機区画の中で、ゆっくりとした重々しい動きが始まった。まるで地面そのものが動いているように見える。珊瑚の細かい粒から成る白い埃の雲が現れ、しだいに厚くなった。ジャングルの植生の緑色の背景から自分自身を引き離すかのように、多くの飛行機が徐々に、重々しく、地上滑走用の滑走路に向かって動き始めた。その動きが活発になり、音響が管制塔を包み込み、施設の窓ガラスをガタガタいわせて通り過ぎていった。リチャードソンは、手すりに乗せた両手を通して、その震動を感じることが出来た。

そのあと、唸るような音が、それまでの低い音にとって代わった。砂ぼこりが舞い上がった。今はもう、ほとんどすべての飛行機が地上滑走用滑走路に出て来て、機首を前の機の尾部のすぐ後ろに位置させて、滑走路の端に向かって長い列をつくって、ゆっくり動いていた。

ウイザーズがリチャードソンの肩を叩いた。「あいつらは、滑走路の上で向きを変えているぞ」騒音の中で、ウイザーズの唇から、そう言っているのが分かった。

三機がガタガタと走って滑走路に出て、北東に向きを変えた。先頭の機が停止し、他の機がゆっくりと、そのあとについた。そしてリチャードソンの耳には、プロペラが空転し始めるキーンという金属音が聞こえてきた。彼の腕時計の秒針が指示盤のトップに触れた。先導機が軽く震動して前進し始めるのが見えた。

五十秒間隔で、後の飛行機が続いた。一機の車輪が滑走路上で向きを変え始めると、その後ろの機が動き始め、さらにその後ろの機が舗装面に向かって転回した。次から次へと、飛行機は機体を揺すりながら、よろよろと前進した。フラップを下げた不格好な姿で、張り詰めたエンジンで震動しながら機体の群れがそばを横切って行くので、管制塔はその衝撃を受けてゆらゆら揺れるように思われた。

ウイザーズがリチャードソンの腕をつかんで、管制塔の外を真っすぐ指さした。「飛行中隊が来たぞ」と、彼は叫んだ。「われわれの中隊だ」管制塔の下方を移動している一団の中に、機体尾部にいずれもZという字を大きく描いた飛行機の一群があった。

リチャードソンの耳のすぐそばで、ウイザーズが、手に持ったリストの中の機体のナンバーとパイロットの名前を読み上げた。「8—1—2、ルトゥガ……7—7—7、ヘイフォード……4—2—0、スミス、いや、フォーマンだ。その後ろの4—5—1がスミスだ……9—1—4、ヘップバーン……トゥレントの6—0—6がやって来たぞ……あれがおれたちのティーニー坊やだ……」

Z印の飛行機が離陸を始めた。リチャードソンとウイザーズはそのパイロット一人一人を知っており、離陸のたびに彼らと一緒にいた。フォーマンは地上滑走の時間が長すぎる。彼はいつもそうだ。滑走路の先端で車輪が離れる直前に機体を引き上げたので、彼の機が離陸したあとには、珊瑚の埃が舞い上がった。

次はヘイフォードだ。リチャードソンは彼のことが気掛かりだった。彼がクルーの一員になる前、リチャードソンはカンザスで彼の最終的なフライトチェックをした。彼はときどき、不必要に方向舵を動かした。しかし今日はそれをやらなかった。今日の彼の離陸は、中隊のだれにもひけをとらなかった。

ヘイフォードから目を転じて、リチャードソンは、滑走路の半ばにさしかかった次の飛行機を見た。さらに二機が、凄まじい音を響かせて、その後に続いていた。ウイザーズが「6―0―6……あれはティーニーだ」と言うのが聞こえた。

リチャードソンは、6―0―6の機首の車輪がすでに滑走路から離れているのを見た。ティーニーは機体をうまく操っていた。滑走路の端まで行かないうちに、うまく離陸するだろう。

6―0―6がスピードを上げ始めて、リチャードソンは次の機に視線を移し始めた、その時、彼はそれが突如起こったのを目の端で捉えた。

トゥレント機の右側の主車輪の後ろから、ほんの少しの煙が吹き出した。その後からかすかな火花がシャワーのように出た。そのあと、一瞬何も起こらなかった。そして、次の瞬間、車輪全体が破裂し、白い炎に包まれてキラキラ輝くように見えた。

そのあと、機体はそのまままっすぐに走ったが、次の瞬間、はじめはゆっくりと、そしてしだいに急速に機首の方向が変わった。溶解した車輪が滑走路から離れ、岸壁の方へ落下していった。ほかの着陸装置は破壊した。大きな埃の雲が巻き起こり、飛行機は視界から消え去った。埃の中央から、目のくらむような閃光が現れた。

その光景から目をそむけたリチャードソンは、ベルトのところから左腕を持ち上げ、マイクロフォンを頬の端にぎゅっと押し付けた。「緊急事態発生」と、ゆっくり、注意深く、落ち着いて話した。「緊急事態発生。すべての飛行機は離陸を中止せよ。すべての飛行機は現在位置にとどまれ」

第十章

クルーの次の出撃は名古屋だった。この出撃は容易だった。対空砲火はあるにはあったが、われわれの機の四百メートル以内には届かなかった。リチャードソンが目標地域で見たのは、サーチライト一本だけだった。フィーの報告によれば、爆弾投下の間、夜間戦闘機一機を見た気がするということだったが、リチャードソンはそんな気がしただけだろうと、無視した。天候は奇跡的に良くて、完璧な爆撃が出来た。百マイルの距離からすでに目標を認めた。帰還したとき、燃料タンクにはまだ二時間分の燃料が残っていた。この出撃は訓練のようなものだった。容易だった。

地上滑走に移って、滑走路のそばの黒くなった場所を見たとき、リチャードソンはトゥレントのことを思い出した。ティーニーは、こんなに容易な出撃に参加出来なくて、本当に残念だった。二人の子供のいるトゥレントは、離陸途中にブレーキドラムを引きずったという、馬鹿げたことで命を落としてしまった。その次の出撃は飛行中隊が今まで経験したことのない、もっとも容易なものだったというのに。

出撃に関する審問が終わったあとで、リチャードソンは、同じ作戦に参加したウイザーズと記録を照らし合わせた。「どうだった？　ウイット」と、リチャードソンが尋ねた。「おれたちは、偵察飛行みたいだったぜ」

「何も言うことはないね」ウイザーズのやせこけた顔には皺がよっていて、黒い髪はクシャクシャになっている。まぶたは重そうに見えた。彼は、疲れきって、神経質になっているというよりは、眠そうで、うんざりしているように見えた。「おれたちも偵察飛行みたいなものだったな。帰る途中で眠ったよ」

「どうも、分からんね」と、リチャードソンが言った。「あいつらは今まで、おれたちの攻撃に対して準備してきたことは確かだと思うんだがな。おれたちがいつもあいつらを奇襲してきたと思うかい」

「多分そうだろうな」と、ウイザーズは気楽に答えた。「そうでないとしたら、あいつらは何か対策をとったはずだよ、そうじゃないか？　あいつらは、夜間戦闘機さえ準備してなかったんだぜ。あいつらの消防組織はみんな徹底的に攻撃されたから、消防は役に立たなくなって、高射砲陣地も燃え上がったんだ。今回の出撃は楽な儲け口みたいなものだったな、なあ、おい、楽な儲け口だったよな。あいつらは、やられっぱなしだったんだ。そうじゃないか？　それはそれとして、おれたちはどうしてこんなところに突っ立ったまま話してるんだ。飲んだり食ったりしに行こうぜ」

彼らは連れ立って、応急処置テントの方へ歩いた。「あいつらがやられっぱなしだったかどうか、おれには分からないが」と、リチャードソンが言った。「今回、あいつらが不意打ちをくったことは確かだな。それにしても、あいつらは、夜間空襲に対していままでより適切な対応が出来たはずだがな。おれの想像だと、あいつらは間もなく、夜間空襲の際におれたちを困らすようなやり方を始めそうだな。今は嵐の前の静けさだぞ。これは、今思いついたことなんだが、前に耳にしたことはないか？」

「おれは今まで聞いたことがないね」と、ウイザーズが言った。「どうぞ、お先に」彼は応急処置テントのドアを足で蹴って開け、腰をかがめてリチャードソンを中に案内した。応急処置テントの前の部分は、即席のバーに改造されていた。二個の箱の上に渡された長い板の上には、さまざまなボトルや、水差しやグラスが並んでいた。にわか作りのカウンターの後ろにいる三人の看護兵は、それぞれの腕にタオルを掛けることで、雰囲気を醸し出していた。そのうちの一人はひょろっと背の高い少年で、まだ黒くならない頬ひげが顎から生え始まったばかりだった。彼はうやうやしく頭を下げ、リチャードソンに訊ねた。「ライ麦ウイスキーになさいますか、ブルボンになさいますか」

「ブルボン」と、リチャードソンは言った。「医学が発達したおかげで、病気を治すのに酒が効果があるってことが公に認められるようになったことに、おれは十分満足しているよ」と、彼はウイザーズに言った。

一ダースくらいのクルーのメンバーが、狭い場所に集まっていた。暑い室内で彼らは、オイルと汗とタバコの匂いを強く漂わせていた。彼らの吐く息は、飲んでいるアルコール飲料の匂いで重苦しい。大勢が手に持っているカップからは、コーヒーの香りが立ちのぼっていた。クルーのヘアカットをした一人の少年は、片方の手に持ったカップのコーヒーと、もう一方の手に持ったグラスのウイスキーを交互に飲んでいた。彼らの飛行服は、汚れて、皺がよっていた。彼らの顔には、多かれ少なかれ緊張がただよっていた。彼らは一人残らず、非常に疲れていた。彼らは、立ったまま、落ち着きなく急いで飲むと、一人ずつドアから外へ出て行き、入れ替わりに他の者が入って来た。

四、五人の頭越しに、リチャードソンはフィーの姿を見た。機体尾部射手の顔は、汗と汚れた潤滑油でテカテカ光って仮面のようだった。その顔がニヤッと笑った。彼の目は、わざとらしい、不自然な明るさで、キラッと光った。

「フィー、お前はここでおれを困らせようって魂胆か?」と、リチャードソンは彼に訊ねた。

フィーはニヤニヤ笑って言った。「ここでただ酒にありつこうってわけですよ、機長」彼は一口飲んでたちまち激しくむせ、顔色が真っ赤になり始めた。

リチャードソンは、おかしさをこらえるために、フィーから顔を背けた。フィーは、いろいろなブランドのウイスキーについて、他のと比べてどれがどう勝っているか、もったいぶって話しているし、クルーの中でいつも真っ先に応急処置テントにやってくるのだが、爆撃行に参加するようになるまでは、おそらく一滴の酒も口にしなかったろうと思われる。リチャードソンは、着陸直後のようなこうした場合を別にして、フィーが酒を飲むことを今まで知らなかった。フィーの子供っぽいしぐさを見ていると、リチャードソンは楽しくなった。時にはリチャードソンを悲しませることもあったが。彼は非常に若く、痛ましいほど熱心だった。

「乾杯」とウイザーズが言って、グラスを掲げた。

「敬礼」と、リチャードソンが答えて、グラスを傾けた。

彼らがテントから出て、ふたたび暑い朝日の中を歩き始めると、アルコールが彼の身体の中を駆け巡り始めた。喉の痛みはまだとれなかった。口の中のまずい味はあいかわらずだし、何となく頭がかゆかった。そして、汗をかいた身体に粗いウールの飛行服が当たって、痛かった。しかし、いいようのない心地よさが彼の心を満たし始めた。この気分はすぐに一種の昏睡状態のようなものに変わった。これは、極度に緊張した神経がリラックスし始めて、彼が今日まで押さえに押さえてきた疲労の中にはけ口を見つけたのだということが、彼には分かっていた。ウイスキーの効果はほんの僅かなものに過ぎなかった。

出撃から帰った今、この感覚を楽しんでいるのだということを、彼は納得したのだった。帰還して審問が終わったあとの時間は、彼の知る限りでは、ある意味で最高の時間であった。彼は、宿舎に帰ることにとりとめのない期待感を抱いていた。帰ったら、飛行服を脱いで、屋外の陽差しの中に吊るすだろう。それから、手作りのシャワー用サンダルをはいて、舗装されていない地面の上をパカパカとおかしな音をさせながら、粗末なシャワーを浴びにでかけるだろう。そこでは、生ぬるくて僅かしかしぶきの上がらないシャワーの下で身体をグルグル回転させることだろう。

シャワーを浴びたら、アイロンをかけてなくて、たくさん皺は寄っているが清潔なシャツとスラックスをはくだろう。そのあと、食堂へ行って食事をとることになるが、おそらく卵料理だろう。現在、飛行中隊では、出撃から帰還した戦闘員のために、時々、新鮮な卵が提供される。それに、コーヒー。いつもコーヒーだ。いつも非常に熱い。時々彼は、この上なく気分がいいので、ずっと目を覚ましたままそこにいるのが難しくなって、やっとの思いで歩いて宿舎に戻り、簡易ベッドに倒れ込んで、すべてをまったく忘れ去るのであった。

「おい、お前は眠りながら歩いてるぞ」と、ウイザーズが言った。そう言う彼自身も、歩きながら少しよろめいた。リチャードソンは元気を奮い起こした。二人は、すでにぎゅう詰めになっているトラックの後部によじ登った。

トラックの運転席に寄りかかっていた、がっちりした体格の伍長が手のひらで運転席の屋根を格好よく叩いた。「さあ、出発するぞ」と、彼は屋根を叩きながら叫んだ。「発車するぞ！」

食堂に入り、皿が空になるまで、黙ってガツガツ食べたあとで、ウイザーズには、その晩のことを前向きに考える力が湧いてきた。

「今晩、デートの約束をしたのか?」と、彼が尋ねた。「おれは、したぞ。テオとおれは、どこかへ出掛けるつもりだ。どこか知らないがね。お前はライネと会うつもりなんだろう?」

「いや、分からない」リチャードソンは疲れすぎていて、考えることが出来なかった。「彼女に電話してもいいかな」

ウイザーズは、コーヒーをもう一杯ついで、心得顔で言った。「お前ってやつは、嘘つきだ。彼女に電話するつもりでいるくせに! お前たち若者二人だけでいたいと思うかい、それとも、おれたちみんなで一緒にいるほうがいいと思うかい?」

「二人だけで? おれたち二人だけで、どこへ行くっていうんだ?」と、リチャードソンが言った。「この前、おれたちが外に出て腰をおろして月を眺めようと考えたために何が起こったか、知ってるじゃないか」

「そうだ、あれは確かに、ひどい出来事だったな」ウイザーズは、しばらく黙り込んだ。やがて、彼の顔が明るくなった。「ちょっと待てよ! いい考えが浮かんだぞ」

「おれもだ。もう寝ようじゃないか」

「いいか、よく聴け。こいつは間違いなくいいアイデアなんだ。今晩、ハウスパーティーをやろうと思わないか?」

「どこでやるって言うんだ?」と、リチャードソンが尋ねた。「二百人もの他のやつらと一緒に、クラブのバーでか?」

「ばかなことを言うな。そうじゃない。いいか聴け。滑走路の上の方にある、小さいコンクリートの建物を知ってるだろう。ジョーンズとあいつの友達が見つけたやつさ。うまくすれば、あの建物を一晩借りられるぞ」

眠くて仕方なかったが、リチャードソンはしだいに、このアイデアに引き込まれていった。彼は、そのコンクリートの建物のことを耳にしたことがあった。その建物の或る部屋は日本の将校のクラブとして使われ、別の部屋は、サトウキビ農園の役員のものだったという。その近くを何度も通ったが、彼はまだその建物を見たことがなかった。それは今、絡み合ったジャングルの中に隠れてしまっている。それは、念入りに仕上げられたブロックの家で、コンクリートで補強され、数部屋から成っているという噂だ。飛行中隊の兵站部の将校が発見したと言われている。その建物で記念すべきパーティーが開かれたということを、何度かリチャードソンは聞いたことがある。

彼はウイザーズの方を見た。彼は今ではすっかり夢中になって、目を覚ましていた。「そこは、どういう場所なんだ? お前はどうして今晩そこを借りられるんだ?」「いいかい、そこはすばらしい場所なんだぜ。考えれば考えるほど、おれはこのアイデアが気に入ったね。一度行っただけだが、おれには、いい場所に見えたよ。広い部屋が一つあって、その部屋の隅には料理用のコンロがあった。大部屋の両側には、小部屋がある。ジョーンズと、第82番クルーの友人たちが、手に入れた簡易ベッドをそれぞれの小部屋に入れてあった。小部屋の外側にはベランダ風のものがあって、天井とコンクリートの床がついていた。そこには、日本人の使っていたハンモックがかかっていた。それに、あいつらは、ベッド以外にも、たくさんの椅子や箱やビール、C－糧食なんかを持ち込んだんだ。ジョーンズたちは、あそこにしょっちゅう行ってたと思うね。あそこは、いい場所だよ、本当だぜ。なぜ今まであの場所を思いつかなかったかなあ」

「お前、どうやって、そこを借りるつもりなんだ？　ジョーンズたちもパーティーに招待するつもりか？」

「いや。それが都合のいいことにな」と、ウイザーズが言った。「おれたちに都合がいいっていうことだぞ。ジョーンズは珊瑚でケガをしたところが化膿して入院しているんだ。他の連中は多分、自分たちだけじゃあそこを使わないと思うよ。ジョーンズはいいやつで、おれの友達なんだ。病院に電話して、あいつの付き添いに聞いてみてもらうよ。お前も賛成して、ライネに知らせろよ。どうだい？」

「かなりいいアイデアだな」と、リチャードソンが言った。「こうしていても、おもしろいアイデアだと思うよ。今晩になれば、すばらしいアイデアだったことが分かるだろうな。しかし、頼むから帰らしてくれ。おれはもう、半分眠っているようなものだ。三十秒後には夢の中だ」


銀色の細いちぎれ雲が、ゆっくりと満月の表面を横切り、たくさんの花々の香りが、夕方の涼しい空気の中をかすかに漂っている。リチャードソンとライネ、ウイザーズとテオがその小さな家に向かって、まばらに石の敷かれた小道を歩いていくと、静かにうち寄せる磯波の響きが、ときどき空気を震わせた。彼らの周りじゅうには、爆撃機が翼を休め、爆弾が山のように積まれていて、この島を巨大な火薬庫にしていた。小さな家は、滑走路のすぐそばにあった。しかし、それはジャングルにすっかり包み込まれて、入り口に続く小道ともども、ほとんど完璧に視界を遮られていた。したがって、その家からは滑走路が全く見えなかった。なにものにも邪魔されずに、静かに孤立しているということは、たまらない魅力だ。

彼らがその家に入るとすぐに、ライネが「なんて素敵な場所なの」と言った。実際は、素敵ではなかった。ビールの空き缶を積み重ねた山が、部屋の一隅に倒れていて、荷造り用ケースで作ったカウンターの上に乗せてあるグラスは、とても清潔とは言えなかった。それでもそれは一軒の家であり、カマボコ型のプレハブ兵舎でもなければ、バラックの病院でもなかった。

部屋の中は、涼しいといってもいいぐらいだった。コンクリートの壁と床からは、かすかに穴蔵のような匂いが漂ってきたが、不快な匂いではなかった。ガラスのはまっていない窓の外には、密集した草木の濃い闇が広がっていた。そこからは、何の音も部屋には入ってこなかった。その家には、奥まった、秘密の、通常の世の中から隠されたといった趣があった。その部屋に入った四人は、この雰囲気に引き込まれてしまった。彼らは、親密な、秘密を共有する一つの家族になった趣であった。

テオが桶を見つけた。その中には水が入っていて、ビールの缶と、固く栓をした六個の水筒が浮かんでいた。その桶の側には、C―糧食の缶詰が積み重ねられていた。肉の缶詰もあった。カクテル用のタマネギの入った小さなビンや、ソーダクラッカーの箱もあった。テオはあたりを見回した。

「素敵なものがいっぱいあるわ」と、彼女が叫んだ。「ここには、パーティーに必要なものがみんな揃ってるわ」

ウイザーズは、この上なく謙虚な態度をとった。「何もないよ」と、彼は言った。「まったく何もない。でも、言わせてもらえれば、おれの知る限りでは、カクテル用のタマネギの入っているビンはサイパン島ではこれだけだと、確信しているね。つま楊枝が見つからないから、諸君には指で食べてもらうしかない」

テオは衝動的に彼を抱擁した。じっと見ていたリチャードソンは、彼女に心の暖かさを感じた。ブロンドの髪をした彼女にはいくらか地味なところがあって、体型はどちらかといえばずんぐりしている。しかし、彼女の肌はミルクのように滑らかで、目はキラキラしている。そして、くつろいだ、人なつこい様子をしていた。二、三年のうちに、彼女は母親のような感じになるのではないだろうか。恐らく母親になるだろうし、いい母親になることだろう。リチャードソンは、彼女がほとんどまる一日、手術室に勤務していて、実際ハイレベルの有能な外科の看護婦であることを知っているが、今の彼女は、田舎の市場で働いている田舎娘のように、生き生きとして屈託がないように見えた。しかし、田舎娘と比べるといったことは、長くは続かなかった。彼女は、熱のこもった、経験豊かなキスをウイザーズにしたのだった。リチャードソンはふと、テオはウイザーズを愛するようになってしまったのかなと思った。その後で彼の考えはすぐにライネに戻った。

「ビールを飲むか」と、彼は言った。「いや、まだ早いか。ウイスキーから始めようか。そのあとでビールということにしよう。さあ、バーの支度をしに行こう」

彼らはいっしょになって、グラスをゆすいで酒を注いだ。一度、ライネが桶の方に身をかがめたとき、リチャードソンは腰をかがめて、彼女の首にキスをした。首のうしろには、髪がかかっていた。彼女は急いで振り返り、彼に向かって微笑みかけた。

「さあ、来いよ！」と、リチャードソンがせかすように言った。「飲み始めようじゃないか」二人が立ち上がったとき、彼はもう一度彼女にキスした。今回は、彼女の口の端にキスした。「リック！」と、彼女はキスを避けながら言った。声には笑いがまじっていた。「あなたは飲みたいって言ったでしょう。飲みましょうよ」

「飲みたいしキスもしたい」

「馬鹿ね、やめて」彼女は、両手に抱えているビール瓶で彼を押した。彼を見上げて目をキラキラさせながら、からかうように笑いかけている彼女の口紅がほんの少しにじみ、髪がいくらか乱れていた。激しくはあるが快適で、しかも報われることを彼女が熱望しているのを、リチャードソンは感じとった。

彼女は暖かみがあって、素敵だ。信じられないほど短い期間に、すでに彼らはお互いを知るようになった。彼女は、彼の生活の大切で親密な一部になっている。今、およそあり得ないこの場所で、あり得ない時間に、今まで気付かなかったこの感情に気付いて、彼は驚いていた。

テオとウイザーズが、即席のバーにやって来た。一同で乾杯をした。そのあとウイザーズは、おおげさな身振りでポータブル蓄音機を取り出してきた。彼らはダンスをした。一時間ほど、彼らは陽気に過ごした。出撃後の晩に過去も未来も忘れることが出来たのだ。今、この瞬間に、リチャードソンの中で戦争が変化したのだ。いつもは、彼の心の中では、過ぎ去ったことやこれから起こることがひしめきあって、彼を苦しめてきた。たいていの人は忘れっぽくて、いとも簡単にもの忘れをしてしまうものだが、ほとんど終わることのない危険に直面していながら、今だけは、彼も過去や将来のことを忘れることが出来た。そしてさらに、出撃から帰還したばかりで、一日か数日かは分からないが、出撃しなくてもいい、この特別な時間に、眠って目覚めてリフレッシュしたあとの二、三時間だけではあるが、彼は、自由で完全な忘却に浸ることが出来たのであり、それによって、彼の心は休らぎを得たのであった。

アルコールによって穏やかで楽しい気分になったリチャードソンは、ライネを部屋の外に誘った。そこにはテラスがあり、壁とコンクリートの柱の間にハンモックがかかっていた。周りじゅうに厚く茂ったジャングルの下生えのために、板石を敷いた場所が、ほとんど別の部屋になっていた。

そこには、ハンモックのほかには、腰掛けるところがなかった。ライネは、それを値踏みするように眺めた。「ハンモックに二人腰掛けられるのかしら」と、彼女は尋ねた。

「どうかな。ためしてみようか」

やってみると、二人で腰掛けることが出来た。いろいろやってみたあとで、リチャードソンは、いちばんいい方法を見つけた。それは、彼がハンモックに腰掛け、ライネが肩を彼の膝に交差させるようにして横たわり、彼女の頭を彼が腕で抱えるというやり方だった。「感傷的な話をしたいような気分だな」と、彼は言った。「そうするかも知れないよ」

「いいわ」と、ライネが言った。「どんなことで感傷的な話がしたいの？」

「おれたちのことさ。君はおれにとって、すばらしい人だ。君といっしょにいる今が、いままでよりずっと幸せなんだ。ばかなことを言ってると思うだろう」

「そんなことありません。ばかなことを言ってるなんて思わないわ。あたしだって、あなたといると幸せよ。そのことを考えると、時々すこしびっくりするわ」

彼女は片手をもち上げて、目の上に手の甲をのせた。

リチャードソンは、その手をどかした。その手をにぎったまま、彼女の閉じたまぶたにキスした。「びっくりさせないで」と、ライネが言った。「びっくりするなよ」と、彼は言った。

彼女は目をあけた。明るさが十分でないので、彼女の目は、顔の中の蔭にしか見えなかった。「ああ、ほんとうはあたし、びっくりなんてしてないんだわ」と、彼女は言った。彼女の言い方は、さっきよりきっぱりしていた。「あたし本当は、あなたとこうしていて、びっくりなんかしてないんだわ。ただ……あの、こんなことがあたしに起こるなんて考えたことがなかっただけよ」

「おれだって、こんなことが起こるなんて考えもしなかったよ。君は知ってるよね……おれが結婚していることを知ってるね」

「知ってるわ」

「それは、おれたちに関係ないことだ」

彼女は、彼の唇を指で軽くこすった。「そのことについてあなたは、わたしに言う必要はないわ。言わなくていいのなら、言わないで」

「言いたくはないよ。ちっとも言いたくはないんだ。おれがそのことについてどう思っているのか、君に話してみたいなと思っただけだよ。おれは、結婚してなかったように思えるんだ」

「それ以上言わないで」

「でも、君に知ってほしいんだ。おれには、ほかの女性と結婚したようには思えないんだ。君と結婚したいよ」

ライネは、急に両肩をよじって頭の向きを変え、顔を彼の胸に強く押しつけた。「ああ、リック」と、彼女は言った。彼女の声はくぐもっていた。「あたし、あなたをうんと愛しているわ」彼女の指は、彼の腕の筋肉を強く掴んでいた。

彼は、シャツの袖が濡れてきたのを感じ、彼女が静かに泣いているのが分かった。

ウイザーズとテオがダンスをする間ずっと曲を演奏していた、部屋の中の蓄音機の音が止まった。リチャードソンには、部屋に深い静寂が訪れたのが分かった。ライネが頭の向きを変えた。「急に、こわいほど静かになったわ」と、彼女がささやいた。「ウイットとテオはどこにいるのかしら」

「小さい部屋でこっそり飲んでいるんじゃないか。おれたちも飲みに行こう」

彼らは腕を組んで大きな部屋に入った。そこにはだれもいなかった。バーの方へ行くと、小さい部屋の一つのドアが閉じられているのが分かった。リチャードソンは、グラスに酒を注いで、ライネのところへ持って行った。彼女はスリムな脚を組んで、ひっくりかえった箱に腰掛けていた。頭上にある一個だけの電球の下で、彼女の髪はきらめいていた。彼の心に、彼女に対するいとしさがこみあげてきた。彼は、彼女のひじの下に手を滑り込ませた。手のひらの下に彼女のすべすべした肌を感じた。彼は、彼女を立たせた。

「あっちの部屋へ行こう」と、彼は言った。「床に月光の縞が出来ているかも知れない。あの部屋には窓があって、外側には木立が少ないから、月が見えるよ」彼は、彼女を優しく促して小さな部屋に入り、ドアを閉めた。

「ああ、リック」と、彼女が逆らった。「ここは少し明るすぎない?」

彼らは月光の縞の中で、寄り添った。「そんなことはないよ」と、リチャードソンは言った。「明るいことは確かさ。窓の外を見てごらん。さっき言ったとおり、月があるだろう」

ガラスのはまっていない窓の四角のすきまから月の光が射し込んでいた。明るい空と対照的に、格子状になった葉は黒く見えた。月の光り輝く弧が葉の間に見えた。月の非常に間近なところを、ほとんど触れんばかりに、雲の影がゆっくりと漂っていた。

「きれいだわ」と、ライネが言った。

「そうだな」と、リチャードソンが言った。「この部屋のどこかにベッドがあるはずだ。そうでなければ、簡易ベッドがあるだろう。何歩かうしろへさがろう」

「リック!」と、ライネが憤慨したようにささやいた。彼女は少し笑ってしまうのを隠そうとしたが、思わずそれが声に出てしまった。「月を眺めるためにわたしをここへ連れて来たんじゃないの?」

「君は月を眺めたさ。それが、おれの役に立ったんだよ。畜生、ベッドはどこにあるのかな」

ライネの肩が震え始めた。彼女は笑いをこらえようとしたが、だめだった。そして、窓から後ろへ下がった。「お馬鹿さん」と、彼女は言った。「ベッドは壁際にあるじゃないの」

ジープの車輪が、山の下り坂を音を立てながらスムーズに回転していた。リチャードソンは、座席の後ろに寄りかかっていた。シャツのボタンはとめないで前をすべて開け、冷気が通り抜けるようにしていた。ウイザーズが運転していた。彼は、背中を丸めてハンドルに寄りかかり、一種の無頓着な集中の状態で、一つ一つのカーブを的確に判断し、指先でハンドルをあやつっていた。彼は口の端でタバコをくわえていた。彼がタバコを吸うと、その端から出た光が頬のくぼみに反射し、一瞬、彼の目の中でも輝いた。彼らは、車体が傾くような無謀な運転をして山を越え、消灯時間のわずか数秒前に、やっとのことでライネとテオを病院に送り届けてきたところだった。今もウイザーズは、もうほとんど時間がないかのような運転をしていた。「おい、頼むから、もっとリラックスしろよ」と、リチャードソンが言った。「お前は、まるで目が回るような運転をしてるぜ」

「リラックスだって。お前は、危険な状況の中で生きるのが好きなんだろう?」

「ジープの中なんかで危険な思いをするのはいやだね。お前は飛行機を上手に飛ばすくせに、どうしてジープの運転を習わなかったんだ」

誰かが操縦する飛行機に同乗していて、世界じゅうでリチャードソンが全く安心していられるのがウイザーズだ。彼の発揮する、ある何げないちょっとした技術が、リチャードソンを安心させるのだ。リチャードソンは、合衆国に帰国するB29の機上で、彼の最後の飛行点検をウイザーズに対して行ったことがあった。その際、ウイザーズが巨大な飛行機を滑走路に着陸させるのに、どんなに骨折ったかということ、もう少しで遅すぎてしまうという瞬間まで、フラップを完全に下げよという指示を出すのを忘れてしまっていたことを、今でも覚えている。また、帰着したときに、滑走路の前端を高く、しかも速く飛行し過ぎて、車輪がジャンプしたので、ウイザーズがだましだましながら機体を上下させて、滑走路の中ほどのところでかろうじて減速させて、ブレーキをかけて転回し、停止したことを覚えている。その間じゅう、リチャードソンは、まったくリラックスして、右側の操縦席に腰掛けていた。彼は一度も操縦を交代しようとはしなかったし、ずっとウイザーズを見て笑っていた。彼は、知り合いのほかの操縦士の上手な着陸の時よりも、むしろウイザーズの下手くそな着陸に同乗したいと思った。なぜかというと、着陸の最終段階に入るとウイザーズは、賞金を獲得出来るほど見事に、まるで継ぎ目のない一枚の板の上でのように着陸させたからである。彼は、まずい着陸は何度もしたが、危険な着陸をしたことはなかった。新しい飛行機について学んだあと、その飛行機の指揮官が決まり、その指揮官が彼にコツを教えると、彼はその飛行機を飛ばすことが出来た。そのあと、その飛行機が気に入ったと感じると彼は、着陸のために進入するとき、小さい声で気に入ったとつぶやくのであった。わざとやることはめったになかったが、彼はそうしたいと思うときには、まるで鍵盤に向かうピアニストのように、操縦桿を指先であやすように、納得させるように叩くのであった。それに飛行機が反応するのを見ていると、それはまるで彼の心の完全な延長のように思えるのであった。彼は飛行機を飛ばすことが出来たのだ。ウイザーズの技術が完璧であることが分かってリチャードソンは、同じ飛行機であろうと別の飛行機であろうと、同じ編隊を組んで彼と飛びたいと思った。ウイザーズが編隊を指揮しているときは、リチャードソンは、たとえわずかに翼を動かすといった些細な動きであっても、間違いなくそれが旋回の合図だということを確信することが出来た。そのあと、ウイザーズの機体が旋回するためにゆっくりと動き、後続機がそのあとに続いて旋回しやすいのであった。そして、リチャードソン自身が編隊を指揮していてウイザーズが二番機のときには、彼は、ウイザーズがちゃんとついてきているかどうか、見て確かめる必要がなかった。彼はウイザーズと一緒に飛びたかった。

「なあ、ウイット」と、彼は言った。「お前はちっともその気がなさそうだが、戦争が終わったら結婚して身を固める気はないのか。なぜなんだ」

「そのことについては考えているんだ」と、ウイザーズがリチャードソンの方を向いて微笑しながら言った。彼の声は笑いを含んではいたが、笑っているわけではなかった。

「そのことについては、まじめに考えているよ。テオがいい娘だっていうことは、お前も分かっているよな。彼女は物事を深刻にうけとらないし、ベタベタしない。目を潤ませたりしないし、負担にならないんだ」

「彼女はまったくいい娘だよ」

「ライネもいい娘だ。なあ、おい、おれたちは考えてみると、そろいもそろって幸せな男たちってところだな。テオやライネのような娘たちもいるし、この島にいる連中もみんないい奴らだ！　おれたちは、どうしたらいいんだ？　それにしても、ライネはときどき、物事を難しく考えはしないか。それとも、おれがまちがっているのかな？　そうだと思うんだがな」

リチャードソンは、しばらく考えにふけったあとで、「彼女はたぶんそうだと思う」と言った。「彼女は確かに口数は少ないし、難しく考えるところはあるさ。でも、彼女はある意味の強さを持っているね。それは、いつも彼女から滲み出てくるよ。それが何なのかは、おれには分からないんだ。そのことでおれは、少し不安になることがあるんだ」

「いや、お前が気にしたくなければ、気にすることはないよ。お前は結婚していて、彼女はそのことを知ってるんだろう。お前は、安全な立場にいるんだ。もちろん、そういう見方をするのは浅薄だがな。ショートドリンクを飲むか？」

ちょっと手探りして、リチャードソンは、ジープの後部からボトルを見つけ出した。「おれは、こうしたことを、出来るだけ安直に考えちゃうほうなんだ」と、彼は言った。「でも、ライネの場合は、そうはいかないんだ」彼は、ボトルを渡したとき、ウイザーズが自分のほうをじっと見つめたのが分かった。「彼女を愛しているのか」と、ウイザーズは疑い深そうに言った。「おれにそんなことを言うなよ！」

「おれには分からないんだ」と、リチャードソンが言った。彼はタバコに火をつけて、ウイザーズに渡した。彼らはボトルの酒を飲んだ。リチャードソンは、ウイザーズがボトルを傾けて飲むとき、ちゃんとカーブが回れるように、ハンドルをしっかり押さえていた。「でも、多分そうだろうと思う。自分に分かっていればな。それが問題なんだ」

「お前は間違いなく、おれをいい気分にさせるよ」と、ウイザーズが言った。「おれは、結婚してなくてよかったよ。お前はライネに夢中になっているが、テリーがお前を待っているじゃないか。彼女もいい女性だ。こうなると、お前にとって本当に問題だぞ。おれは、べつに非難するつもりはないがね。今夜、ライネは花模様のドレスを着ていたな……この島で、どうやってあんなドレスが手に入ったんだろう？……彼女は目をいっぱいに開いて、お前を見つめていたぞ。いいか、お前はトラブルに巻き込まれてしまったんだ」

「おれには分からない」と、リチャードソンは言って、ボトルを手にしたまま、だまって、気がかりな物思いにふけった。

飛行中隊区域の明かりが、彼らの行く手に輝いていた。

「何か食うか？」と、ウイザーズが訊ねた。

「いや、いらない。もう寝ようや。おれは、腹が減っていないんだ」

彼らは、将校宿舎に向かう道にジープを乗り入れた。「おい、見ろ」と、突然ウイザーズが言った。「パーティーをやってるぞ。フェルター少佐の宿舎の後ろを見ろ」

宿舎はすべて、前の方が暗くなっていた。一つの宿舎を除いて、すべて後方も暗かった。その宿舎の後方に建てられた小さなポーチから、ロウソクの光がもれていた。その前を人々の影が断続的に横切っていた。それは、フェルター少佐の宿舎だった。彼の宿舎だということは、垂木からひもで吊り下げられた、空のボトルの列によって、即座に見分けることが出来た。彼の宿舎の中では、空のボトルはすべてそのように並べなければならないというルールになっていた。だから、頭上にきらめくボトルの森が出来あがっていた。

垂木にボトルをぶら下げるほか、宿舎の裏手のポーチでパーティーを開く習慣があった。ほとんど毎晩のように、フェルターのクルーの将校たちや、そのほかいろいろな連中が集まって来て、クラッカーや缶詰のチーズを食べ、ウイスキーや、各自が持参した水筒の水を飲んだ。そして彼らは、フェルターの指揮で静かに歌を歌った。フェルターが愛情を込めて心に描いているのは、リリックテノール歌手であった。彼らは今夜、歌っていた。

「『さあ、亭主よ、大杯に酒を満たせ……』」と、フェルターは歌った。「だめだ、だめだ、こいつはひどい」と、歌うのをやめて、彼は言った。「おれでさえ、ひどいと言えるぞ。バスを歌うのがいなくちゃだめだ」

彼は、ウイザーズとリチャードソンのジープが宿舎の後方にやって来たとき、そのライトの明かりを見つけた。「あのジープに、バスを歌えるやつが乗ってるかどうか調べろ」と、彼は命令した。

フェルターのポーチ・パーティーのもう一つの特徴は、招待が命令に等しいということだった。今がそうだった。リチャードソンとウイザーズは堅苦しい挨拶抜きで、彼らの仲間に引っ張り込まれた。

「ウイザーズ!」と、大喜びのフェルターは勢い込んで言った。「お前がバスを歌えないことは神がご存じだ。でもお前は、ごまかすのがとてもうまい。さあ、一杯飲め。リック、お前もだ……お前には一杯やろうと思うが、リック、ただしお前の場合は、絶対に歌わないという条件付きだぞ……」

「私の歌がどうしたんですって?」と、リチャードソンは尋ねた。「私はうまく歌えると思っていますよ。母もそう思って……」

フェルター少佐は彼を無視した。「さあ、みんな集まれ。『亭主よ、大杯に酒を満たせ、あふれるまで満たせ!』……ああ、さっきより良くなったぞ。上出来だ。もう一度やってみよう……」

それからさらに何回か歌ったあと、パーティーは崩れ始めた。「お前たちは、もう歌えんな」と、フェルターが言った。「爆撃手でも歌曲を運んで行くことは出来ん。やつらが実用的なことしか出来ないことは、神がご存じだ。おれはギブアップした。みんな帰れ。リチャードソンとウイザーズは残れ。おれは二人と事務的な話がしたい」

リチャードソンは、もうすっかり目が覚めてしまった。フェルターの声には冷たい語気があった。前にもそれに気付いたことがあった。リチャードソンはそれが気になっていた。それはフェルターに付きまとっているものだ。飛行中隊の隊長としてフェルターは、司令部として配置された小区画の兵舎の中で生活していると思われているが、実際には彼は、隊長に就任したときから、自分の宿舎からよそに行くことを断っている。そして今でも、自分のクルーと同じ宿舎で暮らしている。彼は、中隊長として個人的なことで部下を指導する際にプライバシーが必要だ、とは考えなかったようだ。彼は、中隊の事務的な重要事項を自分の簡易ベッドの上で決定しようとした。勤務時間中にオフィスで問題を取り上げるよりは、むしろ、下着を着たまま、冷えてないビールを飲みながらベッドに腰掛けてそうするのを好んだ。それは、公私混同であった。彼にはどこか他人の追随出来ないようなユーモアのセンスがあった。そしてしばしば彼の声には、例のきびきびした冷ややかな感じがあった。それは、聞く者に、今は彼がまじめなんだぞとか、まじめになろうとしているんだぞと警告を与えた。新たな戦闘隊形とか、トラブルの多い整備の問題などについてまじめな議論を始めるのに、夜遅くか飲酒パーティーの終わりごろを選ぶというのが、彼の際立った特徴だった。

何かあるなと予想して、リチャードソンは待った。奇妙なことに、彼はフェルター少佐がしだいに好きになってきていた。それは、人間的にどうこうということではないし、親しい友情を感じてというのでもないし、予測出来ないフェルターのペースの変化に対しては、いつも警戒を怠らなかったが。

「寝酒を一杯やるか」と、フェルターは言って、ボトルを取り上げて、ウイザーズとリチャードソンのどちらのグラスへともなく向けて振った。それから、抑揚は変わらないが、急に声を低め、リチャードソンを鋭く見て言った。「中隊の作戦室付将校としてビリングスがやっていることをどう考える？」

リチャードソンは言った。「どうもありがとう、酒はほしくありません」彼は飲まなかった。飲みたくないときには、たとえ中隊指揮官のピーター・フェルター少佐が無理に勧めても、飲むつもりはなかった。このように試してみるのも、フェルターの奇妙な癖だった。彼は他人の意志をちょっと試してみて、中隊の中でリチャードソン以外のほとんど全員に勝っていた。

間をとってから、リチャードソンは言った。「ビリングスですか？　彼はよくやっていますよ」そう言ってすぐに彼は、失敗に気付いた。フェルターは彼が失敗するのを期待していたのだ。守勢に立った彼は、「ビリングスはいいやつですよ」と付け加えた。

「ビリングスがいいやつだということは分かっている」と、フェルターは言った。「ビリングス大尉はいいやつだよ。あいつが作戦室付補助将校から臨時将校になったのは、あいつの上官が離陸でへまをやらかしたからだ。ビリングスがいいやつだということは分かっている。おれが知りたいのは、なぜあいつが作戦室付将校として優秀でないのかということだ」

ウイザーズはおそらく、リチャードソンより早く、何が起こるか分かったし、彼自身がビリングスの良い友人だからだろう、リチャードソンよりもきっぱりと言った。「あいつは、作戦室で働き過ぎているんですよ。あいつに何をしてほしいんですか、少佐？　あいつは、トゥレントが死ぬ二、三週間前に作戦室勤務になったばかりで、そのあと中隊では、二回の出撃が計画されただけです」

「そうだ。そしてあいつは、その二回とも台なしにしたんだ」と、フェルターは元気のない声で言った。「おれは、リチャードソンに聞いている」

「あなたは、私に残れと言いました」と、ウイザーズは言った。「それにあなたは、リチャードソンに聞くとは言わなかった。私に帰ってほしいんですか？」

「おれたち二人とも帰ろうぜ、ウイット」と、リチャードソンが立ち上がりながら言った。「お前はここにいろ、リチャードソン」と、フェルターが言った。

「私は帰ります」と、リチャードソンが言った。「帰りたいときには帰ります。ウイットが帰るなら私も帰ります」彼は、ウイザーズと一緒にドアのところまで歩いて行った。

フェルターは両手を広げて、あきらめるしぐさをした。「よし、分かった。分かったよ」と、彼は言った。「戻ってきて、腰掛けろ。お前らがそんなに腹を立てるんなら、さっきのことは撤回するよ。戻ってこいよ、ウイット。ビリングスがいいやつだとお前が考えていることはさておいて、あいつが最近の二回の出撃計画を台なしにしたことは認めるだろう？」

正直なところ心配になったウイザーズは、戻ってきて、ふたたび腰をおろした。「そうです」と、彼は言った。「ビリングスが最近二回の出撃計画を多少台なしにしたことは認めます。でも、それがどうだっていうんです。さっき言ったように、これはあいつが初めて一人で計画したものです。しかも、あとでちゃんと修正されました。あなたは期待し過ぎるんですよ」

フェルター少佐は、テーブルの上のボトルの方に手を伸ばした。今回はさっきとは違う。リチャードソンには、少佐が飲みたがっているだけだということが分かって、腰をおろしてグラスに酒を注いだ。

「私も話の仲間に入れてください」と、彼は言った。「あいつのやることがみんなまずいと言いたいのなら、ビリングスについてまずいと思うことを二つ挙げてみましょう。まず第一に、彼は作戦室での仕事をやりたくないんです。そのことで、私は彼を責めるつもりはありません。彼は作戦室付将校であるため、あまり出撃出来ないのです。あなたはどの出撃にもすべて参加していますが、あなたのスタッフには十回に一回程度しか出撃させません。そうなると、彼は、一サイクルの出撃を終えても帰国出来ないことになるでしょう。おそらく彼は、戦争が終わるまでこの島から離れられないでしょう。彼があぁして仕事をやりたがらないからといって、だれも文句は言えないのではないでしょうか。すべては義務だと、あなたは言うことは出来ますが、でもあなたは人間と取り決めをしているのであって、オートメーション装置を相手にしているわけではないのです。私が作戦室で仕事をするかどうか、あなたに銅貨を渡して決めてもらおうとは思いませんね」

「それが一つだな」と、フェルター少佐が言った。「もう一つは何だ？　お前は二つあると言ったぞ」

「いいでしょう。二番目は、ビリングスは中隊の中の、何人かの大尉のうち、ランクが低いということです。そのことについては、彼も、他の大尉たちも知っているのです。そして、そのことは彼にも分かっているし、他の大尉たちが知っていることも承知しているんです。トゥレントが死んだとき、彼がすでに作戦室でトゥレントのアシスタントをしていたから都合がいいという理由だけで、あなたは彼を今の部署につけたんです。このことも誰もが知っています。それに、ビリングスは生まれつき、積極的なタイプじゃないときています。威張り散らすタイプじゃないし、ずうずうしくやってのけるやつではないのです。だから彼は、自分では一番いいと思うことをしようとしながら、みんなと話しているうちに、決めたことがじきにぐらついたり、決定が遅れたりしてしまうのです。ぶっちゃけた話、間違っているのはあなたのやり方ですよ」

ウイザーズが、あからさまにリチャードソンのひじをつっついた。「お前はしゃべり過ぎだぞ」と、彼は言った。彼の声には或るほのめかしが含まれていた。しかしリチャードソンは、ウイザーズがひじをつっついたり、話したり、声の調子を変えたりしたことをいっさい無視した。「おれは話したいんだ」と、彼は言った。「少佐がおれに話せと言ったからな」

フェルター少佐は、前かがみになって床の上のグラスに手を伸ばしたが、そのままでは手が届かないことが分かると、ボトルに口をつけて飲んだ。「お前は話をそらしているぞ」と、彼はリチャードソンに言った。「時間がかかったが、結局お前は、ビリングスにはガッツがないと言ったことになるぞ」

「そんなことは言ってませんよ」と、リチャードソンは答えた。「私は、彼が積極的なタイプではないと言ったんです……」

「分かった、分かった、おれも同じ意味で言ったんだ。だがな、おれは短い言葉が好きなんだ。ビリングスはいいパイロットで、爆撃機の優秀な機長さ。そのことを否定する奴はいないよ。だが、あいつには、作戦室付将校としてのガッツがないんだ。誰が誰よりランクが上だとか下だとか、そんなことは、おれにはどうでもいいことだ。作戦室付将校というのは、指揮官の代理で、指揮官の権威でもって話をする存在だ。あいつがその地位についた以上、中隊全員に向かって、神のおぼしめしにしたがってどう飛行するか、どういう経路で飛行することになるのか、説明しなくちゃならんのだ」

「分かりました。あいつに時間をやって下さい」と、ウイザーズが穏やかに言った。「もうおれは、十分話しましたよ」

「おれはあいつにたっぷり時間をやったよ」と、フェルターは短く言って、黙り込んだ。リチャードソンはグラスの酒を飲んだ。残っていた酒は生ぬるく、かき回すのに使った鉛筆の味がした。彼は口を開いてもう一度話そうとしたが、すでに話したことを繰り返すだけだということに気が付いたので、黙っていることにした。三人は、数分間黙ったままでいた。

フェルター少佐が急に立ち上がった。椅子がドタンと後ろに倒れた。驚いて、リチャードソンも立ち上がった。黙っている間、眠っているように見えたウイザーズは、努力してやっと立ち上がった。

「やあ、付き合わせたな」と、フェルターが唐突に言った。「もう寝ようじゃないか」

「御馳走さまでした」と、リチャードソンが言った。ウイザーズは眠そうな声で「お休みなさい」という挨拶をやっと言った。彼らは向きを変え、狭い道をゆっくりと手探りで歩き始めた。まだ半分眠っているウイザーズがつまずいた。リチャードソンはすっかり目が覚めて、苦しいほどだった。歩みを進めながら、彼には、あいかわらず狭いポーチに立っているフェルター少佐の鮮明なイメージがつきまとって離れなかった。目の前に浮かぶフェルターの姿は、じめじめした夜なのに、こわばった黒い髪が頭から突き出ていて、蝋の垂れた蝋燭の光の影の中で目が半ば微笑んでいた。

フェルター少佐が彼に向かって小声で呼びかけたとき、リチャードソンはまるでそれを待っていたかのように、すぐに立ち止まった。

「おーい、リック」と、フェルター少佐が言った。「朝になったら、まず作戦室に来い。お前のクルーについて話したいことがある」少佐は、宿舎に入る網戸を開けながら、肩越しにさりげなく言った。「そのあとすぐ、お前は作戦室付将校を引き継ぐことになるぞ」

ウイザーズも今は目が覚めて、リチャードソンをじっと見つめて言った。「おれの思ったとおりだ。お前はしゃべり過ぎるって言ったじゃないか」

第十一章

くっきりと晴れた朝の光を浴びて食堂に向かって歩いて行くリチャードソンの目に、島はすっきりと静かに、そして美しく見えた。彼は二杯目のコーヒーをゆっくり飲みながら、特命で炊事勤務中の兵士とのんびり話をした。その兵士は、日本人がどういう理由でいつ降伏するのか分かっているのだと言って、すっかり悦に入っていた。リチャードソンは気が重くて、作戦室のある建物へ行くのをためらっていた。食堂を後にしたとき、手紙が届いているかどうか見に行けば、いやなことをさらに先延ばし出来ると思いついて、そうすることにした。ところが、「透明人間」とあだ名されている、紙のように痩せた若者が現れたことで、この望みは断たれてしまった。彼は、作戦室に勤務している事務官だった。

「ああ、大尉」と、案山子のような若者が言った。「あなたが今朝、作戦室の仕事を引き継がれると聞いていました」

「そうらしいが」と、リチャードソンが言った。「今朝だって？　君はそう聞いたのか？　午後じゃなかったかな？」

「いえ、今朝と聞いています。少佐がそうおっしゃいました。それを聞いて、えー、私たちみんな喜んでいるんです」

「そうか、ありがとう」と、リチャードソンが言った。「それでは、その問題では議論の余地はなさそうだな。おれを優しく案内してくれ。ゆっくり歩けよ」

作戦室用の兵舎は、実際には、他のいくつかの部門との共用になっていた。背後には、中隊長のオフィスがあった。そこには、情報将校とか兵站将校といった目立たない部門の役職についている人たちのためのデスクもあった。リチャードソンの知る限りでは、これらの人物はものすごく活動的に仕事をこなしていたが、彼らのために用意されたデスクに腰掛けているのを見たことがなかった。作戦室には四つのデスクと、一個の大きなパッキングケース(荷造り箱)があった。そのケースはタイピストのテーブルとして使われていた。デスクや壁に打ち込まれた釘には、革のケースに入れられた途方もない数の野戦電話が斜めに掛けられていた。そして壁には、書きなぐられ、多少汚れた数枚のチャートが貼られていた。

三人の下士官がデスクに腰掛けていて、そのうちの二人は忙しそうにタイプを打っていたが、リチャードソンの見たところ、それらは公的なものではなくて、私的な手紙に違いないと思われた。もう一人が読んでいるのはコミック漫画だった。リチャードソンと彼の案内役が入ってくると、全員があわてて立ち上がった。

「みんな、腰掛けろ」と、リチャードソンが言った。「諸君が感動的な尊敬の気持ちを表してくれたことに感謝する。しかし、それだけ態度に示してくれたのだから、今後はおれが入ってきても、立ち上がる必要はないぞ。気楽にしてくれ。ビリングス大尉はどこにいるかな？」

「飛行大隊本部です」と、正真正銘のブロンドの髪をした軍曹が答えた。「すぐ帰って来られるはずです。あなたに会うのを楽しみにしておられると思います、大尉。あの方は隊長にメタメタにやられていますから」

「サンダース、お前が今ここの事務主任をやってるのか？」と、リチャードソンが訊ねた。

「そうです」

「よし。今夜の出撃計画はあるか？　おれは聞いてないが」

「そのとおりです。今夜は整備のため、中隊の出撃計画はありません」

「そうか。お前は、いろんな情報をみんなおれに渡したほうがいいと思うよ。作戦室の指示ファイルとか、お前が作成した政策立案ファイルとかあるだろう。とにかく、おれが目を通しておかなければならないと思うものをすべて持ってこい」

「分かりました」軍曹は、デスクの上に、書類や見出しのついたファイルやチャートの束を置き始めた。リチャードソンはデスクを前にして腰掛けた。タバコに火をつけ、それをデスクの端に置いた。今までに置かれた数多くのタバコによって焼け焦げていない場所といったら、そこしかなかった。彼は、いちばん近くにある書類の山から、一つを取り上げた。

昼下がりにリチャードソンは、網戸が普通よりいくらか乱暴にピシャッと閉まる音を聞いて気が付くと、足をひきずるようにして歩く「透明人間」が、デスクの脇に立っていた。「よろしい、透明人間君」と、顔を上げないで彼は言った。彼はうんざりしていた。「こんどはどんな問題が起こったんだ？」

リチャードソンの頭の上で、「透明人間」はどもって、咳払いをした。そして、非常に弱々しい声で「聞いて下さい」と言った。彼の声はまるで、いらいらした母親が子供に、しわがれた囁き声で「しっ」というように聞こえた。

リチャードソンが頭をあげてちらっと見ると、「透明人間」の顔は緊張して赤くなっていて、こわばった彼の肩越しに、ちょうどドアを開けて入ってきたフェルター少佐の姿が見えた。

斜めにかぶった帽子や、やせた体型はおなじみのものだが、見慣れた容貌とは非常に違った何かが少佐の周囲にただよっていた。彼はもはや少佐ではなかった。皺の寄ったシャツの襟には、陸軍中佐を示す銀色のオークの葉の徽章がついていた。この新事実をリチャードソンは、眼の当たりで知った。

彼は今までフェルター少佐に対して、飛行中隊の離着陸前後の地上滑走のやり方がどんなふうにまずいとか、そうしたことはすべて隊長の責任だとか、かなりの憶測も交えて、率直にはっきりと話してきた。しかし、こういう状況になっては、いままでのようなやり方をすべてやめるか、あるいは、少なくとも、彼がずっと言おうとしてきたことの半分でも忘れてしまう時が来るまで、先延ばししなければならなくなったのである。今は、勇気を奮いおこしてお祝いの微笑みを浮かべ、自分の気持ちとはほど遠い喜びを表すのが彼の義務であることははっきりしていた。

椅子から立ち上がった彼は、微笑んでいると思われればいいなと期待しながら、歯をあらわにして言った。「えーと、どういうことになったんですか？　ああ、おめでとうございます、中佐！」彼は、どうしてではなくいつこうなったのか尋ねたつもりだった。彼としては、「おめでとう」よりはもっとましな言葉を考えたつもりだった。

「ありがとう」と、フェルターは言った。彼は椅子にどしんと腰をおろし、ぞんざいに手を振って「透明人間」をその場から去らせた。「おれは、昨夜命令を受け取ったんだ。今日の午後になってやっと新しい徽章を手に入れることが出来たよ。機構に関する法律が改正されたのかどうか、おれは知らない。どうしてこういうことになったかという答えがこれさ」「さあ、仕事だ」と、彼は言葉を続けた。「中隊の仕事から手を引くつもりはないぞ。お前から見て、ここの状態はどうだ？」

リチャードソンはどう言ったらいいか、ためらった。危惧していた通り、慎重に選んだはずの言葉は、心に浮かんでこなかった。「ええと、少佐……私は中佐のつもりで言っているんですが」と、彼は言った。「あまりいい状態ではありません。オフィスは書類仕事にかこつけて、まずいことが行われています。黒板には状況がちゃんと記載されているようですが、ちゃんとし過ぎているような気がしないでもありません。黒板の記載を見ると、就役中の飛行機の数は適切だと思えるのですが、今日は爆撃訓練のために二度飛行機を離陸させる予定だったのにそれらの飛行機が滑走路に到着する前に、中止になっているのです。私は、整備関係に問題があるのではないかと疑っています」

「まあ、そんなにこせこせするな」と、フェルターは軽くいなした。「その考えは、出撃時の飛行計画に関するものだ。訓練飛行と書類仕事の場合は、それとは別なんだ」

リチャードソンの首の両耳の下の部分が赤くなった。そして彼は、自分が口にしようと思っていた言葉を思い出し始めた。「私は、書類仕事は好きではありません」と、慎重に話した。「しかし、規定と称するつまらんものがあります。私たちはそれに従わなければならないことになっていますが、そうした規定も書類仕事です。もしも飛行機が爆撃訓練飛行に出掛けないとすると、爆撃にも行かないでしょう。気楽なカウボーイのように待機している人間が多すぎます」彼は調子を取り戻しはじめた。身体を前に乗り出し、積極的になった。

「整備の仕事が多すぎて対処しきれなくなっているんですよ。だから、飛行機がばらばらになり始めているんです。そういうわけで、パイロットもクルーもやる気をなくしています。一昨日、一機を爆撃訓練に出したところ完全に失敗したことが分かりました。その機はエンジンをあまりにもハイパワーにセッティングし過ぎたんです。だから、燃料を使い過ぎてしまい、燃料ぎれになる寸前だったのです。島にやっとたどり着くには着いたんですが、あわや不時着水するところでした。訓練飛行でですよ、何ということですか!」

「それに、この作戦室の機構やデスクワークについて言わせてもらいますとね、いつでも入って来られたら分かりますが、みんなコミック本を読んで、ぶらぶらしています。どうしてそうなるのか考えましたが、あいつらに何をしたらいいのか誰も言わないし、あいつらはあいつらで、自分たちが何をしたらいいか見当がつかないからだと思います」

部屋の中が非常に静かになった。サンダース軍曹がマッチをこすったが、湿っていて火がつかなかった。ところがその後小さな爆発が起きて、皆をびっくりさせた。「透明人間」は驚いて飛び上がり、その後、顔を背けて窓の外を見始めた。

フェルター中佐は三秒ほど考えていたろうか。「よし」と、彼は言った。「お前が作戦室付将校になれ」彼の口調にはまったく感情がこもっていなかった。

「私が知りたいのはそこなんですよ。私が作戦室付きになるんですか? もしも私が飛行中隊にちょっとした騒ぎを起こしたとして、支援は得られるんですか?」

「お前がやりたいと思って、ずっと続けられる自信があるんなら、どんな騒ぎでも起こしてみろ」と、フェルターが答えた。その後いかにも彼らしく、話題を変えた。「ところで、お前のクルーのことだが」

「そうです、そのことを忘れていました」と、リチャードソンが言った。守勢に立った彼は、おそらくこれから起こるであろうと予想されることへの防壁になろうかと考えて、「いいクルーですよ」と、付け加えた。

「そうだったな」と、フェルターが言った。リチャードソンは、フェルターの口調がおなじみの冷たさを帯びているのが分かって、これは警戒しなければならないぞと思った。

「だが今は残念ながら、いい状態じゃないぞ」と、飛行中隊長は言った。

リチャードソンは、隊長の返事を懸念しながらも、「どういう意味ですか？」と、無意識に訊ねた。

「おれの言う意味は分かってるだろう。お前の部下は、ちゃんと機能している時には、中隊の中でピカ一さ。だが今は、どう転んだって障害者の集団さ」彼は左手を広げて、その指の一本一本を右手の指で叩き始めた。

「マーチンは入院している。あいつの交替要員をお前に預けたことは預けたが、実際にはお前のところには無線士がいないようなものだ。バーナムの踵は、まるで熊のワナに踏み込んだようなありさまになっている。あれは感染しているな。お前のところの副操縦士は、今朝トゥイード軍医のところへ行ったが、片方の耳から水を除去して洗浄しなければならないそうだ。あいつは、泳いでいる時に耳に水がいっぱい入ったからだと考えているようだが、実際は、キノコの一種が原因らしい。ウイルソンがこの一週間痙攣を起こしているのは知ってるな？　お前のところの航法士は……あいつの名前を覚えていないが……昨夜腕を挫いたそうだ。何か派手なことをやらかしたんじゃないか？　軍医の話では、お前のとこの射手の一人が、何だったか忘れたが、トラブルを起こしたそうだぞ。お前のクルーは総崩れさ」

「フランクスとモレリイのことは知りませんでした」と、リチャードソンはうんざりして言った。「しかし中佐、あいつらの中でひどい状態の者は一人もいません。みんな使いものになりますよ」

「多分、二、三週間でみんなよくなるだろう。それまでは、あいつらを飛ばすな」

「でも、交替要員はどうするんですか？　二、三人の交替要員がどこかで見つかればいいんですが……」

「どこで見つけるつもりだ？」

リチャードソンは、あらゆるものが自分の周りで閉ざされているような気がした。首が熱くなった。「ちょっと待ってください」と、彼は言った。「どのクルーを飛ばし、どのクルーを飛ばさないかを決めるという、これは作戦業務です。あなたがたった今命じられたように、私は作戦室付将校です。私のクルーが飛ぶか飛ばないかは、私が決定するつもりです」

「そのとおりだ、お前がやれ。おれはお前の手助けをするだけだ」

「あなたに助けてほしいとは思いません、中佐。あなたは別の作戦室付将校を探されたほうがいいと思いますよ」

「ほかのやつをほしいとは思わんよ」

リチャードソンは立ち上がった。「いずれ、もっとましなやつが見つかりますよ。私はあなたに命じられた仕事が好きじゃないんです。今朝ここに来たとき、この仕事がいやだと思いました。この仕事を始めて六時間たちましたが、まだ好きになれません。あなたはもっとましなやつを見つけることが出来ますよ」彼は、帽子をとり上げた。

フェルター中佐は椅子に腰掛けたまま動かずに、普通の口調で「待て」と言った。「一つ質問がある。お前のクルーが病気にかかっているとおれが言ったことは本当だということは、お前も分かっているな。そのことについておれが冗談を言ってるんじゃないことは分かってるだろう……そのことを問題にしているんじゃない。質問というのはだな、お前のクルーがちゃんと飛べるとほんとうに考えてるのかどうか聞きたいんだ」

デスクの前に立ったまま、リチャードソンはフェルター中佐をじっと見つめた。「飛べるとは思いません」と、彼はとうとう言った。「残念ながら、あいつらは飛ぶ状態じゃないと思います」

フェルター中佐は静かに立ち上がった。「お前は決定を下した」と、彼は言った。「お前はお前のクルーを地上勤務にした。お前は作戦室付将校だ」彼は帽子をとり、深くかぶった。「本当にいい仕事が出来るぞ。お前は一、二週間たっぷり休息がとれるからな。それだけの時間があれば、作戦室付将校として飛行中隊のペーパーワークを修正出来るさ」彼はいつもの皮肉っぽい笑みを浮かべると、部屋から出て行った。

網戸がばたんと閉まると、リチャードソンは荒々しく椅子をうしろに押しやり、帽子を乱暴にかぶった。「透明人間！」と、突然彼は言った。「お前の本当の名前は何というんだ？」

「ザボロンコヴィッチ二等兵です。イゴール・エイチといいます」

「ああ、そうか」と、リチャードソンが言った。「おれが聞いたことは忘れろ……お前の名前は透明人間だ。いいか。お前は、勤務時間が終わるまでここにちゃんと腰掛けて、電話から目を離すな。それからサンダース軍曹、お前はファイルが一杯になって飛び出しているバスケットの中をきちんと整理しろ。分かったな、サンダース？　おれは出掛けて、夕方になるまで帰らないぞ」

思いっきり引っ張ったので、とりわけ耳障りな音を立てて、網戸が彼の後ろで閉まった。割れた小さな木片がいくつか彼のズボンにぶつかったのが分かって、リチャードソンはいくらか満足した。


フェルター中佐の言ったことは正しかった。クルーは役立たずになっていた。見方によれば、彼らはたっぷり二週間あるいはそれ以上経たないと飛べないであろう。しかし別の見方をすれば、彼らはみな、そうしなければならないとしたら、今夜にでも飛ぶことが出来た。これはおかしな話だ。リチャードソンの生涯には、いつもこんなことが起こったように思われる。そして今は、彼のクルーに起こっている。くっきりと明確なものは何一つなく、いつも疑いの余地が残っているのだ。クルーは飛ぶべきではない。しかし、飛ぶことは可能なのだ。離陸後エンジンが不調で出撃を断念しなければならないことがあった。結局出撃をあきらめて引き返したが、あの時のようだ。あの時もまだ疑う余地が残っていた。疑えばいつも疑わしいものだ。

おそらくその時、リチャードソンがエンジンをちょっと操作して、燃料の混合度を増してエンジンの回転を高め、スパークプラグの燃焼度を幾分か高める。それらの操作をすることによっておそらくエンジンの回転はスムーズになり、彼らは飛行し続けて目標に到達出来たであろう。いつでも疑いの余地はあったのだ。

リチャードソンの心の中には、フェルターが彼のクルーを地上勤務にさせたことについて、疑問の気持ちがあった。フェルターは最後には彼の決定をリチャードソンの決定として通してしまおうとしたが、彼の言葉は十分に決定的で、その意味ははっきりしていた。しかしリチャードソンとしては、この決定をあまりにも素直に受け取ってしまいはしなかったろうか？　本当にクルーを地上勤務にしなければならなかったのかという疑問の余地が依然としてあったのではないだろうか？

彼は一瞬、決定をくつがえしてクルーを飛ばす計画を立てようかという誘惑にかられた。しかしほとんど同時に、こうした極端なことを考えることで心が落ち着いたものの、その誘惑を捨て去った。彼は努力して考えを元に戻した。なぜ自分はあんなにあわてふためいて作戦室から出てきたのだろう？　それは、クルーに会うためだ。会えば、あいつらが飛べる状態かどうか、自分で判断することが出来る。そうであれば、自分はどうしてためらっているのか？　もしかすると本当は、クルーを地上勤務にするという決定を喜んで受け入れているのではないか。もしかすると、その決定を覆えそうとした先程の衝動は単なる虚勢に過ぎなかったのではないか。本当は心の中では、一、二週間地上にいてもよろしいという結構な口実を歓迎しているのではないだろうか。

彼は道路わきのジャングルの茂みの中にタバコを投げ捨てると、飛行中隊区域に入っていった。

フランクスは、寝台の上で斜めになって手足を伸ばして眠っていた。運動パンツをはいているだけの彼の身体の若くて滑らかな皮膚には、汗が薄い膜になって光っていた。片方の耳からは、黄色く汚れた布の塊が突き出ている。リチャードソンが部屋に入って来ると、彼は寝返りをうって目を覚ました。

「ああ、機長」と、彼は言った。「何かあったんですか?」

リチャードソンは彼をじっと見つめた。「耳の中に何を突っ込まれたんだ?」と、彼はいらいらして言った。彼はフランクスのことで腹を立てるつもりはなかった。彼には、フランクスの耳に何が入っているか、よく知っていた。

「何かぬるぬるした気持ちの悪いものを塗った布を、軍医殿が私の耳に押し込んだんです」と、副操縦士が穏やかに言った。「まるで耳の中に虫がいるような具合ですよ。たいしたことはありません。いくらか痒いだけです」

「おれが聞いたところでは、何かの菌に感染したんだ。放っておくと、やっかいなことになるそうだぞ。そんな耳でどうやって飛ぶつもりなんだ?」

そう言われた時のフランクスを見ていて、リチャードソンは驚いた。彼の目の中に緊張が走り、いくらか子供っぽい口が引き締まって気難しい表情になっていた。口の周辺には一歩も引かないといった意志が現れていて、それが彼の口をいつもとはまったく別のものに変えていた。彼はリチャードソンの顔をじっと見つめた。その眼差しにはこれといった特徴も笑みもなかった。

「機長、片方の耳がいくらか痒いからって、おれを地上勤務にすることは出来ませんよ」と、彼は言った。「クルーの誰かに何かちょっとまずいことが起こったからと、その度に地上勤務にさせられたら、任務の遂行は出来ませんよ」彼の口調はつらそうだった。ふだんはのんきなフランクスがこんなにつらそうに話すのを、リチャードソンは今まで聞いたことがなかった。

「お前は地上勤務になったわけじゃない」と、リチャードソンは言った。「今のところはな。だが、そうならないという約束は出来ないぞ。クルーの誰もが、どこか具合が悪いようなんだ。だから場合によると、おれたち全員がしばらく地上勤務をしなければならないかも知れない。あいつら全員がどういう状態か確認したいから、集合させろ」

「分かりました」と、さっきよりずっと元気になって、フランクスが言った。彼は寝台から両足をぶらぶらさせた。「どこへ、いつ集合させるんです?」

「ここで、いますぐにだ。あいつら、びっくりするかな」

「大丈夫ですよ」と、フランクスは以前と変わらない口調で言った。彼はシャツとスラックスを身につけると、急いで部屋を出て行った。すぐにクルーが兵舎の前に集まり始めた。リチャードソンは部屋の中に腰掛けたまま、彼らがやって来るのをじっと見つめた。

モレリイは、左手の親指をベルトにひっかけて歩いて来た。腕には白い包帯がしてあるが、やればいいのに、腕を三角巾で吊ってないようだ。もう良くなったさと他人を欺くつもりで、勝手に外してしまったのでなければいいが。射手たちは皆、短パンをはき汗びっしょりになって、ぞろぞろやって来た。野球をやっているところを、フランクスに呼ばれたのだろう。バーナムも一緒だが、スラックスをはき、汗をかいていない。彼はビッコをひき、右足のかかとに包帯を巻いている。左足には底の平らなモカシン靴(底の平らな靴)をはいて足を引きずっているが、右足には古くなった軍靴の上部と後ろの部分を切り取って作った、滑稽としか言いようのないスリッパをはいている。兵舎に近付くと、彼はびっこを引いて止まり、ぎこちない表情を浮かべてまっすぐ歩いて来た。

バーナムの後ろからウイリンガムが歩いて来た。まるで、リチャードソンと自分との間にバーナムを置こうとしているように見えた。二人がもっと近付くと、ウイリンガムが本当にそうしようとしていることがはっきりした。その理由もはっきりした。彼もびっこを引いていたのだ。

グループの端にウイルソンが立っていた。顔色が青く、緊張した表情を浮かべていた。

リチャードソンは外に出た。

尾部射手のフィーは、口笛を吹きながら陽気にぶらぶら歩いていた。その様子は全く彼らしかった。しかし彼は、シャツの上にさらにもう一枚、ボタンをやたらつけたシャツを着ていた。それは、ど派手で彼に似合わないものだった。リチャードソンは、冷たく問いただす目付きで彼をじっと見つめた。すぐにフィーは赤くなった。リチャードソンがさらに視線をそらさないでいると、彼は言った。「箱をあけたら、ちょっと破れたのが出てきたんです」彼はどもった。

「これを陽に当てないようにしているんです」

リチャードソンが表情を和らげないでにらんでいると、彼は襟のあたりを手探りして、炎症をおこして赤く縞になった喉仏を剥き出しにした。「昨日泳いでいる時、毒を持った魚にやられたんです。そんなに気にされることはないです」と、気楽に言った。その後、長い間一言も言わなかったが、結局は折れて、始めからやらなければならないことをやることになった。彼はシャツを全部脱いだ。彼の上半身は、まるでピカソが発狂して塗りたくったように、茶色と紫と赤のだんだら模様になっていた。

リチャードソンはかっとなった。「畜生め、なんてこった!」と、怒鳴りながら彼は言った。「このクルーは、血だらけになって医務室に向かって行進しているようなもんじゃないか！ お前たちは幼稚園に通っているトム・ソーヤのようなもんだ。一体いつになったら一人前の大人のように、自分のことがちゃんとやれるように学び始めるつもりなんだ？ お前たちが便所へ行く途中で落っこちて首をへし折らないように、おれが乳母になって夜も昼もお守りをしていなきゃならないのか？　イエス・キリストだって驚いて飛び上がっちゃうぞ！　おれが十数えるまで、誰も何も言うな！」

見たところ、誰も何も言うつもりはないように見えた。集合していたクルーは、突然いつもと違って神を冒涜するようになった自分たちの機長を、ショックを受けて黙って見つめていた。彼らのうちの誰一人として、機長がこんなにもひどい言葉で、こんなにもあれこれののしったのを聞いたことがなかった。

十数える時間よりいくらかたってから、リチャードソンは彼らのほうへ戻って来た。「ああ、おれはお手上げだ」と、彼は言った。「おれは、おれたちのクルーが地上勤務にならないようにしようとしている。そうすれば出撃の規定回数さえ達成出来れば、帰国出来るんだ。しかし、お前たちの協力はあまり期待出来そうもないな。一体、お前たちのうちで飛べるのは何人いるんだ？」

十人の手が上がった。

「ちょっと待て」と、リチャードソンがうんざりして言った。「英雄気取りになるな。お前たちが飛びたいことは知っている。だが、機上の任務が果たしてこなせるかどうか、よく考えろ。お前たちはみんなどこか具合が悪いんだ。そのことをよく考えろと言うんだ」

クルー一人一人の、さまざまな要素の入り交じった顔が、さきほどフランクスの顔がそうであったように、一様に頑固な表情を浮かべているのが、リチャードソンには見てとれた。はっきりそうとは確認出来ないささやき声で誰かが「おれたちはちゃんと飛べるぜ」と言った。全員の手が上がったままだった。モレリイは、腕に包帯を巻いたほうの手を、これ見よがしに上げていた。白いガーゼが、彼の背後のダークグリーンのジャングルの茂みと対照的に小さくひらめいた。リチャードソンには、航法士の前腕の肉が包帯を取った箇所で膨らんでいるのを見ることが出来た。

しかし、彼らの顔には、頑固さに不安も同居していた。フランクスは無表情に真っすぐ前を向いているが、彼の目に生気のないのが不自然だった。モレリイは、そっとではあるが立て続けに何度も、片方の足からもう一方の足に体重を移した。バーナムは、堅く唇を閉じて、不機嫌な様子だ。機体尾部射手のフィーは、途方に暮れて惨めな様子なのがはっきり分かった。

長い間、リチャードソンは彼らの状態を代わる代わるじっと観察した。

「さあ、それでは」と、彼はやっと口を開いた。「おれも、お前たちと同様、なるべく多くの任務を遂行したい。しかし、お前たちがみんなよく知っているように、もし誰かが悪い健康状態で飛べば、そいつはおそらく入院することになるだろう。だから、今のところはしばらく出撃しないほうがいいと思う。そうでないと、あとになってもっと長期間ずっと地上勤務をしなければならなくなるかも知れないからな」

こういう論理は、クルーには気に入らなかった。実際彼らにとって、それは論理どころではなく、脅しに思われたのであった。リチャードソンが話している間に、彼らの手は下がり始めたが、それは、彼らの気持ちが平静になったからであって、リチャードソンの言うことに同意したからではなかった。しかしモレリイだけは、半分下げていた腕を再び急に上に上げた。他の者は、彼の突然の動作の意味を即座に見抜いて、再び自分たちの手を持ち上げた。彼らは、顔をこわばらせて笑わず、沈黙して、しかも反抗の気持ちをあらわにしていた。

この時まで自分でも決めかねて、かすかな希望にしがみついていたリチャードソンの気持ちが、この瞬間に決まった。

「よし、お前たち」と、彼ははっきりと言った。「お前たちはおれの言うことをよく考えて聴くことさえ出来ないのだから、おれは命令する。おれたちのクルーは、次の指示があるまで地上勤務とする」

彼は突然向きを変えると、歩き出した。さあ、お前たちはそこに突っ立って、手を上げたままでいろ、と彼は思った。そして、そんなことが心に浮かんだことを残念に思った。

リチャードソンがライネと話していると、病院の電話交換手の声が割り込んできた。「終わりましたか？終わりましたか？」

「いや、まだ終わってないぞ。まだだ、まだだ。終わってないって言ったら。緊急事態でなかったら、頼むからもう少し繋いだままにしておいてくれ」電話の会話さえうまくいかないなんて、なんということだ、と彼は思った。

「聞いてくれ、ライネ。君と長時間話すことが出来ないんだ。それで、おれは今晩君と外で会いたいんだ。聞いてるかい」「ええ、リック、聞いてるわ。でも、そうしないほうがいいと思うわ。今晩はやめましょうよ」

空しい感覚がリチャードソンに忍び寄り始めた。「でも、どうしてなんだ」と、彼は訊ねた。「他にデートの約束がないならいいじゃないか。他にデートの約束があるのか？　それとも気分がすぐれないのか？」

「いいえ、リック、そうじゃないの。他の人とデートの約束なんかしてないわ、分かってるでしょ。それにわたしは健康よ。ちょっと気分が落ち込んでいるだけ、それだけ……」

「ああ、気分が落ち込んでいるのか。おれも憂鬱なのさ。二人とも気分が落ち込んでいるっていうのは、今晩会う一番の理由になるよ……」

「いいえ、リック、今晩はだめよ。お願いだから……」

「なぜだめなんだ？　なぜなんだ？」

「お願いだから、リック。明日、電話してください、いいでしょ？　お願いだから、明日電話してください」

電話がカチッという音を立て、さらにもういちどカチッと音がした。電話交換手の、鼻にかかった抑揚のない声が聞こえてきた。「終わりましたか？　終わりましたか？　終わりましたか？」

リチャードソンが言った。「終わったよ。よかったな、終わって」そして、電話を切った。暑さが彼の身体をぴったり押し包んでいるように、周囲にある兵舎の壁という壁が彼に向かって迫ってくるような気分だった。ひどい落胆の気持ちが、彼の心の深いところに重苦しく居座ってしまった感じがした。

第十二章

出撃が終わった後で、リチャードソンはひどく疲れていた。数時間の睡眠をとって起きあがったが、ひどい疲れはとれていなかった。今回は彼にとって、自分のではない別のクルーとの初めての出撃だった。いいクルーだった。機長が病気になったので、彼の代わりにリチャードソンがクルーの指揮をしたのだ。出撃はうまくいき、クルーは完璧に行動して、まずいところは何もなかった。それにもかかわらず、彼はいつもよりずっと疲れた。どういうわけか、落ち着かなかったのだ。

だから、ウイザーズから今晩クラブへ行こうと誘われると、喜んで同意したのだった。ウイザーズはテオを連れて来た。彼女は非番だった。三人は、黄昏がしだいに増す中で、クラブの粗削りの石のテラスに黙って腰掛けていた。海は暗くなりつつあって、向こうには隣のテニアン島が見えた。初めは、海と比べてずっと暗い染みのように見えた島が、暗さが増すにつれて、太陽光に代わって人工のイルミネーションに彩られるようになった。無数の小さな光の粒が、島のあちこちからキラキラ輝き始めた。ついに、あたりが真っ暗になると、もはや島は電気の光でしか認識出来なくなった。テニアン島からの離陸が始まった。四十五秒ごとに一機ずつ、飛行機が轟音をあげて滑走路から海上へ飛び立っていく。それらの飛行機がサイパン島と平行して飛行して来るとき、航空灯がきらめいた。次から次へと飛行機は咆哮を上げて島の照明の中から飛び立ち、すでに真っ暗になった空に姿を消して行った。およそ一時間たってやっと、二つの島の間の海上に重々しい静寂が訪れた。「あいつらはみんな行っちまった」と、ウイザーズが言った。「離陸するとき不時着水したやつはいなかったな」

「無事に離陸出来て嬉しいわ」とテオが言って、握っていた手をゆるめた。飛行機が陸地から海上を空へ飛び立とうと奮闘しているのをじっと見つめて、彼女が両手の指を膝の間に挟んで、長い間締め付けていたのが分かって、リチャードソンは驚いた。

彼はテオを見た。そこに落ち着いて腰掛けている彼女の顔は北欧系で、真っすぐなブロンドの髪を耳の後ろにさりげなく巻き込んでいた。彼は今まで、テオがほんとうはどういう人間なのか、あまり考えたことがなかった。彼女はいい少女で、パーティーの時には楽しい存在だ。彼女はウイザーズのガールフレンドであり、ウイザーズは彼の友人だ。今までは、彼女のことをそれ以上考えたことはなかった。ところが今は、彼女の声の中の何かとか、握り締めていた手を急に広げた様子などに彼は驚いている。

彼らが腰掛けてずっと海を見つめ、まるで魔法をかけられたような一種の放心状態にいることに、リチャードソンは気が付いた。憲兵の腕章をつけ、拳銃を携帯し、帽子をかぶった一人の兵士が突然ウイザーズのすぐそばに姿を現したことで、彼らの放心状態は破られた。その兵士は若く、きちんと徽章をつけたカラーの下に少し汗をかいていた。彼の目のどこかに羞恥を含んだ微笑みがうかんでいた。

「ウイザーズ大尉殿」と、彼は言った。「8—80—1作戦室で、飛行中隊の当直士官の来られるのを待っておられます」

ウイザーズが言った。「中隊の当直士官を探している……なんということだ！　今、思い出した。今夜の当直士官はおれじゃないか！」

「そうです、大尉殿」と、兵士が言った。彼の微笑みは今まで隠そうとして隠しきれなかったのだが、今ははっきり唇に現れていた。リチャードソンは大声で笑った。テオはまごついたような表情だったが、理由が分かると、みじめな顔付きに変わった。ウイザーズがその晩当直士官として勤務することを本当に忘れてしまっていたのだということ、その晩のデートのために多くの時間と手間をかけて、珊瑚の粉を敷いてある走りにくい山道を上ったり降りたりするドライブをして、その揚げ句、今、すべての希望が消え失せてしまったという事態に直面しているのだということを、皆が同時に理解したのであった。「やあ、悪いことをしたな」と、ウイザーズが言った。彼は立ち上がった。「ごめんな、テオ。リックがきっと、君を送ってくれるよ」

「もちろん、そうするさ」と、リチャードソンは屈託なく言った。「当然お前は、おれたちにボトルを置いて行くだろう。山越えの長いドライブの途中で、刺激的な飲み物が欠けたために、テオの気分が悪くなったりしたらいやだろう。もちろん、おれは彼女を腕で抱えることが出来るし、そうすれば、テオが冷え過ぎることはないがね。こういうのは、友情にあふれたやり方さ」

「しようがない奴だな」と、ウイザーズが言った。「お前にボトルを預けるとするか」彼はテオの肩をそっと叩くと、足を踏みならすようにして歩み去った。

その晩、リチャードソンはテオについて、それまで知らなかったたくさんのことを知った。ほどよい頃合いに、彼らは病院に向かって出発した。クラブの灯が後ろの方に遠ざかった。彼女は静かすぎるんじゃないかとリチャードソンが思っていると、かすかに鼻をくすんくすんいわせる音が聞こえた。

「どうした?」と、ギアをセカンドからサードにシフトする合間に、彼は、彼女の膝を叩いて言った。「悲しいことがあるのか?」

「いいえ、悲しくはないわ、ちょっと泣いてるだけよ」

リチャードソンはギアをサードに入れたが、あまりうまくいかなかった。ジープのギア装置がガチャガチャ音を立ててきしった。「それじゃ」と、彼は言った。「悲しくないとすると……」

「忘れて頂戴」と、テオが言った。「ありがとう。でも、忘れて頂戴。戦争のせいよ。私は看護婦よ。私が泣いている理由はそれよ」

「なぜそんなことを言うんだ？　君はいつも、たいへん優秀な看護婦に見えるよ。有能で穏やかで……」

「私はそのどっちでもないわ」と、テオが言った。彼女が鼻をクシュクシュさせたのは、それが最後だった。

「私は患者のことを気にし過ぎるんです。それは、私が優秀な看護婦ではないからだわ。本当の看護婦というものは、自分の感情を遠くへ押しやるの。そうすることでプロになり、感情抜きで事務的に仕事をこなすようになるんです。そうなると、患者のことで思い悩むことはなくなるんです。それがプロのやり方なんです。私にはそれが出来ないんです。私は患者たちのことでしょっちゅう悩んでいるんです。そのことで悩めば悩むほど、私は悪い看護婦になるんだわ。私は、あの人たちが患者になる前からあの人たちのことが心配なんです。さっき私たちは、テニアン島からの離陸を見ていたでしょう。飛行機が不時着水しないで全機離陸したのを見て、あなたとウイットはほっとしたわ。あなた方はそれですべてが終わって、そのあと考えないでしょう。私はそうじゃないの。あの人たちは、みんなうまく飛び立って行ったけど、帰って来れない人がいるんじゃないかしらって、考え続けるんです。あの人たちのうちの何人かは帰還出来ないでしょう。誰にもその人たちを助けられないわ。でも、何人かは身体じゅう傷だらけになって帰って来るでしょう。そうしてテニアン島の看護婦たちは、その人たちを助けて治療しようとして、さらに痛い思いをさせなければならないんです。ああ、これ以上言ってはいけないんだわ」

「話を続けてくれ」と、リチャードソンが優しく言った。

「いいえ」と、テオが言った。「私は、太っちょで無口なスウェーデン人に過ぎないわ。そして、ミネソタに滞在しなければならなかったのです。私はウイットを愛しているわ。そして、彼は飛行機を愛しています。たとえて言えば、私があなたを愛しているのに、あなたはライネを愛しているといった具合にね。ライネを愛しているんですよね？　私は、飛行機に乗らないで島に残っているにしろ、飛行機に乗っているにしろ、それとも飛行機に載せるガソリンや爆弾を運ぶ艦艇に乗っているにしろ、飛行機を操縦したり、機上で仕事をする人達のための食べ物を料理しているにしろ、こういう可哀想な、おどおどしている男の子たちすべてを愛しています。あの、クルマを止めて、ウイットのボトルをあけて一杯飲みましょうよ」

「そうだな」と、リチャードソンは言った。「そうしようや」彼は、ブレーキを強く踏んだ。ジープは、不安な子犬のように、尾部をぶるぶる震わせて停止した。彼は今まで、テオがこんな話し方をするのを聞いたことがなかったし、彼女がこのように話せるとは思っていなかった。彼らは、うろついている日本兵に襲撃されるのを防ぐために、道路からクルマを弾薬集積所のすぐ近くまで移動させた。そうかといって近付き過ぎると、集積所の投光照明がまぶしいであろう。「ここがいい」と言って、彼はジープの後部に置いたボトルを手探りした。「さあ、飲んでくれ」

テオの目にはまだ少し涙が残っていた。彼女は彼の方を向いて笑った。緊張が緩んだ。彼女はボトルを受け取った。「びっくりしないでね、リック」と、彼女は言った。「私、泣いてしまったわ。でも、もう大丈夫よ」

「そうだといいがな」と、リチャードソンが言った。「君が泣いたので、困ったよ」

「私がさっき言ったことを覚えてる？　あなたとライネのことだけど」

「ボトルを返してくれ。おれのほうが君より飲みたい心境だよ」

「さっき言ったことを聞いていました？」

「聞いていたよ」と、リチャードソンが言った。

「どうなの？」

「ライネを愛しているかってことか？　おれには分からないんだ。いや、そうじゃない。分かってるんだ。少なくとも、ある意味では彼女を愛している。問題は、どういうふうに愛しているのか、どのくらい愛しているのか……どうしたらいいのかということなんだ」「決心なさったほうがいいと思います」と、テオが言った。「いいえ、そういう意味じゃありません。私は、あなたがライネのことをどう感じているかちゃんと分かっているつもりよ。本当は、あなたが決心するかどうかという問題ではないんです。もっと別の問題があるんです。いいこと？　本当のところ、あなたはライネのことをどのくらい知ってらっしゃるの？」

「残念ながら、あまり知らないんだ。彼女が非常に魅力的な少女だということは分かる。そしておれは……いいや、おれたちはそのことについて話し合ったことがある。彼女は知性的で理解力がある。しかし、彼女には、何か思いがけないところがあるんだ。説明するのが難しいが。彼女は熱くなったり冷たくなったりするんだ。彼女がおれを愛している時があるかと思うと、その次にはデートをしたがらない。ある晩などは、彼女が堅く鎧を閉ざして、おれは近寄れなかった。そしておれが近寄ろうとすればするほど、彼女の態度はかたくなになった。ところが、別の日には、彼女の態度は柔らかで積極的といってよかった。だからおれは、彼女に近付こうとするどころじゃなかったな。どうも彼女のことがよく分からないんだ」

「彼女は今まで、彼女自身のことについて、何かあなたに話したことがあるの？」と、テオが訊ねた。「タバコを頂戴」

リチャードソンはタバコに火をつけて、彼女に渡した。「いや、そんなに話したことはないな。彼女が海軍にいるジョナサンとかいう男と婚約していることは知ってる。ついでに言うと、彼女はおれが結婚していることを知ってるよ。ライネに隠していることは何もないんだ。彼女と遊んでいるつもりはない。しかしジョナサンについては、彼女が彼を本当に愛しているのかどうか、それとも愛していたことがあったのか、彼女のことを本気で考えているのか、そうでないのか、おれにはさっぱり分からないんだ。今のところ、彼女のことをおれはあまり分かってないのだろうな」

テオはためらった末に言った。「私は、ライネについてあなたが多分知らないことをたくさんお話し出来ると思うわ」「お話ししてはいけないのかも知れないけど、でも、お話ししようと思います。私とライネは今日の午後、海岸へ行って話をしました。女の人達が普通話すよりも、ずっとたくさんのことを話し合いました。ずっとたくさん――心をひらいて話しました。私たちは以前からいい友達でしたが、今まで以上にライネのことがよく分かりましたわ。そして私は、彼女について分かったことを何かあなたにお話しすべきじゃないかと考えたんです。そうすることが、あなたが彼女をもっとよく知るのに役立つのではないかと思って」

彼女は話し始めた。彼女には話さなければならないことがなんていっぱいあるんだろう、そして彼女は何と上手にそれを言葉に表すのだろうと、リチャードソンはびっくりした。彼女は非常に上手な話し方をしたので、しばらくすると彼は、その話をしているのがテオだということを忘れてしまうほどだった。彼はその話に引き込まれてしまったので、ライネの目を通してライネの生活を見ているような気がした。彼女の生活には非常に強烈なものがあって、リチャードソンは深く感動した。

ライネは母を愛していた。そして、子供の誤ることのない本能から、母子の暮らしている小さな家には不幸が住みついていることに、ずっと以前から気が付いていた。しかし、母がなぜやつれて、辛そうで、怒りっぽいのか、多少でも理解するようになったのは、十七歳になったころであった。生来の思いやりのある性質によって理解に近付いたとはいえ、彼女は完全に理解したわけではなかった。なぜなら、彼女は父を知らなかったからである。ほかの少女たちの母親が父親を愛するように、彼女の母が父を愛していたのかどうか、あるいはまた、父が馬鹿げたしかも避けることの出来た事故で死んだとき、その死に方がいかにも父らしく無責任かつ不注意なものであったと、母が腹立たしく思って、それと悲しみとの入り交じった複雑な感情を母が抱いたのかどうか、ライネには分からなかった。ライネは——母は自分が名付けたエリザベスという名前で几帳面に彼女を呼んでいたが——母と父との間には個性や性格の点で大きな隔たりがあったに違いないということを、本能の導きしかなかったが、なんとか理解するようになったのである。彼女がこのことに初めて気が付いたのは、母が男の人たちについて話したときであった。こうした男の人たちについての会話や、そのほかたくさんの母との会話の中で、父のことはまったく話題にならなかった。母はまた男の人たちとの個人的な経験も話題にしなかった。少女だった彼女にとっても、母が父についてほとんどと言ってよいほど話さないということは、注目に値することであった。しかし母は、ライネがまだ幼いときには「少年」について、もっと成長してからは「男性」について、いろいろと話をした。それらの話の中には、素敵なと思われる男の人も登場したし、素敵でない男の人も登場した。数から言うと、素敵でない人のほうが多かった。ライネが一人前の若い女性に成長してからでさえ、母の話には滅多に素敵な男性は登場しなかった。

ラインハルト夫人がすっかり男性の問題に取り付かれていたわけではない。ラインハルト夫人は、どんなことにも夢中になるということはなかった。彼女は多くの点で、平均的な母親だったと言えるのではないだろうか。たぶんいくらか疲れていて、ときどき愚痴をこぼすというタイプであったろう。それでも、いい母親だった。そして彼女はライネにやたらうるさく言うことはなかった。よく言われるような、娘に干渉し過ぎる母親ではなかった。彼女は娘に向かって、男性のことを嫌いだと言ったり、警戒しないといけないよと言ったりすることが多かったということである。

彼女は娘に向かって自分から、男性について自身の感情を直接伝えたことはなかった。しかし、感情そのものはあった。彼女は、その感情を理解させるのに、ライネに直接話す必要はなかったのである。そして、それが原因となって、ライネの心に混乱が生まれたのである。ライネはずっと以前から、多くの点で母とは違うということに気が付いていた。彼女は母の言うことに心を込めて耳を傾け、母がある事柄について何を言おうとしているのか、よく考えた。彼女は男性について母が、直接ではないが的確にほのめかしていることに気付いた。しかし彼女はそのほのめかしを納得出来ず疑っていた。彼女はそのことを母には話さなかった。彼女は母の話を黙って聴き、ちょっと話すだけで、あとは自分の考えにふけった。やっとお下げ髪を結わなくなったころから、彼女はひそかに、学校で知り合いになった少年たちの大半は、どちらかと言えばむしろ素敵だと考え始めた。彼女は彼らに特別な関心は払わなかった。この点に関しては、彼女はどちらかと言えば成熟が遅れていたといえるのではないだろうか。結局のところ、自分では意識していなかったが、おそらく母の考え方の影響があったのであろう。しかし、彼女には確かに異性の友達を毛嫌いするところがあった。成長するにつれて彼女は、身を入れて母の話を聴くということがなくなった。

十四歳のとき彼女は、自分より数カ月年長の、ひょろ長い赤毛の少年から初めてキスをされた。その経験を彼女は少しもいやだと思わなかった。それどころか、好ましいことだと思ったのだった。それは、男子生徒のおずおずしたキスだったが、ライネは、クラスメートのキスのやり方が未熟かどうか分からなかった。女性たちはファーストキスをいつまでも覚えているものだろうか？　ライネは覚えていた。

もちろん、その次のキスの経験はあったし、さらにその次の経験もあった。ためらいながら初めて抱擁してからは、キスはそれまでとは違ったものに成熟していった。ライネは、女性として開花していったのである。彼女は自分が変わったことに気が付いた。若い女性の誰しもが味わう喜びの中で、彼女の銅色の髪は陽を浴びてきらめき、肌は滑らかになり、目はくっきりしてきた。彼女は、自分の身体が一人前の女性のそれに変わってきたことを知って喜んだ。

高校を卒業した彼女は、短期の体験旅行に出かけた。それは彼女にとっては冒険だったが、ラインハルト夫人にとっては、娘と離れて生活することは、それまで経験したことのない思い切った決断であった。しかし、その冒険はライネにとって束の間のものに過ぎなかった。それから僅か数カ月後に、いまでは年老いてしまった伯母がやってきて、ラインハルト夫人が急死したことを伝えた。

ライネは悲しみのどん底に陥った。その悲しみは深刻だった。母のためにしてやれなかったことがあれもあったこれもあったと考えれば考えるほど、悲しみは深まった。彼女はそれからは伯母と暮らすことにして、大学には進学しなかった。

やがて悲しみが薄らぐと、彼女は思いきって外出した。高校のタイプライター教習コースを終了していたおかげで仕事が見つかった。彼女は分別盛りの年頃にさしかかっていた。

彼女の伯母は、ラヴェンダーとレースが好きな老夫人で、夜と、日中でも時々彼女が寂しいと思うときに居てくれさえすれば、ライネにあれこれとうるさく言うことはなかった。ライネは伯母がほんとうに好きだった。しかし、伯母は晩年になって一人で居ることに慣れていた。そこでライネはしだいに外出することが多くなっていった。男性たちと会う機会が多くなってきたので、余計そうなった。彼女は保険事務所で働いていた。男性社員のなかには、やがては彼女が自分に関心をもつようになるだろうという表情を浮かべる者がいた。やがて彼女はそういう男たちをがっかりさせるすべを身につけるようになった。間もなく彼女は、Vネックのドレスを着てブローチをつけるようになった。でも彼女は、自分のつややかな髪や、灰色を帯びたグリーンの落ち着いた瞳や長くてスリムな脚については、少しも手を加えるつもりはなかった。

十八歳になって間もなく、保険事務所主催のピクニックに参加した彼女は、若い経理担当社員の一人とキスをした。彼らがキスをしたのは、池の端にある、風雨にさらされた古びた橋に腰掛けていた時だった。その時、彼女は疲れていて眠かった。だから彼女は、最初のキスにはちょっと興味をひかれただけだった。やがて二人は立ちあがって池を後にし、小道を歩いた。その時ふたたびキスをした。今度はほんとうに眠かったので、出来るだけ優しく彼にそう話した。しかし、気が付いてみると、彼女は自分から突然彼にキスしていた。そして驚いたことに、自分の身体に触れている彼の両腕の感触が、何とも言えず気持ちよかった。彼女はかすかな不安を感じながら、自分はいったい何を考え、何をしようとしているのだろうと思ったが、それは束の間に過ぎなかった。それからあと、小さなパニックはすっかりなくなり、彼女は疑ったり考えたりするのをやめて、その感覚に身を任せた。彼らはピクニックには戻らなかった。

それからあと数カ月間、ぎこちなく、快適とは言えない、それでいてある意味では気分の浮き立つような関係が続いた。この関係からやっと脱け出した彼女は、以前より賢く冷静になった。この経験を通して彼女は、自分のことが今までより分かるようになったと思った。

その後ほぼ一年間というもの、彼女は家に閉じこもり、伯母と一緒に過ごした。若い男性たちに誘われてたまに外出する時には、この上なく地味な格好をして、出来るだけ彼らを刺激しないように心掛けた。それでも、彼らと一緒にいる時、自分の内部に危険なざわめきが存在するのが感じられて、怖くなった。彼女は、その危険なざわめきを深いところに押し込めてしまいたいと、必死に願った。そうしたことを何度か経験したあげく、彼女は数週間、家に閉じこもった。

その年がほとんど終わりに近付き、冷静さを取り戻した彼女が、もう大丈夫と感じ始めたころ、ブランドンに出会ったのであった。

どこよりも一番自分が守られていると感じる伯母の家で、彼女はブランドンに出会った。その出会いは偶然で短いものであった。ブランドンは若手の弁護士で、さして重要とは言えない書類を彼女の伯母に手渡すためにやって来たのであった。彼はやせていて一本気な青年だった。鋭い目付きをしていて、その目を大胆に使うコツを心得ていた。彼らが出会ったのは、彼女が部屋から出ようとしていた時だった。彼はその時彼女をじっと見つめたが、数分後に辞去するときにまた彼女を見つめた。その夜はそれで終わりだった。

しかし彼らは、それから一週間後に、今度は昼間、混雑した歩道の真ん中で出会ったのだった。こんなに偶然な出会いというものは滅多に起こるものではないと、二人は考えた。その晩、ブランドンは彼女にキスした。彼らは、伯母の屋敷に通じる小暗い私道にとめた車の中にいた。彼女はキスをされるのを期待していて、それを冷静に受けいれた。しかしそのあとで、ブランドンは、すばやく手を動かし急に頭を下げると、彼女の胸にキスをした。びっくりした彼女は、じっと腰掛けたままだった。いろいろな感情が、心の中をとぎれとぎれに押し寄せ、通り過ぎていった。ブランドンはますます頭を下げて、彼女の片方の、この上なく敏感な乳首を唇と歯で優しく探し当てた。彼女はまだ動かずにいた。身体を動かそうという意志が働き始め、心の中に怒りがなかば兆し始めた。その時、今まで経験したことのない感覚が訪れて彼女を圧倒し、それ以外のすべてのものを押し流してしまった。それは恐ろしいまでの、どうにもならないエクスタシーの波であった。彼女はそれに逆らうことが出来なかった。過ぎ去った年月のすべてが消え去り、彼女は我を忘れた。それからの二年間、彼らはほとんど毎晩、一緒に過ごした。ライネは成長した。彼女は成長し、成熟した。そして、……彼女はしばしば考えた……この二年間に歳を重ね、何回も死んで、生まれ変わったのだと。

彼女は、今までより深く、いささか論理的に考え始めた。しかし、ブランドンのことを考えようとするとだめだった。そこで彼女は考えることをやめ、論理的なことはすべて消え失せた。ブランドンについては、感じることが出来るだけで、考えることは出来なかった。彼女は、自分の身体に加えられる彼の力強い両腕の動きと、荒っぽく容赦しないキスだけしか思い出せなくて、途方に暮れた。彼女はブランドンを愛してはいなかった。彼を憎んでいると思うことが時々あった。

二年目が終わりに近付いた時、彼女は、ブランドンとの関係も終わりにしなければならないと考えた。彼とは決して結婚出来ないということが分かった。彼は一度、彼女に結婚してくれないかと言ったことがあった。彼女はもう一度彼に求婚させることは出来た。彼女は彼に求婚してもらいたいと思った。しかしその一方で彼女は、そうしても今までと同じようになるだけで、おそらく自分ははっきりした決心をすることは出来ないのじゃないだろうかと疑って苦しみながら、彼の申し出を断ることになるだろうと、心の奥底では本能的に思っていた。そうかと言って、彼女のほうから彼にそうした気持ちを伝える決心をすることも出来なかった。

彼女にとってほとんど耐えられないまでになったこの問題は、結局のところ解決されることになった。ブランドンが遠く離れた都市へ行ってしまったのである。他の弁護士と約束してあったので、このチャンスを断ることが出来ないという事情があった。彼はそのまま帰って来なかった。

それからの数カ月間というもの、ライネは、肉体的に満たされない思いが激しくて物狂おしい上に、うずくような淋しさが加わって、言い知れぬ不幸な状態で過ごした。外出しないかという男性たちの誘いをすべて断って、彼女はまったく家の中で過ごした。そのあとの何カ月か、しだいに回復し始めたが、彼女は相変わらず交際しないで過ごした。一人で居たかったのである。ここに至って彼女に分かったことは、もちろん完全に理解したわけではないが、二人のライネが存在するということであった。一人のライネはほとんどそうとは信じられないほどの恥ずかしがりやで、おどおどして、どうしていいか分からない。母親がずっと以前に彼女に話したいろいろな事柄を自分が軽蔑していたのを、ときどき思い出した。彼女は、古びた陰気な家で伯母と一緒にこれからずっと暮らしていけば安全で、保護され、世間から孤立してしまうが、それ以上のことは何も望まなかった。彼女は、恐らく質素で控えめに見えるであろうし、美しくさえないだろう。それに対して、もう一方のライネはというと、風変わりな怖がりやでありながら感情が激しく、それでいて優しく、情熱的である一方で弱いところがあった。目が覚めたばかりの時の彼女は、黄褐色を帯びたグリーンの目をして、異教徒のように見えた。彼女は官能的に見えるのを恐れていて、そう見えないように最善を尽くしている時でさえ、官能的に見えることがあった。

彼女は、一方のライネを維持してもう一方のライネを斥けることが出来るように、長い間いくつかのやり方を考えて努力してみた。しかし、やっても無駄だということに気付き始めた。長くてつらい考慮を重ねたあげく、彼女は容易ではないが受け入れ可能な、達観した心の在り方が分かった。問題を解決することは出来ないが、問題を抱えて生きることを学ばなければならないし、そうすることが出来るということが分かった。疲れ果ててしまったが、この時点で彼女は苦しい思考から脱け出すことが出来た。彼女はおそるおそる、ゆっくりと再び生き始めたのである。

長時間にわたってずっと話し続けてきたテオは、ここで一休みして、もう一本タバコを頂戴と言った。リチャードソンはだまったまま彼女にタバコを渡した。「可哀想な子」と、彼女は話を続けた。「どう言えばいいのか分からないけれど、私は彼女のことを非常に可哀想だと思ったわ。その後で彼女は私をびっくりさせたんです。彼女はジョナサンのことを話し始めたの。彼のことを話し始めると、彼女の表情がそれまでよりずっと明るくなったわ。別の人みたいに見えたんです。彼女がジョナサンを本当に愛しているのかどうか、それとも愛そうとしているのかどうか、私にはまったく分かりません。でも、はっきり分かることは、ジョナサンは非常に好ましい人で、彼女は彼に本当の情愛を感じていることは確かだということです」

ジョナサンは、祖母たちであろうと母たちであろうと少女たちであろうと、どこにでもいるような女性たちが、あの子はいい少年だと指摘するような種類の人間だった。これは彼の気質であり、性格であり、生き方であった。しかし、祖母たちや母たちや少女たちが彼のことをそのように指摘するようになったのは、彼の気質や性格を知るようになってからであった。というのは、ジョナサンについては矛盾する評価がつきまとっていたからである。彼の外見は彼にふさわしくなかった。見た目は彼の性格と違っていたのである。

ジョナサンは古代ギリシアの競技者がそうであったのではないかというような姿をしていた。彼は堅く引き締まった筋肉質の身体をしていた。屋外でゲームをする機会が多いので、日焼けした跡が残っていた。夏になって、彼が髪を短く刈り上げ、スイミングプールの端に黙って立って、真っすぐ少女たちの方を見ていると、彼のことを知らない少女たちは、ため息をつき、おおげさに身体を震わせ、ヒソヒソささやき合うのであった。彼女たちのうち最も感受性の豊かでない者でも、彼という人間を知るようになると、彼が見かけとは違う人間だということに気付くのであった。

ライネは勿論、彼を知るようになって間もなく、ジョナサンの中にある矛盾に気付いていた。しかし、見かけと性格が違っているという点で、自分とジョナサンがある程度共通しているということに気が付いたのは、しばらくしてからであった。

それは勿論、まったく同じというわけではなかった。ライネには、自分の外見が性格とは異なることが分かっていたし、その違いがある意味では、単なる外見という事柄以上のものではないかということに気付いていた。彼女は、自分のヒップが男性を刺激するような動きをしないようにするにはどういう歩き方をしたらいいのかとか、胸を強調しないようにするにはどんなセーターを着たらいいのだろうかとか、その他いろいろ些細なやり方を工夫することで、この矛盾を何とかしようとした。彼女は、自分を魅力的に見えないようにしようと努力したが、極端に走ったわけではなかった。それでも彼女は、自分に出来るやり方と、もっといいと思うやり方の間に隔たりのあることに気付いていた。彼女はもっと別のやり方はないものかと、四六時中考えていた。彼女は、自分が行動出来ることと、他人には自分がこういうふうに見えればいいなという姿との間に明らかな違いがあって、そのことにずっと以前から気が付いていたし、そこには苦痛と喜びがないまぜになっていた。

一方、ジョナサンはといえば、本来の彼ではない何かに見えるというだけであった。彼の性格や気質は外見とひどく掛け離れてはいたものの、彼の行動は気質をそのままそっくり表していた。彼はこの違いに気付いてさえいなかった。外見と比べてジョナサンの人柄が男性的でないということではなかった。彼は十分に男性的であったし、もしもそういう言い方があるとしたら、彼は少なくとも平均的男性であった。男性たちの中には、程度の差はあるが、一目見ればそれと分かるような、特別にしたたかな男らしさを備えている者がいるが、ジョナサンにはもちろんそういうものはなかった。また、女性たちが、それを目の前にして一旦は嫌悪を感じるが、やがては、身を震わせながら男性の欲望に服従してしまう、そのような荒々しい一〇〇パーセント男性といった活力もジョナサンには備わっていなかった。

後になって、彼女がリチャードソンに会ってからというもの、ジョナサンと彼との比較は避けられなかった。

「彼女が私に話したのは、これで全部よ」と、テオが言った。「彼女があなたのことをもっと話したかったのかどうか分からないわ。どうしてかと言うと、そのときちょうど飛行機が帰還し始めたからです」

「飛行機だって？　ああ、それはおれたちの飛行機だ。おれたちが出撃から帰還したとき、君たちはちょうど海岸にいたに違いない」

「そうよ。私はあなたたち、あなたやウイットたちだっていうことを知っていたわ。でもライネはあなたが一緒だとは知らなかったわ。彼女は同情の表情をいっぱい浮かべて私を見て、私がどう思うかなんて考えないで、のんびり話していたわ。ウイットはきっと出撃したに違いないけど、あなたはクルーと一緒に地上勤務中だから、あなたは飛んでいないと思っていたんではないかしら」

「おれのクルーは地上勤務だったが、おれはそうじゃなかった」と、リチャードソンは言った。「おれは、ほかのクルーと一緒に出撃したんだ」

「私はそのことを知っていたわ。私はウイットのことが知りたくて、ジェームズに頼んであなたの作戦本部に電話してもらったんです。「透明人間」がジェームズの友達ですから。そうしたら、あなたたちが二人とも出撃したってジェームズが言うんです。でもライネはそのことを知らなかったわ。私は彼女に言ったわ、馬鹿みたいね。彼女の顔を見ていたら、表情は変わらなかったけど、目だけは変わったわ。彼女は帰還してくる飛行機を見上げて、じっと座っていた。その中の一機は、ほかの飛行機より低く飛んでいて、エンジンの一つから後方に煙を引いていた。それを見た途端、彼女の目から大粒の涙が溢れ出て、頬を伝って、砂の上に落ちたんです。私はもう我慢が出来ませんでした。だから、病院へ帰りたいと言ったんです。彼女はいくらかよろめきながら、黙って私のあとについてきました。たぶん彼女の頬にはまだ涙が流れ落ちていたと思います。私は彼女の顔を見ることが出来ませんでした」

しばらく沈黙を守ったあと、リチャードソンはエンジンをかけ、車をスタートさせた。病院の明かりが前方の丘の傍らに瞬くのが見えてくるまで、彼らは何も話さなかった。そのあとでリチャードソンは言った。

「ありがとう、テオ。話をしてくれて、感謝しているよ」

「あまりお役に立てなかったわ」と、テオは言った。「あなたにはご迷惑だったんじゃないかしら。あなたとライネのどちらのお役に立てばいいのか、あなた方のどちらかのお役に立つには何をしたらいいのか分からなくて、困っているの。他人さまのことについて私の大きな口にチャックをしていることが大切なのは勿論ですけど」

「いやいや、そんなことはないよ」と、リチャードソンは言った。「それは君の仕事でもあるよ。君はわれわれの友人なんだから。君の話したことがわれわれの助けになるかどうかは分からないが、おれがライネのことをよりよく理解するのに役立つと思うし、これから先も役立つと思うよ。おれにはどうもよく分からないんだ。昨夜、彼女はおれに会いたくないと言った。君の話だと、今日彼女はおれが出撃しているのを知らなかったというので泣いたというじゃないか。この二つのことを合わせて考えてみると、彼女はおれのことをあきらめたが、そのことでいくらか悲しい思いをしていることになるね。それとも、彼女は本当はおれのことが好きで、おれのことをあきらめたくないのかな、どうも分からないな」

「あの人が何をしたいのか、私には分からないわ」と、テオが言った。「でも、あなたがなさらなければならないことは、私には分かっています。あなたはあの人をあきらめて、二度と会ってはいけません。彼女を一人にしてあげるべきよ。考えてみると私は本当にでしゃばりで、そんなことをしてもらいたくもないし必要でもない人たちに、勝手なアドバイスをするという、許されない罪を犯したんだわ。もう何も言いたくないわ。帰りましょう」

彼らはナース居住区域の入り口に近い駐車区画にジープを停め、しばらく座席に腰掛けていた。リチャードソンはテオにナイトキャップ（寝酒）がほしいかと尋ね、彼女はいらないと答えた。彼女はリチャードソンから顔をそむけ、タバコをスパスパと神経質に吸った。突然、彼女は断固とした仕草でタバコを投げ捨てると、彼の方を振り返った。彼女の声は明るかったが、それまでとは違った口調だった。彼女の態度にはいくらかほっとした気配が感じられた。「リック」と、彼女は言った。「女の心は世界中でいちばん変わりやすいものよ。やっぱりナイトキャップを頂くことにするわ。でもその前に部屋まで急いで行って来たいのよ。待っていて下さるかしら」彼女は急いでジープを降りた。「あなたは出撃から帰って来て、ひどく疲れているのね。でも、まだ早いわ。待っていてね」彼女はジープに走り寄ると、急いでリチャードソンの頬にキスをした。「待っていてね」ともう一度言うと、彼が返事をしないうちに行ってしまった。

リチャードソンは、いささか当惑して待った。彼はテオがこんなに情にもろくて気分の変わりやすい女性だとは思わなかった。テオのことを考えると、彼女はあまりにも太っていて無口なスウェーデン女性という一面を周囲に印象づけてきたなと残念に思うのであった。それが今日は、傷病兵に同情し友人に対して情にもろい女性という一面を出していた。それに今夜は彼と一緒だったせいで、友人に対して歯に衣を着せない言い方が出来たのだろう。今夜、彼女は上手な話し方をした。いや、それどころか、雄弁でさえあった。彼女は、彼がいままで考えていたよりもずっと如才ない女性だった。いい女性だ。しかし、いささか風変わりなところがある。例えばだ、なぜいきなりキスなんかしたのだ？　一度はいらないといったのに、急にナイトキャップがほしいと言い出したのはどうしてだろう？

彼はもう考えるのをやめにした。タバコに火をつけたが吸いたくはなかった。ジープのハンドルを前にして座席にぐったりとよりかかった。疲労が全身に重くのしかかり始めた。

待ち始めて十分が経過した。彼は新しいタバコに火をつけた。さらに五分が経過して、指が熱くなってきたので、タバコを投げ捨てた。その時、彼の前にある建物のドアが開き、頭上の灯火が少女のドレスの襞《ひだ》をきらめかせた。

しかし、テオではなかった。

ライネだった。

病院の背後の海岸の突端を吹き抜ける風は、涼しくてさわやかだった。そこは、海に面した断崖になっていた。リチャードソンとライネが腰をおろしている、草に覆われた広い岩棚は、背後に薮の茂みがあるために、病院は見えなかった。薮には野生の植物が生え、この島のいたるところで見られる野生の赤い花が咲いていた。

二人とも黙っていた。リチャードソンは二度、自分の頭がうつむくのが分かった。

「リック、あなたは眠らなくちゃいけないわ」と、ライネが言った。「あなたは出撃から帰ってきて疲れきっているのに、ここに来たのね」

「おれは大丈夫だよ」と、リチャードソンが言った。

「大丈夫じゃないわ。眠くていまにも死にそうに見えるわよ。さあ、帰りましょうよ」

「帰るっていう気分じゃないよ」と、リチャードソンが言った。「ぼーっとしていただけだよ。帰りたいとは思っていないさ。明日は、その気になれば、一日中寝ていられるんだ。君さえよければ、もうしばらくここにこうしていよう」

彼は、彼女を自分の方に引き寄せた。彼の唇が彼女の耳に触れた。

「駄目よ、リック」と、彼女はあらがった。「駄目よ、あなたは疲れているわ。私は、わけがあって少し気持ちが落ち込んでいるの。帰りましょう」

「いやだ」

彼は自分でも声が荒っぽく怒りを含んでいるのが分かった。ライネも怒り始めているのが彼には分かった。

彼は彼女にキスした。

彼女はキスから身を引いた。

長い間、彼らはお互いを見つめあった。あたりは薄暗くなり、間もなく夜の闇が訪れようとしていた。

もしそれが怒りだったとすれば、ライネの怒りが突然何かに変わった。それには怒りの、感情の強さが備わっていた。その強さは凶暴といってもいいほどだった。

しかし、それは怒りではなかった。

リチャードソンは動かなかった。しかしライネは、発作的で荒々しいなにものかに身体全体が動かされて、思わず彼を自分のほうに引き寄せたのであった。

海と比べれば明るい空の下で、海は暗く波立っていた。彼らのいる場所から下の方の断崖の岩に波が打ち寄せていた。海を渡ってくる風が、彼らの顔の上でかすかな音を立てた。二人ともそれらすべてを見なかったし聞かなかったし、感じなかった。

第十三章

作戦本部の網戸が、まるで蝶番が外れたのではないかと思われるような音を立てて閉まった。しかし、それはいつものことだった。リチャードソンはゆっくりと顔を上げた。一人の少尉がそこに立っていた。彼は、網戸がバタンと閉まる前に押さえようとしたが間に合わなくて、まだ両手を広げたままだった。彼は顔を赤らめた。着ている制服は、補給係将校の管理する衣料品倉庫の棚から出したばかりのように、不規則な皺がついていた。まだ少年だ。

彼はリチャードソンに向かって敬礼をした。非常に堅苦しい。軍隊そのものだ。「申し上げます」と、彼は言った。「パーキンス少尉は、命じられて出頭いたしました」

彼のシャツの左胸ポケットのフラップ（垂れ）の中央には、パイロットを示す翼をかたどった新しい徽章がきちんと付けられていた。

リチャードソンは、なんてぎこちなくて奇妙な奴なんだと思いながら、答礼した。彼は、朝の八時という時間に、この少尉に対して出来るだけ親切な態度をとろうと努めた。

「楽にしろ、少尉」と、彼は言った。「腰掛けろ。お前の敬礼は完璧だし、申告も軍隊のマナーにかなっている。多分、いつもそうしているんだと思う。だがな、これからおれといっしょにいるときは、そんな必要はないよ。おれたちは、ここでは形式ばらないでやってるんだ。勿論、そうだからといって、だらしなくてもいいといってるんじゃない。そこを考え違いするな。おれたちは形式ばらない。お前も、形式ばらないことの価値が分かったら、そうしてもいいんだ。さあ、お前は戦闘部隊の仲間入りをしたんだ」

「分かりました！」と、少尉は言って、リラックスして微笑みながら腰掛けた。

「よし、ところで、おれのところに出頭しろと命じたのはだれだ？」

「フェルター中佐です」

「ああ、中佐が命じたのか。中佐がか？　何のためにだ？」

「私には……私には分かりません。中佐は作戦本部に出頭しろとおっしゃっただけです。われわれのクルーは今夜、出撃の予定です……多分そのことと関係があるんだと思います」「うーん、そうか」と、リチャードソンは、彼としてはこれ以上軍隊にふさわしくない態度で言った
しだいに事情が飲み込めてきた。「お前たちは新しいクルーなんだな」

「そうです」と、パーキンス少尉が言った。

「だれかインストラクター（指導教官）パイロットが、お前たちの初出撃に同乗することになっているわけだな？」

「ええ、そのとおりです……」少尉は、その日の朝、小さすぎるカラーのついた変なシャツを着てきてしまったことに、今になってやっと気が付いたように見えた。「多分……あなたが……」

「分かった」と、リチャードソンが言った。「お前たちのことがよく分かったよ。これで、今夜のおれの計画は変更を余儀なくされるわけだ。あの飛行中隊長が出撃のための人員配置計画に、独自のユーモラスなやり方をするっていうことが、お前にも分かったろう。どうやら、おれがお前たちの初出撃に同乗することになっているようだな。それじゃ、そっと教えてやろう。いいかい、ここでは経験豊かなパイロットがインストラクターパイロットとして、新しいクルーの初出撃に同乗することになっているんだ。インストラクターパイロットの仕事は、飛行機の周囲を点検してまわったり、クルー全員の指導に当たったりするんだ。もしもあまりにひど過ぎる地点でなければ、そのひどい地点から脱出する手伝いをするさ……」

リチャードソンは、二週間に二回、毎回新しいクルーと出撃した。二回とも全く平穏無事な飛行で、どちらの機体にも対空砲火による穴は一個もあけられなかった。しかし、二回とも、自分のクルーと一緒に出撃した時と比べると、帰還したあとではるかに疲れたのが分かった。

「あのなあ」と、彼はウイザーズに不満をもらした。「おれは、超過勤務手当の支払い保証人かなんかになり始めたような気がするんだ。インストラクターになった時は、そいつは世界中で一番悪い仕事だと思ったぜ。この仕事は、おれをいらいらさせるんだ。戦闘飛行部隊に配属された時、それまでより悪い任務についたと思ったものだ。おれは隠れ場所から狩り出されたと思ったよ。しかし、今は、なんていうことだ、同時にインストラクターであり、戦闘飛行部隊のパイロットだ。こいつは、きつい待遇だよ」

「お前の言うのは本当だ」と、ウイザーズが賛成した。「一昨日おれは、初めてインストラクターパイロットとして出撃した。おれの同乗した飛行機が滑走路の端まで来て、まだ離陸してない時、おれは思わず目をつぶったよ。あの時どうやって断崖の端を飛び越えたのか、今もって分からないよ」

「こいつは多分、いいシステムなんだろうよ」

「ああ、たしかに、いいシステムさ。昨日、ファッツ・ジョンストンがそれを実証したと思うよ。あいつは、長時間飛行する際に着陸装置を上げ下げする練習をすることは承認されていることだと、新しい副操縦士に注意してやったらしい。その後で彼は、不時着水する前に、着陸装置を降ろしたまま一晩中飛行機を飛ばしたとしたら、納税者はいったいいくらガソリン代を負担しなければならないか、説明したということだ。今と違って、インストラクターパイロットが同乗しなくなったら、このシステムはどうなるかということさ」

「それも一つの考えだな」と、リチャードソンが言った。「いや、むしろ極めて必要な考え方かも知れんな。今、そう思うようになったよ」

「そうかな？　そう考えたのはおれだが。しかし、そうかな？　ビール飲むか？」

リチャードソンは腕時計を確かめた。「ウイスキーにしよう」と、彼は言った。

クラブはまだ開いていなかった。彼らが開いた。

リチャードソンに割り当てられた次の出撃は、夜間爆撃だった。クルーは、いかにも有能なグループだった。指揮官は若い中尉で、非常にまじめで慎重な様子をしていて、信頼出来た。リチャードソンは、彼らのことは心配しなかった。

しかし彼は、ブリーフィング（最終指示）の際のミラー大佐のことが気掛かりだった。飛行大隊長は、今までより一層やつれたように見えた。シャツのカラーは、もう全く彼の首に合わなくなっていた。しかし、彼の声はしっかりと落ち着いているし、態度はキビキビしていた。

「今夜もいつも通りの出撃だ」と、彼は言った。「しかしおれは、いつも通りと言うのはやめよう。一つとしていつも通りということはないのだ。われわれの蒙る損害は少なくなっているし、失敗する率も低下している。しかし、そうだからといって、注意を怠ってはならない。今夜の出撃はいつも通りではない。こいつは、戦闘出撃なのだ」

彼は大隊の作戦将校に向かってうなずいた。「今日の夜間爆撃は、焼夷弾を使用し、各機で行う。各機の攻撃目標は、作戦将校が指示する……」

リチャードソンは、ミラー大佐をじっと見て、彼の言うことに耳を傾けた。彼は大佐のことは心配するなと自分に語りかけた。それでも彼のことが気になった。

今回は、初めは快適な飛行だったが、途中で方角を見失ってしまった。離陸はスムーズだった。どのエンジンも、まるで宝石をちりばめた腕時計のように、申し分なく回転していた。クルーの一人一人は、オートメーションのように各自の果たすべき義務を果たしていた。全てが快適で良好だった。あまりにも良好だった。

上昇中の飛行機が一面の雲の中に入り込んだ時に、まずいことが起こり始めたのだった。翼に氷が着き始めたのだ。こうした現象はよく起こるし、初めのうちは心配するようなことではなかった。目標に向かう途中、上昇中にＢ29はしばしば着氷した。Ｂ29の翼には結氷を防止する装備が施されていなかった。温度に敏感な、ゴム製の結氷防止用のブーツは、基地の熱帯性の気温の中では維持出来なかった。しかし、日本への飛行過程で、結氷の条件は長続きしないのが普通だった。そして、実際に結氷によって危険な状況に陥ることはほとんどなかった。

しかし今回は、結氷がいつまでも続いた。その結果、翼の前縁が、灰色の厚い氷の結晶に覆われてしまった。その結晶は、翼の上を空気が通り抜けにくくしてしまい、まるで機体の設計者が計算違いをして、粗末な板のような翼を設計してしまったかのような具合になる。これでは、エンジンがどんなに力強く機体を推進しようとしても、あまりうまく飛行出来ないことになる。

これは、悪い状態とは言えない。まだ非常に悪くはなっていなくて、よくないという状態だ。三十分たっても変化はなくて、リチャードソンはパイロットに話しかけた。「ちょっと代わってくれ」と、彼は言った。

パイロットは、両手を上に挙げて、操縦舵輪を譲るという意思表示をした。

操縦舵輪を両手でそっと握ると、リチャードソンはそれを静かに前後左右に動かした。飛行機はそれに反応したが、反応の仕方がいくらか緩慢だった。操縦舵輪から手のひらに震動が伝わってきた。その震動は多いとは言えないが、いくらか多めであった。

「千フィート降下しろ」と、彼はパイロットに言った。「そうすれば、燃料を多少は節約出来るだろう。だが、それだけのリスクもあるだろう」彼は両手を上に挙げた。

操縦を交替したパイロットは、ゆっくりと降下を始めた。

高度が下がるにつれて、速度計の針がゆっくりと少し動き、さらに少し動いた。針は予想よりも低い数値のところで安定した。航空機関士は、エンジン出力を依然として巡航速度で飛行する際の標準よりも高く設定していた。しかし、事態は以前より良くなっていた。降下して気温が上がったので、氷が薄くなった。時間が経過すれば、さらに薄くなるだろう。依然として順調とは言えない状況ではあるが、リチャードソンはあらゆることを考え合わせて満足した。われわれは、出来ることはすべてやったのだ。出来るだけのことをやってみようと、彼は決意した。

五分後、無線受信装置の回路が機能しなくなった。

ほとんど同時に航法士が、レーダー爆撃用の受信機以外の彼の電気関係の装置が機能しなくなったと、報告してきた。

「コースと高度を維持しろ」と、リチャードソンはパイロットに言って、チェックするために後方に行った。

受信装置はまさしく機能を失ってしまっていた。結氷が原因だろう。アンテナが氷に覆われて、もしかすると壊れてしまったのかも知れない。おそらくそうだろう。飛行機の電気系統のどこかに欠陥があったのだろうか。おそらくそうだろう。欠陥箇所は一ダースもあったのではないだろうか。ありうることだ。どんなこともありうるのだ。

これは普通のケースだ。マニュアルに書いてある通りの状況だ。おかしなところがないかどうか想像してみよう。結氷してスピードが落ち、対気速度の低下した状況でヨタヨタ飛んでいる飛行機を想像してみよう。無線士は、現在位置の報告が出来ないし、救難信号を送れない状況だ。彼の電鍵は馬鹿になっていて使いものにならない。この飛行機が一面の雲の中にいるので、航法士は天体観測による航法が行えない。そうかといって、電子工学的な航法は不可能だ。彼に残されているのは、コンパスとコンピューターと推測航法という不正確なやり方だけだ。われわれは今、正直に言えば、迷子になってしまったか、それに近い状態に落ち込んでいるのだ。

マニュアルは、どうすればいいか教えている。引き返すことだ。目標を目指して途中まで飛行して来ながら、目標に爆弾を投下するという手柄を立てないで、Uターンして引き返すというのは、仕事がうまくいかなくなったから、その仕事を放棄するということだ。いやな言葉だが、仕事がうまくいかなかったことを正当化する状況がここにはすべて揃っている。

安全策をとろう。マニュアルに書いてあるとおりに行動しよう。Uターンして引き返すのだ。

リチャードソンは、パイロットに声をかけた。「とにかく、しばらくはこのまま飛行しよう。目標に到達するのが不可能だということが最終的にはっきりするまでだ。こいつは、マニュアルには書いてないし、承認された手続きじゃないが、やってみないか」

「いいですよ、自分もそうしたいと思いますよ、大尉」と、パイロットが答えた。「自分は初めての出撃を失敗に終わらせたくありません」

「おれは、最初の出撃で失敗したよ」と、リチャードソンはインターフォンに声を吹き込んだ。「だから、この出撃がうまくいかなかったとしても、あまり深刻に考えるな。しかし、しばらくはこのまま飛行しよう」

航法士は、クルーのほかの者よりも年上に見えた。リチャードソンは彼の名前を思い出せなかった。彼は、自分にはどうすることも出来ないという様子で、リチャードソンのほうを見ていた。彼の頭上には爆弾投下用レーダーの青く輝くスコープがあり、その指針がスクリーン上を絶え間なく回っている。指針の通過した跡には、燐光の小さな斑点が残った。

「お前は、推測航法をきちんとやれ。やり方は分かっているな」と、リチャードソンは彼に言った。航法士はうなずいた。

「スコープに何か見えるか?」

航法士はスコープをじっと見つめ、接眼レンズの左上方の端を鉛筆で指さした。「スクリーンのあの辺に反復しているものが見えます」と、彼は言った。「おそらく波の寄り返しではないかと思いますが、それとも雲でしょうか」

リチャードソンはそれを眺めてから顔を離し、そのあと再びゴム製の接眼レンズに目を近付けた。

「ちょっと待てよ」と、彼は言った。「今、何時だ?」彼は腕時計を見た。その後、彼はもう一度、接眼レンズに顔を押し付けた。

「いいか、あれが何だか分かるか」と、彼は言った。「まだ、あそこにあって、さっきよりはっきりしてきた」彼は航法士の方を振り向いた。「反復しているのは、何だと思う? あれは硫黄島だ!」

「本当ですか?」航法士は、自分もスコープをのぞき込みながら言った。「海にしろ雲にしろ、はっきりしてきましたね」

「おれは、あれが硫黄島だということにビールを賭けるぞ」と、リチャードソンが言った。「今までおれたちはコースを見失っていたが……これでコースを決められるぞ！」

新しいクルーは、結氷のことや電気系統のトラブルのことや、その結果としておそらく目標には到達出来ないだろうということがよく分かっていたので、基地に引き返さざるを得ないだろうと考えていた。しかし、インターフォンを通したやりとりを聴いた今では、目標に到達するチャンスが出て来たということに気が付いたのだった。航空機関士は、エンジン装置と取り組んでいた。彼は、混合気制御装置とプロペラの回転速度を繰り返しチェックした。小さなテーブルを前にして腰掛けた航法士は、推測航法によって目標までの到達時間を、少なくとも二十回計算した。二人のパイロットは、飛行装置をじっと見つめていた。機首では、爆撃手がテーブルの上にかがみこんで、攻撃目標のチャートをのぞき込んでいた。

機体後部の中央火器管制室では、右側の射手が反対側の仲間に話しかけた。「本当にうまくいくと思うか？」と、彼はまだいくらか納得出来ない気持ちで言った。「前の方にいる大物の大尉は、おれたちの飛行機を酒の中に突っ込むつもりかも知れないぞ」

「いいか、あら捜しはやめろ」と、左側の射手が言った。「あの大尉はな、お前がやって来たテネシーの森の中でお前が掴まえた豚の数よりも、もっと多くの出撃に参加しているんだ」リチャードソンがこのお世辞を聞いたら面白がったに違いないが、彼の出撃経験がどのくらいか、その射手には知るすべはなかった。「分かったよ」と、右側の射手が言った。「あら捜しはやめるよ。とにかく、おれたちはこの仕事をやらなくちゃならないんだからな」

二人のパイロットの間にあって、自動操縦装置を覆っている小さな箱に腰掛けたリチャードソンは、本当に目標までたどり着けるのだろうかと考えていた。結氷が原因で時間をロスしてしまったし、今でもその状態は続いている。氷の大半は溶けたが、残った氷は、北に位置する日本の海岸に向かって飛行しているので気温が下がって、翼にしっかりとくっついている。現在位置は不明だ。彼がレーダースコープの上で硫黄島を視認してから三時間以上経っている。依然として厚い雲層の中を飛行していた。

幾枚もの、皺くちゃの紙が頬の脇でチラチラするのに気が付いて、彼はあたりを見回した。航空機関士が手招きをしていた。リチャードソンはうしろへゆっくり歩いていった。「残されているのは、およそ三十分です」と、機関士は言った。「帰還するのに要する燃料を考慮すると、それが限界です。航法士は、引き返せなくなる地点を、いくらかオーバーに設定しています。私と航法士と二人で検討しました」

「分かった。このまま飛行しよう」と、リチャードソンが言った。「おそらく、その時間内に日本の海岸を見つけられるだろう。そうしたら、爆撃目標が見つからなくても、日本のどこかに爆弾を投下出来る」

彼は身をかがめて、航法士のテーブルの方へ移動した。航法士は頭を振った。「スコープには何も写っていません」と、彼は言った。「どのくらいの時間、飛行を続けられると計算したか、機関士は言いましたか？」

「聞いたよ」と、リチャードソンは答えた。航法士はふたたび、レーダースコープの方に身をかがめた。リチャードソンが腰をかがめて歩きだそうとすると、何かが彼の飛行靴の左足を強く引っ張った。彼は急いで後ろを振り返った。相変わらずスコープの接眼レンズに額をくっつけたままで、航法士が両手を激しく前後に振っていた。リチャードソンは、よろめきながら彼の方に進み、彼をどかせて、自分の目でスコープを見つめた。

円盤のいちばん上の部分に、ゆっくりとではあるが、今ははっきりと姿を現してきているのは、まぎれもなく東京湾であった。

「やったぞ！」と、彼は航法士に向かって叫んだ。「お前は推測航法で申し分ない仕事をしたようだぞ。それとも運がよかったのかな。いいか、よく聴け。海岸線が四分の一マイルのサークルに達したら、コースを二〇度右に修正するようパイロットに指示しろ。おれは前に行く」

「なぜ東京に投下しないんですか？　ちょうど左上に位置していますが」

「そうじゃない、そうじゃない」と、いらいらしながらリチャードソンは言った。「今夜東京を爆撃するのは4—90—8飛行隊だ。おれたちは、あいつらの投下コースのちょうど反対方向に進まなくちゃならない。おれたちが指示されている目標は日立だ。だから、出来るだけ日立に近いところまで行こう。見張りを続けろ」

「分かりました、大尉。四分の一のサークルに達したら、右へ二〇度ですね」リチャードソンはその返事を待っていなかった。

彼がパイロットの席に戻ったとき、話を聞いていた副操縦士は、すでに席から立ち上がっていた。離陸と着陸と目標の上空に近付いた時に、副操縦士の席について操縦するのが、インストラクターパイロットの特権であり義務でもあった。リチャードソンは、急いで安全ベルトをつけ、ヘッドセットとマイクロフォンコードを接続した。彼のヘッドセットプラグが通じた時、航法士がパイロットにコースの修正を伝えるのが聞こえ、機体の方向が変わるのが分かった。

「インストラクターからパイロットへ」と、彼はマイクロフォンに声を吹き込んだ。「航法士から聞いたと思うが、東京湾を横断するぞ。おれたちのトラブルはまだ未解決だ。だから、目標の領域まで推測航法で飛行する。それから爆弾を投下して、コースを離脱して帰投する。今からお前が機の指揮をとれ」

「了解しました」と、パイロットが答えた。「この仕事を成し遂げたいと思います」

「最悪の場合でも、日本のどこかに爆弾を投下しよう。それが戦闘爆撃の仕事だ。ほかの連中にひけをとらない役割を果たすことになるだろう。この仕事がうまくやれれば幸いだ。雲は……」

彼がこう言った途端、空一面の雲がさっと流れて、彼らの飛行機は晴れた空を飛んでいた。しかし、リチャードソンが前の方に身を乗り出して、どうかなと思って窓の外をのぞいて見ると、晴れているのは上空だけだった。下の方は、びっしりと雲の厚いカーペットに覆われていた。

「願った通りになったが」と、リチャードソンが言った。「行き先はどうも思わしくないな」

航法士の声がインターフォンを通して聞こえてきた。「進路を変える準備をしたほうがいいな、ピート」と、彼はパイロットに言った。「おれの計算だと、目標までちょうど三十秒だ。しかし、下の方には何も見えないな」

パイロットは爆撃手を呼び出した。「爆弾倉扉を開け」と、彼は命じた。「アレックが合図したら、投下しろ」

爆弾倉の扉が開いた時、機体が震動し、いくらか速度が落ちた。パイロットが、旋回コントロールノブの方に手をのばした。

「へーイ！」と、聞き慣れない声がインターフォンの中で叫んだ。「機首の左の方を見ろ！」

全員が見た。リチャードソンの脈が速くなった。雲をくぐり抜けて、上の方や左の方に、ばら色の灼熱光がゆっくりとあがってくるのが見えた。彼は急いでマイクロフォンのスイッチを手にした。

パイロットはインターフォンに向かって叫んだ。「待機しろ、爆撃手！」「そっちの爆撃照準器で機をコントロールしろ！　目標一〇度左だ、いいな？　目視で水平飛行をして、火災の中央で投下しろ！　分かったか？」

「分かりました」と、爆撃手が答えた。照準器の上にかがみ込んでいるため、彼の声はくぐもって聞こえた。

左側の翼が急激に傾いて降下した。

計器パネルに設置してある時計の文字盤を秒針がゆっくり横切った。灼熱の光が機首の前に集中し、輝き、そして、機首が灼熱光の下の部分を三日月形に切り裂くと、そのあとは色あせ始めた。

フライトデッキが急激に上向きになった。

「爆弾投下完了」という爆撃手の声が聞こえた。

かまぼこ兵舎の簡易ベッドに横たわって伸びをしたとき、寝入る前にリチャードソンが最後に考えたのは、朝になったらミラー大佐にどう言おうかということであった。大佐であろうとなかろうと、大隊長であろうとなかろうと、リチャードソンはミラー大佐を苦笑させるつもりだった。（あなたがいつもおれたちにおっしゃってる通りの、きまりきった出撃でしたよ、大佐。付け加えることは何もありません。クルーとおれは、はるばる日本まで飛行し、重要な目標を爆撃し、レーダー以外は何も機能しない状態で、はるばると飛行して帰って来ました。あたらしいクルーにとっては、初めての出撃でもあったのです。申し分なくきまりきった出撃でしたよ！）

勿論、実際にそんなことを言うつもりはなかった。

彼はそんなことはしなかった。

兵舎の中をまだ誰も動き回らないうちに、彼は人っけのない道路を歩いていって、朝食を食べに行く途中、作戦室のドアを蹴って開けた。ドアが後ろでバタンと音を立てて閉まった。彼はサンダースに最初の質問をした。「昨夜は全機帰還したのか？」

「いいえ」と、作戦室勤務の事務官は、下を向いたまま答えた。

「ああ、そうか」と、リチャードソンは言った。「帰還しないのは何機だ？　誰の機だ？」「二機、未帰還です、大尉」と、サンダースが言った。「一機は、4―90―8隊所属です。パイロットの氏名はまだ把握してません。もう一機は……ミラー大佐の機です」


二週間があっと言う間に過ぎた。飛行中隊は、メンテナンス（修理）をやらない限り、立ち行かなくなった。夜間焼夷弾爆撃を次から次へと続けた結果、損害がひどくなって、通常のメンテナンスでは対応出来なくなったのである。その結果、飛行を一定期間中止せざるをえなくなった。エンジンは交換され、爆撃照準器は解体修理され、操縦装置は検査された。修理関係のオフィスでは、事務官たちが、大量の書類を汗だくになって作成していた。港には船舶が行き来し、埃っぽい珊瑚の砂の道路の上をトラックがのろのろと走っていた。爆弾集積所には、ふたたび爆弾が高く積み上げられた。調理係は調理場のこんろをごしごし洗い、炊事当番兵は食堂の床にモップをかけた。戦闘機は轟音をとどろかせて離陸しては、絶え間ない空中警戒パトロールに出掛けて行った。対空砲火を担当するクルーは、火器と眼を油断なく空に向けていた。情報将校たちは、積み上げられた報告書を吟味しては、使い古した地図に新たなマークをつけていた。飛行機とクルーが休息をとっている間も、戦争の毎日の業務は続けられていた。

リチャードソンは、休息を僅かしかとることが出来なかった。以前の航空大隊長代理が大隊の指揮をとる過程にあったので、リチャードソンには、大隊のレーダー訓練担当将校としての任務が加えられた。ウイザーズは、リチャードソンが新しい任務についたというニュースを聞いて大笑いし、それは、前の出撃で彼が即席にレーダー航法を行ったせいだと言って喜んだ。リチャードソンが、ウイザーズにも大隊のメンテナンス担当将校という任務が加えられたのだと教えるまで、ウイザーズは笑い続けた。それから数日間、ウイザーズはリチャードソンが自分に新しい任務を仕向けたのではないかと、疑い続けた。そこで彼は、計器テスト飛行のパイロットリストにリチャードソンの名前を記入することを思いついた。メンテナンス担当将校としてのウイザーズには、そうする権限が与えられていた。こうすることで、ずっと気分がよくなった。

二週間のうち、テオとライネのために割ける時間は、僅かに一晩しかなかった。それは、不満足なものであった。テオは、その日の夕方海へ行ったが、注意が足りなかったためクラゲに刺されて顔に傷をこしらえ、痛そうだった。ライネは口数が少なく、不機嫌な様子だった。彼らは早々に別れた。

「おれたちは今夜、来ないほうがよかったな」と、リチャードソンは、ジープが山を登り始めた時に言った。

「全くだな」と、ウイザーズが言った。「お前は、兵舎にいたほうがよかったんじゃないか？　ライネと何かあったのか？　よかったら話してくれ」

「聞いたってかまわんよ。しかし、答えようがないんだ。参ってるんだよ、おれは。彼女はある晩はやけに熱心なんだ、そうかと思うと、次の時にはデートにも応じないんだ」

「彼女は誰ともデートをしてないんじゃないか。テオが言うには、お前たち二人が会ってから、彼女は誰ともデートをしていないそうだ。その機会がなかったのかどうかは分からないが。おっと、この岩に乗り上げないようにしないとな。そういう機会がないということはあるとしても、ライネの場合は考えられんね。時々考えるんだが、彼女はおれが今まで見た中でいちばん素敵な女性だぜ」

リチャードソンは、自責の念に駆られた。「彼女は、どこから見てもすばらしい女性だ」と、彼は言った。「たぶん、おれが悪かったんだ。だが、おれは時々疑い深くなるんだ。おれが疑い深くなることを、お前は知ってるよな。彼女は時々、結婚したがっている少女のように振る舞うんだ」

「いいか、リック」と、ウイザーズはいささか興奮して言った。「それで何が悪いんだ？　お前はいつも動機を探しているんだ。それに、お前は疑い深すぎるよ。お前のように念入りに探そうとすれば、何にだって動機はあるさ。そういう動機の大半は、身勝手なものじゃないかな。しかし、それがどうだって言うんだ？　結婚したがらない女っているのか？　お前が既に結婚していることは、もちろん彼女のせいじゃないし、そのことは別にして、どうして彼女が結婚について考えちゃいけないんだ？　そのことでお前は彼女を非難することは出来ないぞ」

「お前にはおれの言う意味が分かっているよな」

ジープは急な坂をガタビシしながら登り、ウイザーズはギアをローに入れ替えた。「ああ、そうか」と、一息ついてから彼は言った。「さっき言ったことはみんな取り消すよ。お前の言う意味が分かったぞ。彼女はお前とゲームをしていると、お前は考えているんだな。そうかも知れない。彼女のことが分かってから、おれはそう考えたくなかったが、しかし彼女はそう考えているのかもしれないな」

「お前はそう思い込んでいる」と、リチャードソンは言った。「しかし、それじゃまだ十分じゃない。彼女がただゲームをしているだけならかまわない。おれだってただゲームをするだけだ。だが、おれがほんとうに恐れているのは、それより悪いことだ。彼女は恐らく、それより良いことを知らないんじゃないだろうか」

「おやおや、何てことだ」と、ウイザーズは言った。「この道にもついて行けないが、お前の理屈にもついて行けないぜ。お前の理屈は、この道より曲がりくねっているぞ。もうそろそろついて行けなくなってきたな」彼らは山の頂上に着き、下りの道に入った。ジープのエンジンの騒音が、ガラガラした軽い音に変わった。新鮮な潮風が彼らの顔に当たり始めた。

「いいか」と、リチャードソンが言った。「お前をうんざりさせたくはないが、おれは心の中では今のまま、真っすぐ進みたいんだ。おれはライネを愛していると思うし、ライネもおれを愛していると思う。しかし、実際のところ、彼女にはいささか変わっているところがある。ときどき彼女は思い詰めて、際限がなくなるんだ。いったんそうなったら、おれが今までに知ったどの女性もかなわないね。誰も彼女に比べられない。彼女の愛する能力には限界というものがないんだ」心の中に彼女の姿を思い浮かべた彼は話すのをやめた。

「同じようなことを言い続けるのは、好きじゃないな。しかし、それで何が悪いんだ?」と、ウイザーズが言った。

「何も悪くはないさ。しかし、いつもそうだというわけじゃない。別の機会には、彼女は前進した時と同じくらい激しく後退するんだ。そうなった時の彼女は、身体全体が固くなって機嫌が悪くなり、何かを恥ずかしがっているような行動をとるんだ。その時の彼女は、なんとなく戸惑っているように見える。どうもおれには、こういうことすべてを理解することが出来ないでいたんだ。そういうおれにヒントを与えてくれたのがテオなんだ。お前が当直士官だった晩のことを覚えているだろう、あの時、おれは彼女を送って行った。彼女は、ライネについて女性の視点からいろいろなことを話してくれたよ。彼女の話を聞いていると、おれ自身がずっと前から気が付いていたことも納得出来るんだ。でも、まだ理解出来たとは言えないね。しかし、ライネは……そうだ、彼女は迷っているんだ」「お前もだ」と、ウイザーズが言った。

「おれもさ」と、リチャードソンは憂鬱そうに同意した。「自分に分からないことをやっているんだと思うよ。周りで起こる出来事について、何かのせいにしたりほかの人間のせいにしたりして自分を慰めていたんだが、それが出来なくなったよ。自分の思い通りにいかないのはすべて、残念ながら自分のせいなんだっていうことが、分かってきたんだ。おれは、結婚すべきでない時に結婚したんだ。おれは、たちまち戦争で戦わねばならなくなった。あげくの果てに、戦争の最中だというのに、感情的な問題に深く係わりあうことになった。食事をとるのが少な過ぎるのに、酒は飲み過ぎている。そして年がら年じゅう、くよくよしている。いろいろな本を読むと、ほかのことに煩わされないで、戦うという仕事だけに専念する戦士が出てくるが、どうしておれは、ああいう戦士になれないのかな?」

「お前がこういう風になったのは、本を読んだせいなんだよ。お前はいつも本を読み過ぎている。だから今、考え過ぎるんだ。それが問題なんだよ。どっちにも、つける薬がないのさ」

「ありがとう!」と、リチャードソンが言った。「おれの悩みをいろいろ聞いてくれてありがとう」彼は、タバコをはじき飛ばした。それは光の弧を描いて、道の端の暗闇の中に消えていった。ジープは、海岸に沿って走り、台地を越えた。下の方に、飛行大隊区域の灯火がチラチラするのが一瞬見えた。そのあと、道が最後の谷間に入ったので、彼らはふたたび暗闇の中に入った。長い沈黙のあとで、ジープが飛行中隊区域の灯火に向かって、最後の下り坂を惰力で走り始めると、リチャードソンが急に話し始めた。「あのなあ」と、彼は言った。「おれはたった今、決心がついたような気がするんだ。ライネに結婚してくれと言うつもりだ」

「結婚するつもりだと？」と、表情を少しも変えないでウイザーズが言った。

「そうだ、結婚するつもりだ」

「何もかも考えてのことか？　悪いけどな、おれの言ったことは何も考えないのか」

「おれがテリーのことを考えたのかってことか？　もちろん、テリーのことはずっと考えてきたさ。ウイットト、テリーのことは、おれや彼女の友人としてのお前の問題じゃないか。お前は、おれがテリーに会った当初から、そこにいたんだ。ちょっと待ってくれ。あの上の方にある建物は、四—九十八番食堂だな？」

その平べったくて長い建物は、閉まっていて、窓から光がもれていた。ウイザーズはジープの速度をゆるめた。「ああ、あれは四—九十八番食堂だ」と、ウイザーズが言った。「何故だ？　止めようか？」

「ここには、コークがあるんだ。昨日、入ったんだ。よし、止めよう。ナイトキャップ（寝酒）を手に入れよう」

「ウイスキーにコークを入れて飲もうっていう算段だな」と、ウイザーズが言った。「そいつはおれに任してくれ」

彼らには運がついていた。その食堂には、コークがあったし、かなり冷たかった。そして、親切な食堂係の軍曹は、彼らの飲み物をミックスするためのコーヒーカップまで用意してくれた。

彼らはほしいものを手に入れて、駐車させておいたジープに戻った。

「ひどい味だな」と、最初の一杯を飲んだ後でリチャードソンが言った。「でも、いいか。さあ、これはおれの友達であるお前にやるよ。おれの問題を話すから、ちょっと聞いてくれ。お前は、ライネとおれの間に何があったんだと思っていたに違いない。そして、お前はいいやつだから、いつだったかテリーのことをきいてくれた。その時おれは、お前の親切に対して、さしさわりのない返事をした。あの時のことを思うと、悪かったと思うよ。だから今、事態をはっきりさせるつもりだ。テリーは悪くない。しかし、テリーとおれとの間はうまくいってないんだ。テリーはおれを愛してはいないんだ」

「おれに言わしてもらえるかな?」と、ウイザーズが言った。「おれは、そんなことは信じないね」

「結論を言う前に、ちょっとおれの言うことを聞けよ。テリーとおれがどういう風に出会ったか、おれたちがこの島に来る前に過ごした生活がどんなものだったか、思い出してくれ。テリーがどんな少女だったかも思い出してくれ。お前はおれと同じくらい彼女のことを知っている。おれが言うのは、テリーがほかの誰かを愛しているとか、おれに対して不誠実なことをしたことがあったとか、そういうことじゃない。おれが言うのは、彼女はおれを愛していないし、おれをほんとうに愛したことはなかったし、これからも愛さないだろうということだ。彼女はいい女性だし、そうなろうと、一生懸命努力している。彼女は率直で、善良で、しかも良心的だ。彼女自身はおれを愛していると思っていた。おそらく彼女は、しばらくの間はおれを愛していると思っていたのだろう。しかし、状況はあっという間に変化してしまったのだ。おれたち二人が一緒にいる間に考えるチャンスが彼女にはなかったのだ。今の彼女には考えるチャンスは十分ある。そして彼女は、おれたちの結婚はスタート地点から良くなかったと考え始めたのだ」

「お前はそのことをどうして知ったんだ？　彼女がお前に話したのか？」

「いや、勿論そんなことはない。彼女は、そういうようなことはおれに言おうとしなかったし、どんなことがあっても言わないだろうと思うよ。おれには、彼女がどうしてうまくいかなくなったのか分からないが、そのことについて彼女自身がほんとうに分かっているとは思えないところがある。しかし、本当なんだ」

ウイザーズはボトルに手を伸ばした。「どうしてそれが本当だと思ったのか、まだ聞いてないぞ」

「また、ちょっと思いついたことがある」と、グラスをさし出しながらリチャードソンが言った。「それが本当だと思ったのには、少なくとも二つの理由があるんだ。どちらの理由も、まったくこれに間違いないというわけではないが、どちらもいかにもそれらしいのだ。まず第一に、いろいろな事情を考えると、他に考えようがないから本当なんだ。あの当時のことを思い出してくれれば、お前も納得すると思うが、テリーとおれとでは一々こうだと例を挙げることは出来ないが、気質や物の見方が非常に違うんだ。ああ、確かにおれたちは、アメリカの中流家庭で育って、教養とか訓育とか、みな共通しているさ。もしおれがテリーに五年早く会っていたら、まだ戦争は始まっていなくて、おそらくもっと共通点があったのじゃないかな。しかし、おれは今では五年前とは違ってしまったし、戦争が起こらなかったとしても、当時とは違ってしまった。テリーは素直に成長したが、おれは横道にそれてしまった。おれたちが会った時、男であるおれの中には、彼女が初めは異質とは考えなかったものが、かなり残っていたんだ。これは別に目新しいことではないし、似たようなことは大勢の人に起こるに違いないと思う。テリーは、どちらかといえば洗練されているほうだが、まあ標準的なアメリカ女性だ。おれはといえば、多くの典型的なアメリカ人男性とくらべると、残念ながら欠けたところがあるんだ」

「お前は、きちんとした身なりの男のことを言ってるのか?」と、ウイザーズが言った。

「誰のことだ? お前の言う、典型的というのは何だ? この島にも、同じように戦い、同じように仕事をし、お前と同じような生き方をしている奴が大勢いるが、お前が他の奴とそんなに違うとは思えないね。お前はいくらか歳をくっていて、そんなにおしゃれというわけじゃない。多分お前は酒を飲む方だが、どっちかといえば、酒をしまっておきたい方だ。おれには確かなことは言えないが、お前は普通の男より大勢の女性と寝たんだろうと思う。しかし、お前は他の奴と何がそんなに違うんだ? お前は、自分がほかの奴と違うんだと思い込もうとしているんじゃないのか? お前がそういう軽率な判断をするなら、お前は何をしゃべったか分からないじゃないか」

「おれはまだ十分話してないんだ。途中で話の腰を折られたままだ。ボトルをよこせ。そうじゃない、ウイット、そっちよりそれを多くするんだよ、もっとだ。沈むのにちょっと時間がかかる。おれが言ったとおりにしないと、飲めないぞ」

「お前の言う割合にすると、ボトルからあふれちゃうんじゃないか」と、ウイザーズがぶつぶつ言った。「いいから、続けろ。もっと何か話せよ」

「いいか、まずテリーとおれとは違うところがあるが、もっと普通の状況だったら、そんなに違ってはいなかったと認めてくれないと、話は前に進まないぞ。おれがテリーと結婚したあの時代には、おれたちが変わっただけじゃなくて、おれ自身もあの時代そのものの中にのめり込んでいたんだ。おれたちが結婚する前にも、結婚してからも、おれはテリーに自分の心や関心の三分の一しか向けなかったんじゃないかな。おれの関心はもっぱら飛行機を飛ばすことと戦争に向いていて、その他のことは、テリーを含めて二の次だったんだ。おれは、テリーと出会わなかったとしたら、多分残りの三分の一の時間に、誰かほかの女の子を夢中になって追い回していたと思うよ。だから、付き合う相手としては、彼女はその他大勢のうちの一人に過ぎなかったんだ。当時のおれには、彼女とほかのやり方で付き合う時間もセンスもなかったんだ。多分おれには、結婚したという実感がなかったし、結婚すれば何かが変わるということが分かっていなかったんだと思う」

「もう少し分かりやすく話してくれないかな」と、ウイザーズが言った。「それとも、今飲んだやつで、おれの頭が鈍くなったかな。とにかく、あの当時テリーが何をしていたのか、話してみろよ。お前の話だと、彼女は、おれが考えているよりもずっと頭が弱いということになるぜ」

「いや、そんなことはないさ。彼女は頭が弱いどころじゃない。しかし、彼女にとっては、すべてが早すぎたんだ。おまけに彼女は、初めに何が起こるのか、予想出来なかったんだ。確かに、彼女は蔦のからまった小住宅がすぐに手に入るとは思っていなかったと思うし、戦時中だということは承知していたが、ずっと前から戦争というものに固く結び付いてしまっていた男と結婚したらどういうことになるのか、分からなかったと思う。そして、そういう状況と折り合いがつけられないでいるうちに、おれが行ってしまったんだ。それから、蔦のからまった小住宅の問題にちょっと戻るが、その後の数カ月間、おれには実現しなかったね。それどころか、おれは戦後のことについて、何一つテリーと計画を話しあったことがなかったのさ。おれたちは、家のことも計画しなかったし、子供のことも、そのほかのことも、何も話し合わなかった。おれが立てた計画といえば、みんな短期間のものばかりだった。次の戦場はどこかとか、次の訓練はどういう段階だとか、海外へ向かって離陸するのはいつだとか、そういうことばかりだった。そして、その後には何もないんだ。すべてを含んだ、大きな空っぽな空間さ。おれは、戦争がいつ終わるかということは、考えたことがないな。正直言って、おれにとっては、戦争が終わるということは起こりえないことだったからな。彼女は女だから、これから起こることについて、少しは考えたに違いない。しかし、おれは、彼女が口に出すまいと決心したことや、忘れてしまったことについて、全く気が付かなかった。当時を思い返してみると、おれは恐ろしく馬鹿だったな。少なくともおれは、将来のことに触れて、彼女が何か今後のことについて見通せるようにすべきだったんだ。そうする代わりにおれは、朝でかけて二度と帰って来ないと思わせるように仕向けたのだ。しかし、おれには弁解の余地はないが、なぜおれがあんなことをしたのかということは分かっているつもりだ。正直言って、あのころのおれには、将来のことを計画するということは、考えられなかったんだ」

「そのへんで終わりにするんだな」と、ウイザーズが言った。「お前は、この戦争を生き抜けないという、お得意の固定観念に基づいて、この問題を決めつけていたんだ」

「よかろう。多分こんなふうに、まずい話になると思っていたんだ。しかし、話すように仕向けたのは、お前なんだぞ。ところで、飛行中隊の生え抜きの二十クルーのうち、今までに失ったのはいくつだっけ?」

「十クルーだ」と、ウイザーズが言った。「半分だな」

「おれたちがこの島に来て、六カ月になる。あと六カ月で戦争が終わる兆候はあるのかな?」

「ないね」

「これから半年の間に、出撃するごとにお前がクルーを無事に帰還させるチャンスは、どのくらいあると思う？」

「あまりないと思うな」と、ウイザーズが言った。「実際問題として、可能性はうんと低いよ」

「話を続けていいか？」

「いいよ。もう一杯注いでからな。どうもおれは元気をなくしてるな。こんな話をお前に聴かせないほうがよかったかな。しかし、お前は自分の結論を引き出せるからな。もう一杯注ごうか？」

「もう一杯ずつな。それで終わりにしよう。テリーとおれのことで、おれに分かっている二つ目の理由をお前に話すには、あと一杯で十分だろう。二つの理由があるとおれが言ったのを覚えているだろう？」

「思い出したよ。二番目の理由っていうのは何だ？」

「テリーがおれによこした手紙だよ。ありがたいことに、おれが今までに読んだ最高の手紙さ。彼女がある時期、新聞社で働いていたことは知ってるな。とにかく彼女はものを書くのが、すごく得意なんだ。彼女は手紙を書くときに、知らず知らずのうちに何か専門的なタッチを加えて、独特のスタイルをつくりあげるんじゃないかと思うよ。そのことに夢中になるに違いない。彼女の手紙にはあらゆるものが含まれているよ。真実の輪を除いてはな。何を書いているのか分かっていなければ、手紙の中にそれを表現することは出来ないよな。彼女はそれが分かっていないんだ。彼女が手紙の中に書いている愛情の表現は少ないが、こしらえものではないことは確かだし、わざとらしいとはいいきれないが、しかし、真実ではないんだ。それを読むと、いかにも彼女が書いたものという感じはするが、彼女の思いが伝わって来ないんだな。彼女は、おれが彼女にこう書いてほしいと思っているだろうと考えられることを、書いてよこしているんだ。彼女は、いい手紙を書こうと必死になって努力しているが、もしもテリーがおれを愛していたら書いてくれるだろうと思うような手紙をよこさないんだ。それに、おれは三番目の理由があるのを忘れていたよ」

「まだあるのか?」

「まだある。テリーはいつも、おれに対して打ち解けなかった。彼女には何というか一種のぎこちない雰囲気があった。多くはないが、いつもあった。結婚してからも、そういう雰囲気はあった。おれには、それがどうしても理解出来なかった。今なら理解出来るだろうと思うよ。なぜなら、おれがお前に言った、ほかのことと、このことが結びついているからだ。彼女には、本当におれを愛しているという確信がないんだ。そもそもの初めから、彼女には確信がなかったんだよ」

「リック、お前はおれをいらいらさせるよ」と、ウイザーズが言った。「さっきは、お前自身のことを話していたのに、今は、テリーの手紙のことを話している。そうかと思えば、今度は彼女がお前に対して打ち解けないという。もっと分かりやすく話したらどうだ。あんまりおれをびっくりさせるようなことを言わないでくれ。こういうことは、おれは知らなかったし、考えもしなかったんだ。お前は、自分が悪かったかも知れないと本当に思っているのか。おれはお前がうらやましいと思っていたのかも知れないな。彼女は魅力的な女性だよ。だが正直言って、今はお前をうらやましいとは思わないね。とにかく、すべてうまくいかなかったなんて考えないほうがいいぞ」

「おれだって、自分がうまくやれたって思いたいさ。しかし、自分をだますことは出来ないのさ。おれがよくないやつだってことは事実なんだ。おれのやったことを見てくれ。まず第一に、おれはテリーと結婚したことで、彼女に対してひどいごまかしをやってのけたんだ。今もおれは、ライネに対してひどいごまかしをしている。のらくらして過ごしながら、残念がったりして、そのくせ自分のやりたいことを決められないでいる始末だ。テリーにもライネにもいい子でいるわけにはいかないからな。テリーとおれは、結婚しなければよかったんだ。そのことはおれには分かっているが、お前だって、おれの言ったことをよく考えてくれれば分かると思う。テリーには分かっていると思うよ。おれたちの結婚は、全体としてよくなかったんだ。二人でやってみたが、うまくいかなかったと言ってるわけじゃない。テリーは誠実な女性だ。彼女は、何があったとしても、おれに対しておそらくあくまでも誠実であり続けるだろう。おそらくおれも彼女に対して誠実であり続けたと思う。おれも少しは自分を信用出来るのさ。しかし、それもこれも、おれがライネに会わなかったらの話だ。しかし、おれたちは会ってしまった。そして今は、ライネも巻き込んでしまった。こんな状態がそのまま続けば、三人とも不幸だ。もしもおれが思い切って何かすれば、三人とも幸福になるかも知れない。いずれにしろ、成り行きに任せるよりは幸福になるかも知れない。確かなことは、おれには分からないが、おれは間違っていないと思うんだ」

ウイザーズは首を横に振った。「おれの意見をきくつもりじゃないんだろうな。お前がどうすればいいかなんてことは、おれには分からないぜ。おれに分かってるのは、こんなことをお前にみんな話させちゃって、悪かったなってことだ。お前がすべてをうまく処理出来ることを願うよ」

「おれは出来ると思う」と、リチャードソンが言った。「おれは、もう、とりかかったんだ。こいつは、おれには避けて通れない問題なんだ。おれはこの問題を解決しようとしているところだ」

「あれこれと、すばらしい企てをしているものだ。しかも、戦争の真っただ中だというのにな」

「そうさ、戦争のまっただ中にな。すごいタイミングだと思わないか。だがな、戦争を考慮に入れても良さそうに見える、一つの解決策をすでにおれが考えていると言ったら、お前はびっくりするんじゃないかな」

「お前にはびっくりだよ」と、ウイザーズが言った。「そいつは、いったい何だい」

「おれは退官するつもりなのさ」

「退官だって?」

「おれは、退官するって言ったんだ」と、リチャードソンが答えた。「おれはライネに結婚を申し込んで、待ってくれるように頼むつもりだ。そして、彼女を合衆国へ送り返す。そのあと、おれは制服を返して、帰国させてもらうつもりだ。おれは、退官するつもりなんだ。フェルター中佐とは論争になって、激しくやり合うだろうが、うまくいくと思う」

「ああ、なんということだ、リック、お前はそんなことをしちゃいけない」

「どうしていけないんだ？　おれはもうくたくたなんだ。おれにとっては、今が退官する時なんだよ。そうでないと、あと二、三回出撃してからということになるだろう。おれは今、トゥイード軍医よりほんの一歩前にいるところで、あの人もおれも、そのことは承知している。それに、ほかのこともあるんだ。さっきおれたちが話題にした生き残りのチャンスについては、言ってないことがちょっとあるんだ。というのはな、今後六カ月の飛行は、今までと同じ頻度じゃないということなんだ。今後の出撃の回数には限度がある。お前も噂を聞いたことがあるだろう。もっと別の噂もあるんだ。その限度というのがどういうものかは分からないし、まだ誰にも分からないと思う。しかし、おれの推測では、その限度は出撃三十五回前後ということだろうと思う。おれは、今までに三十二回の出撃をしたんだ。だから、もし三十五回が出撃限度ということになれば、おれは、あと三回以上飛べば合法的に退官出来るということになる。そうでなくても、おれは文句なく退官出来るのさ。どっちになるか、あまり関心はないね。どっちでも同じことさ。とにかくおれは帰国するつもりだ。おれはテリーに話すつもりだ。彼女には手紙ではなくて、面と向かって話すことに決めてある。そのあと、ライネに連絡をとって、会うつもりだ」

「変化が早すぎて、おれにはついて行けないぞ」と、ウイザーズが言った。「初めにお前は、何週間かのうちに、おれたちは二人とも殺されるようなことを言った。そうしたら今度は突然、お前は無傷で帰国して、ずっと幸せに暮らすんだと言う」

「おれも、早い変化だと思う」と、リチャードソンが言った。「本当のことを言うと、二、三分前に決めたことなんだ。その前までは、おそらくおれは、戦争が終結するまでこの島に留まって、出撃限度が規定されれば不足分の出撃をすることになるだろうと、考えていたんだ。しかし、今は考え方を変えたんだ。この上なく簡潔に言ってしまえばだよ、以前のおれは、英雄になるつもり、死ぬつもりでいたんだ。今のおれは、卑怯者になって、生きようとしているんだ」

「あとの考え方のほうが、なんだか非常に魅力的に見えるな」と、ウイザーズが考え深く言った。「おれはいつも、自分が臆病者だと思っているよ」彼は、食堂の後ろに置いてある、ごみ入れのドラムカンの中に、空になったボトルをほうり込むと、ジープを発進させた。彼らは黙って帰途についた。

第十四章

　クルーの中の下士官たちが眠っている仮兵舎の薄暗い明かりの中で、反対側の端のほうでは、クラップばくち（二個のサイコロを振って行う）が夜っぴて行われていた。ネイルソンとマトゥーチとフィーはいっしょに床にすわっていた。彼らは時々、片手を近くのベッドの下に突っ込んで、缶を引っ張り出して、急いで一口飲むと、そのあと、缶を隠し場所に戻していた。

「おい、マティー」と、ネイルソンが声をひそめて文句を言った。「お前は、おれの缶を飲んでいるんじゃないか？　おれの缶がやけに軽いようだぞ」

「お前をひねってやるぞ、坊や」と、マトゥーチが言った。「どうやってお前の缶を見つけられるんだよ？ベッドの下の遠くの方に押し込んだんだろう。腕をへし折ったって、おれには届かないぜ」

「この島を離れたら、もう二度と缶ビールを飲むつもりはないね」と、フィーが言った。「故郷のおれの町の、オランダ人のやってる店を思い出すなあ。いつも、でっかい陶器のジョッキでビールを飲むのさ。特別な粘土を材料にした、ありふれたジョッキだけどな。それに、よく冷えていて冷たいのさ。この缶ビールはあったまってるんだからな」

「あったまってるのは、先刻承知だ」と、ネイルソンが言った。「味だって、似たようなもんさ。でも、飲めるだけいいじゃないか。あと、何本残ってるんだ？」

フィーは、ベッドの下に隠してあるボール箱の中を手探りした。「六本だ」と、彼は言った。「いや、五本かな」

「なに、五本だって！　六本あるはずだぞ」と、ネイルソンがマトゥーチをじっと見つめた。「マティー、お前は何本持ってる？」

「二本だよ。おれが何本持ってるか、お前には分かってるだろう。フィーは数えられないんだ」

「数えられるさ」と、フィーが言った。「六本が正しいんだ。もう一本は、隅の方へころがって行ったんだ」

マトゥーチが手を伸ばした。「もう一個あけようや」と、彼は言った。「あっちのクラップが終わって、あいつらがぞろぞろやってくる前に、飲んじゃうほうがいいぞ」

彼らは、薄暗がりの中で、残りの缶の内の三個を、慎重に開けた。物音はしなかった。そのあと、フィーがうんざりした声を出した。「ちぇっ」と、彼は言った。「穴を開けそこなったよ。缶の中身が半分、シャツに入っちゃったぜ」彼がシャツを脱いで丸めたとき、がさごそと音がした。

「お前が酔っ払うには、おれたちの半分も要らないよ、射手」と、誰かが言った。

「こんな代物じゃあ、フィーだって酔えないよな」と、ネイルソンが苦々しい口調で言った。「何にもやらないでぶらぶらしている、けつのでっかい民間のやつらが、兵隊たちは三・二より強いビールを飲んじゃいかんなんて、どうして決められるのか、おれにはさっぱり分からないね。あいつらは、二倍もアルコール分の多い本物のビールを毎晩飲んで、酔っ払ってることだろうよ。やつらは、のらくら者だ」

「おい、泣き言を言うのはやめろ」と、マトゥーチが言った。「そいつはビールだ。違うのか？　そいつを飲めば元気になるさ、そうじゃないか？　エド・モブリーは今晩ビールを飲んじゃいないぞ。ウイリー・ウェルソンもブロウトップも、ほかの連中もな。死んだやつらは、どんなビールも飲まないぞ」

深い沈黙がやってきた。死んでしまった人間のことは話さないという暗黙のルールを、マトゥーチが破ってしまったのだ。そうしたルールは、厳格なものではなかった。どうしてそういうルールが出来たのか、正確に知っている者はいなかった。また、どこかに書かれているわけでもなかった。しかし、飛行中隊の中では、死傷者のことを話題にするのは避けるという習慣が出来ていた。死んだ者たちの名前が話題にされるのは、偶然にそうなった場合を除いては、滅多になかった。あるいは、おそらく、ずっと以前の出来事を思い出して、もはや名簿から抹消されてしまった者たちの名前を言っても、そんなにまずいことはないだろうという場合は例外だった。そして、こういう事情を知らない者から質問されて、死者について話す必要がある場合には、いつも、死者のことを「失われた者」と表現した。死んだとは決して言わなかった。

こういうことは迷信ではないかと言って嘲る者もいるかもしれないが、似たような迷信は、飛行中隊の士官や、それに近い者たちの間に広く流布していたのである。

このこととは違うが、最近流行し始めたばかりで、まだそれほど広まってはいないこととして、「明日の約束」がある。出撃の予定がないクルーのメンバーは、出撃予定のクルーと仮兵舎で別れるとき、「明日会おう」とあいさつする習慣があった。「あとで会おう」とか、なにげなくする挨拶とは違い、「明日会おう」と、最後の「明日」という言葉を特に強調して言うのである。

これから出撃するクルーも、仲間たちの挨拶に答えて、声にはっきりと不自然に心のこもった返事を返すことがあった。

リチャードソンやウイザーズを含めた、出撃要員のうちの何人かは、こうしたやり方を低俗な趣味だと考えて、同調しなかった。マトゥーチもまた、全く別の理由からではあるが、こうした表現の仕方を避けていた。マトゥーチは気難しく、時には無愛想なことさえあった。ある時、出撃予定のない彼が送迎台に立って、出撃する機の離陸を見ていた。その時、彼は、滑走路を進んでいく各機とそのクルーに対して、飛行連隊付きの牧師が祝福しているのを見た。リチャードソンは、とりたてて宗教的な人間と言うわけではないが、こうした習慣というものはいいことではないのかと、いつも考えてきた。自分にとってどうこうというのではない。個人的には、この習慣が自分に何らかの影響を及ぼすとは考えなかった。しかし彼は、このことが多くの者に励ましになっていることを知っているし、別に害になることがあるとは考えなかった。むしろ、こうした行為を行う従軍牧師には感心していた。しかしマトゥーチは、この時間を軽蔑の気持ちで眺めていた。従軍牧師は、飛行機が通過するたびに、片手を挙げて十字を切っていた。それを見てマトゥーチは、「いつまでやってるんだ、お人好しめが！」と、ぶつぶつ独り言をつぶやいた。

マトゥーチは、無愛想ではあったが、クルーの中でもっとも信頼できるメンバーの一人であった。彼は、士官たちと打ち解けないし、彼らと距離を保っているという点で、バーナムにいくらか似たところがあった。士官たちは、彼のことを理解しようとはしなかった。

彼ら二人が任務を遂行するやり方には違いがあった。バーナムは、飛行機のレーダー装置に係わる仕事が嫌いだった。しかし、仕事には忠実で、ちゃんとやり遂げた。マトゥーチは飛行機の火器に係わる仕事が好きで、だから仕事には忠実だし、好きだから仕事をうまくやり遂げた。

マトゥーチは、いかにも彼らしいが、どこかガキ大将のようなところがあり、そのガキ大将のような本能によって、物事がいつうまくいくか心得ていた。彼にとって、弁解するということは、不可能なことだった。彼は次の機会には最善の仕事をやってのけた。クルーの他のメンバーが認めているように、その仕事は彼にとって弁解の代わりになるようなものだった。

「ああ、何を言ったか忘れちまった」と、彼は唸り声をあげた。「フィー、おれの缶をもう一本とってくれ」

「ほら」と、フィーは缶を手渡した。そのあと、彼は若いにもかかわらず、うまく会話を続けるこつをのみこんでいた上に、どんなことであれ、仲たがいをするのを避けたかったので、話題を変えた。「あのな」と、彼は言った。「おれたちの機長が、おれたちのクルーに、別の飛行指揮官をあてがうつもりだなんて思うかい？」

会話を、この二、三週間というもの話題の中心になっていることに変えたことは、歓迎された。

「いいや、そうは思わないね」と、ネイルソンが言った。「機長は、おれたちの地上勤務が終わるまで待っているさ」

「機長は、他のクルーと一緒に飛んでいるぜ。ここのところ、三回出撃している。おれたちクルーよりずっと先へ行っちゃってるぞ」と、フィーが言った。

マトゥーチがぶつぶつ言った。「機長は確かに飛んでいるさ」と、彼は言った。「彼は、飛ばなくちゃならんのさ。彼は作戦室付きの将校だからな、そうじゃないか？　しかも、彼のクルーは地上勤務中だ。自分のクルーが飛べないからって、ぶらぶらしているわけにはいかないのさ。おれたちが飛べる状態に戻れば、彼はすぐにおれたちのところへ戻って、一緒に飛ぶつもりなのさ」

「だがな、フィーの言うように、彼は今では出撃の数でおれたちの先へ行ってるぞ」と、ネイルソンが言葉をはさんだ。「おれたちの地上勤務が終わって、再びおれたちと一緒に飛び始めるとすると、何回かの特別飛行をしなければならないとしても、おれたちが規定の出撃回数を終えるまで、おれたちと一緒に飛ぶつもりだろうか、どう思う？」

「機長は、そうしたくはないだろうな」と、マトゥーチが言った。彼のいつもの皮肉っぽい口調に、いつの間にか戻っていた。「士官なんて、みんな似たようなもんさ。あいつらは、厚かましさを身につけ、でっかい金筋をはりつけて着飾ってはいるが、自分たちの尻がぶち抜かれることには、とんと無関心なんだ。おれたちの機長は、規定の出撃回数に達すれば、帰国するだろうよ。そうなれば、おれたちは、だれか他の機長と一緒に飛ばなくちゃならん。あの機長がおれたちにいいパイロットを選んでくれることだけを期待するね」「そのことについちゃ、機長はうまくやるさ」と、フィーがまじめな口調で言った。「だけど、おれは彼がおれたちと一緒に飛んでくれるといいと思うね。彼は口数は少ないし、時々荒っぽいときもあるが、おれたちが規定の出撃回数をこなすまでは、おれたちと一緒に飛びたいんだろうと思うよ」

その時、彼らとは違う別の声が会話の中に飛び込んできた。見上げると、ネイルソンの肩越しに人影が覆いかぶさっていた。「やあ、やあ」と、その人影は言った。「君たち紳士は小さな会合を開いていると見たぞ。それに、君は僕の古くからの友人である、ネイルソン君ではないか。君は僕に缶ビール一本の借りがあるのではなかったのかな。一本くれよ」

「ちくしょうめ」と、ネイルソンが言った。「お前はゲームをやってるんだと思っていたよ、マニー」

「ばくちはやめたよ」と、マニーが言った。「ビールだ、ネイルソン坊や」

「お前ってやつは」と、ネイルソンは言った。そして、あきらめたように、残っていた最後の缶を、影になっているマニーに肩越しに手渡した。

フランクス少尉が作戦室に入ってきた。彼はにやにやしていた。

「やあ、フランクス」と、リチャードソンが軽く笑いながら言った。

「カナリアはうまかったかい？　おい、気にするなよ。腰掛けろ。この時間に何の用だ？」フランクスの顔つきが和らぎ、気の毒にも自分ではまじめだと信じている表情に変わった。

「機長」と、彼は言った。「あなたが、私たちのクルーを次の出撃に予定しておられるかどうか、お聞きしたいと思って来ました」彼は、椅子に深くもたれて、リチャードソンの頭上の天井に視線をこらした。

「予定だって」と、リチャードソンが言った。「クルーを次の出撃に予定しているとはどういう意味だ。クルーは地上勤務中だぞ」

「いいえ、今はそうではありません」

フランクスがそう言うのならそうなのだろうと、リチャードソンは思った。フランクスは、少年のような風貌をしているし、噂をばらまくのが好きで、ちょっと無責任に見えるが、彼が興味のないような言い方をする時には、ほんとうのことを言っているのだということが、リチャードソンには早くから分かっていた。

だから彼はフランクスの言うことを、そのとおりに受けとったのであった。

「そうか、フランクス少尉」と、彼は言った。「そうか、そうか。実を言うとな、飛行中隊のクルーの地上勤務が解けたっていうことを、作戦室付将校であるおれにお前が伝えてくれたのは、特にそれが自分のクルーだからなおさら、いいことだし、うんと評価しているんだ。作戦室付将校に向かって、仕事のことをこんなふうに話すなんて、お前は本当に思いやりがあるよ」彼はニヤッと笑って、皮肉を言った。「ところで、お前の話はこれでおしまいか？」

フランクスは天真爛漫な笑みを浮かべた。「ええとですね」と、彼は言った。「私たちのクルーは、あれこれの理由で具合の悪かった者がみんな、ずっと前に良くなっていたんです。今朝、あなたが中佐どのと一緒に忙しくしておられたので、私が代わりに勝手に飛び回ったというわけです。私はあいつらを軍医のところへ連れて行きました。トゥイード軍医はわれわれ全員の地上勤務を解いてくれました」彼は、急いで付け加えた。「医学上は、ということです。勿論、われわれを公式に地上勤務から解放してくださるのは、あなただけです」

リチャードソンは頭を振った。「フランクス」と、彼は言った。「時々お前は、おれをびっくりさせるよ。おれとしては、まだ一週間はその件をトゥイード軍医に言い出さないほうがいいだろうと、考えていたんだ。そうでないと、彼のオフィスからおっぽりだされるんじゃないかと思ってね。お前は、『……天使たちが踏みつけられるのを恐れているのはどこか?』という言葉で終わる、有名な引用句を聞いたことがあるか。気にするな。おれがお前と知り合って以来ずっと、お前が読み続けているコミック本には、この引用句は出てこないだろう」

彼は立ち上がってオフィスを横切り、反対側の壁に掛かっている大きな黒板のところへ行った。彼の名前を筆頭にしたクルーの、「地上勤務」の欄の下に書いてある×印を消して、その次の欄にチェックマークをつけた。次に彼は、「予定」という字の書いてある別の欄に斜線を引いた。

「気が済んだか?」と、自分の席に戻りながら、彼はフランクスに言った。

「はい、機長!」と、フランクスが答えた。今はもう遠慮なくニヤッと笑うと、彼は立ち上がった。帽子を落としたが、急いでそれを拾い、通りながらリチャードソンのデスクの角にぶつかり、オフィスを飛び出して行った。

入り口の網戸が、今まで聞いたことのない、ものすごい音を立てて閉まった。

「透明人間!」と、リチャードソンがこの上ない大声で怒鳴った。「お前は、このいまいましいドアを直すつもりなんだろうな!」

穏やかで暖かく頼もしい友情に包まれているような明るい陽光の中に、それを裏切るような醜く黒い染みが現れ始めた。リチャードソンは、それらの対空砲火の方は見ないようにして、暖かい太陽の光を浴びている大阪の街をじっと見つめた。今日はまだ、この街には爆弾が投下されていなかった。危険を無視したように無警戒に、街は眠そうに横たわっていた。晴れた空で何かがキラッと光ったあと、兵器庫が前方に姿を現した。その小さな建物は、主要な建物の巨大な塊と比べて、幼い子供たちの遊ぶ積み木のように見えた。それはまるで、リチャードソンたちがやって来るのを待っているかのように見えた。

リチャードソンは、左目の隅で、編隊を組んでいるウイザーズ機の機首をチラッと見た。ウイザーズは、爆弾投下が近付くまで、がっちりと編隊を組んでいる。

歩いている時に、体重をあまりに早く踵にかけ過ぎると、ショックを感じることがある。それと似たような衝撃を受けて、機体が軽く揺さぶられ、左の翼がいくらか浮き上がった。一秒の何分の一か遅れて、ウイザーズ機の機首が上下した。リチャードソンは、酸素マスクの中でニヤッと笑ったが、あまりいい気分ではなかった。ウイザーズのおなじみのぼやきが聞こえてくるようだ。彼らにとって、長時間にわたる日中の出撃は初めてのものだった。対空砲火の音を聞いたり感じたりするだけでなく、その煙をふたたび見るのは、奇妙な気分だった。リチャードソンは、前方の空中に浮かんでいる対空砲火の煙の、まるで花が咲くような広がりが、悪意に満ちたまとまりを見せて、飛行機を貫通し、その金属をずたずたに破壊してしまうのではないか、というかつての不安な気持ちを思い出した。対空砲火の炸裂は、一度見たものはもう済んでしまったもので危険はない、ということや、自分の飛行機に命中する対空砲火を自分の目で見ることは滅多にない、ということが確かに分かってはいても、何もないところから空中に飛び上がってきて、まるで磁気を帯びているかのように、自分の方に飛んでくる、悪意に満ちた煙を、彼は憎み、そして恐れた。実際には危険を避けて逃れるということはありえないが、あちこちに上がってくる対空砲火の煙の中を飛行するときには、心の中では本能的に思わず知らず尻込みし、あとじさりするのを感じた。

ヘッドセットの中でウイルソンの声が聞こえた。「第一ポイントに接近」と、爆撃手は言った。あいつの声は落ち着いているな、とリチャードソンは、冷静かつ厳格に判断を下して満足した。

「待機しろ」と、彼は答えた。

左の翼のはるか下方に、波が陽光を浴びてきらきら輝いていた。リチャードソンは、五秒間、カウントして待った。標的をしっかり取り囲む形で、前方から左方にかけて、先導の飛行中隊が、ノコギリの歯のような、まばらな点の連なりをつくって飛行しているのが見えた。彼らは、すでに兵器庫に爆弾を投下して通過していったに違いない。彼らの爆弾はすでに……。

大阪兵器庫の建物がしだいに大きさを増し、ゆっくりと、重々しく目の前に浮かび上がってきた。それはまるで、揺るぎない巨大な手に支えられているように見えた。そして次の瞬間、ばらばらになった。兵器庫のあった場所には埃と煙の巨大な雲が湧き上がり、兵器庫は空中に舞い上がって、ぐるぐる回転した。

「こいつは驚いた」と、リチャードソンは、酸素マスクの中で大きく独り言を言った。「驚いたな。今までこんなのを見たことがないな。なくなってしまった。見えなくなったぞ。あれはまさに……」

「航法士からパイロットへ。旋回までに三十秒です、機長」と言う、モレリイの声が聞こえた。リチャードソンは、さっきまで兵器庫だった埃と煙の雲から目を離した。「了解、航法士」と、彼は言った。努力して彼は、カウントに気持ちを戻した。いったいどのくらいの時間、カウントするのを忘れていたのだろうと、思い出そうとし、さらに十五秒たったと思われるころ、旋回コントロールノブをひねった。

まるでそれが合図になったかのように、たちまち戦闘機の一群が陽光の中から、彼らに向かって攻撃を仕掛けてきた。黒い影が機首の前方の、彼の視界を真っすぐに横切った。かなり遅れて、砲塔の機関銃がガタガタと低い音をたてた。そのあと、すべての火器が一斉に射撃を開始し、それらの重い響きで機体が揺れた。乗員と飛行機は、戦闘の混沌とした渦巻きの中に巻き込まれた。

リチャードソンが背後に目をやると、ウイザーズ機の機首が、相変わらずしっかりと編隊の位置についているのが確認出来た。もう一度見るゆとりはなかった。リチャードソンの機が突然降下し、彼は本能的に両手を操縦舵輪に添えた。「自動操縦装置解除」と、ウイルソンが急いで言った。「こちらの爆撃標準器では、機体のコントロールが出来ません。ＰＤＩ……」

ああ、何ということだ、ＰＤＩとは！　ＰＤＩつまり、パイロット方向表示装置は、パイロットに爆撃照準器の修正を電信で伝える、極めて敏感な小さい指針である。それは、生命のない蛍のように、前後にチラチラする緑色の鬼火だ。

もちろんそれは、此の際、標的に到達するたった一つの方法である。リチャードソンは言った。「よし、分かった、爆撃手。ＰＤＩを使って、マニュアルの飛行をしよう。そっちの修正は少なめにしろよ」彼は、旋回コントロールノブをニュートラルになるまでクルクル回し、自動操縦のスイッチをオフの位置まで動かした。そしてさらに、舵輪と方向舵を引っ張った。

それから後の数分間は、ＰＤＩの小さな緑色の指針が、リチャードソンにとって命であった。その指針が動くとおりに彼は動いた。彼の両眼は、その光から離れなかった。彼の身体は、その計器の、念入りに仕上げられた延長になり、左右に動く指針の動きに合わせて、彼のあらゆる筋肉を働かせた。光の細い筋が真っすぐに立って動かずにいる間は、彼は緊張して待機しながら、数秒間もぶっ続けにじっとしていなければならない。そのあとで、光の筋がある方向またはその逆に素早く動くと、彼は急いで行動に移らねばならない。

この装置の拠り所にしている考え方というのは、飛行機が標的の上を正確に通過するよう、爆撃照準器の高度に入り組んだメカニズムによって解析された通りに、飛行機の通過しなければならない方向を、計器の示度によってパイロットに即座に指示することである。したがって、この装置が中心になっている以上、コースの変更は必要がなく、飛行機は指針の動く通りに飛行しなければならない。この考え方の問題点は、計器が、人の反応時間および飛行機の制御反応に正確に調子を合わせて目盛りを調整することが出来ないということだ。指針の動きは、あるときには過敏であり、また、時には十分に鋭敏とはいえない状態だった。指針の動きに正しく従おうとすると、腹立たしい思いにさせられるのだった。指針は、横の方に突飛な動きをしたかと思うと、急に向きを変えて激しく動いたりした。リチャードソンの顔から汗が流れ出て、顎のところに集まり、酸素マスクのゴムの固まりにせき止められた。両腕と両足は、我慢が出来ないほど痛んだ。彼はあえぎながら息をした。ＰＤＩで飛行をする場合に良い事といえば、リチャードソンに恐怖について考える時間を与えないということだ。戦闘の最中に恐怖を意識することは稀だった。火器のガタガタいう音が聞こえても、それは遥か離れたところで聞こえるに過ぎなかった。明るい黄色の塗装をした、双発の日本の戦闘機が、さっと飛び去るのが見えた。一つのエンジンから煙と炎が棚引いていた。操縦席の囲いから、手足を大の字に伸ばした一つの黒い影がまさに飛び出すところだった。機体を引っ張る力が増し、操縦にあたって調整を心掛けなければならないバランスに変化が生じたことで、リチャードソンには、爆弾倉の扉が開いたのが分かった。そのあとすぐに、いくつもの事態がほとんど同時に起こった。機体が浮き上がった。ウイルソンがマイクの中で「爆弾投下!」と、叫んだ。続いて彼は、勢い込んで「完璧だ!　やったぞ!　完璧だ!」と大声を出した。リチャードソンは、安心して、ＰＤＩから目を離し、機体をゆっくりと左方に旋回させ始めた。戦闘機が一機、前方に姿を現した。一方の翼が上がり、機体を旋回させ始めるように見えたが、砲門から一筋の煙が立ち昇った。すぐ目の前だったので、あっという間だったが、リチャードソンには、その戦闘機のパイロットの緊張した顔が見えた。ウイザーズ機が完全に視界に入って、その旋回砲塔がぐるぐる回り、空になった弾薬筒が機体の後方へばらばらと落ちていった。

リチャードソンたちの機は、水平飛行に戻った。標的のコースから外れて、前方に海が見えてきた。編隊の周囲に再び、対空砲火の弾幕が広がり始めたが、もうそれほど濃密なものではなかった。リチャードソンは、フランクスに操縦の交替を小声で告げると、ぐったりと疲れきった身体をシートに沈めた。まだ危険が去ったわけではないが、彼は休息をとらざるをえなかったのである。

数分間、彼はじっと動かないで座っていた。あちこちの筋肉が徐々に和らぎ、酸素マスクを脱ぎ捨てた顔からは、汗が引いていった。口の中には、肉体的疲労から来る苦い味が滲み出てきた。やっとの思いで彼は、操縦舵輪についている、マイクロフォンスイッチに手を伸ばした。バーナム以外のクルー全員がインターフォンチェックに返答してきた。「よし、お前たち射手はよく聞け」と、リチャードソンが急いで言った。「だれかが行って、バーナムがどうなったか見て来い。急いでやれ。そして、おれにちゃんと報告しろ」いらいらするような時間が過ぎて、元気のないウイリンガムの声が、インターフォンを通して聞こえてきた。「機長、バーナムがやられました」と、彼が言った。「重傷じゃありませんが、首の左側に、かなり大きな裂傷があります。飛行機の割れた金属片か何かにやられたんだと思います。ひどい出血ではありません。おれが先に行って、包帯をしましょうか?」

「よし、先に行って、手当てをしておいてくれ」と、リチャードソンが言った。「首の周りに包帯するよりは、出来れば、テープをしておいてくれ。あいつの意識はあるのか？　あいつは、気を失ってはいないのか？」

「いや、そんなことはありません。あいつは大丈夫です。意識が朦朧としている状態だと思います。あいつのヘッドセットのコードがソケットから抜けちゃって、見つけられなかったんです」

「分かった。あいつのところに居てくれ。出血し始めたら、報告しろ。出来るだけ早く行くつもりだ」

至近距離で対空砲火の爆発する、ウォン！　ウォン！　という音でリチャードソンの鼓膜が震動し、握っている操縦舵輪がブルブル揺すれた。前方の海岸線に沿って対空砲火の陣地が広がっているのを、彼は知っていた。彼は心の中で、一匹の悪意に満ちた黒い蜘蛛が、下の方に網を張り、毛むくじゃらの脚を広げて、彼が落ちてくるのを待っているのを想像した。そのあと、彼の考えはほかへ移り、急にライネのことを考え始めた。

人々は普通、戦闘の間は、それとは無関係な物事を考えたりはしないものだ。たいていの人は、何でも考えられる状況であれば、出来るだけ早く戦闘から離れるにはどうしたらいいか考える。リチャードソンは、普通の感覚であれば、ライネのことを考えたりしないし、何も考えない。彼は、考えるというよりはむしろ、感じていたのだ。彼の心の中には、いかなる言葉も形作られていなかった。彼は、もしライネのいるところに戻ったら、その晩、彼女に会って、彼女がそうしたいと思っていようといまいと、そんなことはいっさい考えずに、一途に彼女と寝たいと思った。たとえ彼女が彼に連れて行ってほしくなくても、どうあっても彼は彼女を連れ出したいと思った。ライネはよい少女だ、すばらしい少女だ。大きな感動の波に飲み込まれた瞬間には、お互いの欲望の切迫を求めて、ほかのことは一切忘れてしまうことが出来る。しかし、大きな感動の瞬間は、その瞬間だけである。ライネは、そのような瞬間のムードを持続することが出来ないし、それを取り戻すということが出来ない。後になって彼は、ライネが彼との関係では、ありふれたパターンに従っていたのだということを、しぶしぶ認め始めた。しかし一方では、そうだと確信することも出来なかった。初めは、お互いに相手をひきつける魅力が異常なほどだったので、そういう状態から抜け出すために、彼女は一時、実際とは異なる人間になったかのように見えた。初めのころ、彼女は、無条件に彼を愛していたことは間違いないし、良心とかモラルとかそうした一切のことを無視していた。しかし、その後、最近になると、彼女はずっと口をきかないでいて、しかも、はっきりと気乗りしない態度をみせるようになった。したがって彼らは、いつの間にか憂鬱なムードに落ち込んでしまうのである。

そして、事態はさらに悪化した。彼らが一緒にいるときにはいつも、彼女は彼に逆らうようになったのである。それは、本当の拒否ではなくて、いやだという態度をとるだけで、本気とは思えないものだった。彼女がほんとうに彼を拒否しているのかどうか、ほんとうに心からいやがっているのかどうか、リチャードソンはたいして気にはしていなかった。彼女の抵抗は、取るに足らない、気にとめる必要のないものに思われた。リチャードソンは、こうした思いを口に出したことはなかったし、しっかりした考えとしてまとまることはなかった。彼の心の中には、ライネについての漠然とした不安があるだけだった。それは、落胆の始まりであると同時に、彼はライネを愛していると考えてはいるものの……ほんとうに彼女を愛しているとほとんど決めているにもかかわらず……それほど彼女のことを好きではないんじゃないかという疑いの始まりでもあった。

対空砲火の震動と衝撃がやっと終わった。リチャードソンは、これからやらなければならないことに考えを移した。彼らは海岸線を飛び越し、目の前には、灰色に広がる海しかなかった。戦闘機の追及からほとんど逃れたと言ってよかった。今は、帰還することを考え、そのための計画を立てる時だった。

彼は操縦舵輪を握り、後方に展開している編隊に合図を送るため、機体がイルカの動きをするように、操縦舵輪を前後にゆっくり動かした。窓から後方に目をやると、ウイザーズ機の機首が左後方に遠ざかるのが見え、間もなく視界から消え去った。

「交替してくれ」と、フランクスに言って、彼は座席を離れた。まっすぐ立ち上がると、頭がクラクラした。機体後方へのトンネルは果てしなく何マイルも続いているような気持ちがした。その長いトンネルを腹ばいになって進み、バーナムの様子を見に行った。

レーダー操作員は彼の区画の床に、パラシュートに頭を載せて、横たわっていた。首には包帯が巻かれていたが、左側の包帯は赤く染まっていた。彼は意識があった。射手のウイリンガムが彼のそばに座りこみ、たばこを彼にくわえさせたところだった。

「気分はどうだ？」と、リチャードソンはバーナムの上にかがみこんで、たずねた。

レーダー操作員は目をあけたが、リチャードソンの方を見ようとはせず、低い声で「大丈夫です」と言うと、ふたたび目を閉じてしまった。

「寒くはないか？　毛布をもっとやろうか？　何か食べるものはほしくないか？　ホットスープはどうだ？」

「いいえ」と、バーナムは言った。今度は、目を閉じたままだった。

「しゃべると痛むんじゃないかと思います、機長」と、ウイリンガムが言った。「でも、とても良くなってきていると思います」彼は、リチャードソンに向かって大まじめにウインクし、手のひらを上にして片手を持ち上げて見せた。その中には、使い終わった二本の、モルヒネ注射筒があった。リチャードソンはうなずくと、親指と手のひらでオーケイのサインを送った。

「バーナム」と、彼は言った。「おれは一休みするつもりだったが、ちょっとお前の様子を見に来たんだ」

バーナムは、了解した印としてかすかに鼻を鳴らした。リチャードソンは、包帯をそっと持ち上げて傷の具合を見た。

レーダー操作員の首には、拭きとられた赤い血の跡が生々しく残っていた。片方の側の、赤く染まった覆い物を通して、露出した灰白色の腱がのぞいていた。別の箇所には、ほとんど剥き出しになった動脈が脈打っているのが見えた。傷口のあちこちから、点々と血が滲み出ていたが、流れてはいなかった。

リチャードソンは、傷口に新しい包帯を載せた。彼は、ウイリンガムに手伝わせて、負傷者が小声で断るのを無視して、血漿を注射した。これで、やるべき処置はすべて終わった。

リチャードソンが席に戻ると、「どんな具合です?」と、フランクスが訊ねた。

「本当のところ、おれにも分からないんだ。あいつは、首をやられてるが、傷はそんなに深くはないし、出血もそれほどひどくはない」

「安静にしておかないといけませんね」

「そうだ。ウイリンガムにそう言っといたよ。こっちの様子はどうだい?」

「大丈夫です」と、フランクスが言った。「ちょっとした悪天候が近付いているようです。時間が許せば機長に会いたいとフォンクが言っています」

(フォンクだって? 今、何の用があるんだろう? 畜生、おれはたった今、腰掛けたばかりだぞ)、とリチャードソンは独り言を言った。それでも、疲れてはいたが、彼はふたたび立ち上がった。航空機関士は、何が起ころうとも持ち場を離れることが出来ない。パイロットは、副操縦士がいるので、持ち場を離れることが出来る。リチャードソンは、半ば這うようにして、後方の機関士の席に行き、フォンクのそばにしゃがみこんだ。

「何だい、フォンク？　おれに会いたいそうだが」

「ええ、機長。見せたいものがあるんですよ、見てください」

フォンクは、計器盤を指さした。彼の指先は、燃料計に触れた。それは、本当はガソリン計なのだが、あるばかばかしい理由で、そう呼ばれているのだった。それは四個あった。その計器の表示盤を見ると、リチャードソンには、指針のうちの二つは満タンの位置にあった。これは明らかに異常だ。そして、ほかの二つは、絶えず大きく上下に変動している。「狂ってるのか？」返事は分かっているが、彼はフォンクに尋ねた。

「狂っています」と、フォンクが答えた。「ちょうど今、こんな具合なんですが、しかし、おかしなことに、時々は落ち着いて、かなり安定した示度を示したりするんです」

「それがどうした？　B29を飛ばしはじめてからずっと、おれたちに分かったことは、物事はしょっちゅううまくいくとは限らない、ということだ。お前はずっと、時刻を記録し、出力を表示した数字とにらめっこをしているよな？　おれたちが今までにどれだけの燃料を消費したか、知っているよな？　お前は、燃料計が馬鹿になったことを教えようとして、ここにおれを呼んだのか？」

フォンクの表情が心持ち硬くなった。「そうじゃありません。いや、そうです。私は、航空日誌をきちんとつけています。燃料計が安定して、しかも正確な示度のように見えるときに、その示度が私の計算した数値と合わないということです。燃料計の示度からは私の計算したほどの燃料を消費していないように読み取れるんです。私にはどうも、燃料計の示度が正しいとは思えないんです。機長はどう考えられますか」

「そうだな」リチャードソンは、フォンクの心配に直面していらだっている自分の気持ちを、じっと抑えた。「おれはいつでも、くそったれの燃料計より、お前の計算のほうを信じているよ。心配するな。話してくれてありがとう」

彼は自分の座席に戻り、そのまま操縦を続けるようフランクスにサインを送ると、座席にぐったりと寄りかかった。身体じゅうに疲労のうずきが広がるのを感じた。しばらくして彼は、オレンジジュースの缶に穴をあけ、飲み干した。その酸っぱい味が心地良かった。たばこに火をつけて二回吸い込むと、灰皿に捨てた。彼は眠った。

空が灰色になり、たそがれの近いことを暗示した。彼が目を覚ましたときには、それがはっきりしていた。目を覚ますとほとんど同時に、ヘッドフォンの中にウイリンガムの声が飛び込んできた。

「こちらはパイロット」と、彼は眠気の去らないしわがれ声で言った。「ウイリンガムか？　バーナムの様子はどうだ？」

「そのことでお呼びしたんです、機長」と、ウイリンガムが言った。「あいつは、眠っている間に、ひっきりなしに動き回るようになったんです。今の状態はあまりいいようには見えないんです」

「よし、分かった。そっちへ行くよ」

動くと、硬直した関節が痛んだ。彼は、さっき口を開けて、座席のそばに置いてあったジュースの缶を探し出した。今は、苦い味になってしまって、うまくなかった。

バーナムの様子を見に行く途中、機関士の席のわきを通りかかると、フォンクがクリップボードの上にかがみこんで、何かを大急ぎで熱心に殴り書きしているのが見えた。フォンクの気持ちの上では、変だなと頭をかしげる段階をすでに通り越して、事態を楽しむかすかな光さえどこかに見つけだしたような心境になっていた。フォンクか、とリチャードソンは考えた。(あいつは几帳面で、細かいことにこだわり過ぎる。いつも計算をしている。多分、ガソリンの消費量をもう十回は計算しているだろう。そして、今頃は一ガロンの十分の一まで計算していることだろう)

レーダー区画に入ると、リチャードソンにはバーナムが全く休息をとっていないのが見てとれた。レーダー操作員の身体は、よじれたり、転がったりして、絶え間なく動いていた。彼は、ひっきりなしに低い声でつぶやいているが、それは、話として聞き取れるものではないが、そうかといって、唸っているというのとも違っていた。顔は灰色で、額には、小さな汗の粒が噴き出ていた。

「こいつは、ひどく青い顔をしています、機長」と、ウイリンガムが言った。

「この照明の下で、お前は青い顔をしていない、元気そうだ。少し眠ったのか？」

「ちょっと眠りました。一寝入りというところです」

リチャードソンは、バーナムの脈に触れた。脈打ってはいたが、弱々しかった。いや、脈打っているのかな？ 彼はいつも、脈を探すのが下手だった。彼は、応急手当の訓練コースで、どこで脈打っているのか確かめられなかった。今も、バーナムの脈について確かなことが言えなかった。

「あれから、どのくらいモルヒネを打ったんだ？」と、彼はウイリンガムに訊ねた。

「今までに合計三本です」と、射手が答えた。「二時間以内にもう一本で適正だと思います。帰島するまでにもう一本打てば、ちょうど使用説明書に書いてある通りになると計算しています」

「お前は、ちゃんとやっているよ」と、リチャードソンが言った。「こいつがこういうふうに動き回っているので、お前が心配しているのは分かるよ。おれだって心配だ。だが、おれたちがほかにしてやれることがあるのかな、どうなんだろう。お前は、説明書に書いてあるとおり正確に、やれることはすべてやった。ただ、おれには一つだけ分からないことがあるんだ。なぜ、そんなにひどい傷でもないのに、こいつはこんなにショックを受けたんだろう？ ひどい出血ではないし、おれには分からないな。とにかく、あと何をしたらいいのか、分からないいな。今まで通りにやってくれ。こいつにちゃんと毛布がかかって、暖かくなっているかどうか、見張っててくれ。こいつが、こういうふうにしょっちゅう動いているようなら、ちょっと声をかけて、慰めてやってくれ。お前がそうしたいと思ったら、この次の注射を少し早めに打ってやれ。お前はよくやっている。少したったら、誰かほかのやつをよこして、お前と交替させるよ。そうすれば、お前は少し休めるからな」

「そうですね、機長。でも、おれはこいつのそばにいてもかまいませんよ」

戻りかけたリチャードソンはあることを思いついて、立ち止まった。「おい、お前は、最初からずっと、あいつの様子を見ていたな？　お前がそうしていたことは知っているが、何か見落としたことはなかったかな？　あいつは、おれたちの気付かないところをやられたとは、考えられないか？　いやいや、多分そんなことはないと思うよ。今言ったことは忘れてくれ」彼は、周囲が装備で覆われたデッキを登って、前方に向かった。

フォンクの計器盤には、紙が撒き散らされていて、それらの紙は、書かれた数字の列でびっしり埋め尽くされていた。フォンク自身は、計器をぼんやりと見ていたが、実際に見ているのではなく、深く考えに耽っているのは明らかだった。リチャードソンは彼のそばにひざまずいた。

「おい、フォンク」と、彼は言った。「気楽にしろ、坊や。そんなに計算ばっかりしていると、死んじまうぞ。まだ、燃料のことが心配なのか？」

「機長が戻られるのを待っていました」と、機関士が言った。「見てください。燃料計は、今は正常で、この一時間ずっとそうでした。おれは、数字を二十回綿密に計算してみましたが、計算間違いはありません。でも、おれはガソリンが不足しているんじゃないかと心配なんです」

「いいか、フォンク。どうしてガソリンが不足するんだ？　お前の計算した数字は正しい。それなら、燃料計のことは心配するなって言うんだ」

フォンクが答えたとき、リチャードソンは、彼の声の中に今までにない、気になる語気があるのに気付いた。「ガソリンが不足しているんじゃないでしょうか、機長。まずいですよ。燃料計によれば、六百ガロン不足です」

「燃料計がおかしいんだ、フォンク！　何かが間違っているんだ……ちょっと待てよ。六百ガロンだと？　六百？」

「そうです、六百ガロンです」

「なぜだ、おい」と、リチャードソンが言った。「六百ガロンといえば、予備の量より多いじゃないか！　もし、それ以上不足していたら、帰還出来ないぞ」

「分かってますよ、機長」と、フォンクが言った。「だから、心配してるんです」

リチャードソンは、しばらくの間、黙ってじっと考え込んだ。（畜生、おれはびくびくしているぞ、と彼

は思った。そして、おれのところの、この若い機関士もびくついている。しかし、こいつの言うことは、もちろん正しい)

彼は、フォンクの計算した数字を見るふりをしながら、急いで考えた。航空機関士は、燃料の転送をする際にミスをおかすことがありうる。B29は、サイパンと日本の往復という長距離飛行をするためには、翼の中にあるレギュラータンクの燃料だけでは足りない。したがって、この不足分の燃料を補うために、別の、特別なタンクを二つの爆弾倉のうちの一つに格納して運ぶ。燃料は、この追加タンクから翼のタンクに、電動の燃料転送ポンプによって転送されなければならない。このポンプは、いささか信頼性に欠けるところがあって、失敗することがある。さらに、ポンプが正常に働いても、どれだけの量の燃料が転送されたのか、正確に言うことは困難である。注意深くタイミングをはかり、燃料の流入速度を計算して初めて、転送作業をコントロール出来るのである。機関士がうかつにも、多すぎる量の燃料を転送してしまうことがある。もしもそんなことをしてしまうと、すでに満タンになったところへ、入り口弁から注入された燃料は、排出弁から流れ出し、排出口から空中へ流れ去ることになる。これが原因で、不時着水したり、飛行機を失ったりすることがある。

書き散らした紙をどかして、リチャードソンは、フォンクの耳に口を近付けた。

「お前の計算はみな正しいようだ」と、彼は言った。「気楽にして、聞いてくれ。どうしてこういうことになったのか、お前にはほとんど分からないだろう。おれたちは撃たれたが、ごく軽いものだった。だから、それが原因でタンクから燃料が漏れたとは考えられないよな。どのエンジンも、六百ガロンも消費するほど過剰な混合気で回転してはいない。そんなことをしたら、エンジンは全く機能しないだろうからな。今度のようなことが起きた原因は、転送の過程でアクシデントが起こり、何らかの原因で燃料が排出口から流失したとしか考えられない。お前は、そんなことはやってないよな？」

「分かりません、機長。そんなことは考えられませんが」

「転送中に居眠りをしたんじゃないだろうな？」

「分かりません、機長」と、機関士が言った。「そうかも知れません」と、みじめな様子で、彼は付け加えた。「そうは思いませんが、もしかすると、居眠りをしたかも知れません」

「いや、お前は居眠りはしていなかったさ。おれは、そう思う。今言ったことは忘れろ。一時間たったら、チェックの結果をまた教えてくれ」リチャードソンは立ち上がった。

「機長、もし燃料漏れが事実なら、このままずっと最高巡航速度で飛行を続けるパワーセッティングでは、まずいと思いませんか？」

「おそらくまずいだろうな。よし、おれにいい考えがある。間違いなくいい考えだ。少しスピードを落とすんだ」彼はバーナムのことを考えていた。「たとえやれるとしても、おれたちは、帰島するのにあまり時間をかけるわけにはいかないんだ。バーナムのことを考えなければいけないからな。しかし、たぶんそんなに違いはないだろう。やってみろ。あとで、結果を教えろ」

自分の席に戻ると、リチャードソンはフランクスと操縦を交替し、副操縦士に睡眠をとるように命じた。フォンクがパワーセッティングを変えたので、エンジンの出力が変化して回転数が減少した。リチャードソンは、自動操縦とトリムを調整した。

彼は、コースを維持しながら安定した飛行が出来るように、調整した。

ウイリンガムが彼を呼び出し、バーナムが前よりおとなしく眠っていると告げた。

インターフォンチェックをすると、他のクルーはみな異常なしと報告してきた。

モレリイの声がして、自分たちはコースに乗っており、基地まであと一時間ちょっとだと伝えた。

ウイリンガムの声がした。

「機長」と、彼が言った。「あなたの言われたことが正しいようです。バーナムは何か具合が悪いようなんです。別のところをやられているんじゃないでしょうか」

「どこをやられているんだろう？　どんなふうに見えるんだ？」

「やつの頭です。てっぺんの右側です。たった今、チェックし直したばかりですが、腫れている箇所を見つけたんです。頭のてっぺんのあたりから首の後ろに向かって、まるで尾根のような長い腫れが続いているんです。そこも撃たれたに違いありません」

「出血しているのか？」

「出血はしていません。少なくとも、今のところはです。腫れの周囲に、乾いた血が少しついていますが、わずかです。でも、全体に腫れて、膨らんでいます」

「そっちへ戻るぞ」と、リチャードソンは言って、マイクロフォンボタンを外し、喉マイクとヘッドセットを引っ張った。今では機内が暗くなってきているのが分かった。機外の下方や右側を見ると、水平線の近くで太陽が光を放ち、逆波の立った海面に太陽の光線がきらめいていた。

機首では、飛行服の袖を巻き上げ、頭を片方にだらりと傾けて、ウイルソンが眠っていた。

フランクスが、副操縦士席の中で姿勢を正してうなずき、リチャードソンが立ち上がると、操縦を交代した。副操縦士のあごにはひげが目立ち始めていて、彼はそれをこすった。リチャードソンが航空機関士の計器盤の横を通りかかると、フォンクが片手を広げた。

リチャードソンは腰をかがめて、フォンクの耳に向かって叫んだ。「バーナムの様子を見に行くところだ」と、彼は言った。「帰りに寄るよ」

「駄目です、機長」と、機関士は首を振った。「ここにいて下さい」

フォンクの顔を間近で見たとき、リチャードソンの心に驚きが走った。機関士の顔は青ざめていて、深く皺が寄り、額には汗がにじんでいた。

「このことをあなたに言わなくてはならないんです、機長」と、彼は言った。「私は、確かめるために、あなたの言われた時間よりいくらか長く待ちました。燃料が不足していることは確実です」

リチャードソンは、しばらく時間をかけて、フォンクの言っている意味を考えた。最終決定を伝える言い方には元気がなかったし、機関士の表情もさえない。リチャードソンは、機関士の言うことを信じるしかないなと、判断した。

「分かった」と、彼は言った。「おおよそのところ、どのくらい不足しているんだ？　あと、何分くらいもつ？」

「十五分か、おそらく三十分というところでしょうか。三十分以上でないことは確かです」「お前のマイクとヘッドセットを貸してくれ」リチャードソンは、頭の脇にヘッドフォンをつけると、喉マイクロフォンを唇に押しつけて、ウイリンガムを呼び出した。「ウイリンガム、おれは今、そっちへ行けない。おれたちは、緊急態勢に入るかも知れないんだ。バーナムとお前は、不時着水の準備に入れ。もう一度言う。不時着水の準備だ。分かったか？」

「了解しました、機長。不時着水の準備をします」

リチャードソンは、ヘッドセットとマイクロフォンを、フォンクの膝へ投げた。自分の席に戻る際に、彼はフランクスの腕をぴしゃっと叩いた。副操縦士は座り直して、安全ベルトを強く引っ張り始めた。

ウイルソンは、まだ眠っていた。彼はリチャードソンの席の方へ寄りかかっていたので、リチャードソンは、爆撃手の肩を掴んで揺すぶり、目を覚まさせた。

急いでヘッドセット喉マイクをとり上げ、無線士を呼び出した。アダムスが即座に応答した。

「アダムス」と、リチャードソンが言った。「録音した緊急メッセージを基地に送り始めろ。SOSじゃなくて、緊急メッセージだ。緊急の理由はだな、『燃料の残量不足。残存燃料は三十分の飛行が限度と概算』だ。われわれの現在位置から始めて、飛行方向、航法士の概算、そのあとにメッセージを送れ。分かったか」

「無線士からパイロットへ。基地に緊急メッセージを送信します。燃料の残量不足、残量の概算は三十分の飛行分。現在位置、飛行方向、航法士の概算を入れます。了解。通話を終わります」

フランクスは、今では姿勢を真っすぐにして腰掛け、目の端でリチャードソンの方をうかがっていた。リチャードソンはフランクスに言った。「メッセージは見つかったか？　よし、クルーに警報を伝えろ」

それから、彼は後ろによりかかってリラックスするように試みた。すべてのことを忘れて、一つのことだけに集中しようとした。彼はジレンマにぶつかっていたが、今はフォンクを信じていた。ガソリンが流失したのは、恐らく間違いないだろう。航空機関士の控えめな見積もりに十分間を加算したとして、最大四十分の間に帰島しなければならない。基地に到達する時間は……、彼は腕時計を見た……およそ五十五分だ。悪くすると、十五分の差がある。彼はモレリイを呼び出した。「パイロットから航法士へ。基地までの時間はどのくらいだ?」

「五十二分です、機長」と、モレリイがすぐに答えた。「現在のところ、これが正確な数字です。これは、アダムスに頼まれて計算したものです。対空速度が同じと仮定しているのは当然ですが」

「ありがとう、モレリイ。おれたちは今、降下しているが、およそ十五分間は、この対空速度で飛ぶことになるだろう。その後は真っすぐに水平飛行をして、およそ三千フィートの高度を維持することになるだろう。同じ出力設定なら、スピードは落ちるだろう。おれは、おそらく忙し過ぎてお前を呼び出す暇がないと思うから、何か変化がないかどうか、よく見張っていてくれ」

航法士は了解した。リチャードソンは再び、例のジレンマに考えを戻した。やらなければならないことは、もちろんパラシュートで機から脱出することだ。天候は良好で、海は穏やかだ。そして、自分たちは、基地から三十数分の地点にいる。問題は何もない。通常の状況であれば、パラシュートによる、そのような脱出で、クルーの一人一人が救出される可能性は百パーセントだと期待していいだろう。

一方、不時着水にはいつも危険が伴う。ほとんどの場合、不時着水をすると、クルーのうち少なくとも一人の命が失われる。この上なく穏やかな海でも、不時着水のあと、B29はたちまちのうちにバラバラになってしまう。リチャードソンは、不時着水の数少ない成功例を知っているが、そういう例は決して多くはないのだ。彼はずっと以前から、不時着水よりはパラシュートによる脱出を選ぼうと、決意していた。それは、個人としての決意であるとともに、事態の推移の中で、長い間に準備されたものでもあった。ただし、ほかの条件がすべて同じならばであるが。

彼はおもむろにタバコに火をつけ、じっと考え込んだ。この、格好よく、きっぱりした、前もってなされた決心には、ほかの条件がすべて同じではないというところに問題がある。理想的な条件のもとであれば、自分たちはパラシュートで脱出出来る。そして、おそらくクルー全員が救出されるだろうが、バーナムは駄目だ。負傷しているバーナムを除いてパラシュートによる脱出をすることは出来ない。たとえ自分たちがパラシュートの中に彼を入れて、パラシュートの開き綱を引くための補助綱を装着することが出来たとしても、パラシュートが開く時のショックでおそらく出血が始まり、彼は死ぬだろう。そして、もしも奇跡的に、彼が降下中に生き続けたとしても、海中で溺れてしまうだろう。

損傷を受けた飛行機が、負傷した人間を乗せて帰還する典型的な場合が今だ。今まで、この問題には何人かのパイロットが直面したし、戦争が終わるまでに、さらに多くのパイロットが直面することになるだろう。まだコントロール出来る飛行機が与えられたとして、したがって、まだ選択の余地があるのだが、パイロットは、最大多数の者のために、もっともよいことを選択して、パラシュートによる脱出を命令すべきなのだろうか？

リチャードソンは、招かれないのに心の中にやってきた言葉を、つぶやいた。ノーだ。

それでは、二番目にベストなことは何だろう。二番目にベストなことは、飛行機を不時着水させることだろう。その場合、不時着水に備えて、バーナムを操縦室に運んでおくのだ。その際、パイロットと副操縦士は飛行機に留まって、不時着水することになる。それ以外の者はパラシュートによる脱出をする。リチャードソンとフランクスは、バーナムを機外に運び出すことになる。いや、待てよ。不時着水の際の衝撃で、二人のうちのどちらもやられないとしても、二人だけでバーナムを運び出すことは、おそらく出来ないだろう。補助する者が必要だ。それには、誰を使うか、何人必要なのだ？　機内に留まる者をどうやって選ぶのか？ああ、こいつは、ややこしすぎる。

さらに少しの間、リチャードソンは熟考した。そして、彼は決心した。いずれにしても、やってみるしかないのだ。多分、何もしないよりましだろう。彼はマイクロフォンボタンを押し、クルー全員を呼び出した。「パイロットからクルーへ」と、彼は言った。「インターフォンチェックをやったあと、伝えることがある。まず、チェックする」

クルーは、順番に、すばやく応答した。

「よし、全員異常なしだな」と、リチャードソンが言った。「じゃあ、みんな、よく聴いてくれ。おれたちには、ちょっとした問題がある。燃料が不足していることは、分かっているな。だから、場合によっては、不時着水することになるかも知れないし、パラシュートで脱出することになるかも知れない。不時着水するよりはパラシュートで脱出するほうがベターだということは承知しているな。しかし、おれたち全員がパラシュートで脱出することは出来ない。なぜなら、バーナムが負傷しているからだ。ここからは、命令だ。将校は全員、機内に留まって不時着水に備えろ。下士官は、本人が希望するなら、パラシュートで脱出してもよい。繰り返す。将校は全員、不時着水することになる。下士官は、希望があればパラシュートで脱出してよい。下士官は、今から五分の間に、どっちにするか決めろ。そのあとで、もしも、バーナムを介護する者が彼のところに十分残らないということが分かれば、あいつを操縦室まで運ばなければならない。そのことを、下士官諸君はよく考えろ。しかし、英雄気取りにはなるな。こいつは、自由な選択だ。パラシュートで脱出することを決めるのに、自分の気持ちに逆らうんじゃないぞ。以上だ」

彼はクルーの了解を求めなかったが、彼らは了解した。

「無線士からパイロットへ。不時着水したいと思います」

「左射手からパイロットへ、了解。機長、私は機内に残ります」

「右射手、了解しました。不時着水の方を選びます」

「中央火器管制射手、不時着水を選びます」

機内をずっと一巡して、応答が聞こえてきた。全員が不時着水を希望しているようだ。フィーの声が聞こえてくるまでに、一呼吸あった。インターフォンの回路が開かれ、ブーンという音が聞こえた。その後、カチッという音がしてから、尾部射手のあわてた小声が聞こえてきた。「尾部射手からパイロットへ。おれは、あなたと一緒に留まります、機長。おれは……あれっ……おれのマイクは通じなくなったぞ」

リチャードソンは、緊張した心境であるにもかかわらず、思わず一人で笑ってしまった。フィーはいつも彼を笑わせるのだ。

彼は、クルーにもう一度呼びかけた。「おれは、お前たちに、決定するための時間を五分やった。まだ、四分少々残ってる。もし考えを変えたい者があれば、四分以内に知らせろ」

彼らが考えを変えることはないだろうということが、彼には分かっていた。また、それが勇気とは関係ないことも、分かっていた。彼らは、パラシュートでの脱出の方が安全だということを、心の中では知っていた。しかし、全員が、そうした脱出の仕方を感情的に毛嫌いし、みんながそれをやり遂げられるという、不条理な希望を抱いて、不時着水に成り行きを任せようとしているのだ。もしかすると、彼はパラシュートでの脱出を命令すべきだったのか。いや、絶対に、そうではない。彼らの選択に任せよう。それに、バーナムを介護するにも、四人いればいいのだ。とにかく、少しでも、ややこしくない方がいい。

残された時間はどれくらいだろう？　彼は腕時計を見た。二十分そこそこだ。出来るだけ安全を図るためには、あと十分間飛行出来るだけの燃料を残して不時着水しなければならない。不時着水する前に燃料を使い果たしてはならないと、指示書に書いてある。不時着水の時にはいつも、出力が十分でなければならない。機体が水面に接触する前の、最後の瞬間まで機をコントロール出来るのは、エンジン出力あってこそである。指示書には、そう書いてある。リチャードソンはそれに同意する。しかし、それは全面的な同意ではない。確かに、出力のあることは望ましい。しかし、四つのエンジンを備えた飛行機の場合、四つのエンジンすべての出力が十分とは限らない。おれは勝手な理屈をつけているのかな、と反省したが、本当のことを言えば、彼には、四つのエンジン全部がまだ回転している状態で不時着水することなど期待出来ないのである。実際にどうしても必要なのは、外側の二つのエンジンなのである。それは、第一エンジンと第四エンジンである。これらの、翼の一番外側のエンジンは、機体の制御に必要なのだ。そこで、リチャードソンは、ずっと考えた末に到達した新しい結論を実行に移すことにした。

「パイロットから航空機関士へ」と、彼はマイクロフォンに声を吹き込んだ。

すぐにフォンクの声が聞こえてきた。その声には、心なしか、緊張が感じられた。「こちらは、航空機関士」

「いいか、フォンク。燃料を、外側のエンジンに転送し始めてくれ。計算が難しいのは分かるが。推算してやってみろ。おれとしては、内側のエンジンが停止した段階で、外側のエンジンに十分間分の燃料が残っていてほしいんだ。そうなれば、外側のエンジンだけの出力で、不時着水することが出来る。おれたちに残された時間は、お前の計算によれば、あと二十分しかない。すぐに始めたほうがいいだろう」

「すぐに始めます、機長。十分間分の燃料が外側のエンジンに残るように、転送すること、了解しました」

リチャードソンは、高度計をチェックした。三千フィート近くまで降下していた。彼は、自動操縦装置を操作して、降下を停止し、水平飛行にした。

対空速度計の指針が目盛りの周囲を戻り始めた。

リチャードソンは、マイクロフォンボタンを押して、クルーを呼び出した。

第二エンジンがバックファイアーを起こし、停止した。

すぐさま彼は、考えを変えて、インターフォンでフォンクを呼んだ。それと同時に、右手をすばやく座席の間にある制御盤に伸ばし、……プロペラの羽根を垂直にする……第二エンジンのプロペラをフェザリングさせるボタンを押し下げた。

「航空機関士！」と、彼は呼んだ。「第二エンジンが停止した。フェザリングしている。さっきの燃料転送命令は無視しろ。内側の第三エンジンに残っているすべての燃料を、外側のエンジンに転送しろ。出来るだけうまく、バランスをとるんだ。分かったか」

「航空機関士、了解しました。残りの燃料すべてを、外側のエンジンに転送します」

内側のエンジンが停止すると、機体にかすかな動きが伝わった。エンジン出力の減少で、水平面に対する角度とバランスの変化したのが分かった。役立たずになって風車のように回っていた羽根が、プロペラが完全なフェザリング状態になったために、空気の抵抗を今までより強く受けるようになって停止したのである。しかし、変化の感じは、まだ続いていた。機首では、ウイルソンが、装備を整理し直すために動き回っていた。フランクスは、通路の反対側に手を伸ばし、彼のそばのすぐ手の届くところに、座席のクッションを引っ張ってきた。彼は、不時着水に備えて、そのクッションを膝に置いて、海面に衝突する直前に、そこに顔を伏せるつもりなのだと、リチャードソンには分かっていた。いい考えだ。リチャードソンは、片側の二つのエンジンともう一方の側の一つだけのエンジンとの、出力の釣り合いをとるために、自動操縦装置を軽く調整した。

残った三つのエンジンは、永久にそれが続くかのように、しっかりと静かに回転していた。

フォンクの声が聞こえた。

「航空機関士からパイロットへ。第三エンジンの燃料計が計器の底を叩いています。第三エンジンのタンクにはあまり残量がありません。外側のエンジンに転送する時間があまりありませんでした……外側のエンジンに十分間分の燃料が入っているかどうか分かりません。おれは……」声が途切れて、インターフォンの回路がブーンと鳴った。そのあと、航空機関士の声がふたたび聞こえてきたが、その声は、それまでと違って、奇妙に形式ばったものだった。「機長、ただちに不時着水することを勧告します」

その言葉は、それまでフォンクが言う必要のなかったことで、めったに行使されることのない、航空機関士の特権であった。勧告は、命令に近いもので、飛行機の指揮官に対して、クルーの他のメンバーが与えることの出来る、命令に最も近いものであった。大型爆撃機のクルーには、メンバーそれぞれの専門化された分野において、最高の自由が認められていた。飛行機の指揮官であるパイロットは、クルーの各メンバーに命令を下すよりは、出来る限り相談をする。射手は、彼が扱う火器に関係のあるすべてのことについては、彼のやり方がある。レーダー操作員は、機体中央部の暗い小部屋である彼自身の領域では、思うままに振舞えるのである。航法士は、彼の扱う計器とチャートを完全にマスターしている。飛行機の指揮官は、この上なく重大な緊急事態に直面しない限り、他のクルーの義務を妨害するような命令を下すことはない。クルーの一人一人は、もしも必要であれば、グループが全体として行動するコースを、強く、権威をもって勧告することが出来る。完全に明確なものでもないし、どこかに文字で書かれているわけでもないが、それでいて実際に存在する、クルーと指揮官の間のこうした相互理解があって初めて、飛行中のクルー間には高い士気が保たれているのである。そこには概して、粗削りで融通性のない規律は存在しないし、必要がないのである。軍隊の他の部署では、このような関係は見当たらない。説明しても理解出来ない部外者から見ると、略式で、たるんでいるようにさえ見えるが、航空関係のクルーの間には、実際には極めて有効な、独自の規律が依然として存在しているのである。

　その中でもとりわけ航空機関士は、彼独自の領域ではたった一人の人間である。巨大なエンジンの働きは、彼と彼の技術に依存している。彼は、エンジンと共に働き、エンジンを理解し、ほとんど完璧に近い権威のある態度で行動する。エンジンに関するあらゆる事柄についてパイロットに説明することは、航空機関上の特権であり、さらに言えば、義務なのである。彼がもしも、エンジンが機能しないか、あるいは機能しなくなりそうだと考えたならば、それをパイロットに伝え、機体の放棄を勧告することは、彼の義務なのである。

　今やフォンクは、この航空機関士としての最も重大な義務に直面せざるを得なくなったのである。


　首を片方に曲げることによって、リチャードソンは、操縦室の後方の、機関士席を見ることが出来た。フォンクも、首を曲げて前方の様子をうかがっているのが、リチャードソンには分かった。機関士がいつも必ずかぶっている、大きすぎてグロテスクなヘルメットの下で、フォンクのボーイッシュな顔は、やつれているように見えた。リチャードソンの心に一瞬、彼に対する同情の気持ちが浮かんだ。（あいつは、まだ、ほんの子供じゃないか。おれに不時着水を勧告しなければならないなんて、さぞ大変だったろうな）、と彼は考えた。

　彼は、インターフォンに声を吹き込んだ。「パイロットから航空機関士へ」と、形式ばった言い方で話した。「不時着水という、お前の勧告を了解した。待機しろ」

二人の間にあるスペースから身を乗り出すようにして、リチャードソンは、エンジンの騒音に負けないように声を張り上げて、フランクスに向かって叫んだ。「不時着水の態勢をとるように伝えろ!」話しながら、片手をインターフォンから無線電話のスイッチに移し、もう一方の手で、緊急用チャンネルの回路に繋がるようになっている、周波数キーを押し下げた。彼は、自分の声が上ずらないように抑えて、普段の口調で、喉マイクに向かって話し始めた。

「ゼットスクエア・ワンフォーから基地へ、緊急事態発生」と、彼は言って、もう一度繰り返した。「ゼットスクエア・ワンフォーから基地へ、緊急事態発生」

すぐにヘッドフォンから、びっくりするほど大きくてはっきりした声が聞こえてきた。「基地からゼットスクエア・ワンフォーへ。続けろ」

出来るだけ言葉を少なくして、リチャードソンは、自分たちの置かれている緊急事態について説明した。基地は了解し、周波数を合わせて待機するように、指示した。

リチャードソンは、フランクスの方に身を寄せた。「無線のスイッチを入れろ」と、彼は怒鳴った。「ガードD——ドッグ・チャンネルだ。基地が呼んだら知らせろ」

彼はインターフォンに戻り、フォンクを呼んだ。

「パイロットから航空機関士へ」と、彼はゆっくり言った。「フォンク、おれは今、直ちに不時着水するようにとの、お前の勧告を取り消す。おれは、お前の責任を解除する。お前の勧告を取り消して、飛行を続けるつもりだ。了解を求める」

「航空機関士、了解。不時着水するようにとの、当方の勧告をあなたが取り消すことを了解しました。飛行を続けます。第三エンジンからの転送を続けますか？第三エンジンは間もなく停止すると思います」

「転送を続けろ」と、リチャードソンは答えた。「第一エンジンと第四エンジンだけになるのは、あと何分だと思う？」

「分かりません、機長。十分でしょうか、五分でしょうか。多分少ないと思います。指針はすべて底を指しています、読み取れません。燃料の赤色警告ランプはすべて点灯しています」

リチャードソンは了解した。

彼が頭を上げたとき、前方の暗くなってゆく海の向こうに、小さな白いすじが目にとまった。

船だ！　白いすじは、船の航跡以外のなにものでもない。

彼はすぐに計画を変更した。あの船のそばに不時着水したらどうだろう。彼は、喜びに満ちた解放感に包まれた。船だぞ！　さあ、チャンスを掴んだのだ。今回は今までよりチャンスに恵まれたのだ。機体を特定の場所に不時着水させなければならない。しかも、今までで最高の定点着水をしなければならない。あの船の真ん前に機体を降ろさなくてはならない。それが出来れば、船が機体を見失うことはないだろう。

彼は目を細くして前方を見つめ、船までの距離を目測した。自動操縦装置を手探りして、ノブを回し始めた……。

通路の向こう側の席で、フランクスが彼に向かって何か叫びながら、大慌てで手を振って合図を送ろうとしていた。リチャードソンは目の隅で彼を捉えた。しまった、無線のスイッチを押すのを忘れていた、と彼は自嘲し、横にあるジャックボックスに急いで手を伸ばした。

「……基地からゼットスクエア・ワンフォーへ！　そちらの緊急識別シグナルをつけろ！　基地からゼットスクエア・ワンフォーへ……」

リチャードソンのすぐ前の、計器盤の高い位置に、下に「緊急」と書かれたトグルスイッチがある。鮮明な赤いプラスチックのガードがトグルスイッチを覆っていて、偶発的な出来事によって妨げられるのを防ぐために、細い安全用ワイヤーがガードの底にある穴を通っていた。

彼は、曲げた人差し指でガードを上にはね上げた。小さなワイヤーがプツリと切れ、ガードが飛び上がった。彼は、スイッチを上にひねった。

ほとんど同時に、基地が通信を中断し、声が変化した。「ワンフォー、こちらのスコープに、そちらの緊急シグナルが写った。そちらの位置がはっきり分かる。救難ボートがすぐに出発する。燃料の残量はどのくらいだ?」

その声は冷静で、穏やかであり、頼もしかった。聞きやすい声だった。

(間違いなく)、とリチャードソンは考えた。(状況はよくなってきてるぞ! 船が見つかったし、今度は救難ボートもやってくるらしい)

彼は基地を呼び出した。「燃料のことは分からない。残量は少ないと思う。エンジンの一つはすでに止まっている。聞いてくれ。おれたちの真ん前に船がいるんだ。あの船のそばに不時着水しようと思うんだが」

「それは、そちらの自由だ」と、基地が応じた。「しかし、そちらは基地に非常に近付いているぞ。そちらのシグナルの音は、まるでわれわれのいるバラック小屋を外からノックしているように、非常に力強く聞こえる。そちらは、非常に近付いている。島が見えないか?」リチャードソンは、思わず前方に目をやった。

そして、基地に「いや、見えない」と言おうとして、マイクロフォン・ボタンを押した。

彼がまだ口を動かさないうちに、機首のウイルソンが、座席の中で踊り始めた。彼は両腕を振り回して、前方を指さしていた。リチャードソンは、もう一度見た。

すぐ前に、膨らんだ、白い積雲が浮かんでいる。その塔のような形の尖頭が、海と空の両方を見えなくしている。雲の西側の端は、沈んでゆく太陽によって、バラ色に染まっている。しかし、雲の底の方に、まるで子供が、チョコレートのついた指先で、そこらじゅうを叩いたように、雲の端のピンク色とかすかに混ざり合って、薄茶色の染みがあった。薄茶色は、海でもないし雲でもないし、空でもない。薄茶色のものといえば、たった一つしかないではないか。あれは陸地だ。茶色のすじは、サイパン島の北端の、切り立った断崖の地面だ。それ以外のものではあり得ない。

リチャードソンは、前方の、なつかしく思われる茶色の染みをじっと見つめた。機は、現在高度二千フィートを飛行している。先程の船はほとんど真下を航行している。彼は船のことを忘れていた。見つめると、雲の底の方がいくらかちぎれていて、巻き上がり、一方に動いて膨れ上がった。その端の下の方から、濃い緑の線が現れてきた。それは、雲の白さを背景にして、消えてゆく光の中でさえ断崖の茶色と著しいコントラストをなしていた。

そのあと、あっという間に白い雲が頭上に去って、そのあとには、機首の真ん前に島が横たわっていた。それは、休日の行楽地で売っている絵葉書に写っている、夕日の沈む写真のように、完璧でくっきりした輪郭を持ち、望遠鏡を逆さにして見ているかのような、ちっぽけな映像のようにみえた。

港には、まるでおもちゃのように船が停泊しているのが見えた。それらの船からは、黄色の灯火が瞬き始めていた。白い二本の線がぼんやりと見えてきた。二つの着陸地点にある、二本の滑走路である。一本は短くて近い。もう一本の方は――リチャードソンたちの基地であるが――長くて遠い。

彼は、基地を見ることが出来た。ちっぽけな基地であり、彼がよく罵り、離れたいと思った基地だ。しかし、今は違う。今は、基地そのものだ。

彼が夢のようなことを考え始めたところへ、苛酷な現実がいきなり飛び込んできた。警告の咳き込みもなしで、第三エンジンが停止したのである。

彼は、機械的にフェザリング・ボタンに手を伸ばした。そして、機械的にフォンクを呼び出した。「第三エンジン、フェザリング。第一エンジンと第四エンジンのバランスがとれるようにやってみてくれ。どっちかがガス欠になったら、もう一方から転送しろ。両方のバランスをとれ」

そのあと、彼は、ほとんど茫然自失といったような、奇妙な、思考の退行状態に陥った。不時着水しなければばならない。今だ。すぐにだ。計画していたように、まだ外側の二つのエンジンが機能している間にやらなければだめだ。不時着水しなければならない、ということは承知していた。しかし、飛行場が見えているというのに、港に不時着水しなければならないのか！　待てよ、不時着水しなくてもいい理由が何かないのか？　何もない。何も残されてはいない。見込みはないのか。(見込みは！　おれは、見込みはないかと考える羽目になったのか！)と、彼は苦々しく皮肉な思いを噛みしめた。

彼は、奇妙なことに、激しい怒りを感じた。(なんということだ)、と彼は、腹を立てながら、急いで考えた。(見込みがあれば不時着水を試みるし、そうでなければ、やるつもりはない。畜生、おれは、こいつが空中に留まろうとする限り、飛ばすつもりだ。そのあとで、出力がなくなったら、港に不時着水しよう。もしかすると、滑走路の端の断崖に乗り上げてしまうかも知れない。そうなったら万事休すだ！）

彼は、マイクロフォン・ボタンを強く押した。「パイロットからクルーへ！　最後のインターフォン伝達だ！　おれたちは、基地に近付いた。間もなく到着するだろう。空中に留まれる間は、飛行を続けるつもりだ。おれたちは、イスリー第二基地の戦闘機用滑走路に緊急着陸を試みるつもりだ。それが不可能な場合は、港に不時着水することになるだろう。不時着水の態勢で待機しろ」

そのあと、彼は、舵輪を握り、自動操縦から手動に切り替えた。そして、待った。

第一エンジンの調子がおかしくなり、咳き込み、ふたたび調子がおかしくなった。

リチャードソンが後ろをチラッと振り返ると、フォンクが、安全ベルトをしたまま身体を伸ばして、片手で燃料転送スイッチを引っ張り、一方の手で、スロットルレバーを押したり引いたりしているのが見えた。

第一エンジンに燃料が供給され、ふたたび正常な回転を始めた。

機首部分のガラス面からは、サイパン島がしだいに大きく見えるようになった。しかし、ゆっくりとであった。

戦闘機用滑走路が、今でははっきりと目視出来るようになった。粗い珊瑚の砂から成る路肩部分が、白い糸のようにキラキラ輝いている。

リチャードソンは待った。今となっては、待つしかなかった。

(数秒のうちに、第一エンジンはおそらくまた、停止するだろう。あるいは、おそらく、第四エンジンも、今度は第一エンジンの方にタンクの燃料が転送されて、回転が止まってしまうだろう。そうなれば、すべて終わりだ。間もなくそうなることは確実だが、残されたたった一つのエンジンだけで、巨大な翼がその重さを支えることはもはや不可能だろう。翼は下方に傾き、海へ向かって真っ逆さまに突っ込んで行くだろう)

リチャードソンは、待った。

彼は、長すぎるほど待った。皮肉なことに、ぼんやりして、何も考えなかったので、時間や距離の経過を意識しなかった。

驚いたことに、滑走路の端が視野の中で急速に大きくなってくるのに気が付いて、彼は信じられない思いだった。

初めて、滑走路に本当に着陸出来るかもしれないと思った。

機は、滑走路の端に対して九十度を保つ完璧なアプローチに入った。飛行方向に対して正しい角度を維持し、着陸誘導路と平行して飛行しなければならない。

リチャードソンは、本能的にトライアングルの隅をカットしながら、舵輪と方向舵に左方向への軽い圧力をかけて、僅かにそっと動かし続けた。

(もしエンジンが今、片方しか機能しなくなったらどうしよう。頼むぜ、こうなったら、一つのエンジンだけでもいいから、二……三……秒……でも……いい……）

彼は、頭を動かさずに、左目で滑走路を見ることが出来た。そして、エンジンはまだ働いていた。


……


彼は、操縦舵輪と方向舵を操作した。操縦装置がきしんだ。機首が身震いして回り、滑走路に正対した。リチャードソンは、マイクロフォンに向かって叫んだ。「イスリー・ツー！　緊急着陸に備えて、滑走路をあけておけ！」

（胴体着陸だ！　車輪なし、フラップなし、何もなしだ！　胴体着陸でメリメリと突っ込むんだ。だが、畜生、海じゃなくて、地面だからな！）

操縦室の向こう側では、フランクスが身体をこわばらせて腰掛け、真っすぐ前方を見つめている。リチャードソンは、彼に警告しようと、口をあけて叫んだ。

そのあと、時間と高度と距離を本能的に、無意識に計算していて、リチャードソンは、着陸装置を下げることが出来ることに、突然気が付いた。

彼は、フランクスに向かって「ギアダウン」と叫んだ。そして、右手を下に突き出して、床を指さした。

副操縦士は、発作的に身体を動かして、着陸装置のスイッチを動かした。電動ギアモーターが重々しく唸り始めた。

左側のエンジンが、ブルブル震動したかと思うと、停止してしまった。リチャードソンは、そのことにほとんど気が付いていなかった。

「フラップを半分下げろ!」機首が下がり始め、対気スピード計の指針が下降した。

「フラップ・フルダウン!」

滑走路が、急速に目の前に迫ってきた。

リチャードソンは、スロットルを引き戻した。さらに、パイロットが着陸の際に行う、穏やかでデリケートな動作と、なだめると言ってよいような動きによって、機首を上げ、翼と方向舵を水平にした。

奔流のように押し寄せていた空気の流れがおさまり、停止した。

さわやかで澄んだ、最後の静けさが訪れたが、それを破るかのように、滑走路に接触するタイヤのきしみが聞こえてきた。


ピーター・フェルター中佐は、いつもに似ない穏やかなムードを漂わせていた。彼としては、驚くほど穏やかであった。

「何が起きたんだ、リック?」と、静かに訊ねた。「燃料はどこへ行ったんだ?」

「分かりません、中佐。タンクは撃たれていませんでした。われわれの知らない、何らかの理由で流失したようです。フォンクが機外へ転送してしまったとは、考えていません」「お前は、そう思っていないのだな？　おれは、そうだと思うよ。フォンクのやつが、非常にうまく機外に転送しちまったに違いあるまい。だが、おれは、あいつがやったかどうか、追及するつもりはないね。お前は、追及しようと思ってるのか？」

「いいえ、そんなつもりはありません」と、リチャードソンは驚いて答えた。

「それじゃ、忘れろ。お前は帰って来たんだ。おれは今、ちょっとした問題で、お前と話し合おうと思っているんだ。お前は、飛行大隊本部が指導クルーの訓練会議のために、サミー・サミュエルソンを本国に送り返そうとしていたことを知っているな」

リチャードソンは、本国での会議について何か聞いたような気がするが、あいまいだった。「何かそんなようなことがあったのを、思い出しました」と、彼は言った。「詳しいことは知りません」

「詳しいことは知らなくてもいい」と、フェルターが言った。「要するに、うまい話だってことだ。本国のハミルトンフィールドに一週間滞在してだな、訓練を受ける連中と一緒に、どうしたらおれたちは、今までよりうまく標的を攻撃出来るか考えたり、もっと効果的にやるにはどうしたらいいか、新しいクルーに教えたりするのさ」

「ああ、思い出しました」と、リチャードソンは言ったが、この男はなぜ、つらかった出撃のあとだというのに、おれをここに立たせたままで、おれには興味のない遊山旅行の話なんかするんだろう、と思った。

「お前は、もっと思い出すだろうよ」と、飛行中隊長は言った。「サミーは伝染性の腎臓病で、入院したんだ」彼は、ちょっと話を中断した。彼は興味津々の様子で、目が輝き始めた。「サミーの代わりに、お前が本国へ行くことになったんだぞ」と、彼は言った。

第十五章

リチャードソンとウイザーズは、かさばったB４バッグを二人で一緒に持って、基地作戦室の前の小道を歩いていた。バッグの側面に縫い付けられた、汚れた白い布切れには、リチャードソンの名前、階級、通し番号が書かれている。リチャードソンはさらに、パラシュートを肩にかついでいた。ウイザーズは左手に、リチャードソンの小型提げカバン、ピストルベルト、水筒、非常用装備などを握っていた。彼らは、小道に積み上げられた、他の荷物の山の上に、B４バッグを二人がかりで載せた。小道の端から搭乗用梯子までずっと積み上げられた、似たような小山のそばに、彼らも、パラシュートと装備を小さな山にして置いた。リチャードソンは、背筋を伸ばすと、眉毛の汗を拭いて、待機している飛行機を見上げた。

「いまいましい、バケットシートのC－54だ」と、彼は言った。

「お前は、不平を言ってるのか？」と、ウイザーズが言った。「この島に居る、五千人の人間が、お前と交代したいと言うだろうよ。おれも、その一人だ。おれなら、カリフォルニアまでずっと、喜んで座席の間に立って行くぞ。サンフランシスコに一週間いられるんじゃないか！　なんていうことだ」

「分かってるよ」と、リチャードソンが言った。「今言ったことは撤回するよ。いつもの習慣で、つい言っちまったようだ。ええと、離陸まで、あと四十五分あるな。お前は、気が進まないのに、おれのそばにいなくていいんだぞ。おれは、お前がいてくれたほうが嬉しいし、手伝ってくれて感謝しているんだが、でも……」

「いや、せっかくここまでやって来たんだ」と、ウイザーズが言った。「離陸までここにいるよ。それに今回は、今までになかった、実に厳粛な決別だと言わなくちゃならないしな」

「しまった！」と、リチャードソンが言った。「バッグから、ボトルを出しておけばよかった。そうすれば、お別れの一杯をやれたのになあ。畜生、どうしてそれを考えなかったんだろう？」

「よかったなあ、お前さんよ。そういうこともあるだろうと思って、お前には願ったりかなったりのことをやってあるのさ」と言ってウイザーズは笑ったが、少しも恩着せがましいそぶりではなかった。そして、彼はリチャードソンの腕をとって、「一緒にバーへ行こうか？」と、言った。

彼は、作戦室のある建物の脇の、道から外れたところに止めてあるジープまで、いぶかっているリチャードソンを連れて戻った。座席の後ろに置いてある毛布を持ち上げると、その下から靴箱が現れた。その中には、ウイスキーボトルと、水筒、二個のコップが入っていた。そしてさらに、タオルでくるんだ一握りの、細かく砕かれた氷が出て来た。

「すごいぞ、氷だ！」と、リチャードソンが叫んだ。

「こいつは、お前に飲んでほしいと思って、特別に用意したんだ」と、ウイザーズが言った。「透明人間が、病院に勤務している、友達のジェームズから手に入れたんだ。遠くへ行くお前への、おれたちのプレゼントだ。感動したかな？」

「感動したかって？ おれは、ノックアウトされたよ」と、リチャードソンが言った。「氷を入れたやつを一杯飲めば、きっと元気が出るぞ」ウイザーズは、コップにウイスキーと水を入れ、もったいぶって氷をつけ加えた。こうしたことは、毛布を目隠しにして行われた。それから、リチャードソンとウイザーズは、ジープのフロントシートに腰掛け、コップを両足の間に挟んで、誰にも見られていないかどうか注意深く確かめてから、コップを持ち上げて、飲んだ。

「素晴らしい」と、リチャードソンが言った。「まったく、素晴らしい。おれのことを思ってくれた、透明人間とジェームズに感謝するよ」

「全くな」と、ウイザーズが言った。「お前が喜んでくれて、おれたちのプレゼントとしてふさわしいよ」

彼らは、最初の一杯を飲み終えて、二杯目をそっとコップに注いだ。

「ところで」と、リチャードソンが最後に言った。「お前は、今度の本国への旅が、おれの計画にとって、この上なくいい機会だと思ったんじゃないか」

「計画だって？」

「二週間ほど前、病院からの帰りに、おれたちが話していたことさ。帰国したら、テリーに、おれのことは忘れろと話すつもりだと、言ったろう。今は、順番が来て帰国する時まで待っている必要はないと、考えてるんだ。もっと早く伝えることが出来ると考えてるんだ」

「ああ、そのことか」と、ウイザーズが言った。「お前が、そのことについて話したがっているとは、知らなかったな。相変わらず、同じ考えなのか？」

リチャードソンは、ウイスキーを飲んだ。「大体、同じだ」と、彼は言った。「イエスそしてノーだ。多分、そう言うしかないだろう。テリーに話すことについては、イエスだ。ライネについては、あまり確かじゃない。本当のことを言うと、ライネ自身のことについては、確かでないという意味だ。しかし、そうだからテリーに話すことが変わるわけじゃない。ライネのことがあるからどうこうという問題じゃないんだ。ライネのことがなかったとしても、遅かれ早かれ、他の誰かとそうなったろう。がっかりだよ、それしか言えないね、ウイット。テリーはおれを愛していないんだ、あいつは、誠実なだけなんだ。そういう性格の女だからな。おれは、あいつにそう言ったんだ」

「お前はおれにどうしたらいいか、尋ねたことはなかったな。しかし、おれは今でも、そいつがいい考えだとは思わないね。お前がいくら喋りまくって力説しても、おれは賛成しないね。もう一杯どうだ？」ウイザーズはボトルを傾けた。

「多分、お前の言うのが正しいと思うよ」と、リチャードソンが言った。彼は、ウイスキーをコップに受けた。「お前がそういうふうに思うんじゃないかと、多少は考えたさ。でも、おれには、他に考えようがないんだ」

「お前独自のプランによれば、帰国の順番が来るまで待てないというのか？」

「そうじゃない」と、リチャードソンが言った。「理由は二つだ。第一に、おれは、帰国してテリーと会って、わざとらしく振る舞うことは出来ないし、あいつがわざとらしく振る舞うのを見ていることも耐えられない。第二に、おれには、近いうちに帰国の順番が回ってくることはない。おれは、この間の晩、予定の出撃をやり終えれば帰国の順番がくるなんて、ばかなことを言ったよな。おれは、もし生きていられたら、このいまいましい戦争が終わるまで、この島にいるつもりだ。お前だって、そう思っているだろう。だから、今度の旅は、テリーと向き合って決着をつけるチャンスなのさ」

「それは、お前の問題だ」と、ウイザーズが言った。「もう一杯やる時間はたっぷりあるな」

二人が飛行機のところに戻ると、リチャードソンが言った。「氷のことは、もう一度礼を言うぜ。じゃあな」

「気をつけてな」と、ウイザーズが言った。

飛行機が、滑走路の端でエンジンの出力を上げたとき、リチャードソンの席からは、作戦室のある建物に通じる道と、ウイザーズのジープの背後に一筋の白い埃が立ちのぼるのが見えた。

サイパン島を出発してから何時間か経っても、バケットシート（背が前にたためる一人用シート）に腰掛けたリチャードソンは、なんとか快適な座り心地が得られないものかと、しきりに身体を動かしていたが、それが駄目なことは分かっていた。今度は、隣の席に腰掛けている伍長が床に注意深く置いたばかりのオレンジジュースの缶を、わざと蹴っ飛ばした。

「ああ、神様」と、リチャードソンは、諦めたように言った。「悪かったな、伍長。飛行機の床に何かを置かないほうがいいぞ。そうでないと、見つからなくなっちゃうぞ」

「かまわないですよ」と、伍長が言った。「どっちみち、飲めなかったんです。胃の具合があまりよくないんです」彼は大丈夫かと思うほどゲップをした。そして、リチャードソンは、同情の表情を浮かべようと努力しながら、伍長から出来るだけ離れた端の方に身体を移した。

リチャードソンは、もっと楽になる姿勢が見つからないかと思って、ふたたび身体を動かした。今度の姿勢だと、せいぜい一分かそこらは具合がいいんじゃないかと思って、彼は、その姿勢を変えないように用心しながら、くつろいだ。しかし、その姿勢はかえって良くなかった。身体をリラックスさせると、かえって、機体の不規則な震動が伝わってきた。その震動は、彼が寄りかかっている機体の金属の側壁から、肩甲骨へ伝わってくるのが分かった。また、腰掛けているシートを通してもそれを感じた。それはまた、彼が両足を休ませている、床板からも伝わってきた。彼は首をひねって、汚れた小さな窓から後方を見た。海の上を夜の深い闇が覆い、月は出ていなかった。最初、機外の暗闇の中に全く何も見ることが出来なかった。そのうちに彼は、エンジンの排気管から出ている光を見分けることが出来るようになった。そして、そのすぐあと、翼の先端近くのエンジンから後方に飛んでいる火花を見ることが出来るようになった。彼が見ていると、火花の流失が増えて、明るいシャワーのようになったかと思うと、突然止まった。機体の震動も止んだ。飛行状態は、ふたたび安定した。たった一つ違うところは、胴体から出る音が、前より低くなったことだ。

通路を隔てて、リチャードソンと向かいあった席に腰掛けていた一人の海軍大尉が、身を乗り出し、どういうことだ？　という意味を込めて、黙って眉を上げてみせた。

リチャードソンも身を乗り出し、低い声で海軍大尉に話しかけた。「一つのエンジンをフェザリングさせたところだ」と、彼は言った。「でも、何も心配することはない。まだ、三つのエンジンが残っている。それに、もうクエゼリンが近いから、実際問題として、エンジン出力を落とすことも可能なんだよ」

海軍大尉はうなずいて、ふたたび席に寄りかかった。

リチャードソンは、乗客用区画の前方の操縦席で、今行われているに違いない、乗務員たちの活動を想像することが出来た。無線士は、クエゼリンの基地を呼び出して、エンジンの一つが停止してしまったことを伝えているであろう。また、彼は、気象情報を尋ねているだろうし、必要ないとは思うが、直進進入に備えて、滑走路をあけておくように要求していることだろう。操縦士たちは、航法士と協力してコースと時間をチェックし、自動操縦を解除して、一方の翼のエンジンが他方の翼のエンジンよりも出力が大きくなるようにしながら、水平に飛行するように、水平尾翼の釣り合いをとっていることだろう。多分、残った三つの正常なエンジンにいくらか力を加えていることだろう……そうに違いない。三つのプロペラの回転が前より速くなったのを、感じることが出来た。高度も少し下がり始めているが、それも同じ目的のためだ。彼は、耳にかかる圧力が増大したのを感じることが出来た。降下していることが分かって、彼は安心した。間もなく着陸するのだ。恐らく一時間以内にはクエゼリンに着くだろう。

それから間もなく、リチャードソンは、窓の下に一隻の船の灯火を見た。その次に、チカチカ点滅するクエゼリンの航空無線標識が見えた。エンジンの音が低くなった。車輪が降ろされ、ついでフラップも下げられたのが分かった。そのすぐ後、航空無線標識の光が、非常に近いところをさっと通り過ぎた。そして、滑走路の進入灯が下方をあっという間に通過した。そして次の瞬間、エンジンの音が何もしなくなって、静寂が訪れ、機体がいくらか傾ぎ、左右に揺れた。そのあと、車輪が接地したときのクッションの利いた衝撃があって、機体がバウンドして、ふたたび接地した。

皆が機内に立って、小型提げカバンや書類カバンを探しながら、眠い目をこすっていると、ＡＴＣ（航空交通管制）のパイロットが、操縦室から通路の方へやって来た。彼は、リチャードソンのそばに来ると、おどけた顔をした。「第四エンジンのバルブがなくなっていたんだ」と、彼は言った。

「シリンダーの交換をするのか？」と、リチャードソンは、そうあってほしいと思いながら尋ねた。

「多分、エンジンを交換することになるだろうな」と、パイロットが言った。「このいまいましい奴は、老いぼれたクランカーだな」

クエゼリンで一基のエンジンを交換するだって、勘弁してくれ。どんな場所でも、どんな島でもいやなのに、クエゼリンとはな。クエゼリンは非常に低い環礁で、そのため、海からの激しい風が、端から端まで吹き抜ける。珊瑚の擦り減った塊が植生をはぎとって裸にしてしまうので、座礁して浜に引き上げられた末に錆び付いた廃船さえも、水平線の単調さを打ち破る突起物として歓迎されるのである。

リチャードソンは、湿った砂を踏みながら、宿舎として割り当てられたバラックまで、重い足取りで歩きながら、自分の不運な巡り合わせを罵った。今回のトラブルによって、どんなに低く見積もっても、二十四時間は遅れるだろう、ということが彼には分かっていた。おそらく、もっと遅れるかも知れない。二十四時間あるいはそれ以上遅れて、しかもクエゼリンだ！　彼には、あまり時間がなかった。計算してみると、会議はせいぜい四日で十分だろう。したがって彼は、その四日間と、そのあとの週末を使うことが出来る。それが終われば、帰島しなければならない。七日間だけの臨時の勤務が、彼に与えられた命令なのだ。彼は、これらの日々のうち、最初の二日間をテリーと一緒に過ごす予定だった。会議が終わったあとの晩、昼食、二人が一緒にいられるときはいつでも。もちろん彼は、最初の晩すぐに彼女に話すつもりだった。そして、残りの時間も、問題を解決するために、話し合って過ごすことが出来るのだ。テリー自身はおそらくそんなに多くの日数は望まないのは分かっていたが、最大で二日間を当てようと思った。自分が話を持ち出したら、彼女はどういう反応を示すだろうと、あれこれ考えているうちに、自分にかなり責任があるということに思い至るようになった。しかし、彼は、あらゆることを綿密に検討してきているので、おそらく程度の差はあるにしても、自分が間違っているはずがないと、感じていた。テリーが彼を愛していないのは確かだし、今では、彼を愛してはいなかったのだということに、気が付いているに違いないと思った。彼が彼女の気持ちを理解していて、彼女のことをあきらめざるを得ないということを、納得させることだけが問題だった。たった一時間で彼女を納得させることが出来るとは、思っていなかった。彼女には、義務とか名誉とか、あるいは良心といったことに、かたくななまでの思い入れがある。だから彼女は、たとえ自分ではどんなにそうしたいと思ってはいても、では、さよならと、彼と別れて歩み去るなんてことは出来ないだろう。だから彼は、二、三日必要だと考えたのだった。そして、残りの日には、思いっきり飲んだものだな、と思えるほど、したたかに飲むことが出来るのだ。そして、もしそうしたいと思ったら、大勢の女性とベッドを共にするのだ。そのあと戦場に戻り、そしてライネとの関係はいったいどうなるのか。それから先は、今考えても仕方がない。

しかし、彼は、テリーと過ごしたあとの、ゆっくり過ごす時間がほしかった。だから、クエゼリンでの、この遅れは惜しかった。

遅れのことを考え、遅れやクエゼリンのことを罵りながら、魚臭い砂地を歩き回っているうちに、テリーに遅延のことを知らせなければならない、ということに突然気が付いた。彼女とは、六月二十四日に、サンフランシスコのクラーリッジホテルで会うことになっていた。現在の状況では、少なくとも一日は遅れることになるだろう。そのことを、彼女に伝えなければならない。そこで彼は、通信施設とおぼしき建物があると記憶している地域に向かい、その建物を見つけた。そして、軍事用の通信の間に、短い個人メッセージを入り込ませることが出来た。彼はテリーに、一日か二日遅れることを簡単に告げた。

そのあと彼は宿舎に行き、旅装を解く前にちょっと休息をとるつもりで、簡易ベッドに横になった。目が覚めると、十二時間もたっていることが分かって、驚いた。クエゼリンには明るい昼が訪れていた。

向こう側の簡易ベッドには、例の海軍大尉が腰掛けていた。「お元気な様子で、よかった」と、大尉が言った。「朝食をとってからずっと、心配してました。その前からずっと眠っていらっしゃったんですか？」

「そんなに長くはないと思いますが」と、リチャードソンが言った。「こんなに眠れるものとは思わなかったですね。今、朝食の話をしていたが、昼食は何時ですか？」

「ちょうど今ですよ。自分も、昼食前のカクテルを飲もうと思っているところです。あなたもやりますか?」

彼は、水筒のキャップをリチャードソンに差し出した。

リチャードソンは彼に、ありがとうと言って、飲んだ。その飲み物には、スコッチが入っていることが分かった。今まで彼はスコッチを好きだとは思わなかったが、やっぱり好きなのかなと思い直した。

彼は、大尉と昼食に出掛けた。昼食のあと、とても信じられないことだが、また眠気を催した。そこで彼は、午後、さらに二時間眠った。

夕方の時間を過ごしているうちに彼は、エンジントラブルでこの島にいるのは、決して悪いことではなくて、むしろ良いことではないのだろうかと考え始めた。彼はそれまで、自分がどんなに疲れているか、自覚したことがなかった。ところが今、十分に休息をとったあとで、心が晴れ晴れしていることに気付き始めたのだ。今まで心がそんなにも曇っていることに気が付かなかった。その思いを噛み締めることが出来ないうちに、彼はふたたび眠り込んでしまった。しかし、翌朝になるとふたたび、この島に降りて短期滞在したことによって、何かを考える貴重な時間を持てたのだと考え始めたのだ。

だから彼は、その日一日、クエゼリン島の浜を歩いて、考えに耽った。それは、辛いものであった。彼は、二年近く前に、飛行中隊に初めて参加した頃の自分を振り返ってみた。そして、その当時一緒にいた仲間と、現在の仲間を比較した。そのころの彼は、戦争に参加するのだという期待の中で、希望に満ち、熱中していた。今はどうかと言えば、幻滅して元気がなく、気の抜けたような状態に陥っている。飛行中隊も、他の飛行中隊がそうであるように、初めはすばらしい飛行中隊だった。しかし、それは、新しい生命が注ぎ込まれたからだった。古い構成単位は、彼がそうであったように、壊された。スタートした当初は拙劣だった。爆弾投下の仕方も拙劣だったし、あらゆる仕事において拙劣だった。もちろん、その点について弁解することは出来る。訓練は不十分だったし、経験不足だった。物品も不足していた。しかし、事実は事実として存在する。飛行中隊の中の生え抜きのクルーの喪失は非常に重大だった。生き残ったクルーは消耗し、疲労した。そして……もはや優秀とは言えなかった。それが飛行大隊や飛行中隊や、彼の所属するクルーの本当の姿であり、また彼自身の姿であることが、リチャードソンには分かっていた。

クルー。リチャードソンは、他の飛行指揮官もそうであるように、彼のクルーに心からの誇りを持っていた。彼が自分たちのクルーを誇りに思うのは特別なのだと、いつも思っていた。なぜなら、彼のクルーが飛行中隊の中で他のクルーと比べて優秀だということを判断したのは、クルーのメンバーたちだということが分かっているからである。しかし、それもまた変わってしまった。現在のクルーは神経質になっていて、疲れている。メンバーは、お互いに怒りっぽくなっていて、かつてのように一緒になって陽気に仕事をするということがなくなってしまった。一つのクルーとしてまとまって仕事をするということがなくなったのだ。

飛行大隊、飛行中隊、クルー、リチャードソン自身の歴史は、いずれも、下降線をたどっている。

リチャードソン自身はどうか。彼は変わった。大きく変わってしまった。そして、自分が変わったことに今まで気が付かなかった。自分がどんなに変わったかということを、今回初めて、はっきりと自覚したのだった。テリーと結婚するようになったことについても、今にして思えば、自分は救いようもないほどに、なんと自分勝手だったことだろう。もちろん、彼女を愛していたことは間違いない。しかし、愛しているということと、男が海を渡って戦争に参加し、殺されることが予想される時に、一人の女性と結婚することとは別問題だ。彼は、テリーを愛していた。今でも彼女を愛していることには変わりはない。しかし、自分は、彼女と結婚しないほうがよかったのではないだろうか。

彼は、ライネとも結婚すべきではないのだ。どんな女性とも結婚すべきではない。テリーと結婚したとき、一体何を考えていたのか。そして今、ライネと結婚したほうがいいなどと考えていてよいのか？　彼は戦時に生きているのだ。彼が実際の戦闘を経験するまでには長い時間がかかったが、戦争が始まって以来ずっと彼は、いつも戦争の中で生きて来たのだ。戦争の中で生きるということは、何事かをなさればならないということであり、それ以外のなにものでもないのだ、ということを、いつでも彼は考えていた。戦争のために生きる以外、生きる道はないのだ。戦争の中で生きている限りは、結婚することも、子供をもうけて平和に生きることも出来ないし、これらのことをしようと考えることさえ許されないのだ。彼は、戦争の中で生きることが好きなわけではない。戦争そのものも好きではない。あらゆることをやってみた揚げ句、彼は戦争の中で生きることに失望したのだった。それは、彼が考えていたものとは違っていた。戦争からは何も満足が得られなかった。それは、退屈で、しかも命のかかっている仕事だった。退屈でありながら命がかかっているというのは、矛盾した言い方だろうか？　いや、そんなことはない。戦争というのは、ほとんどの時間は退屈で、ある時間だけには命がかかっているのだ。そして、命のかかっている部分は、退屈な部分を十分に埋め合わせることが出来るほど、刺激的でもないし、気分を高揚させるものでもないのだ。命のかかっている部分は、まさに、脅えるものであるし、退屈な部分は、じっと我慢しなければならないものなのだ。戦争については、すばらしいものも、偉大なものも、高貴なものもないのだ。さらに悪いことには、戦争について満足出来ることは何もないということだ。

彼は、戦争について満足出来るものが何かしらあるのではないかと、希望を抱いていた。思い出せる限り長い間、リチャードソンは、将校になりたいと思っていた。戦場での将校の試練というものは、ある人間が実現出来ることの中で、最も満足の得られる経験ではなかろうかと、思っていた。ところが今、彼に分かっていることと言えば、戦場に到達する以前に、砂ぼこりとか泥とか雪といったものが先ず目の前に現れ、一刻も早く戦場に赴いて英雄的な行動をしようとしても、次から次へと挫折感を味わい、数え切れないほどの失望を味わっているうちに、意欲が損なわれてしまう。そうこうしているうちに、やっと戦場に着くころには、英雄的な感情などというものはまったく失われて、疲労とか湿気とか寒さとか、あるいは挫折感や失望とか、あるいはそうしたすべてが一緒になったものだけしか残らない。こういう状態では、何かから満足を得るなどということは考えられないのである。

そうだ。今にして、彼には分かった。彼は、自分から進んでこの単調な仕事を選んだのだ。選んだ以上は、この仕事をずっとやり通さなければならないのだ。しかし、とにかく今は休暇をとって来ているのだ。そうさ、おれはサンフランシスコで酔っぱらった末に、ひっくりかえって足を折り、戦争が終わるまで入院することになるかも知れない。それとも、自分から進んで自分の足を撃つなんてことだって、この単調な仕事から逃れたいと思う人間ならば、当たり前のこととしてやりかねないのだ。しかし、彼の場合には、こういったことはやらないだろう。彼はサンフランシスコに行って、テリーに会い、一緒に食事をすることになるだろう。そのあと、役に立たない会議に出席して、どうしたら戦争に勝てるかという、つまらない意見を述べることになるだろう。そのあと、サイパン島に戻って、離陸に備えてブレーキを掛け、滑走路の端で時間待ちをすることになるだろう。それとも、それと似たような、たいしたことのない何かの仕事をする。こうして、彼が高貴で英雄的でもあり、臆病で不満でもある仕事をしているうちに、戦争が終わるだろう。

彼は、何らかの結論に到達する見込みがないままに、考えることに疲れた。いろいろなことを考えることにも、自分自身にも、そしてまたクエゼリン島の浜にいることにも疲れた。彼は、蹴りあげられた砂がズボンにはねかかるのも構わずに、魚臭い湿った砂を靴で蹴った。そして、宿舎に戻った。そこで、飛行機の出発の準備が整っていることを知って驚いた。あと十分後には飛行機に乗り込まねばならなかった。

クエゼリン島を出発すると、彼は眠ろうとした。しばらく眠った。しかし、そのうちにプロペラの一つが同調を乱して低い音を出し始め、操縦士は、自動操縦に切り替えた……リチャードソンはいつ操縦の切り替えがおこなわれたか、正確に言うことが出来る……その結果、方向舵が前後に不規則な動きを始めた。そして彼は、とにかくクエゼリン島で十分に睡眠をとってきたので、居眠りから覚めると、そのあとは眠れなくなった。完全に目覚めてしまうと、心の中では、いろいろな考えが押しあいへしあいし始めた。自分がふたたびテリーのことを考えているのに気が付いた。自分がテリーについて何かしなければならない気持ちになったのがどうしてなのか、正確には分からないにしても、彼女について何かしようとしていることに気が付いた。彼がテリーについて考える内容は、以前と比べてずっと明るいものになっていた。彼女のことを考えたり、二人で一緒にやったいろいろのこと、冒険だとか、二人で分け合った失望だとか、まさに一緒に生活したことについて考えることが楽しいということが分かって、いささか驚いた。いろいろな出来事が、彼とテリーが一緒にいる光景として、彼が望んでいるわけではないのに、心の中に不意に現れてくるのだった。

彼はふたたび目を閉じた。しかし、今回は眠らなかった。心をあらゆる意識的なコントロールから解き放って、考えの赴くままにさせた。

カンザスの春。すでに大草原には、暑くて乾いた風が吹いていた。なかなか陽の落ちない夕方、長く真っすぐな道をドライブする。ドライブをして話をする以外、あまりすることがなかった。しかし、この日の夕方には、彼が考えに耽っていて、ちょっとの間、会話が途切れていた。リックは長い道を車を走らせていて、目は道路に向けられていた。唇にタバコをくわえ、両手でハンドルを握っていた。彼は、くわえていたタバコをうっかりして落としてしまい、二人が腰掛けている座席の間に落ちているのが見つかるまでは、うろたえた。拾ったそのタバコを彼が外に投げ捨て、テリーが新しいタバコに火をつけて、彼の唇にくわえさせた。しかし、しばらくすると、彼はそのタバコをまた窓から外に投げ捨ててしまった。そのあと、彼は奇妙なことをした。あるいは、テリーからすると奇妙に思われることをしたと言うほうがいいかもしれない。彼は、右手を彼女の膝の方に降ろして、膝の間に優しく押し込んでから、ストッキングの巻き上げの上の方まで動かして、彼女の足を手のひらで包み込むようにした。彼は、右手をそこに置いたまま、少しも動かさないようにして運転を続けた。彼女はじっとしていた。彼の手のひらには、彼女の皮膚の温かみが伝わってきた。彼女が彼のこうした振る舞いを、彼女に近付きたい、彼女に触れたいという、それだけの欲求の表現としてとらえていることは明らかで、彼女は彼の行為を止めさせようとはしなかった。この状態でずっとドライブが続けられ、街に入り、彼女の家の前でクルマは停まった。彼は彼女の足から手を離してエンジンを切ると、彼女に身を寄せて、軽くキスをした。彼は彼女を玄関まで送って行った。彼らがキスしたのは、この時が初めてだった。

目を閉じたまま、リチャードソンは今、その年の春が過ぎて夏が訪れたとき、彼には、自分に対するテリーのさまざまな思いがそれまでより分かるようになったことを思い出していた。彼は、キューバへの、航続距離の長いフライトに出掛け、帰って来た。そのフライトはノンストップの予定だったが、一つのエンジンのシリンダーヘッドがだめになったために、途中で緊急着陸せざるを得なくなった。その晩、彼女と会うことになっていた時刻より一時間たって、ようやく彼女に電話が通じた。

「ハロー、テリー」と、彼は話し始めた。「まずいことになって……」

「何かあったの？　あまりよく聞こえないわ。あなた、どこにいるの？」彼女の声はか細く、距離が遠いせいか緊張して聞こえ、電話線の揺れによって音質が変わっていた。

「今、タンパにいるんだ。フロリダのタンパだ。帰る途中に、ここでエンジンがだめになったんだ。この電話が通じるまでに八時間かかった……」

「エンジンがだめになったんですって？」と、テリーが言った。「墜落したんじゃないでしょうね？　あなたは大丈夫なの？」

「違う、違う、墜落なんかしないよ。おれは、大丈夫だ。飛行中にエンジンの一つをフェザー回転させて、ここに着陸しただけだよ。エンジン交換をするために、おそらく一日かそこら、ここに足止めさせられることになると思う。せっかく約束していたのに、今晩君に会うことが出来なくなって、済まない。今晩、君と一緒にいられると思って楽しみにしていたんだ……君に何かしてほしかったんだよ……」

「ああ、リック、あなたが無事でありさえすれば、今晩ここにあなたがいなくても構わないわ。あなたが無事で、あたしはほんとうにうれしいのよ。あたしは考えたわ。もしもあなたが来ないと……」

彼女は話すのをやめた。電話線の鳴る音のほか、何も聞こえなくなった。ふたたび彼女の声が聞こえてきたが、今度は、妙にあわてたような、息切れした感じで、前より聞き取りにくかった。

「リック」と、彼女は言った。「あたしがあなたを愛していると思わない？」

「何だって？　聞こえないな……おかしいな。君の言うことがちゃんと聞こえたのかな？　おれは……」

「ああ、リック、ごめんなさい。許してね。あなたの話を続けてください」

「そうだ、言おうとしていたことを忘れていたよ」と、彼は答えた。「おれは……おれたちは、話し合わなくちゃいけない……ああ、そうだ、君に頼みたいことがあったのを思い出したよ。クルーの他のメンバーのワイフたちに電話をしてくれるかい？　さっき言ったようなことが起きて到着が遅れるが、心配しないように伝えてほしいんだ。知ってるよね、エドナ・フォンク、メアリー・モレリイ……まだそこにいるかい？」

「ずっとここにいるわよ」と、テリーが言った。

飛行機の胴体がかすかに震動していて、リチャードソンは思考を妨げられた。やがて彼はそれに気が付いて現実に戻り、あたりを見回した。すべて、異常はなかった。パイロットとしての本能から彼は、高度が変わりつつあることがすぐに分かった。ゆっくり降下していて、空気の流れが新しいリズムで機体の表面に衝撃を与えていた。おそらく千フィート降下すれば、もっといい風が吹いているだろう。彼はふたたび座席に背を横たえた。

そのままテリーのことを考えていると、彼が膝をくじいてしまい、治るまでの間、二人の部屋で彼女と一緒に過ごした時のことを思い出した。そのとき、二人で長い間話し合った。そして彼は、二人の間にはぎこちなさや緊張があるということを、繰り返し話題に取り上げたのだった。

二人は、その問題について率直に十分話し合ったし、リチャードソンには二人でそうしたように思えた。彼は彼女に向かって念入りに尋ね、彼女は、そのことについてどういう思いでいるのか話した。彼女にとってそれは、一種の背景となる事柄であって、はっきりとしたものではなくて、むしろ、彼らの背後にいつも迫っている、灰色の影のようなものであった。彼女はそれを、二人が交際を始めた当初から感じていた。初めは、ちょっとの間しか続かなくて、彼女はそれを、二人が親しくなったことで、自分の中に芽生えた一種の不安ではないだろうか、と疑った。間もなく彼女は、この考えを押しのけた。リックと一緒に寝たので不安になったのではなかった。彼のことを知るということはごく自然なことで、彼女がその点について別の考え方をするなどということは考えられなかった。そんなことではなかった。彼女は悔しかった。それが何であるのか、彼女は的確に言うことが出来なかったのである。

しかし、何かまずいことがあった。結婚することで、彼らの関係は当然変わった。結婚とは変化であり、結婚は良いことであった。そうではあるが、それでも依然として、二人の間には、ぎこちなさと、何かしらまずいことが存在していた。

こうしたことはすべて、いったいどこからやって来たのかと、彼は考えた。なぜだ？　テリーと自分との間にある、このまずいことは一体何なんだ？　そして今、空想を始めた時の楽しさは消え失せかけていた。彼は、座席の中でひっきりなしに細かく身体を動かし、新しくタバコに火をつけた。答えが見つからないということが分かった時に、それでも答えを見つけようとして、同じ問題で悩んで、今ここにこうしているのだ。自分は、やると決意したことをやることになるだろう。テリーと別れよう。この時点で出来ることといえば、それしかないのだ。

彼は、にわかに耳をそばだてた。飛行機の客室の中が急に騒がしくなった。他の乗客は席に落ち着いて腰掛けているが、間もなく着陸することが分かって驚いた。

彼が窓から外を見ると、降下している翼の向こうに、見まごうことのない大地の緑と茶色が見えた。機は次第に高度を下げて、着陸態勢に入っていた。客室内の震動が少なくなった。彼は安全ベルトをきつく締めた。フラップが下りて、速度が落ちた時の衝撃を身体に感じた。彼は腰掛けたままだったが、車輪が滑走路に触れるのを待って、何も考えなかった。

第十六章

飛行機の、陽のささない客室で過ごした後では、カリフォルニアの明るい日差しは、まぶしかった。頭も少し痛かった。移動タラップを他の乗客たちと一緒にゾロゾロ降りながら、リチャードソンは、だるくて元気がなかった。

まだいくらか距離があったが、彼は陽光に目を細めながら、フェンスの背後に立っている人達を眺めた。黄色のドレスをスマートに着こなした、ほっそりした一人の女性が、小さな白い帽子をかぶり、それとよく似合った手袋をしているが、あれはテリーではないだろう。片方の肩に太った幼児を乗せた、たいそう大柄な中年の女性がいる。年配のカップルが、寄り添って、心配そうにタラップの方を眺めているが、女性のほうは、両目にそっと手を触れた。その人達はみな、民間人だった。彼は眺めるのをやめて、光から目を隠しながら、ゲートに向かってゆっくり歩いて行った。彼は、テリーには、ホテルで会おうと伝えておいた。彼女はきっとホテルにいるだろう。彼を出迎えようとここに来ているはずがない。

ゲートが開くのを待つ間、彼は顔を上げて出迎えの人たちをもう一度見ようとはしなかった。ゲートから出て初めて、さっきの黄色のドレスを着た女性が、やっぱりテリーだったことに気が付いた。

彼は最初、おやっと思った。彼女はたいへん美しかった。彼女の目は大きく見開かれていた。あまりにも大きくて、真摯だった。顔はやつれていて白かった。それでいて彼女は美しかった。彼がびっくりして彼女の方に向き直ると、彼女は両手を組んだまま、きちんと立っていた。

初め、彼は彼女の両腕に触れて、軽く握った。彼の手のひらに、彼女の滑らかな皮膚の温かみが伝わった。彼は、彼女をそっと抱くだけで、それ以上のことをするつもりはなかった。しかし、抱いて彼女を見ると、彼女の目に涙があふれているのが分かった。たまった涙は、今にもこぼれ落ちそうだった。微笑を浮かべていない唇は、少し震えていた。そして彼女は、動く気配を見せずに、少しずつ彼の方ににじり寄り始めた。突然、彼女は両腕を彼の首に回して、身体を強く押しつけてきた。ちょっとの間、彼らはそのまま立っていたが、すぐにテリーは顔をあげて、すばやい動きで彼の唇に強くキスをした。

その瞬間から、すべてが変わってしまった。リチャードソンは初め、自分は夢を見ているんだということしか考えられなかった。テリーはそれまで、こんなに自分から進んで、強くキスしたことはなかった。以前の彼女は、見た目にも違っていて、はっきりとは言えないが、今のような表情をしていなかった。彼女は以前とは変わったのだ。すべてが変わってしまったのだ。キスをしたあと、二人でお互いに微笑みを交わして話し始めてからも、彼女は以前とは違っていた。もちろん彼女のまわりには、彼にとってなじみのあるものがたくさん残っているのだが、彼女そのものが変わってしまった。彼女の黒い髪はそのままで、左のこめかみのところでウエーブしている。このウエーブは生来のもので、彼女に変えることは出来ない。以前と同じように、彼女の皮膚は繊細できれいだ。歯は白くて輝いている。目は深い色をたたえている。しかし、彼女の目に宿る表情や笑い声の響きは、リチャードソンの知らないものだった。変化は本物であって、彼の思い違いではなかった。彼女は変わったのだった。

息をしなければならなくなるまで、二人のキスは続いた。キスをやめたとき、彼の顔は、彼女の涙で濡れていた。

「あの駄目な飛行機は、ここに到着しないのかと思ったわ」と、テリーが言った。彼女の声は、喜びで少し浮き浮きしていた。しかし、それでも、リチャードソンには、彼女の声や言い方がどうしてそんなに変わったのか、分からなかった。

「クエゼリン島でエンジンの交換をしなければならなかったんだ」と、リチャードソンが言った。

「そうだとは思わなかったわ。飛行場の外に不時着しちゃって、そこからここまで来れないのかと、思ったの。だって、地上滑走して飛行場に戻るには、時間がかかるでしょう?」「とにかく、来れたよ」と、リチャードソンが言った。「君はきれいだ」

「あなたも、すてきよ。でも、やせたわ」両頰にまだ涙を残したままの彼女に、やっと笑顔が戻ってきた。

「あなたの顔が口紅だらけになっちゃったわ」

「そいつは困ったな」と、リチャードソンが言った。彼は、ズボンのポケットから汚れたハンカチを取り出して、顔をごしごしこすった。

「それはハンカチなの？」と、テリーが尋ねた。「あなたの顔は、まるでミスター・フリクソンみたいに、ひどいことになっちゃったわ……きれいなのと取り替えたいと思うまで、いつまでポケットにハンカチを入れておくつもり？　そのハンカチのおかしな灰色は、泥のほかに何が付いたのかしら？　サイパン島の洗濯場は、あなたの白い物をきれいにしないのかしらね。あら、洗濯場のことなんか話して、私たち何をしてるのかしら？」

リチャードソンは、まだ彼女を左腕で抱えたままだった。そうしていると、薄いドレスを通して、彼女の背中の引き締まった筋肉の感触が伝わってきた。「分からないな」と、彼は言った。「おれたちが何をしているのか、分からない。サイパンの洗濯場は、おれのいる宿舎の裏に、五十ガロンの油を入れるドラム缶の空き缶を置いて、そいつを使うんだよ。しかし、おれたちはそいつをきれいにしておくから、他の連中から苦情は言われないよ。おやおや、おれは盛んに喋っているが、質問はないかな？」彼はハンカチをポケットに入れて、彼女を引き寄せた。「もっと口紅をつけてくれ」そう言って彼は、彼女にキスした。

さっきテリーはどうしてあんなに激しくキスをしたのだろうと、ぼんやり考えていたせいもあって、リチャードソンにとって今度のキスは、初めはためらいがちで、何かを探っているような趣があった。しかし、そうしているうちに、いつしか彼の、ためらうような、探るような気分はどこかに行ってしまって、自分の中に欲望が高まってくるのを感じた。それは、もっともっと激しく彼女とキスしたいという欲望であり、彼女の身体を自分の身体に押さえつけて、彼女の腕をぎゅっと握りたいという欲望であり……。

彼女はもがいた。「こういうの、好きよ」と、彼女は、自分の口を彼の口からちょっとの間、引き離して言った。「でも、お願いだから、私の背中を破らないでね。背中を破らないようにお願いしたいだけで、やめたのよ。さあ、また始めましょうよ」

リチャードソンは、フェンスに沿ってずらっと並んだ人達が自分たちの方を見て笑っているのを、目の端でちらっと捉えた。キスシーンはここではありふれてはいるものの、彼らのそれが、あまり見られない、人々の興味をひくパフォーマンスであることは明らかだった。「おれたちは、大勢の見物人を集めちゃったぞ」と、彼がささやいた。

「そうみたいね」と、テリーが彼の耳にささやき返した。「あの人達は、あなたがいつ、あたしの服を脱がせるのか、興味津々なのよ。気にしないわ」彼女は彼の耳にキスした。「一体、君はどうなっちゃったんだ?」と、彼は言った。「君は、おれが残していったのとは別の女性になったぞ。そしておれは、驚いたことにポリヤンナさ。誰かが警察の風紀取り締まり係を呼ばないうちに、ここをおさらばしたほうがよさそうだな」

彼は、彼女の身体を引き離して、顔を見た。「よごすほどの口紅は、もう残っていないよ」と、彼は言った。「しかし、なにかくっついてるものがあるな。それでも、君はきれいだよ」「何がついてるんでしょう、困ったわ」と、テリーが言った。「口紅だと思うけど。さあ、行きましょう」彼女は向きを変えて、相変わらず彼の腰に腕を回したまま、彼と一緒に歩き始めた。五十ヤードほど行ったところでリチャードソンが思い出して振り返ると、彼のB４バッグがまだゲートの外の、移動タラップの上に、ぽつんと置き忘れられているのが見えた。

その晩遅くなって、何かを変えなければならないとしても、遅くなり過ぎたので、リチャードソンは、短い時間に今日のことを振り返った。そうしてみると、自分が念入りに立てた計画のすべてが見る影もなくなっていることに気が付いて、愕然とした。彼は、髭を剃りながら反省しなければならなかった。両手が震えているので、剃るのがむずかしかった。今思い出してみると、幾分あやふやだが、彼はテリーに対してたいへん思いやりのある計画を立ててきたのだった。その計画によれば、酒を一杯かそこらしか飲まないで、彼女に穏やかに話しかけ、彼女に自由と、それに関連するすべてを与えるつもりだということを話す。そのあとで、翌日さらに話をするために二人が会える時までに、いろいろと考えておくように言って、彼女を帰らせるつもりだった。

ところが、そのことも、それにいくらか近いことも、いっさい起こらなかったのだ。彼が今の段階で言えることと言えば、その計画を実行するに当たってあれこれ考えることさえなかったのである。考え始められないでいるうちに、なんとなく状況をコントロール出来なくなってしまったのだ。いや、そうではなくて、彼は状況をコントロールしなかったのだ。まったくコントロールしなかった。彼が立てていた計画は、空港でテリーを見た瞬間にだめになってしまった。そして今では、その計画は影も形もなくなっていた。一、二杯の酒を飲むはずが、十杯か十二杯、いや、おそらくそれ以上飲んだろう。思い出す限り、穏やかで道理に適った説明とか、そういったものは何もしなかった。今に至る数時間のことは、記憶があいまいで、よく思い出すことが出来なかった。彼が思い出せるのは見当違いのことで、少なくとも、何かの計画といったものとは関係ないことだった。彼らは一つの部屋に入った。一番最初のアルコール飲料をこしらえてグラスに手を伸ばしたとき、その手がテリーの胸に触れた。次の瞬間、彼は彼女を抱き寄せた。彼女の震えているのが分かった。こぼれた酒が、ゆっくりとテーブルからカーペットの上にしたたった。彼は、彼女の髪の新鮮な香りを思い出した。彼女の右肩には、かすかに盛り上がった小さな傷痕がまだ残っていた。彼女の皮膚についている、その白いかすかな線を、彼は唇で感じとることが出来た。彼女は、相変わらずタバコを急いでもみ消すものだから、たいていの場合燃えかすがいぶるのだった。部屋は、初め暑かった。彼らが窓を全部開け放ったので、やがて涼しくなった。そのあと窓を閉めると、また暑くなった。そのあとどうなったのか、彼は知らない。彼女は、念入りな縁飾りとブルーのリボンの輪のついた、白いパンティーをはいていた。彼は、彼女の二倍は飲んだ。それでも彼女は、以前よりもずっと飲む量が多かった。しかし二人とも、酔った気がしなかった。手持ちのタバコは、早くから切れてしまった。ウイスキーもなくなってしまった。彼が辛うじて思い出せるのは、そこまでだった。

（いったいおれに何が起こったんだ？）と考えているうちに、彼は右耳の下をカミソリで切ってしまい、痛みが走った。「畜生め！」と、彼は大声で罵った。

テリーはベッドから急いで降りると、バスルームに走り込んだ。「まあ、リック、なぜ髭なんか剃ろうとしてるの？　あら、大変。たくさん血が出てるじゃないの。なんて馬鹿なことをしてるの。さあ、冷やしたきれを当てるわよ」

リチャードソンは、片手を顔に当てながら、彼女の方をちらっと見た。「君は、何も着ていないじゃないか」と、彼は口の端で笑いながら、とがめるように言った。

「分かってるわ。裸だっておかしくないでしょ？　さあ、このタオルに冷たい水をかけるわ。どこへ行っても髭を剃る習慣はやめたらどうかしら」

「なぜ君は、きれいな裸の姿で、バスルームから出ていこうとしないんだ？　おれは今、最悪の状態だよ。君が夕食を食べに行こうって言ったから、髭を剃っていたんだ。夕食だって？　かんべんしてくれ！　ソーダ・クラッカーだって食べられないよ」

「あたしは平気よ」と、テリーは楽しそうに言った。「あたしは、飢え死にしそうだわ。うんと大きなステーキが欲しいわ。赤ワインも飲みたい。それに、ドレッシングをかけたグリーンサラダ。あたしの体力の源だわ」

「君はおれを病気にさせるよ」と、リチャードソンは言った。「それに、君がうんとよく知っているように、体力の必要なのは、君じゃなくておれの方だよ。さあ、頼むから、ここから出て行って、おれを裸にならせてくれ。夕食には連れていくよ。そいつはおれを殺すかもしれないが、連れていくよ」彼女が出ていく時に、彼は彼女のお尻をぴしゃりと叩いた。しかし、バスルームのドアは開いたままにしておいた。

それが最初の晩だった。さっきはあんなことを言っていたくせに、リチャードソンはステーキを食べた。夕食が終わると彼らはホテルに戻って寝た。リチャードソンは、眠ろうとは思っていなかった。しばらくの間、目を覚ましていて、考えるつもりだった。しかし、そばにテリーが柔らかくてしなやかな身体を横たえ、裸の腕を彼の枕に投げかけ、彼の肩に頭を乗せて静かに寝息を立てているのでは、彼としては、考えることなど出来なくて、眠るしかなかった。ゴールデンゲートよりもおよそ三時間遅く、リチャードソンとテリーのいる部屋に、夜明けがやって来た。電話がひっきりなしに、けたたましく鳴り響いた。リチャードソンがやっと目を覚まして受話器をとり、返事をした。「ヘーイ」という声が聞こえてきた。「リックか？　トッド・スティーヴンスだ。スミルナでお前と一緒に訓練を受けたのを、覚えているかい？　お前は一体どこにいるんだ？　おれも、このいまいましい会議とやらに出席することになっているんだ。おれたちは今、コーヒーブレイクをとっているんだが、お前はまだ、やって来ないじゃないか。勲章をちゃらちゃらさせている大佐がここを取り仕切っているんだが、お前が無断欠勤するつもりなのか、どこにいるのか、知りたがっているぞ。連絡をとったほうがいいと思うよ」

「そうだな」と、リチャードソンが言った。「古くからの友達に教えてもらって助かったよ。お前の調子はどうだ、トッド？　ところで、連中に会うまで、おれが病気になって宿舎で寝ていると言っておいてくれないか。おれは、じきに良くなるよ。どうもありがとう。会議をやっているのは、何という建物だっけ？」

「お前は体調が悪いから、建物の番号が読み取れないんじゃないか。ゴールデンゲートをくぐったら、爆撃会議はどこでやっているか、聞けよ。あとは、クルマの波にくっついて行けばいい。そうすれば、ここにたどり着いて、おれに会えるってわけさ。大佐がやってくるぞ。スティーヴンスさまはお出掛けだ」

「リチャードソンさまもお出掛けだ」と、リチャードソンが言った。彼はベッドから起き上がろうとしたが、そうしないで、テリーにキスした。彼女はかすかに身じろぎして微笑んだが、まだ眠っていた。

会議は、退屈そのものだった。初日の午後には、リチャードソンが口を出す余地はなかった。五時には会場から抜け出し、テリーと夕食をとった。ホテルの部屋に戻って数分後には、服を着たまま眠ってしまい、そのまま十二時間眠り続けた。

翌日はいくらか良かった。会議に出席している人々のうち何人かは、実際の爆撃についてほとんど知らないということが分かって、リチャードソンは驚いた。彼は数分間、話をした。会議が終わってから、彼は、その日はちゃんと一日の仕事をし終えたと感じた。そして、会議に参加した人々は、作戦の仕方に大幅な変更を加えることになるだろうと思った。彼はいい気分だった。頭はかなりはっきりした。心がいつになくすっきりしたのでゴールデンブリッジをクルマで渡りながら、数分間考えに耽ったほどだった。

幸いなことに、数分間考えに耽っても、いい気分が変わることはなかった。しかし、彼がテリーとのことで以前決心したことについては、彼の心は混乱したままだった。テリーと会ったばかりなので、何が起こったのか詳しく検討することが出来ないでいたのだ。彼は、義務を果たすために忠誠心に溢れて到着した。そして、はっきり口に出すことはせず、内気で、おそらくしぶしぶ姿を現す妻と会うことになるだろうと思っていた。ところが実際には、それとは全く違う事態になってしまったのだ。彼は、考えるとおりに話し、好きなように行動する、生き生きしたすばらしい女性の腕の中に抱き込まれてしまった。彼女は、彼がそうしたいと思っていようといまいと、彼がやりたいと思うことをすべてやりたいと思っているように見えた。そして、意味が分かろうと分かるまいと、現在進行していることが好ましいことなんだということが、彼にとって唯一の結論であった。ホテルが見えて来た時に、彼はこの重大な結論に達した。ホテルを見ることは出来たが、そこへ行くべきではないと、彼は思った。そこに着いたときに何をすべきかを考えるために、彼は時間を費やした。彼は、彼女の顔を両腕の中に抱え込み、彼女を引き寄せ、息が出来ないほど彼女にキスするだろうというのが、彼の出した結論だった。最初の一杯をグラスに注ぐ前に、彼はそうするつもりだった。

大きな都市が、周りじゅうでキラキラ輝いて、探検されるのを待っているというのに、どうして眠ってなどいられようか？　波立った広大な海の磯波が、二人の足もとにゴーゴーと音を立てて寄せてきて、しぶきが二人の顔を濡らし、キスをするたびに冷たい塩の味がする、そういう海が待っているというのに、どうして眠ってなどいられようか？　二人に聴いてもらいたくて、風が木の梢をそよがせて通り抜け、柔らかくしなやかな草が二人が横たわるのを待っているというのに、どうして眠ってなどいられようか？　何百台もの素晴らしいピアノが、まさに二人のために音楽を奏で、丈の高い何百杯ものグラスが、溢れんばかりに酒を満たして二人のやって来るのを待っているというのに、どうして眠ってなどいられようか？　周りじゅうには、この上なく素晴らしいものがあって、それらを理解し愛する人たちがいるが、それら多くのものの中にあって、お前だけが知っていて愛しているのは、一つの顔だけだ。お前だけがその中の意味を読み取れるのは、一対の眼だけだ。お前だけが時には優しく、時には激しく、時には悲しく、そして時には楽しくキス出来るのは一つの口だけだ。お前一人が探り、問いかけ、何とか知ろうとすることが出来るのは、一つの心だけだ。一つの笑みをお前たち二人で分け合うことが出来る。お前だけが知っていて、お前がその一部になったかのように、この上なく親密に、有頂天になって思いのままに愛することが出来るのは、一つの身体だけだ。

リチャードソンとテリーは、なぜ眠るのかというこの問いかけを夜通しずっとしてきたが、このような滅多に訪れることのない夜には、疲れ果てて休息を取らざるを得なくなるまでは、眠ってはいけないし、眠ることは出来ないというのが、当然の答えであった。疲れ果てて二人がホテルに戻ったのは、東の空がほのかに色づき始めたころであった。

彼らは着ていたものをゆっくり脱いで、一緒にベッドに横になった。こうした横たわり方は以前に何回も繰り返されたが、その意味が今では違うものになった……愛撫によってなんと多くの意味が表現されるものなのか！　……今もリチャードソンは、彼女を自分の方に引き寄せて、優しくキスをした。

「もう一度して」と、テリーが言った。「お願い、そういうふうに、もう一度して」

彼はもう一度、彼女にキスした。

「さあ、眠りましょうよ」と、テリーが言った。

一日が過ぎ、さらに一日が過ぎた。一日一日は違っていたと言える。というのは、太陽は違った時に輝き、風は強く吹いたり弱く吹いたりしたし、時々雨が降ったり降らなかったりした。そしてテリーとリチャードソンは、違った場所と時間に夕食や朝食をとり、そして、違うことをしたからである。しかし、それらの日々は二人にとって、実際には違う日々ではなかった。

爆撃会議は、時々はこれでよしと言えるくらいに、内容が改善されていった。そしてリチャードソンは、帰る途中でゴールデンブリッジを渡る際に考え込むことはもうなくなった。日中は爆撃について考え、ブリッジを渡っている間はテリーのところに帰ることを考えた。それ以後、ブリッジを渡ってテリーのところへ帰る時には、何かを考えることはやめた。

毎晩、彼らは身体を密着させ脚をからませて、お互いの腕の中で眠りに落ちた。あるとき、リチャードソンは彼女の胸にキスしている最中に眠り込んでしまった。最後の情交の後、そのまま眠り込んでしまったことが二度あった。その時は、二人とも何時間も眠り続けた。

こうした日々は、何日というよりは、何週間とか何カ月あるいは何年にも相当した。それとも、時間というものには意味はないが、もしあるとすれば、時間そのものだった。それらの日々は、一刻一刻という時間であり、時間そのものには意味がないかもしれないが、あたかも意味があるかのように思われた。それらの時間は、リチャードソンとテリーという二人のために取っておかれた、始めも終わりもない特別な時間であって、二人のためだけに用意されたものであった。それは、ほかの言い方をすれば、ファンタジーの本の中に登場する、あり得ないようなハプニングというべきものであった。もちろん、こんなふうな言い方は、リチャードソンとテリーの二人にすれば、滑稽で馬鹿げたものに思えたであろう。なぜなら、彼らは神秘的なものとは無縁であり、時間というものは過ぎて行くものであって、しかも早く過ぎ去っていくということをよく知っていたからである。二人とも愚かではないし、心の奥底では、今日が金曜日で明日は土曜日、その次の日は日曜日で、その日が過ぎるとリックの帰還する日が近付くということを承知していた。しかし、二人ともそのことについては考えないようにしていた。時間が過ぎ去っていくことをほとんど忘れていたというのは、二人ともそれまでの人生でおそらく初めての経験であったろう。時間が過ぎていく瞬間に、それをちゃんと承知していたのではないだろうかという疑問が生じるであろう。しかし二人は、その瞬間に時間を忘れていたのである。それが突然終わりを告げた時には、二人ともショックを受けた。

それはまだ金曜日だった。リックはハミルトンフィールドから一時間かけて帰って来ていた。シャワーを浴び、いい気分で二杯めの酒を飲み、シャツを着ないでベッドの上に横になって夕刊を広げていた。テリーは着替えの最中で、ブルーのリボンのついたパンティーと、それと似合いのブラジャーだけをつけて、部屋の中をあちこち歩きまわっていた。リチャードソンはそういう彼女をチラチラ盗み見していたが、たまたまベッドのそばを通りかかった彼女をピシャッと叩いて、自分の方に引き寄せた。

「だめよ」と、彼女が言った。「あたしだってそうしたいと思っているの、分かってるでしょう。でも、今晩はまだ早すぎるわ」

「早すぎもしないし、遅すぎもしないさ」と、リチャードソンが言った。「我輩の淑女に贈り物をしてもらいたいだけだよ。昔の騎士がしたように、我輩の兜にその明るいブルーのリボンをつけてくれないか」

「昔の騎士をここから解放してあげなさい」と、テリーが言った。「初めがリボンで、次が縁飾り、その次にはパンティーがほしいんでしょう、分かってるわよ。あたしは、夕食を食べに出掛けたいわ」

「いいよ」と、リチャードソンが言った。そして、さらに抱き締めた。笑いながらベッドに寝かせ、さらに強く抱き締めた。「ちょっとだけだよ。ちょっと……、だけ……」

電話が鳴った。「畜生、邪魔するのはだれだ」と、リチャードソンが言って、受話器を取り上げた。

「かわいそうなアレクサンダー・グラハム・ベルね」と言いながら、テリーは聞き耳を立てた。

リチャードソンが、いらだちを我慢するような口調で「ああ」と言った。聴いているうちに、彼の顔色が変わった。表情がなくなってしまった。彼は言った。「全体がどうなっているのか、君には分からないのか？」

それからさらに聴き入って、「分かった、そっちへ行くよ」と言って、受話器を置いた。

「一時間のうちにハミルトンフィールドに戻る」と、テリーに言った。「やつらは、こんなことがあるかと文句を言っている。一緒に行こう。ボトルとサンドイッチを持っていって、途中で食べよう」

一時間よりちょっとかかった。彼はテリーをクラブに待たせておいて、会議室まで歩いて行った。近付くと、建物のどの窓にも明かりが灯っていて、士官たちが急いで階段を駆け上がっていた。彼は数分間情報を聴いたあと、やらなければならない仕事があった。仕事は早くやらなければならなくてきつかったが、あまり時間がないので、急ぐ必要があった。

タクシーの運転手がギアをサードに入れて基地のゲートが前方にぼんやり見えてくると、ほとんど同時に彼は彼女に話しかけた。彼は、彼女の手を優しく握って、運転手に聞こえないようにささやいた。「急にこんなことになったらしい。残念だが、そういうことだ。会議は終了した。明日の朝六時に離陸する予定になっている」

彼女は何も言わなかった。「これ以上、何も言えないよ」と彼は言った。

相変わらず彼女は何も言わなかった。彼は彼女を抱いた。

あと数秒で六時になる……（畜生、秒刻みのスケジュールだな）と、リチャードソンは思った……車輪が回転して滑走路を離れた。リチャードソンは安全ベルトをして、座席にぐったり座り込んでいた。心はうつろだった。記憶もさだかでなかった。いや、記憶をほとんど失ってしまった。前の晩、彼とテリーのしたこと、二人が言ったこと、感じたことのすべてが思い出せなかった。心の中を記憶の小さな断片が通り過ぎていくだけだ。テリーは泣かなかった。ずっと静かにしていて動作は緩慢で、少ししか話さなかった。しかし、彼女の指には信じられないほどの力が込められていて、触られると痛みを感じるほどだった。一度、飲みたくないのに酒を一杯飲んでみたが、飲み込んだ酒が喉元をあがってくるのが分かって、吐き出してしまったことを思い出した。テリーの肩の皮膚に彼の指の爪の跡が白く残っていたこと、そこにキスをすると赤く変わったことを思い出した。とうとう彼女の目の中に涙が集まって、ゆっくりと頬に流れ落ち始めたのをじっと見つめていたことを思い出した。それからずっとあとになって、飛行機の方へ行こうとして振り返ると、彼女の両眼は突然、からからに乾いてしまった。飛行機が地上滑走を始めて方向を変えた時、駄目だとは思いながら、ゲートのところに立っている彼女をもう一度見ようと思って振り返ると、左へ曲がると思った飛行機が右へ曲がったために、ゲートが全く見えなかったことをぼんやり思い出した。仕方なく、やり切れない思いで座席に腰掛け、飛行機が基地を果てしなく横切って地上滑走し続ける間、彼は窓の外の何もない滑走路を眺めていた。たった一つ、彼が確かに思い出せることは、彼が何も彼女に話さなかったことだ。二人とも、どんな形であれ、二人の将来についてはいっさい話をしなかった。何一つ。彼は何も話さなかった。

第十七章

サンフランシスコを出発してから五時間、リチャードソンは何も考えないで、横の窓から、ちぎれ雲をずっと見続けた。雲と雲の間には、明るいブルーの空があって、散らし模様のように見えた。そのあと、彼は眠った。ジョン・ロジャース基地に着陸すると、機外に出て、一時滞在用の将校食堂で食事をとり再び機に戻った。再び眠り込むと、その間に太陽は、飛行機との競争に勝利をおさめて、先に太平洋に沈んでしまった。

クエゼリン島に着いたときには、暗くなっていた。暗くて風が吹いていた。平べったい浜には、大きな波が咆哮をあげていた。砂は濡れて魚の匂いがした。沖の方から寄せてくる波の泡の中に、座礁して打ち捨てられた小船がぼんやりと見てとれた。先程の最終アプローチの時、エンジンの一つがバックファイヤーを起こし、黒っぽい炎がピカピカ光った。リチャードソンは思った（もう一度っていうのはいやだぞ。またクエゼリンで足止めを食らいたくないぜ）。幸いなことに、この前のようにエンジンの交換はせず、排気筒の交換をしただけで一時間後に離陸したのでほっとした。彼は居眠りをした。目が覚めると、機体が暖かくなっているのが分かった。窓の外を見ると、翼の上に太陽の影がかかっているのが見えた。彼は、サイパン島に着くまでもう眠らないでおこうと思った。

一人の海軍兵曹長が通路の向こう側から身を乗り出して、彼にタバコを勧めた。リチャードソンは礼を言って受け取った。それは、フィルター付きのタバコだった。兵曹長は、決まり悪そうに言った。「妻がサンフランシスコで寄越したんですが、おれは吸わないんです」リチャードソンが言った。「ありがとう。吸ってみるよ」海軍の兵士とタバコと彼の妻との連想から、彼はテリーのことを思い出した。一瞬の思い出の中でテリーは、タバコを手にしてベッドにうつ伏せになり、もう片方の腕で身体を支えているために、肩の筋肉が盛り上がっていた。彼は、それ以上思い出すのをやめた。

とくにそうしたいと思ったり、そうしようと思ったり、そのことを考えたりしなくても、記憶が途切れてしまうのだった。サンフランシスコのこと、爆撃会議のこと、テリーのことについて何も思い出さないし、はっきりと心に浮かんでこないのだった。大きな声では言えないが、爆撃会議が突然中断された背景には、なにか切迫した事情があり、サイパン島で何か起こったか、あるいは何かが起きようとしているからだということは分かっていた。このことについて、特別おかしいとは思わなかった。サイパン島に戻ることを全く気にしていなかった。しかし、彼はそこへ行く途中であり、戻らなければならないのであれば、このままずっと行って、島に到着出来ればいいがと願っていた。島に戻って戦争に参加する。今考えることの出来るのは、結局そのことだけだった。彼は今までずっと、可能性のあることだけを考えるようにしてきて、うまくいったのだと、いくらか苦い思いで反省した。何かを後になってから考えようとしたり、何かを計画しようとしたときには、いつもどうしたらいいか分からなくなってしまった。飛行機を飛ばせるということは、おれにとっては残念ながらいいことなんだ、と思った。ほかのことをうまくやれたためしがないことは確かだ。だから、……彼はもはや考えを言葉にはしないで、心の中を通り抜けるままにさせた……飛行機を飛ばすことだけに意識を集中して、ほかのことを考えるのはやめよう。優れたクルーが乗り込み、厳密に照準を合わせられる火器と、適切な時間に正確に標的に命中するように、慎重に計算された爆弾と、次の爆撃行に行けるようにクルーを帰還させるのに必要な燃料をたっぷり搭載して飛行することで十分ではないか。目的地に飛行機を操縦して行って、戻って来る。もう一度行って、戻って来る。そういうことを毎週やる。出来ることなら毎日やる。そういうことを、日中にもたそがれにも夜の暗闇の中でもやり、夜明けにもやる。敵の基地だけでなく、官庁、工場、家庭も爆撃する。敵のやつらを窒息死させる。やつらを爆弾で覆い尽くすのだ。敵のやつらを爆破し、炎上させ、やつらを狂ったように駆り立てるのだ。

やつらを憎むな。やつらをわざわざ憎むようなことをするな。憎しみは一つの感情であり、感情というものは、神経の中枢組織を刺激して心臓の鼓動を速め、額を汗で湿らせ、両手をぶるぶる震わせる。両手を震わせるな。操縦装置を両手でデリケートに、しかも的確に感じとる必要がある。心をすっきりと、偏見を持たないで、能力が発揮出来るように保っておかなければならない。敏速に決定し、着実に行動しなければならない。そうすれば、もっと効果的に殺すことが出来るかもしれない。憎んでいる余裕はない。殺すことが目的なのだ。

地上で、海の上で、空中で、戦士たちを殺すのだ。やつらに殺される前に、やつらを殺すのだ。そいつらを殺せば、次には、田畑を耕す者とか、工場や官庁で働く者たちにとりかかることが出来る。若者を殺し、老人を殺し、びっこを引いている者を殺し、目の見えない者を殺すのだ。

しかし、こうしたことをやるには、整然と、当たり前のこととしてやるのだ。気にすることはない。気持ちが混乱してはならない。周知のように、殺す本能というものは、あるいはそれを何と呼ぶにしろ、普遍的な本能であって、誰もが持っているのだ。その本能は、人によってあり様はそれぞれであるし、程度も様々であり、各自の過ごした時代、環境、受けた教育、抱いている渇望、性衝動など、その他様々な要素がからんでごちゃまぜになっているので、誰にも区別がつかないのである。もしも周囲の事情がそうならざるを得ない状況になったら、父親が息子たちを殺すことも、姉妹が伯母を殺すことも、子供が親を殺すこともあるだろう。

ただ飛行機を操縦しているだけで、戦闘の最中に一度も引き金を引いたことはないのだから、個人的には誰も殺してはいないのだと言って、責任を逃れようとしてはいけないのだ。飛行機を操縦する心と両手によって、まぎれもなく人を殺しているのだ。あるいは、弾丸を製造する工場の旋盤を操作しても、人を殺していることになる。さらに言えば、機銃の引き金を引く連中に食べさせる野菜を育てることも、将来戦争に関する机上事務をする人々になる幼児を育てることさえも、人々を殺すことにかかわっているのだ。だから、飛行機を操縦すれば人を殺すことになり、旋盤を操作すれば人を殺すことになる。野菜を育てれば人を殺すことになり、幼児を育てれば人を殺すことになるのだ。

選択の幅は非常に狭いから、決心するのは難しくない。飛行機を操縦して戦って、殺すことが出来る。飛行機を操縦して戦って、殺して殺される可能性がある。飛行機を操縦して戦って、どっちみち殺されることがありうる。それしか考える余地はないのだ。過ぎ去ったことを考えるな。なぜなら、そんなことをすれば、あまりにも現在とかけ離れてしまうからだ。将来のことを考えるな。そんなことをするのは、あまりにも卑怯だからだ。やらなければならないことをやるために、絶対に考えなければならないことがあるが、それ以上のことを今考えることさえ駄目なのだ。今は、空に飛行機を飛ばすことしかないのだ。

サイパン島のイスリー第一飛行場の滑走路の南東の端が、前方に浮かび上がってきた。そしてリチャードソンには、でこぼこしたコンクリートのかけらが見えた。着陸の際、その上に車輪が乗らないようにしなければならない。さらに、滑走路の滑り止めマークの上には、二月にブック・セレンスキーが前輪をこすりつけた染みがまだ残っているのが見えた。そして、そこから離れたところには、リチャードソンが島を離れた時にはなかった、地面の黒ずんだ一画があった。機は、第三ポイントに着陸して地上滑走し、バウンドしてから、ふたたび地上滑走した。機のスピードが落ちて滑走しているとき、客室の空気がかなり変わって、温度が上がった。オイルとある種の液体と汗と、缶入りオレンジ・ジュースとタバコの吸い殻と、そしてサイパンの匂いがした。リチャードソンが窓の外に目をやると、滑走路の縁にそってジャングルの茂みが見えた。そのあと、何の装飾もないコンクリートの区画が突然現れ、その向こうに、巨大な修理用格納庫が姿を現した。機はさらにゆっくりと滑走を続けた。彼は、海岸線に向かう断崖の上に、飛行中隊の仮兵舎の、波形鉄板の屋根がちらっと見えた気がした。すると、すぐにクルーのメンバー全員の顔が心に浮かんだ。マトゥーチ。彼の顔はさらに黒くなっている。フランクス。二人にしか分からないジョークを飛ばして、フォンクと一緒に笑い、歯が輝いている。モレリイ。航法士として六分儀を扱い、頭の中で計算している。ウイルソン。一人超然としてそっぽを向いている。フィー。帽子を後ろ向きにかぶり、髪の毛が生徒のように、両方の目にかぶさっている。バーナム。アダムス。ウイリンガム、ネイルソン。リチャードソンは、自分が出発した日と同じようにはっきりと、彼ら全員の姿を心の中に描くことが出来た。ウイルソンは、今では、地上の火災を見下ろして、本当はどんな思いでいるのだろうかと思った。バーナムの首の傷はどんな具合なんだろう。あいつは、クルーと一緒にまた飛べるのだろうか、それとも、もう送還されたのだろうか？　フランクスは、以前と同じように、見たところ陽気な様子をしているのだろうか、それともおとなしくなってしまったのだろうか？　射手の連中は、相変わらず仮兵舎の裏のあたりでビールを飲みながら、クラップばくちをやっているのだろうか？　フィーは相変わらずあいつらのジョークの標的になっているのだろうか？

彼は、クルーについてこんな感傷めいたものに耽っていたことで、いくらか恥ずかしい気持ちに襲われ、クルーのことを考えるのをやめた。しかし同時に、自分がいない間、ジェニングスは作戦室の仕事をどうやっていたのだろうと思った。また、「透明人間」は、ばたんばたんと音を立てる網戸を修理したのだろうかという思いが心の中をよぎった。そして彼は、もちろんウイザーズのことを考えた。実際に彼は、ウイザーズが自分に会いに来たのではないかと思い、基地の作戦室のあたりに、彼のジープが駐車していないかと、探し始めた。地上滑走が終わって機が停止する前から、探し始めたのであった。

クルーの連中やウイザーズが姿を見せないというのは、どう考えても納得がいかなかった。正直なところ、彼はサイパンに帰って来ても嬉しくなかった。（こんなに奇妙なことはないな）と、彼は独り言を言った。（おれがいない間に何が起こったんだ）。

だが、いずれにしろ、おれは帰って来た、と彼は思った。帰ってきたことが嬉しいのか悲しいのか分からないが、とにかくおれは帰ってきたのだ。

基地作戦室の前に、飛行中隊のマークの付いたジープが停まっていた。座席にも近くにも人影がなかった。飛行機が停止してドアが開くと、リチャードソンは、彼に会いに誰かやって来るかと、首を伸ばした。移動タラップを降りて、作戦室の入り口まで行く途中で、やっとフランクスがいるのに気が付いた。彼は、そこに副操縦士が立っているのを見て、ちょっと驚いた。近付いてフランクスの顔を見ると、驚きはさらに深まり、それは、不吉な予感のようなものに変わった。そこにいるフランクスは、いつものフランクスとは別人のようだった。笑っていないし、取っ付きにくく、生意気な少年のように見えた。いつものフランクスとは全く違っていた。

副操縦士は、リチャードソンだと分かると、笑った。彼はタラップの方に急いで駆け寄ると、「お会い出来て、嬉しいです、機長」と言って、笑った。彼がリチャードソンに会って心から嬉しがっていて、そのために精一杯笑おうとしているのは明らかだった。しかし、その笑い方はぎこちなくて、しかも、たちまち消えてしまった。

「お前に会えて嬉しいよ、トニー」と、リチャードソンは、滅多に言わないフランクスのファーストネームの一つを使って、そう言った。「しかし、お前に何かあったのか？」「いえ、何もありません。良くない日もあるということです」彼は、話すのをやめて、リチャードソンのバッグに手を伸ばした。「持ちますよ、機長。あっちにジープを置いてあります」

「二人で持とう。重いからな。すべて順調か？　クルーの様子はどうだ？」

「いいですよ」と、フランクスが言った。「おれは……」

「中隊の様子はどうだ？」と、リチャードソンが訊ねた。

「オーケーです。クルーの健康状態は良好そのものです。いいこともあります。大攻撃のことはご存じですね」

「知ってるよ。来月、まる一日かけて最大規模の攻撃を加えることだな。おれが予定より早く帰って来たのもそのためだ。おれたちがみんなこの作戦に参加出来るように、爆撃会議が中断されたんだ」

二人は、B4バッグを足にぶつけながら、ジープの方へ歩いて行った。フランクスがしゃべり始めた。「クルーの連中を見ると、びっくりしますよ。みんな身体の調子がいいんです。バーナムでさえ回復してきています。軍医の話では、一週間かそこいらで退院出来るそうです。あいつを船に乗せて帰国させる代わりに、チャンスがあれば、おれたちと一緒に飛べるかもしれません……」

フランクスの話に満足出来ないリチャードソンは、彼の話の腰を折って「そいつはいいいな」と言った。「いい日ばかりじゃないと言うが、他に何かまずいことがあったんじゃないか?」

「おれは……」ジープに着いた二人は、バッグとリチャードソンの装備を後部座席にほうり込んだ。フランクスは、腰を伸ばして片手を額にかざした。彼は話し始めたが、話しづらい様子がありありと見てとれた。顔はこわばり、緊張していた。「悪いニュースが耳に入ってきたんです」

「悪いニュースだと?　何だ、それは?」

「中隊は昨夜、出撃したんです、機長。そいつは……ものすごくひどくて……」

「分かった、分かった、それでどうしたんだ」と、リチャードソンは言ったが、彼の頭の中ではすでに、それが何であるか、分かりかけていた。

「ウイザーズ機長のことなんです。まだ帰って来ていません。……帰着期限が切れています」

「申し訳ありませんが」と、海上遭難機救助センターの事務官が言った。「何もありません。何一つないんです」彼はリチャードソンに一晩中、同じことを何度も繰り返し言った。そして今、夜明けが近いが、彼は相変わらず申し訳ないという様子だった。

　リチャードソンのジープは、珊瑚のまじった小石を跳ね飛ばしてスリップしながら、救助センターのある仮兵舎から遠ざかった。彼が将校たちの居住する宿舎の前にジープを停めたとき、空は薄明るくなり始め、仮兵舎の背後にぶら下がっている、たった一個の電球が、おぼろな地平線と向き合って、弱々しい黄色の光を放っていた。髪の色が電灯と同じ黄色で、背の高い少佐が、リチャードソンがベッドとベッドの間を通って彼の方に静かに歩み寄ると、ひざまずいている一団の間から見上げた。

「やあ、リック」と、少佐が言った。「救難センターから帰ってきたのか？」

「そうです。新しい情報はありませんでした。われわれの部隊の本部はここですから、ここで調べたほうがよかったと思います。どんな状況ですか？」

「情報はあまり多くはないようだな」と、少佐は言った。「もちろん、われわれは、通常の手続きに従ってやっている。特殊捜索機は、知っての通り、二千三百時間にわたって捜索飛行を続けている。或る海域を一時間かけて捜索した報告が届いたばかりだ。駄目だった。

おれがセンターでお前に会ってから、いくつかの情報が海軍から届いたが、みな否定的なものばかりだ。今回の件では、みんなが最大の努力をしているんだ、リック。もしウイットがいれば、見つかるだろう。しかし、そんなことは分かってるよな」

リチャードソンは、ずきずき痛むこめかみをこすりながら、考えをはっきりさせなくてはと考えた。捜索機が四機出動していて、特別捜索機が一機待機している。この領域にはB29のために合計五機の特別捜索機が配備されている。特別な訓練を受けたクルーが各機に搭乗して、双眼鏡やレーダーで海面を捜索し、何らかの合図の兆候はないかと無線のチャンネルに聴き入り、海面すれすれまで降下して、漂流物のかけらはないかと探している。これら正規の捜索機のほかに、水陸両用の飛行機も捜索に参加している。水陸両用機は、スピードは遅いが、それだけにかえって徹底した捜索に適しているし、さらに、海上に着水して生存者を救い上げることが出来る。さらに船舶が加わる。戦争が進展し、航空機救難の努力がこの時期まで積み重ねられた結果、多数の荒波用舟艇やおそらく二、三隻の潜水艦がこの領域に配備されるようになった。それらすべてが捜索している。

リチャードソンは、ブロンドのシールズ少佐に言った。「この連中はここで何をしているんですか?」

シールズはそのグループの方に手を振った。航法士の徽章をつけた、一人の非常に痩せた少尉が、床の上に広げた地図に線を引いていたが、たびたび手を休めては、もう一方の手に持った計算尺を使って計算していた。彼の横には、一人の大尉がひざまずいていた。リチャードソンは彼を、連隊本部で見たことがあった。彼は、手にしたテレタイプ(電信印字)の束を参考にしながら、もう一方の手で、地図に小さなブルーの風の矢印を書き込んでいた。そのグループの他の将校たちは、二人の作業の様子を眺めていた。

シールズ少佐が言った。「ここにいるウイッティは、パトロール船から手に入れた気象データに基づいて或ることを考えついたんだ。あいつは、海流と風と漂流のいろいろな可能性を見積もっているところだ。スキンニイの方は、ウィッティのために、データを地図に描き込んでいるのさ。捜索領域は南東の方角にかなり広がるかも知れないな」

リチャードソンが言った。「今夜の爆撃に参加している各機からは、何か情報が入ってきていますか?」

「一つ入ってきてるな」と、シールズが言った。「一時間ばかり前に、ダイアモンド・スクエアー機から照明弾を目撃したという電文を受け取った。その位置は、南に片寄っていたが、もちろんわれわれはチェックしたよ。さあ、コーヒーを飲め」彼はリチャードソンに水筒のカップを渡した。その中身は、泥のような色をしていて、コーヒーのかすが泡立っているといった代物だった。リチャードソンはそれを飲んだが、味がなかった。「飛行大隊による捜索の標準的なやり方は、どんなものなんですか？」と、リチャードソンがシールズに訊ねた。

「ああ、そうだな。捜索の標準的なやり方は、爆撃目標への往復の途中で行うということで、緊急事態の場合は別として、コースから逸脱して捜索したという先例はないな。帰りには大抵、多少東へずれて飛行するようだな。捜索領域がどこか、みんな承知しているさ」

「第百飛行隊―第五クルーは、コースをさらに逸脱すると思います」と、リチャードソンが言った。「そして、第一飛行中隊第八十八クルーもきっと逸脱すると思います。実際問題として、今晩の爆撃に参加する飛行中隊のどの機も、帰投の途中で捜索領域に近付いたら、少なくとも三十分は、非公式にスクエア（方形）捜索飛行をやると思います。もしも燃料にゆとりがあって、トラブルがなければ、もっと時間をかけるでしょう。おそらくその結果を報告することになるでしょうから、そうすれば、あなたはそれを、地図に書き込めます」

「いやいや、それはまずいよ」と、シールズが言った。「そんなことをするのは問題だ。みんないつも、でしゃばり過ぎだ。そんなことをしちゃいかんよ、リック。お前がそんなことをすると言うのはまずいと思うよ。捜索領域にはすでに、飛行機が多数飛行している。しかも、捜索領域の海面にはあらゆる場所に船舶も配置されている。それに、お前の仲間が持ち込んでくるのは、間違った情報とか、オレンジを入れる木箱やガラクタを目撃したとか、そんなものばかりだ。もちろん、そういう情報もわれわれの地図に非公式に鉛筆で記入はするがね。われわれの地図はまるで、幼稚園のお絵描き帳みたいになってるのさ」

「連中にそうしろとは言ってませんよ。捜索領域がどこか、言っただけです。連中のフライトプランによれば、あの連中は、ちょうど夜明けに、捜索領域に入っているころだと思います。およそ今頃ですね。明るさもいい具合でしょう。そして、このことはあなたのご存じないことです」

「そうだ、お前も知らないことだ」と、シールズが疲れた口調で言った。

気象担当将校が立ち上がって、ブルーの鉛筆を胸ポケットに入れた。「これは、やってみる価値がありますね」と、彼は言った。「風速がおよそ五ノットほど増加しているようですし、風向きも西に変わってきています。捜索領域はおよそ三十カイリの広がりしかありません。しかし、もっと広い海域に多くの救命筏を用意することが出来ます。ウイッティはオーケイと考えていますし、わたしもオーケイだと思います。あなたは捜索領域を広げたいと思いますか?」

「捜索領域を広げよう」と、シールズが言った。「地図をセンターへ持って行け、いいな、ウイッティ?」

網戸のところに人影が現れ、ノックをする音がした。海難航空機救助センターの事務官だった。「あなたにメッセージが届いています、シールズ少佐」と彼は言った。「今から非番になるので、あなたにこれをお持ちしようと考えたのです」

シールズはその紙を、半ば開けられたドアから受け取った。事務官に礼を言うと、そこに立ったまま、そのメッセージを読んだ。リチャードソンは、身体じゅうの骨という骨にまで疲労がしみこみ、それまで数時間というもの心に重くのしかかっている物憂い感じにもかかわらず、ブロンドの髪をした少佐がじっと動かずに読んでいるのを見ていると、動悸を静めることが出来なかった。

シールズがリチャードソンの方に顔を上げて、首を振った。「救命ボートが見つかったが、誰も乗っていなかったそうだ、リック」と、彼が言った。「中に人がいないということを、どう考える？　このボートは、今まで使われた痕跡がないそうだ。捜索領域で、第五一百飛行大隊所属の飛行機が偶然発見したそうだ。こいつは、重要な意味はないな。こういうのは、しょっちゅう見つかるんだ。くだらないものがいつも浮かんでるのさ。しかし、そいつらをすべて無視するというわけにはいかないんだ」

リチャードソンはうなずいて、近くにあるベッドに腰掛けた。シールズはふたたびリチャードソンを見たが、前よりもじっと彼を見つめた。「なあ、リック」と、彼は言った。「お前は、間違っているぞ。なぜお前は少しでも寝ようとしないんだ？　今、お前は、この問題にかかりっ切りになっているが……これは、おれの仕事だ。それに、おれは今夜までこの件にかかわるつもりはないぞ」

リチャードソンは言った。「有り難いと思いますが、眠る気分じゃありません」

「お前が眠る気分じゃないことは分かっている」と、シールズが言った。「しかし、お前がぱっちり目を覚ましていたからって、お前や他の誰かのためになるとは思えんね。もう一杯、酒を飲んでみろ。そいつが効いて、眠くなるかもしれないぞ」彼はベッドの下を引っ掻き回して、ボトルを探し出した。

「飲む気分にもなれないんです、申し訳ありません」と、リチャードソンが言った。

「とにかく、飲めよ。薬だと思ってな。ドクターの命令だ」と言って、シールズは水筒のカップにウイスキーと水を入れて、リチャードソンの方に突き出した。

「それをお前が飲んでいる間に、おれはもう一度、状況を検討してみるよ。お前は、あの時の状況をすでに知っているわけだが、知ってはいても、理解していないことがあるかもしれないからな。こういう検討はいつもやってるよな、リック。ウイット機のエンジンの一つが火を吹いているのを、編隊を組んでいた二機が目撃している。そのうちの一機は、ウイット機が下降していくのを見ている。そのことと、その時の位置しか分かっていない。分からないのは、その後で機体が空中で爆発したのか、それとも不時着水したのか、あるいは、パラシュートで脱出したのかということだ。それと、もう一つ分からないのは、これらのことが起こる前に、あいつの機がどの方向に、どれくらい飛行したのかということだ。

もしもあいつが生きて機を脱出したとすると、救出されるチャンスは少なくともフィフティ・フィフティだ。しかし、あいつが機を生きて脱出出来るチャンスは、脱出を決意して、いつ脱出を始めるかで、フィフティ・フィフティより下回るかもしれない。とくに、救出する時間からほとんど二十四時間経過して、何の情報も伝わって来ない今となっては、チャンスは二十分の一になってしまった。統計によれば、これは、平均値に近いということだろう。

お前は、この事実をどうすることも出来ないぞ。お前は、こいつはいいと思うことをいろいろやり、中隊の仲間のクルーに内緒で話をして、連中をそそのかしたりして、救援の手を差し伸べた。そのことは承知している。お前は出来るだけのことをやって力を貸したよ。でも、お前に出来ることはもうないんだ。誰にももう何も出来ないというのが、現実だよ。あいつが救助されるかどうかだ。そのことを受け入れる時が来たんだ。だから今は、お前が眠る時なんだ……」

シールズが話をやめてリチャードソンを見ると、彼はすでに眠っていた。寝台に半身が倒れかかり、足はまだ床に着いていた。水筒のカップは彼の手から今にも落ちそうになっていた。

（おれには、こうなることが分かっていたんだ）と、シールズは独り言を言った。（おれの役割は、正餐の終わった後で挨拶をするようなものだ）彼は、水筒の始末をし、リチャードソンの足をベッドに乗せて、そこを去った。


クルーはその夜、出撃した。リチャードソンも一緒だった。彼はクルーとそのことを話し合った後で、自分からその夜の出撃をスケジュールに入れたのだった。用心した彼は、「透明人間」を除くスタッフ全員が居なくなるまで、作戦行動表示黒板に、その出撃のことを記入しなかった。「透明人間」には口止めをしておいた。夕食のあと、作戦室でクルーの簡単な打ち合わせをした。そしてリチャードソンは機会をとらえて、自分が飛べる状態にあるから大丈夫だと、クルーを安心させた。正直なところ、自分では自信があるとは言えなかったが、クルーには信じさせなければならなかった。

「お前たちは心配しているかも知れないが、おれは大丈夫だ」と、彼は言った。「ほんとうに、すごくいい気分だよ。今日、救難センターの方へ行ったとき、すこし眠ったからな。夜間爆撃に行くのに、お前たちよりも調子がいいと思う」

「おれたちは気にしてはいません、機長」と、急いでフランクスが言った。しかしリチャードソンは、クルーの目を見ると、彼らには聞きたいことがあって、彼が話をしたのを喜んでいるのが分かった。

彼は、フランクスに言った。「それでは、お前は自分のことを心配しろ。今夜はおれが操縦しないからな。お前がやるんだ。おれはお前の副操縦士をやるつもりだ。帰りに、ちょっと、周りを見てみたいんだ」クルーは、フランクスの方を見て、にやっと笑った。モレリイは、予想が当たってびっくりしたという仕草をした。以上で、打ち合わせは終わった。

その夜の出撃は、気象観測を兼ねた、単機の爆撃だった。離陸は深夜に行われた。その晩の早いうちから、リチャードソンは、飛行大隊長が彼らの出撃に気が付くのではないかと気にしていた。もしもそんなことになれば、大隊長が出撃を許さないだろうということが、リチャードソンには分かっていた。リチャードソンの神経がピリピリしていて、しかもぼろぼろになっていることが大佐には分かっていたからである。

しかし幸いなことに、その夜、飛行大隊の映画館では良い映画が上映されていた。そして、大隊はその前の晩に出撃したので、気象観測とかその他の特殊な出撃を除けば、勤務を解かれていたのである。だから、飛行中隊の飛行予定表をチェックする者はいなかったのだ。

リチャードソンたちは、夜十時に打ち合わせをした。その後で、機体の点検をした。それは、念入りに行われた。十二時きっかりに離陸した。一面に広がった積雲を突き抜けて上昇すると、前方に月が上がっていた。

その夜の爆撃行は、困難なものではなかった。目標上空では三カ所からサーチライトで照らされただけで、対空砲火は軽微で正確さに欠けていた。機は目標に爆弾を投下して離脱した。そして、気象データを記録した。それはまるで、ビールを求めて町角の方へ歩いて行くようなものだった。目標に着いた時に、夜明けが始まっていた。日本の海岸から離れた時には、穏やかな海の上を飛ぶ彼らの機にたっぷり陽が当たり始めた。

捜索領域の北端に到達するまで、あと三十分になった。モレリイがリチャードソンを呼んだ。「そろそろ着くころだと思います、機長」と、彼が言った。「風は、多少南向きに吹いています。どんな捜索パターンをとったらいいでしょうか?」

「標準的な方形捜索をする」と、リチャードソンが答えた。「開始したら一時間で終わるように計画してくれ。最初の方位を知らせろ」

「0－8－7度です」と、モレリイが言った。

「0－8－7度」と、リチャードソンが言った。「パイロットからクルーへ。捜索開始」

機内の至るところで、クルー全員が居ずまいを正して、捜索を始めた。何人かは、眼下の海原にギラギラと反射する陽光に備えて、黒い眼鏡を着用した。それとは逆に、ない方が良く見えると考えて、眼鏡を外した者もいた。ナップザックから双眼鏡を取り出した者が四、五人いた。機体がゆっくり傾き、新たなコースに乗ると、姿勢を元に戻した。全員が下方の海をじっと見つめ始めた。


一時間を五分過ぎた時、フォンクがリチャードソンを呼んだ。「捜索時間は、あと三分前後です」と、彼は言った。「その時刻に帰途に就けば、基地に到達するとき、きっちり二百ガロン残る計算です」

「その中の五十ガロンを使おう」と、リチャードソンが言った。「この領域の捜索をやってしまおう」

時計を見て、その五十ガロンが消費されたことが分かると、リチャードソンはそれ以上の捜索をあきらめた。「よし、フォンク」と、彼はマイクロフォンの中に声を吹き込んだ。「基地に戻ろう。モレリイ、サイパンへの針路を指示しろ」海面をずっと見つめていたために、彼の目はかすみ、疲れていた。頭はずきずき痛んだ。彼は、座席にぐったりと沈み込んだ。

彼らは午後の早い時間に着陸した。リチャードソンが話さなければ、前の晩に飛行中隊が気象観測を兼ねた特別爆撃を行ったことは、飛行大隊の作戦室の中の誰も知らなかった。


海上遭難機救助センターの事務官は、網戸が開いたので、顔を上げた。すぐに彼の顔がこわばって、仮面のようになった。「弱ったな」と、彼は、カウンターのところにいる同僚に向かって、小声で言った。「リチャードソン機長がまたやって来たぞ。おれは、何て言えばいいんだ?」

「お前の仕事だよ、兄弟」と、同僚は、同情しないで言った。

しかし、リチャードソンは、事務室のスウィンギングドアを開けたとき、事務官たちの顔をそんなにじっと見たわけではなかった。事務官たちは、声を揃えて「今晩は、機長」と挨拶し、そのあと、はじめは堅苦しく、終わりには驚いたような安堵の言葉を発したが、それらはリチャードソンの耳には入らなかった。彼はしっかりした落ち着いた足取りで、カウンターの後ろを通り過ぎ、ドアの向こうのシールズ少佐のオフィスに入っていった。シールズは、入って来るリチャードソンをちらっと見た。その部屋の中にいた数人の将校たちは、話をやめた。彼らの表情は、程度の差こそあれ、一様に硬くなった。

リチャードソンは、その場の静寂と一同のぎこちなさを感じとった。そして、無駄とは思いながら、とにかく「なにも情報は入っていませんか」と、聞いた。

シールズは頭を横に振った。

「わたしたちは、一時間、捜索領域上空を飛んできました」と、リチャードソンが言った。「オレンジの箱さえ見つかりませんでした」

しーんとしている中で、一人の将校が言った。「よろしければ、私は、少佐……お先に失礼します」彼は部屋から出て行き、他の者もそれにならった。

シールズ少佐は立ち上がって、クシャクシャになったブロンドの髪を、片手でかき回した。「こいつは、タイミングが良すぎたようだな、リック」と、彼は言った。「おれが言ったことは分かっているだろうな」

「あなたは、捜索を中止するとおっしゃいました」と、リチャードソンが言った。

「捜索を中止するとは言ってないぞ、リック」と、シールズが穏やかに言った。「われわれは決して捜索を中止するようなことはしない。そのことは、お前だって承知している。しかし、今回のことも、所定の手順に従ってやっているんだ……」

机の上の電話がやかましい音を立てて鳴った。シールズは、いらいらしながら、我慢して見ていたが、受話器を取り上げて、自分の名前を言って、相手の話を聴いた。

「正確には、何時のことだ?……確かにすべてをチェックしたんだな」と、彼は言った。「……そうだ、それは確かだ。それで、そいつはたしかに……そいつは大丈夫だとドクターは考えているんだな……ありがとう」彼は、受話器を置いて、リチャードソンの方に向き直った。

「おそらく、こういうことだ」と、彼は言った。「今のは病院からの電話だ。第四一二十八番機のクルーの一人である射手が言うには、ウイットの機が火災を起こして、編隊から離れていったのを目撃したというんだ。その男は頭にひどい傷を負っていて、手術したばかりだが、意識ははっきりしているということだ。そいつは、ウイット機の尾部の四角で囲まれたZの印を見ている。時間も合っている。そいつは、パラシュートを一つも見なかったそうだ」

リチャードソンは、何も言わなかった。しかし、いっぺんに疲れが出たように見えた。かつてないほど疲れきっている様子だった。

シールズは、彼を鋭い目付きで眺めた。「リック」と、彼は言った。「今回のようなことをお前がやっても、もう何にもならないぞ。おれたちも同じだ。あいつは死んだんだ、リック」

かなりの時間がたってから、リチャードソンは少し身体を動かして言った。「そうです、あいつは死んだんです」彼は、はじめてウイザーズの死について考えることを自身に許し、はじめて彼の死んだことを信じて、そのことをはじめて口にしたのであった。

「ありがとうございました」と、彼はシールズに言うと、ドアを開けて出ていった。

翌日の、たそがれの中で、リチャードソンとライネは、病院の裏手にある断崖に沿った道を一緒に歩いていた。二人ともウイザーズに対して共通の思いを抱いてはいたが、それが原因だとは言い切れないぎこちないものが、二人の間にはあった。

ライネが言った。「私がどんなに残念に思っているか、分かるでしょう」

リチャードソンが言った。「よく分かるよ」

「このことはもう言わないようにしましょうよ」

「そうだな。おれのいない間、どうしていたんだい？君と会わなくなって二週間たっていないのに、まるで一年たったような気がするよ」

「お話ししますね」と、ライネが言った。「あなたがいらっしゃらない間、以前と変わりなかったわ。出撃から戻った人たちに、ドーナツとコーヒーを配りました。ご主人から手紙が来ないといって心配していらっしゃる奥さん方から、海外電報を頂きました。そういう時には、ご主人方は忙しくて手紙を書く暇がないのですが、間もなく書くと思いますと、返事の電報を打って差し上げるのです。変わったことは何もなかったわ」

「この前、君に会いに来ようと思った」と、リチャードソンが言った。「しかし……」

「知っているわ」

会話が途絶えた。五分後にまた話し始めたが、二人の間にはウイザーズのことよりも、もっと話すことがあることを、二人とも承知していた。

リチャードソンが言った。「あのな、ライネ……」そう言って、話すのをやめた。

彼の方をちらっと見上げて、ライネは、イライラした様子で唇を噛んだ。

「あなたはすごく疲れているわ」と、彼女は言った。

「少しな。おれは今、休暇をとったほうがいいのかも知れない。おれは、君とちょっと話がしたくて立ち寄ったんだ……」

彼らは、断崖の端にあるフェンスのところまでやって来た。ライネがそこで立ち止まった。暗くなっていく海を背景にしたシルエットになった彼女の髪は、風を受けて少しそよいだ。彼女の目には、空の最後の明るさが集まっていた。彼女はそんなに美しくは見えなかった。彼女が美しいということを、彼は心で受け止めていたのだった。心で受け止めていただけだった。今、彼は彼女の美しさは見ていたが、それを心で感じとってはいなかった。

彼女は彼にとって他人になってしまったのだ。

ライネが口を開いた。彼女の唇から言葉がこぼれ出した途端、彼は、話す前から彼女が何を言おうとしているのか分かっていると思った。彼女が今話していることは本心からではないが、しかし、その感情は非常に強いものだということが、彼には分かっていた。

彼女は言った。「私は、あなたにあることをいわなければならないんです、リック。あなたに言うのはとてもいやだわ。でも、もう言うチャンスがないかも知れないの。ジョナサンが怪我をしたんです。私は間もなく帰国しなければならないかも知れないのです」

「ジョナサン？」同情はしたが、彼にはその名前が一瞬ぴんと来なかった。そのため、彼女の最後に言った言葉が何のことなのか、もう一つ理解出来なかった。

「そうよ、ジョナサン。私が婚約している人。思い出さないかしら？」

「怪我はひどいのか？」と、リチャードソンが尋ねた。「負傷したのか？　どういう状況だったんだ？」

「負傷したんではありません。戦闘中の怪我だけを負傷とお考えになっているとすれば、戦闘中ではなかったのです。ひど過ぎる怪我ではないんですが、それでも、本国に送還されるほどの怪我ではあるのです。彼の乗っていた船の上で、砲塔が爆発したんです。彼は、片方の足のあちこちを負傷しました。詳しいことは分かりません。怪我したのがどっちの足なのかということさえ、分からないのです。でも、彼は家の近くの病院に運ばれる途中だそうです。私のところには、彼の母や、私の一番親しい友人の一人から電報が届いています。二人とも、私が帰国して彼と一緒にいなくてはいけないと考えています。何をしたらいいのか、私には分かりません。多分、私は帰国しなければいけないのだと思います」

「勿論、君は帰国しなくてはいけないよ」と、リチャードソンは機械的にいった。「その人たちに、君は帰国すると伝えたのかい？」

「まだです。昨日聞いたばかりなの」と、彼女は言って、ちょっとためらう様子を見せた。「考えるために少し待とうかなって、思ったんです。そして、あなたにお話しして」と、彼女は小さい声で言った。「でも、今は、帰国したほうがいいと思っているんです」

リチャードソンは、彼女を見て言った。「君にあまりよくしてあげられないよ、ライネ」彼はもっと言おうとしたが、それ以上言う言葉が見つからなかった。そして、黙ったままだった。

黙っていた二人がまた話し始めたが、それまでとは違っていた。二人とも、それまでとは違ってしまったし、声の調子も落ちていた。彼らは病院の方に戻り始めたが、話し方はぎこちなく、言葉を探しながら話した。二人とも今はもう、お互いの間に完全に壁をつくってしまって動きがとれず、礼儀正しく話してはいるものの、意味のない内容であって、見知らぬ人同士のようであった。リチャードソンのジープが停めてある柵のところまで来ると、二人ともほっとした。苦さと甘さの混じった、後ろめたい感じの解放感ではあるが、いずれにしてもほっとしたのであった。

「出発前に君に会いたいな」と、リチャードソンが言った。

「どの飛行機で出発するか分かったら、電話するわ」と、ライネが言った。

彼らは、ぎこちなく抱擁した。ちょっとの間、リチャードソンは彼女を自分の方に抱き寄せた。そして、彼女が彼の腕の中で少し震えるのが分かると、身体の中をかすかな苦痛が通り過ぎるのを感じた。それも間もなく終わった。

ジープがカーブを曲がるのを本能的にコントロールして山腹を下りながら、リチャードソンは、一体何が起きたのか考えようとした。もう二度とライネに会わないだろうし、彼女も電話をよこさないだろうということは、分かっていた。しかし、実際には何を考えていたのか、分からなくなってしまった。彼がたった一つ考えられるのは、非常に疲れたということだった。

第十八章

空にかすかな光が射してきた。日の出から間もない太陽の光線が次第に輝きを増して、空が明るくなってゆく。光に照らされて、流れる雲の形がはっきりしてきた。海は鉛色だ。それは、まるで、溶かされた金属が容器の中で冷やされる時、その表面にゆっくりと作られる外皮のようだ。リチャードソンの前にある計器盤の、各種の計器の指針にも、日光が当たり始めた。それらの指針についている蛍光塗料の輝きを、もはや見ることが出来ない。このことから、夜が去ったことが分かる。

これは、クルーにとって三十五回目の出撃で、おそらく最後のフライトになるだろう。

どのエンジンも、低い音を立てて順調に回転している。機は、日の出の静けさの中を、快適なスピードで飛んでいる。リチャードソンは一度、前方の波立つ海を眺め、夜明けの光を通して日本の海岸線が見えてくるかと、じっと目を凝らした。まだ見えなかったが、そんなに早く見えるはずがないということが分かっていたので、彼は息を抜いて、タバコに火をつけた。不味かった。何を考えても、すべてが味気ないものだった。ウイザーズはいなくなってしまった。そのことを今では、感情を抜きにして受け入れるようになった。ライネも行ってしまった。二人がいなくなったということは、彼にとって意味するものはまったく違っていたが、彼らは間違いなくいなくなってしまったのだ。テリーのことを考えると、サンフランシスコで過ごした日々のあとでも、何かよく分からないところがある。というのは、あの時と場所からあまりにも遠く離れてしまったからだ。そして、ここは、あそこと比べればはるかに近い。だから、彼が考えることの出来るのは、自分の基地であるサイパンと日本という敵だけなのだ……それらのことについても、あまり多くは考えられない。そのほかのこともそうだ。なぜなら、彼は考えるということが出来ないからだ。仕方なくやっているだけだ。操縦しているだけだ。なぜなら、操縦する以外にやるべきことがないからだ。そして、考えない。なによりもまず、考えないことだ。

彼のヘッドセットの中でカチカチという音が聞こえた。インターフォンの回路が繋がった。そして、あわてたような囁きが聞こえてきた。「頼む。タバコの箱を投げてくれ。おれには手が届かないんだ」間違いなくウイリンガムの声だと分かって、リチャードソンは、思わずにやっとした。そして、マイクのボタンを押した。「ウイリンガム」と、彼はうんざりしたように言った。「這って行って、タバコを拾え。インターフォンをやたら使うんじゃないぞ」静かになった後で、彼は、自分と一緒に飛行機の中にいるクルーのことを考え始めた。彼にはまだ、クルーの一人一人のことが分かっていなかった。今となっても、彼らのことが分からなかった。インターフォンを通して、ウイリンガムの声だと分かった。ほかの連中の声も聞き分けられる。

同様に、彼らの生活の断片も彼には分かっている。今まで何カ月もの間、彼の耳には、彼らの生活についての、さまざまな情報が届いている。おそらく、自分がそれと意識しないうちに、彼らについてのさして重要ではないいくつかの事柄を知ったと思う。それでも、まだ自分の知らないことが数多くあるのだ。今、この飛行機には、最後の出撃に向かうクルーが乗っている。そして自分は、連中がそのことについて何を考え、どう感じているのか、相変わらず分かってはいないのだ。彼は、そんなことを考えても無駄だと分かっていたが、彼らが今何をしているのか、何を考えているのか、どう感じているのか知りたいと思った。

航空機関士は、燃料を転送していた。彼はその作業を慎重にやっていた。いつも、その作業には慎重だったが、出撃して燃料を多量に消費した現在の時点で、彼はその作業を一層注意深くやっていた。彼はかがみ込んで、水平計器盤に頬を乗せて、燃料ポンプの切り替わるカチッという音に耳を澄ませた。これが、両方のポンプが実際に機能しているかどうかを確かめる唯一の方法だった。切り替わる音が聞こえたので満足した彼は、座席に寄りかかった。

機は北方へ飛行していた。フォンクの定位置は東側、つまり機体の右側にあった。彼の脇には、航空機関士用の四角い観察窓がついている。次第に強まってきた陽光が右側の翼に当たって、その反射光がこの窓から入って来ていた。彼はその反射光を見るというよりは、顔の右側にそれが当たるのを感じていた。そして、計器を覆っている小さな丸いガラスに、その弱々しい反射光が当たっているのが分かった。滅多にないこの瞬間に、彼は一つの幻想を楽しんでいた。その幻想の中では、彼は帰国していた。夏の日のオクラホマ。仕事に出掛ける前の朝早く、エドナと一緒にポーチに立っている。エドナは、朝のシャワーを浴びたあと、いつもの、すがすがしい白の木綿のワンピースを着ている。そして、彼はいつもそうなのだが、彼女が申し分なく清潔で皺一つない服や、身体の線に合わせて少し仕立て直しをした服を着ているのを見ると、どの服が彼女に一番似合うのか、迷ってしまうのだ。そのように迷いながら同時に彼は、彼女のうなじのところに生えている巻き毛を眺めている。そこは、浴室から出たばかりで、まだ湿っている。彼はまた、朝の涼しい空気を吸い込んで上下している彼女のバストをじっと見つめている……このような幻想を心の中から追い払おうとして、フォンクは、目の前の計器類をチェックし、さらに再度チェックするという、本来の、ロボットのように何も考えない機械的な作業に戻った。油圧計。シリンダー・ヘッドの温度。マニホールドの圧力。燃料の残量、エンジンの毎分の回転、キャブレターの温度。エンジンオイルの温度。こうしたチェックをしているうちに、彼の額の熱が冷めていった。引き続き彼は、考えることをいっさい止めて、儀式のような作業に没頭した。冷静さが戻った。

無線士は、両耳にヘッドセットを几帳面につけたまま、狭いテーブルに覆いかぶさるように、背中を丸めて腰掛け、通信用紙に何か書いていた。彼の周囲の至る所に、複雑に入り組んだ通信設備を調整するための、数多くのノブやダイヤルや表示器などがあった。左手のすぐそばには、暗号書が置いてある。その暗号書には、緊急事態が起こって機外にほうり出された時、すぐに海中に沈むように、金属製の重いカバーがついている。そして、小さいデスクの右端には、通信用紙と日誌がきちんと積み重ねられている。

彼は、鉛筆が書きにくくなったので、芯を尖らせたほうがいいかどうかと考えて、ちょっと一休みした。しかし、結局削るのは止めることにして、ふたたび数字の欄を書き始めた。一つ一つの数字が、すぐ上の数字の真下になるように心掛けた。彼は、過去六カ月間に自分の家に送金した郵便為替の総額がいくらになるか、計算していたのだ。その額は、四百七十三ドル二十セントだった。丸くなった鉛筆の先で書いたので、数字が非常に濃くなった。身体を起こした彼は、それを眺めて満足した。

航法士のモレリイは、機首にあるウイルソンの席のうしろにしゃがみ込んでいた。彼は、爆撃手と一緒に、レーダー飛行をしなければならなくなった場合を想定して、レーダー飛行の計画を立てていた。モレリイは体調が悪く、吐き気がしていた。胃がおかしくて、口の中に苦い味が込み上げてきた。これは、離陸の前に食べたオーストラリア・マトンのせいに違いないと、考えていた。彼は、ウイルソンの声をじっと聴いていて、爆撃手は今までになく身体の調子がいいのではないかと思った。

ウイルソンは、はっきりした口調で、落ち着いて話していた。「お前がそうしたいと思ったらすぐに、コースと区域を指示しろ、モレリイ」と、彼は言っている。「おれに分かるように、はっきりと、あまり大きくない声で言え。出来れば、喉マイクは外して、唇のところで持っているほうがいいぞ」ウイルソンの声は、静かで説得力があった。彼は、話しながら、爆撃用テーブルの上に載せてある書類を並べ替えていた。彼は汗をかいていた。彼の身体は、最近入浴してシャツがまだ新鮮さを保っている人が汗をかいた時のような、暖かい麝香《じゃこう》に似た香りを発散していた。しかし、彼が神経質になっているのは、恐怖のせいではなくて、うまくやれるかどうかだけが気掛かりなのであった。雲が厚くて地上を見ることが出来ず、したがって目標を目視出来ない場合には、レーダーによる爆撃をしたほうがいいなという考えが一度だけ心に浮かんだことがあった。しかし、彼はその思いをふり払い、二度と考えなかった。彼は恐れてはいなかった。おれは本当に怖くはないのだと、自分に言い聞かせた。

座席に寄りかかって、リラックスしようとしながら、リチャードソンは、航法士と爆撃手が話し合っている様子を、半分閉じたまぶたの下から見ていた。一度、彼は通路の向こう側で操縦しているフランクスをじっと見つめた。副操縦士は、屈託なく無関心な様子だ。口をすぼめて、音を出さないで口笛を吹いているように見えた。こいつは何て子供なんだろうと考えると、リチャードソンは半ば楽しくなった。あいつは、赤い野球帽を阿弥陀にかぶって、生意気な様子であそこに腰掛けて、何かのヒット曲を口笛で吹いていやがる。あいつの心には、深刻なものなどありはしないのだ。

フランクスは、頭のてっぺんに乗っかっているヘッドセットバンドがきついので、それを緩めようとして、帽子を少し後ろにずらせた。そして、窓の外を見た。明るくなってきた地平線と比べると、海はもっと灰色で暗かった。彼は頬を膨らませて、エンジンの騒音に負けないように、さらに大きな音で口笛を吹いた。（おれは、暗闇の中で口笛を吹いている）、と彼は思った（それとも、夜明けに吹いているのか。そして、機長は向こう側で、岩のように腰掛けている。堅くて、まるで岩のようだ。おれは、神経質になってはいないぞ。どんなことになるのか知らないが）。

レーダーのある区画では、バーナムが、レーダースコープに何かの形の影が写ったような気がした。もう一度見ようとして急いで顔を上げたとき、首に痛みを感じた。彼は、あまり急いで見ようとしたことを後悔した。それでも、痛いのを我慢してもう一度見なければと思った。湿気で目がぼやけているのがはっきりするのと、首の痛みが和らぐのを待った。そのあと、スコープを長い間じっと見つめた。しばらくして、彼はマイクロフォンをフックから外して手に持つと、ゆっくりと話し始めた。

「レーダーからパイロットへ」と、彼は言った。「スコープに、広い範囲で何かの形が写っています。おそらく海岸ではないでしょうか」そこへ航法士の声が割り込んで来た。「こちらはモレリイです、機長。ETAでチェックする時間です。あと六分で海岸線を通過する予定です」

「レーダー、了解。航法士、了解」と、リチャードソンがマイクロフォンに声を吹き込んだ。「二、三分の間にもう一度チェックして知らせろ。その前でも、お前が確かめたら知らせろ。副操縦士」

フランクスは、座席の中で姿勢を正し、帽子を目の上まで押し下げた。そして、片手をヘッドセットのイヤホーンに乗せた。

「しゃんとしろ、フランクス」と、リチャードソンが言った。「インターフォンチェックをしろ。そして、戦闘態勢に備えて待機しろ」

副操縦士は、次々にクルーを呼び出し始めた。リチャードソンは座席に腰掛けたまま、身体をよじったり伸ばしたりした。ヘッドセットを外して帽子を脱ぐと、尻ポケットからハンカチを引っぱり出して、顔を拭った。それから立ち上がって、機首から前方の様子をうかがった。少し吐き気がして、胃の中がからっぽの感じがしたが、これはいつものことだ。機首の窓からは、細くはっきりした線が見える。あれは水平線だ。その中央には、周囲と比べて黒ずんだ染みが見える。

あれが海岸線だ。見渡す限り、前方の空には一片の雲もない。これなら有視界飛行でいけるだろう。

夜が明け切った瞬間、リチャードソンは前方の空に三個の黒い染みを認めた。こちらの飛行機と同じ高度で、飛行コースのちょうど右側だ。それらの染みはたちまち、編隊を組んだ三機のB29の姿になった。その中の先頭の飛行機が、機首の車輪を降ろした。それは「おれは、お前たちの大隊長だ。おれについて来い」

という合図だ。

リチャードソンは機体をバンクさせて、ゆっくりと斜めに旋回した。すると機は、編隊の中の第二小編隊の先頭に位置することになった。それとほとんど同時に、左右のレーダースキャナーに、彼の僚機が後方からついて来る様子が写し出された。編隊は一回り大きなグループを形成して、飛行中隊になった。それからさらに、あらゆる方向から飛行機が合流して、飛行大隊になる。大隊長機の機首の車輪がゆっくり引き上げられ、編隊は海岸線を目指すコースに乗って整然と飛行を続けた。

リチャードソンは、戦闘準備に入るよう命令を出した。

前方の染みが水平線全体に広がる、黒い不規則な塊になった。その時、陽光が何かに当たってきらきら光った。それは、海岸に面した建物の波形の鉄製の屋根だった。そして突然、黒い塊がばらばらになって分かれ、樹木と砂と屋根になった。そこには帯状の道路と建物も見えるが、あれは村だ。鉄道の線路は、まるでおもちゃのようだ。その上を走る機関車や一連の車両も見える。いつものことだが、この高さから見下ろすと、あそこに見える田舎は、世界中どこにでもある田舎と同じだ。遠く地平線のかなたに、富士山の白い山容が見える。これと似た風景を探すとしたら、地形はもっと不規則だが、おそらくインディアナかノースカロライナだろう。われわれの国の田舎とは違う人達が暮らし、この国の田舎を特異なものにしている茅葺き屋根や紙を原料にした壁や炭火桶などは、ここからは見ることが出来ない。

サイレンの悲鳴のような音も、レーダー警戒網の電話を通して命令する、あわただしい声も、離陸する戦闘機のエンジンの咳き込むような爆音も、対空砲の照準器から堅いキャンバスのカバーを急いで取り外す、きしるような音も、この高さからは聞き取れない。

たとえ、こうしたことをすべて見たり聞いたり出来たとしても、目の前に広がっているのは、どこにでもある田舎の風景であった。

装備の最後のバックルを締め終えると、リチャードソンはフランクスと操縦を交替した。すると、ほとんど同時に、腋の下からシャツに汗が滲み始めた。そして、対空砲火用のベストの堅い襟が、いつもそれにこすられて傷つきやすくなっている、首の後ろの箇所をこすり始めた。彼の飛行服には、片方の足の中で大きな皺が寄っていた。その皺は、体重に押されて皮膚に食い込んでいた。彼はちょっとの間、両足を方向舵から離すと、皺が伸びるように、座席のクッションのところでズボンを強く引っ張った。そのあと彼は座り直して、大隊長の小編隊から適切な間隔を維持するよう心掛けた。彼は歩くような動作をして時々方向舵を動かし、操縦舵輪の一方から他方に体重をゆっくり移動させた。そうすることで、身体中の筋肉がかすかに動き、その動きが操縦装置に伝わり、この飛行機を、ほかの何機かの僚機との間の正しい位置で飛行出来るようにバランスをとるようにする。そうすれば、この飛行機の火器は僚機をカバー出来るし、複数の僚機の火器はこの機と大隊長の小編隊をカバーすることが出来るであろう。彼は、そんなことは考えないで操縦していた。両手の手のひらは汗ばんでつるつるしてきた。顔からは汗が流れ落ちて、水滴になって眉毛の中に溜まった。彼はそのことにも無関心だった。辛くてまずい味が口の中で強まったが、そのことにも関心がなかった。

彼は、戦闘機のことを考えていた。戦闘機はいったいどこにいるのだ？　日本の戦闘機はもう、数多く舞い上がって来ているはずだ。一方、硫黄島からは自分たちを援護するために、味方の戦闘機がやって来るはずだ。しかしまだ、どちらの姿も見えない。戦闘機が姿を見せないことを彼は心配していた。これはまずい事態だ。しかし、敵の戦闘機が、例によって翼の中の銃口に明るい黄色の炎を閃かせて、彼の機に向かって舞い上がって来たり、舞い降りて来たりするのが見えれば、迎え撃つことが出来る。彼が心配しているのは、敵の戦闘機が全く見えないことだった。彼らの姿が見えないのに、太陽を背景にして突如襲ってくるのではないかと、首の後ろで感じるのだ。

インターフォンを通して「下方、一時の方角に戦闘機。隊長小編隊三番機の翼の方向に上昇中」というウイリンガムの声が聞こえた時は、助かったと思った。

戦闘機を見るより先に、三番機の尾部下方砲塔が旋回して震動し、銃口から黒い煙の固まりが吐き出されるのが見えた。そのあと、最初に見えたのは黒い染みで、それがたちまち大きくなって、長い追跡のカーブを描いて上昇して来た。それは刻一刻と鮮明になり、ゆっくりした動きになって、はっきり飛行機の形になった。そして、機首をB29三番機の下部に向けて、爆撃機の翼の下に潜り込もうとしているように見えた。

リチャードソン機の機首のそばで、銀色をした二条の稲妻がきらめいた。彼が日本の戦闘機の銃口から吐き出されたかすかな煙を見た時に、二機のF51戦闘機が我々の編隊の中を通り抜けて、日本機の背後から猛烈な急降下攻撃を仕掛けたのだということが分かった。それと同時に、日本の飛行機は、一つの真っ赤に燃える火炎の中に姿を消し、その炎はたちまちのうちに、脂っぽい黒煙の塊に覆われて、あっという間に見えなくなった。爆撃機の翼の下には、もう何も存在しなかった。F51戦闘機はスピードを上げてわれわれの編隊を飛び越えて、弧を描いて上昇する二個の点になっていた。あの二機はうまく連携を保ってわれわれを護衛し、編隊の上空を飛んで、われわれが安心して飛行出来るようにしたのだ。硫黄島からやって来たF51戦闘機のパイロットは、飛行学校を卒業したての少年達で、すでに三時間も空中にいて、タンクには帰島するのに必要な三時間分の燃料もかなり少なくなってきている。それに、航法の装備もないのでは……。

モレリイの声がヘッドセットに聞こえてきた。「航法士からパイロットへ。目標地点まで二分です、機長」

リチャードソンは了解し、隊長の小編隊の向こう側の、目標に当たる方角を見た。もはや戦闘機はいないだろう。前方の空が対空砲火でにわかに暗くなった。あちこちに黒い煙がプワッと吹き上がる。それらは、あっと言う間に消え去って、すぐ別の煙と入れ替わる。まるで彼らの前の空中に一枚のカーペットが掛けられたような具合だ。その端が巻かれて、彼らを包み込もうとしている。その様子をじっと見つめていたリチャードソンは、前方の小編隊の隊長機が最初の衝撃を受けたのを、目の端で見た。翼の下の方にプワーッと煙が浮き上がってくると、隊長機の翼が軽く震動した。

次の瞬間、リチャードソンは、操縦装置を通してその震動を感知した。両手の下で機体がまるではねているように、操縦舵輪と方向舵がピクピク動くのを感じた。そのあと、そういう状態は終わって、彼は静かになった空中を飛行した。一見無害に見える、小さな灰色の煙の塊が、あらゆる方向に、次々と上がって来る。それらの塊は、ばらばらの長いリボン状になり、彼の機の上方や下方にふらふらと揺れて消えて行く。そのうちの一つが破裂する時の、特徴のあるフワーン！　という音が聞こえた。極めて近いに違いない。そして、航法士の声が聞こえた。「目標上空にさしかかっています、機長」隊長機の小編隊各機が急降下して、旋回を開始したのが見えた。

リチャードソンの指が操縦舵輪の上のマイクロフォンボタンから離れた。

「目標上空です、機長」という、モレリイの切迫した声が聞こえてきた。「旋回する時間です！」

「了解、了解」と、リチャードソンが言った。操縦舵輪を握り直し、マイクロフォンボタンを探して、舵輪の上に引き降ろした。

機体が旋回し始めた。機首から見ると、下方に隊長機の小編隊の翼が並び、プファー、プファーと上がって来る対空砲火の煙を通して、下の方の地上に明るい点が見えた。それは、水のきらめきだった。あの水は川に違いない。その近くに、一点に集中する線のあるのがぼんやり見える。あれは道路に違いない。そのそばには、ぼんやりと陰になった塊がある。あれは、都市の建物に違いない。

彼は翼を水平に戻すと、操縦装置に一度さっと目をやった。そして、自動操縦装置のスイッチを入れた。

「あとはお前に任すぞ、爆撃手」と、彼は言った。

これは、危険ではあるが、編隊飛行をしている間は爆撃手に、爆撃照準器での操縦を任すということだ。しかし、リチャードソンとしては、前方の編隊のリードにただ従うよりも、自身の爆撃照準器を使って目標を正確に捕捉したかった。もしもウイルソンが編隊の他の飛行機から離れ過ぎた場合には、彼と操縦を交替するだろうし、そうしなければならないだろう。

しかし、そうはならなかった。機体は左右に少し不規則な動きをしたが、ウイルソンが爆撃照準器のレンズの焦点の前にある十字を目標区域の中心に合わせたので、そのあと安定した。どうしたわけか対空砲火が下火になり、空中には一瞬ほとんど対空砲火が見当たらなくなった。

リチャードソンには、今回の爆弾投下はいつもと何か違う感じがするのが、しだいに分かってきた。彼はいつものように座席に腰掛けて前かがみになっていた。対空砲火用スーツは、相変わらず首のうしろのヒリヒリする箇所をこすっていた。冷や汗が両方の腋の下から流れ落ち、口の中で苦い味がした。彼は待っていた。それはいつものことだった。機が目標に向かう何分かの間、為すこともなくひたすら待つしかなかった。

猟師がカモを鉄砲の照準の中に捉えたように、目標を真っすぐ正確に捕捉してはいるものの、それに近付くのはゆっくりだった。

すべてはいつもと同じだが、リチャードソンにとって今回は、今までと違うように思われた。いつもとは感じが違う。再び対空砲火が今までと同じように激しくなってきても、彼はいつものようには感じなかった。彼は対空砲火を見て、その音を聞いた。口の中で苦い味がし、胃がしめつけられるような感じがした。しかし、それでもいつもと違うのだ。彼は感覚の表面で、見たり感じたり、聞いたり味わったり、知覚したりするだけだった。彼は腰掛けている。彼の感覚の下の方の、目に見えない部分は動かないし感じない。彼の皮膚の下の部分、両目の奥の方、彼のあらゆる部分の表面下の部分は影響を受けず、暑くも寒くもないし、幸福でも不幸でもない。何かでなくもないし、何かでもない。

爆弾が投下された。機体はいつものように傾ぎ、爆撃手ウイルソンは座席の中で姿勢を真っすぐに戻した。リチャードソンは自動操縦を解除し、小編隊の他の飛行機が容易について来られるように、いつもやっているように、慎重に時間をかけて旋回させた。

対空砲火はなくなった。

戦闘機も姿を見せない。

空は青く広がり、彼らの前には何もない。海岸線は翼の下の方に横たわっている。隊長の小編隊に所属する各機は、きっちりした戦闘隊形を解いて、各機の間隔を広げた。リチャードソンは巡航のマニフォルド圧力にするために、スロットルをゆっくり戻した。そういう操作をしながら見ていると、フランクスは、前かがみになってプロペラの回転速度を遅くしている。同時にフォンクも、命令されなくても混合気の圧縮を弱めているのが分かった。リチャードソンはまた、後からついて来る彼の小編隊も各機が間隔を広め、パイロット達が方向舵から離した足を伸ばしてくつろぎ、副操縦上たちや機関士達が、彼の機のフランクスやフォンクと同じことをしているのが分かっていた。

彼はこれらのことを、それについて考えることなく、半ば無意識にやっていた。

ヘッドセットからフランクスの声が聞こえてきて、リチャードソンははっとした。「戦闘用装備をはずしますか?」と、副操縦士が言っている。「機長。戦闘用装備をすぐにはずしていいですか?」

彼は、操縦席の向こう側に腰掛けているフランクスの方にぼんやりとうなずいた。「そうだな」と、彼はマイクロフォンに声を吹き込んだ。「装備をはずす指示を出せ。そのあと、インターフォンチェックをしろ。それからは、マイクロフォンはフリーだ。操縦を交代しろ、フランクス」

彼は、操縦舵輪から手を離して、自分の戦闘用装備を外し、脇の床に投げ下ろし始めた。そのあと、座席に寄りかかって、目を閉じた。

自分の身体をすべての肉体的活動から解き放つと、心がふたたび活動し始めた。彼は、夢幻の境をさ迷っているような、最近の心のありようを思い返してみて、どうしたのだろうといぶかったが、次第に分かり始めた。自分はまさに何かに気が付いたのだ。自分は戦闘飛行というものをたっぷりやってきた。疲労と終わることのない緊張と貧しい食事と眠れない夜と、それに自分のやっていることが果たして正しいのかそれとも間違っているのかと、あまりにも多く思い悩むといったことが重なり合って、麻酔のような効果が生じたのだということに、初めて思い至ったのだった。このことは、なんとなく感覚の麻痺と関係があるようだ。怪我をして感覚の麻痺した人々は時として死が迫っているのではないかと思うものだ。また、そうした感覚の麻痺した怪我人は、身体は悲鳴を上げているのに、心では死が迫っていると思ったりするものだ。いずれにしても、そこに何かがあることは確かだ。急降下爆撃機のパイロットを真っすぐ標的に向かわせるものは、おそらくそれだろう。基地に帰投した爆撃機が着陸に失敗して墜落するのを彼は見たが、その説明もこれで出来るだろう。それらの爆撃機のパイロットたちは、慣れ切っている操作をいつものやり方ですべて行ったが、実はそれでは十分ではなくて、それ以上のことを何もしないでただ腰掛けていたために飛行機が墜落してしまった、ということがあり得るのだ。こういうことは、例の、感覚の麻痺を経験したことのない人々には理解出来ないだろう。航空隊の軍医も、墜落した爆撃機のパイロットたちが経験した感覚の麻痺を理解出来ないし、理解しようともしないのだ。しかし、麻痺はあったのだ。それは、生態学でいう制限要因であり、限界なのだ。

このことは、リチャードソンにもあてはまった。それをおそるおそる自分に納得させようとしても、なかなか思うようにはいかなかった。なぜなら、それをまだ十分に理解していなかったからである。しかし本当のことを言えば、自分自身に納得させる必要はなかったのだ。なぜなら、彼にはそれが分かっていたからである。

そのことを自覚するのはいい気分だった。今までは、標的を離脱するときにはいつも、いい気分どころではなかった。戦闘の最中には、自分がばらばらにならないように、ヒリヒリするような極度の緊張を続けてきたが、その緊張が解けて病的に近い解放感が訪れる。汗のいやな匂いがしてきて、皮膚がかゆくなる。髪の毛は湿っぽく、もしゃもしゃになっているし、筋肉は痛む。危地から逃れたというのに、感覚はうつろだ。それでいて同時に、今は脱出したが、やがてまた危地に入っていかなければならないということが分かっているので、その恐怖がある。今の彼にはもはや恐怖はないものの、このような兆候はすべて現れていた。それどころか、いままでよりずっと鋭く、それらの兆候を感じているといってよい。皮膚がかゆく、ピストルの銃口にこすられて、その部分の肋骨がヒリヒリしているが、彼は気にしなかった。取り立てて幸せな気分というわけではないし、快活であるとか、楽しいとか、歌を歌いたいという気分ではなく、気掛かりなことがないという状態だった。しかし、ずっと以前から、目の前にがっしりした石の壁が立ち塞がっていて、どうしてもそれを乗り越えられないでいた。それはどうすることも出来なくて、受け入れるしかなかった。彼はもはや戦闘飛行をすることはないだろう。それは事実だ。そのことについて文句を言っても不平を漏らしても、どんなやり方で異議を唱えても、すべて無駄だ。考えたってどうにもならないことだ。

だから、彼はそのことについては考えないことにした。心がそこから離れて気ままに漂うようにさせた。すると、突然、それとは別のさまざまなことに気が付き始めたのだった。

それらのさまざまなことは、彼が気付くのに備えて四六時中磨きをかけていたかのように、彼の心の中に気ままに入り込み始めたのであった。

彼は長い間、多くの物事に関してうまくいっていなかった。ひどかった。

彼は戦争にうまく対応出来なかった。さかのぼって思い出してみると、夏の暑い盛りに、ジョージアの埃っぽい訓練基地では、訓練機で基礎的な訓練を受けた。五大湖の上空では、古い形式の訓練用四発爆撃機に搭乗して、極寒の高度を飛行した。カンザスでは、初めてB29に乗って、平原の上空でしばしば遭遇する雷雨の中に突っ込んでいった。そのあと彼は、誰でも何かを知るようになるのと同じように、自分も戦争に適応出来るのだと確信出来るようになり、絶対に戦争と折り合いをつけるようにならなければいけないと考えるようになった。戦争が終結しないうちに、急いでそうしなければならないのだ。彼は、自分が戦争について客観的であり、慎重で、程よく賢明な見方をしていることを考慮に入れると、それほど自分を見くびったものでもあるまいと思った。ただ彼は、戦争というものはやむを得ない経験であり、それだけは経験したくないと願っていたものだったと考えている。戦争に対して無邪気に熱心だというのでもなく、また、戦闘行為にヒロイズムを感じるといった未熟な考えでもない。彼はただ、戦争というものを知らなければならないし、もしも戦争というものを知らないままであったら、ひどくがっかりすることになるだろうということだけは確信していた。そして、そこには、彼はただ戦争を自身のために経験しなければならないだけではなく、同時に、他の人たちのために、戦争の中で一つの役割を果たさなければならないのだという思いが、それほど大きくはないものの、どこかにあったのだ。他の人たちの助けになる。彼は他のことではそれほど他の人たちの役に立つことはやれない。しかし彼はかなり巧みに飛行機を操縦したり射撃したりすることが出来る。そして、他の人たちに操縦や射撃の仕方を教えることが出来る。当時の彼はかなり若かったし、ほどほどに健康で、未婚だった。それなのに一体何をしたというのだろう。なぜやらなかったのだろう。その後、時が経つにつれて戦争は彼にとって負担の重いものになり、現在に至るまで戦争の負担が余りに重いという理由で、彼はいつも、おれは何をしてきたのか、どうしてだろうということで終わってしまうのだった。

彼は、戦争というものを知ることで、自分の知らなかった多くの事柄の一つ、しかもその中の大きな一つが理解されるようになり、自分がもっとずっと強くなり、臆病でなくなるのではないかと、期待していた。しかし、そういうわけにはいかなかったのだ。戦争は人を強くするどころか、弱くしてしまう。戦争によって人は恐れを知らぬようにはならない。戦争によって人は、恐れなければならないことが他にあるということに気が付くようになり、それを恐れるようになる。人は自分の中に或る量の強さと勇気を蓄えているが、戦争の中でそれを使い果たしてしまうのだ。それは元通りにはならないし、放っておけば再生産されるというものではない。強さや勇気は、身体の筋肉のように使っているうちに成長するものではない。それらは、人が安全な場所にしまっておく、価値のあるもののようなものであって、そこから取り出して使ってしまえば、元には戻らないのだ。

彼の強さと勇気はすでに使い果たされてしまった。そして、それらがすでに使い果たされてしまっていたということに気が付かなかったがために、彼の状態がよくなかったのだ。もしも彼が戦争を体験しなかったとすれば、こういうことに気が付かなかったであろう。そして、必要な知識を身につけないで終わったであろう。それが不幸であることは間違いない。しかし、彼は今、これらすべてのことに気が付かなければよかったのにと思っている。その結果、知らないで不幸のまま過ごしたとしても、その方がよかったのだ。

だから彼は戦争にはふさわしくなかったのだ。

そして勿論、戦争のすべての事柄にふさわしくないのだから、どんなやり方で戦争にかかわっても、うまくいくわけはないのだ。考えてみると、彼はあまりにも真面目に戦争にかかわってきた。このことは彼の気質からすれば予想されたことではあるが、そのことは重要ではない。実際のところ、彼にとって馬鹿げていたのは、いったん戦争の中にはまり込んでしまうと、戦争そのものが見えなくなってしまうことだ。彼はずっと戦争に期待出来ることがあると考えてきたが、そうではなかったし、そのことを予想出来なかった。もしも予想出来ていれば、戦争についてもっと冷静に対処出来たであろう。おそらく彼は、出撃に関して知る必要のあることをすべて知ろうとして、爆撃目標に関する書類に目を通したが、そんなことはしないで、もっと休息をとればよかったのだ。休息にもっと時間をとっておけば、出撃する時間がきてから、もっとうまく操縦出来たであろう。エンジンや飛行機の状態について、整備のクルーと延々と相談したりしないで、もっと短い時間で切り上げればよかったのだ。そういう時間を、クラブで他のパイロットとフルーツジュースや冷たくないビールを飲みながら、リラックスして噂話をした方がよかった。そして、彼は自分のクルーについて思い悩む時間をもっと少なくすればよかったのだ。いずれにしろ、彼があれこれ心配しない方がクルーにとってはよかったのではないかと、今になって考えている。

確率を考えたら十中八九帰還出来なかったであろうと思われる場面で、一度ならずクルーとともに帰還したということは、おそらく彼が機長という仕事と飛行機とクルーをよく知っていたからであろう。それにひきかえ、帰還することのなかった他のいくつかのクルーの場合は、おそらくそれらのクルーの機長たちが、彼よりも休息を多くとり、クルーのことをいろいろ気遣うことが少なかったからではあるまいか。しかし、なぜ他のクルーが帰還出来なくて彼のクルーが帰還出来たのかということは、誰も知らないし、誰も知ることは出来ないのだ。幸運だったとしか言いようがない。

彼は、今までのことを振り返ってみて、クルーに対する対応がよくなかったかどうか分からないし、どうだったのか考えたこともなかった。いくつかの点では、クルーへの対応はよかったことは確かだ。しかし、それほどよくなかった点もある。さらにそのほかに、どちらか分からないことや、どうしても分からないこともある。クルーの誰もが失策を犯した。彼は、地上に降りてから、その一人一人について何度も弁護をしてきたと思う。しかし、彼自身も何度か失策を犯した。それらの場合、同じ基準で判断し、地上に降りてから自分自身を弁護してきたと思う。しかし、どちらの失策の方が小さくて、どちらの失策の方が大きかったのか、判断出来るのだろうか。戦時には、すべての失策は大きな失策なのだ。彼はウイリンガムのことを考えていた。彼は一度、味方の編隊の方向に二つの砲塔の火器を発射してしまったことがあった。また、フォンクは不注意な転送をやらかして、何百ガロンもの貴重な燃料を流失してしまった。またフランクスは、最終アプローチの際に、翼のフラップを降ろすのを間違えて、着陸装置を引き上げてしまった。モレリイのやった失策は、おそらく小さいものであったためか、真っ先に思い出されるのであった。モレリイは、航法士養成所に在学中、クラスのナンバーワンだった。彼は物事を的確に判断し整理する心の持ち主で、微分や積分の数式を楽しいゲームに変えてしまう才能があった。それでも彼が単純な計算の間違いを犯すことで、クルー全員の死を招くことがあり得るのだ。モレリイは、一覧表の中の2と2を足して5とする、信じられないような単純ミスをやらかして、機体をコースからおよそ二十マイルそらしてしまい、すんでのところでクルーを、暴風雨でとてつもなく荒れ狂っている海に不時着水させるところだった。ところが、そのとき、港へ向かう船の灯火を見つけて、基地に戻る正しい方向をクルーに教えたのが、高校をまともに卒業していなくて、2足す2の計算が正しく出来ないのに、自分では計算がちゃんとあっていると確信しているフィーだったというのは、全く皮肉なことだった。

いや、リチャードソン自身の引き起こしたものも含めて、想像を絶する出来事もあったのだ。彼はそのとき、引き算の単純なミスが原因で、本当は西へ向かって飛行したいのに、南へ向かうようにコンパスを動かしてしまったのだ……。

かなりの時間が経過した。そのまま考え続けながら、彼は本能的に関心を飛行機の方に戻した。心の一部を仕事に振り向けながら、考えも途切れなかった。フラックスゲート・コンパス上の彼らの機の向かっているコースは1―20―5に固定していて、しかるべき方向を指示している……第二エンジンのスロットルは、マニフォルド圧力は同じ数値を示しているのに、他のエンジンと比べるといくらか高めだ。彼の左方向のどこからか、かすかな震動が伝わって来る。今後もこれが続くようなら、あとでチェックしなければなるまいと、彼は思った……第四エンジンの温度はやや低い。しかし、いつもそうだ……彼は再び目を閉じた……。

彼はずっと前のことを思い出していた……今になってみると、それは何年も前のことのように思える……。彼は思い悩んだ末に、ライネに結婚を申し込み、彼女の家まで送って、出来るだけ早く彼女と結ばれ、そこから新たな生活を始めようと決心していた。今になって思うと、彼女はその申し出を断ったのではないだろうか。それとも、そのとき彼女に彼の申し出を断る勇気がなかったとしても、後になってきっと断ったと思う。今になってみると、二人の間で起こったことがはっきりする。ライネは申し分なく素敵な少女だが、彼女にはうかがい知れないところがある。もしも戦争がなく、リチャードソンに会わなかったとしたら、同じ街の少年と結婚したに違いない。そして、彼が落ち着いて退屈な男になるのをじっと見つめる。そして、彼女自身も落ち着いて、退屈な存在になる。彼女は、自分の持っている激しい情熱を、他の女性たちが昇華する様々なやり方の一つで、束の間、昇華することだろう。その中でいちばん考えられることは、もしも幸いなことに彼女が子供たちに恵まれたとしたら、その子供たちに対して激しく包み込むような愛情を注ぐことになるだろうが、それは子供たちや彼女にとって必ずしもよいとはいえないのではあるまいか。しかし、彼女の中で燃え盛る情熱の火は、子育ての過程で少なくとも下火にはなるだろうが、歳を重ねて平穏が訪れるまで、消えることはないだろう。リチャードソンは、他の言葉では言い表しようのない、彼女の肉体的魅力をかつて感じた。それは、あまりにも強いものなので、どんな男も愛情と勘違いしてしまうであろう。しかしリチャードソンは今、ライネに対しては好意を感じるだけだ。ライネとの関係は、どのくらいかは分からないが、ある期間しか続かなかったのではないかと、彼は思うようになっている。やがては二人のうちのどちらかが、程度の差はあれ傷ついて、終わりを迎えたであろう。彼にとってもライネにとっても、あのような形で終わりを迎えたのはよかったのではないかと、彼は今、納得している。

そう思う反面でつらい気持ちもあって彼は、（いつでも終わりがあるのだ）、と考えた。（おれにとって、何かが始まっても、それはいつも終わってしまう。おれは、飛行機にしがみついているほうがいいのだ）そして、さらに考えた（だが、おれは、飛行機もあきらめたほうがいいと決意したばかりじゃないか……）。

彼は、インターフォン・ボタンを押して、さっきからずっと鳴りをひそめているインターフォンの回路を開いた。「パイロットから航空機関士へ」と、彼は言った。「第二エンジンをチェックしろ。機体のそっち側からわずかな震動が伝わってくるのに、気が付いているか？　それに、そいつのスロットルは、他のより四分の一インチ高いぞ」

「了解。気が付きませんでした」と、正直で慎重なフォンクが言った。リチャードソンが首を少し曲げると、航空機関士が座席で姿勢を正し、計器盤を心配そうに覗き込むのが見えた。

時間がどんどん経過した。そのままでずっと飛行し続けるような気がして、リチャードソンは、航法士を呼び出して現在位置を聞いた。

「目標を離脱してから五十三分経過しました」と、モレリイが勢いよく答えた。「この風が続けば、基地まで六時間と十五分です」

なんと、あと六時間以上かかるのか。太陽はまだ高い位置にある。モレリイは調子がいいようだ。リチャードソンは眠気に襲われた……。

「機関士からパイロットへ」と、フォンクの声が聞こえてきた。「第二エンジンをチェックしましたが、異常ありません、機長。おっしゃる通り、震動を感じますが、その原因となるものは何も見つかりません。スロットルについてですが、結合部が調節装置から少し外れているのではないかと思います」

「了解。気にするな」と、リチャードソンが言った。(なんということだ。六時間か。六時間たてば、このしんどい仕事から解放されるんだ。そうしたら、飛行中隊の作戦室で何か役に立つことをやっているように振る舞いながら、しばらくぶらぶら過ごす。そのあと、おれは出撃のローテーションに組み込まれるだろう。おれは、それには加わらないつもりだ。クルーの連中の目から自分の目を逸らさないで、おれは一緒に飛ばないぞというのは辛いと思う。連中にはこう説明する。おれは、作戦室の重要な将校になった。お前たちとの出撃は終わったが、時には他のクルーと出撃しなければならないかも知れない。それに、もう出撃しないとしても、作戦室の将校として勤務するか、それとも飛行大隊のスタッフか何かになるか分からないが、戦争が終結するまで、この島に留まることになるだろう。だから、ローテーションには加わらないつもりだ。それでいいのだ。それについて文句を言う者はいない。おれは、だれにも文句を言うつもりはない。クルーの連中にこれだけ言うつもりだ。法的な立場から言えば。ローテーションに関しては、すでに自分の出撃割り当ての回数を消化したと主張出来る。これは正当なことだし、記録上問題はない。ただ、まだ出撃を続けている連中からはおそらく再三、横目で見られることだろう。もしも最悪の事態になったら、おれはいつでもトゥイード軍医に会いに行ける……おれはずっと軍医を避けてきたし、彼もそのことを知っている……おれが医務室に入って行って足の指が痛むと言えば、彼はおれの頼みを聞いて、永続的な地上勤務が必要だと診断するだろう)

彼は、太って汗かきのトゥイード軍医の好意のことを考えて、独りでにやっと笑った。軍医は今まで飛行中隊の多くの者と生死を共にしてきた。彼らの多くが地上勤務に回らなければならないことは承知しているが、割り当てられた出撃が終わるまでは機上勤務を続けたいと熱望していることを知っているので、あえて軍医は彼らを地上勤務に回さないのだ。

(軍医に対して気の毒だったのかどうかは分からないが、おれは、彼に仕事らしい仕事の機会を提供出来なかった。もしも、墜落したとか不時着水するとか、片輪にはならないとしても操縦出来なくなるような、申し分のない怪我でもすれば、彼は確信をもっておれを地上勤務に回すことが出来たろう。ところが実際のところは、ジャックナイフの扱い方が不器用だったために指を傷つけたぐらいのもので、怪我をしましたと言って報告するのもためらわれるようなものしかなかったのだ。……おれが受けた本当の傷は、心の傷だけだ……。

いや、おれはすぐに退官しよう。おれは帰国する。そして……）

帰国する。その言葉が急に意味を持ち始めて、それ以上考えることが出来なくなってしまった。

心の中で、新たな考えが次々に湧き起こってきて混乱し、その多くは、まとまりのある思考とさえ言えないものだった。それらは、漠然とした感じといったようなもので、まるで水車用水の中でぐるぐる回り踊り跳ねている水滴のように、現れては消えていく思考の断片に過ぎなかった。そこには、彼が盲滅法に探し求めていて、なんとかして見つけて掴まえたいと思うものがあるのだが、彼の心の中のそれは、彼がいくらあせっても、腹立たしいほど掴まえどころがなくて、掴まえようとしても、するりと抜け出てしまうのだった……。

そして、恐らく彼はやっとそれを思い出すことが出来たのかも知れない。そうでないにしても、心の中でそれを感じとることが出来た。

そして、もう一度それを見つけることが出来て、今度はそれを掴み、それが何であるかを認識することが出来たのだった……。

その考えというのは、彼がしきりに追い求めていた、掴まえどころのないものとは違っていて、何かしら未知なものと関係があるに違いないと漠然と感じているものであって、なぜおれが分からないんだと迫ってきたので、彼はとうとうその考えに身を任すことにした。

一度その考えを受け入れると、彼はあっという間にその考えに圧倒されてしまった。そして、今までそのことを考えたことがないことが分かって愕然とした。テリーがライネとは驚くほど正反対に近い女性だということに、突然思い当たったのであった。テリーは、見た目には控えめだが、抑え切れなくなると、深く秘めた感情を表出する力を持っているのだ。

テリーは、彼が自分を愛してはいないのではないか、ずっと愛してはいなかったのではないか、自分を愛してはくれないのかもしれないということだけを、ずっと恐れていたのだ。

しかし、サンフランシスコで会ってから、今では彼が自分を愛していることが分かったと思う。

このように考えると、先ほど捉えそこなった考えが心の中にはっきりと姿を現して来た。それは、はっきりと真実の姿を現したので、そのショックと力によって彼の神経はピリピリした。

それは、希望であった。

戦争の中で過ぎ去ったこの数カ月間というもの、自分の考えの中にも、ありとあらゆることの中にも、希望というものを見つけることが出来ないでいた。その訪れがあまりにも遅かったので、それが希望なのだということがやっと分かった。しかし、それがいつ、そしてなぜ訪れたのか分からなかった。あれこれ考えてもわけが分からず、あきらめようとしていると、とうとう一つのことに思い当たった。……そうだ、帰国だ。帰国ということを考えているうちに、希望が生まれてきたのだ。

テリー。

テリーの思い出が押し寄せてきて、暖かくうれしい感情に包まれた。彼女がどんな姿をしていたか、どんな口調だったか、抱いたときにどんな感じがしたか、さまざまな思い出がよみがえってきた。もう、心の中は彼女の思い出でいっぱいになった。

今になって急に分かってきたことがある。サンフランシスコで彼女と別れてからずっと、彼の生きる世界は半分になってしまっていた。この島に帰る途中、疲れ果てて無感覚になっていたが、それに追い打ちをかけるようにウイットが行方不明になったという知らせを受けて、心が麻痺したような具合になった。そのあと、異常に興奮して動き回ったが、やがて心の一部にぽっかりと穴があいたような状態が続いたのだった。おそらく無意識のうちに、これでいいんだという気持ちになっていたと思う。耐え難いストレスにさいなまれたあの時期に、何か隠れた防御のメカニズムが彼に働いていたのだ。そして、そうしている間は、テリーのことを思い出さないようにしていたのだ。とくに、サンフランシスコで彼女と過ごしたときの思い出は、心の中に小部屋を造って、しっかりとドアを閉ざし、その中に封印してしまっていたのだ。それは、一種の精神的なタイム－ロックだったと思う。だから、彼の心の他の部分が、ロックしたドアの背後にあるものを受け入れる準備が出来たときに初めて開くようになっていたと思う。

今、ドアは勢いよく開いたのだ。

彼は初め、このことを、今までの心のありように関係づけることが出来なかった。まずは、テリー以外のことは考えられなかった。彼女がどんな様子だったかとか、さまざまなポーズをしている彼女の姿とか、まとまりのない記憶が次々に心の中に現れては消えていった。彼女にしかない、特徴のあるさまざまな仕草が、ふたたび目の前に浮かんできた。彼女が首を振ったときに、頬から頬へさっと流れる、乱れた黒髪の豊かな美しさ。細みの肢体の生き生きした優雅さ。目覚めたときに激しく上下する乳房や、薄暗がりの中で彼女の肌の上できらめくかすかな光を、まるで自分の腕の中に抱いているように見ることが出来る。自分の傍らに横たわっている彼女の身体の暖かさや小さな動きを感じることが出来る。彼女の低い口調や、衣装のこすれる音、堅い木の床の上を歩くときの、彼女のスリッパの踵の立てる素早くて鋭い音などが聞こえてくる。彼女は彼の周りじゅうにいて、彼を包み込んでいる。彼女は彼の中にいて、彼の血液といっしょに身体じゅうを駆けめぐり、脳の中で脈打っている。彼女はあらゆるところに居るし、彼の知っているあらゆるものが彼女だ。彼が彼自身である以上に、彼女は彼なのだ。

そして今、テリーのことを思い出し、自分の中に取り入れているうちに、自分が考えていることの目的が徐々に分かり始めた。

彼は、一つの終わりと一つの始まりにたどり着いたのだ。戦争の中で果たす彼の役割は終わろうとしている。そして、テリーとの生活が始まろうとしている。

彼はこれまで戦争の中をくぐり抜けてきた。そして今、テリーのもとに帰ろうとしている。生活とは、まさに生きることだ。食べて、眠って、飲んで、愛する。いつもテリーと一緒だ。静かな夏の夕方にのんびりと歩き、冬の激しい強風に逆らって苦しそうに歩く。働いて、疲れ、眠り、そして疲れを癒す。憎しみ、恐れ、愛、勇気、満足、不満を知る。彼自身とテリー以外のことはすべて小さく、取るに足らない。重要なことは一切やらないか、大して重要でないことを少しやる。それとも、彼にとってやらなければならない大事なことがあれば、多分そういう大事なことをやる。それはみな同じことだ。それはみな、生きるということだろう。

彼は今までそうしたことについて考えたことがなかった。生活するというのはこういうことかも知れないと考える機会がなかった。生活のプランを立てる機会がなかった。彼はまさに、生活ということを考えたことがなかったのだ。緑の芝生のある小さな家で、子供たちが遊び、妻は街角の食料品店にパンを買いに行く。上司と議論をし、雨に打たれて冷たい思いをする。他の人々が生活し、今でも生活しているだろうし、これからも恐らく生活し続けるこういう世界は、まさか自分がその中で生活する世界だとは思いも寄らなかったのだ。

ところが今の彼は、そういう世界の中でテリーと一緒に生きたいと思っている。今の彼は、彼女と一緒にそういう世界の中で生活出来ると考えている。テリーは彼を愛している。これは、考えた末に行き着いた結論ではない。事実なのだ。

彼は、しばらく時間をかけて、自分に対するテリーの愛情についてじっと考え込んだ。そうしてみると、彼女の慎み深くぎこちない態度の謎が解けずにずっと悩んできたが、どうしてそれを長い間理解出来なかったのか、不思議な気がした。

彼女は、ずっと以前、あなたがわたしを愛していないことは分かっているのよと言ったことがあったが、今から思うとそれが答えだったのだ。そしてサンフランシスコでは、その答えの証明をしてみせたのだ。

今になって、サンフランシスコでのことを振り返って考えてみると、そのことがよく分かる。彼女はずっと彼を愛していた。しかし、彼が彼女を愛しているのか確信を持てないでいた。彼女は彼を非常に愛していたので、彼が自分を愛してはいないのではと思いながらも、彼と結婚した。だから、彼女はいつも恐れていた。彼を失うことを恐れていた。愛することで彼の負担になるのを恐れていた。彼を失うことになるのではという疑いと恐れは、彼女のすることすべて、彼と関係のある彼女の行為と考えに行き渡っていた。その結果、彼からは彼女が控え目に見えたのは当然であった。

そして、サンフランシスコで会う日がやって来た。彼をきっと失うことになるに違いないと考えて、来る日も来る日も一人で何カ月も待ったあげく、思いがけずサンフランシスコで会うことになったショックで、彼女には一種の危機が訪れたに相違ない。それより以前すでに、自分の意志で彼のことをあきらめ、彼にきっぱりとそう伝えて、自由にしてあげようと決意していたに違いない。だから彼女にとってサンフランシスコで彼と会うことになろうとは、期待していなかったし、計画にもないことだった。したがって、それに対する心の準備もなかったので、いいわ、どうにでもなりなさいよという心境だったに違いない。彼女にとっては、追い詰められた、後のない時間だった。どうにでもなれという心境になった彼女から、それまでの慎ましさはどこかへ行ってしまい、初めてぎこちなさを全くなくして、彼に向かって自分を奔放に投げ出していったのだ。そして彼女は、これですべてはおしまいだ、彼とのことはすべて終わったのだと感じていたに違いない。

彼も彼女とほとんど同じように考え、同じ決心をしていたとは、何という皮肉なことかと思って、彼の心には大きな痛みが走った。二人とも何という馬鹿だったのだろう。非常に近くに居ながら、二人の間には根拠のない疑いが存在していたなんて。

自分の愚かさをこのように考えていると、さっきライネについて考えていたことが心をよぎった。彼女とのことについても、おれは馬鹿だった。二人の女性は、実際には、彼が考えていたのとは全く正反対だったことに気付かなかったとはどういうことだ。ライネは、本当は、彼が考えていたような情熱的で、深く感動する女性ではなかったのだ。彼女にも深く感動する瞬間はあるが、本質的にはまったく異なる性格の持ち主なのだ。それにひきかえテリーは本来、内気でもないし、ぎこちない性格でもない。ただ、おれに対して、愛されてはいないのではないかという、どうしようもない疑いを抱いていたから、そう見えただけなのだ。おれを失うのは確かだという彼女の間違った思い込みがあったにしろ、たとえどんな理由があったにせよ疑いを抱いたのは確かだが、その疑いが晴れると、ぎこちなさはなくなって、彼女は、生き生きと衝動的で、おれたち二人を圧倒するような、感情豊かな、深みのある、率直な女性になったのだ。

彼はテリーを愛していた。彼女をずっと愛していたのだ。

そのことを彼女に話す必要はない。勿論、そうしようとは思ったが、その必要はなかった。もう彼女には分かっていると思う。サンフランシスコの後では、彼女は自分が思い違いをしていたことに気が付いたと思う。もう彼と別れようとは思っていないだろう。二人とも、もう別れようなどとは思わないだろう。そう彼は確信している。

彼はテリーのところへ帰るつもりだ。

すべてのことが急に、すごくはっきりし、分かりやすくなった。何もする必要がなくなった。すべてを時の流れに任せばいいのだ。あと二、三時間たてば、おれは進んで何かをやらなくても、戦争から解放されるだろう。なぜなら、おれは規定以上の戦闘飛行をやり遂げたからだ。もう、出撃スケジュールに名前を書く必要はないのだ。多くて二、三カ月、おそらく数週間すれば、戦闘行為やそれにまつわるすべての仕事を終えて、おれは帰国の途につくのだ。そして、おれが今戻ろうとしているのは、テリーの待っている家だ。その時から、生きることが始まるのだ。

こう考えるのはあまりに都合良過ぎて、本当とは思えない。しかし、本当なのだ。今までおれに起こり得なかったことが、今度こそ起こったのだ。

これはいいことだ。そして彼はそれを信じた。

定期的な報告をする時間になり、クルーの各メンバーがインターフォンを通して彼に呼びかけてきた。フィーは、機体尾部の区画にある隔壁のドアについている蝶番のところから、わずかに気圧が漏れていると言った。マトゥーチは、機体後部にある上部旋回砲塔の中で燃え尽きたソレノイド（円筒型コイル）があるのを、戦闘後のチェックで発見したと報告してきた。フォンクは、燃料消費が通常より五パーセントオーバーしていると報告し、さらに第二エンジンは依然として震動しているが、以前より激しくはなっていないと付け加えた。航法士は、風力が増加していることが分かったので、基地への到着時間を修正していると伝えた。そこへ無線士が割り込んで、飛行大隊長が爆撃報告を基地に送っているのを傍受したと言った。リチャードソンはそれらの報告に別け隔てなく耳を傾け、各々の報告に対して了解と言った。そして、それらの情報を心の中にファイルすると、あとは考えなかった。定期的な報告はそれで終了した。それらの報告について考える必要はなかった。機はいつものように順調に飛行していた。具合の悪いことがいくつかあることはあるが、それもいつものことだった。彼らは順調に基地へ向かっていた。午後の太陽が白い波頭に斜めに当たり、機がサイパン島のジャングルの上を飛び去るとき、黒い影を落とす。そして、彼らを待っている長い滑走路に無事に着陸するのだ。

今までの彼は、すべての車輪が地上滑走用滑走路上で停止するまでは、出撃を安全なものと考えたことはなかった。ところが今はそうではなかった。それまでの度重なる出撃のたびに、最後の最後まで我慢強く待ち続けてきたのに、今回はそれを無視したのだった。今までならいつも、これでいいのだろうかと絶えず細かくチェックしながら操縦していたのに、今は、もうそういうことはいいのだという気持ちになっていた。彼は何も心配しなかった。この出撃は彼の最後の出撃であり、これが無事に終われば、もう操縦は終わりだ。彼は、心をすべてから解放させて自由に漂わせ始めた。そのとき、第二エンジンが破裂した。

その音は、プスッという鈍い雑音に過ぎず、すぐに止んだ。機体は、一瞬震動しただけで、飛行にほとんど停滞はなかった。

しかし、リチャードソンの心の中には、見つけたばかりの希望がすべて、エンジンの破裂によって燃え尽きて消滅してしまったという考えが一瞬のうちに閃いた。その思いはあっという間に膨らんで、エンジンの破裂音がまだ耳に残っているうちに、確信に変わった。なぜなら、生命のない金属で構成されている飛行機というマシーンは、自らを粉々に砕き、凶暴な自己破壊の中で炎に包まれてしまうからである。リチャードソンの希望……それは彼が今までに感じた初めての、本当の希望だったが……死産に終わり、彼にはもうどうしようもない、手の届かないものになってしまった。

クルー全員の心の中では、いったい何が突然起こって、それにどういう意味があるのかということが、すぐに分かった。そして、続いて何が起こるかということもはっきり分かった。

誰の身体にも、急激な反応が起こった。リチャードソンはクルーの誰よりも長く訓練を受けていたし、しなければならないことも多いので、誰よりも一つ一つのことを、より素早く荒々しくやった。心に、はっきりした考えが次々に浮かんだ。彼はまるで興奮剤を飲んで反応したかのように、本能的に行動した。彼の身体は座席の中で跳びあがり、両手を突き出した。一方の手はスロットル装置の方に伸び、もう一方の手の指はしっかりと広げられて、プロペラ・フェザリング・ボタンを押した。第二エンジンのスロットルを強く引き戻すと、そのまま手を下に動かして、手首に近い部分でマイクロフォンスイッチを強く押した。

「第二エンジン、フェザリング」と言った彼の声は、訓練によって平静を保っていた。「機関士、第二エンジンに緊急火災対応措置をとれ！　副操縦士、着陸装置を降ろせ！　無線士、ＳＯＳを出せ！　クルー全員に告げる。脱出の準備をしろ！」

彼は、コックピットの左側の窓から何が起こっているのか見た。第二エンジンは、金属のギザギザの塊になって、翼の先にくっついていた。前方にあるはずのプロペラと、プロペラを包み込んでいるはずのカバーがなくなっている。そして、その後方は赤、黄色の炎に包まれている。後方にたなびいている火炎の後ろには空気だけのごく僅かな空間があるようだが、その後ろには煙が出始めている。

リチャードソンは、一秒待ち、二秒待ち、三秒待ってから、恐れていたことが始まったので、手を持ち上げて頭上にある非常ベルのボタンに手を伸ばした。翼の上の金属と火の塊が形を変えて、翼の端の前方や下方をゆらゆら動いた。金属の土台が数多くのストローのように燃え上がり、エンジンの残骸が土台から離れて落ちた。機体が揺れた。どうなるのかはっきりしない時間が、一秒の何分の一か過ぎた。エンジンがなくなったので火が消えるかも知れない。しかし、そんなはずはなかった。翼の中の穴に火種が残っていたのだ。その炎は、火勢が強まって白くなり、周囲に拡がった。

リチャードソンは、いつまで待たされるのだと思って、一瞬むかむかした。

インターフォンの中に、耳障りな声が聞こえてきた。「機長！　翼のガソリンタンクが！………」

リチャードソンの手は、先程から非常ベルにかかっていた。非常ベルの鋭い音が、機内のいたるところにやかましく響き渡った。リチャードソンはマイクロフォンに、急いで、はっきりと声を吹き込んだ。「脱出せよ！　脱出せよ！　脱出せよ！」

それから、彼は待った。どの飛行機の機長もそうであるが、クルーが全員脱出するまで、待っていなければならない。彼は何も考えていなかった。テリーの姿も浮かんでこなかったし、その他の顔や物事や時間も一切考えなかった。今ここにある時間がすべてだ。彼はその時間を待って過ごした。心は麻痺し、身体からは感覚が失われていた。それはまるで、生きるか死ぬか知るには待つしかないほど追い詰められた動物が、ひたすら待っているのと似ていた。

身体の中の無意識的な感覚本能が、待機の時間を計っていた。実際に見ていなくても、フランクスが座席から飛び出して姿を消したのが分かった。

飛行機は、静かな感じだ。飛翔の最後の瞬間にあって、今までよりずっと静かだ。

ウイルソンの姿が、機首の定位置にぼんやり見えている。爆撃手はよろめいて、リチャードソンの座席のそばにひざまずいたが、すぐに体勢を立て直すと、機外に姿を消した。フライトデッキには誰もいなくなった。

リチャードソンは身動きした。

座席の横に立つまでに何年もかかったような気がした。

前脚室の脱出口までは、何マイルもの距離があるように思われた。そこへ行くまでにかなりの時間がかかった。

大きく口を開けた脱出口の縁に両足がかかって、強い風が皮膚と衣服に吹きつけた。そのとき、爆発が起こった。


目のくらむような明るさ、そして暗闇、そしてふたたび明るさ。そのあとは何もなくなった。最後に、非常に遠くの方からジンジンと音が聞こえてきて、やがて、聞くに耐えないほどの大音響になった。あたり一面に響くその轟音は、あまりに大きすぎて耳には聞こえず、そうと感じられるだけだった。そんな筈はないのだが、まるで空気が押し寄せて来るかのようだった。ぐるぐる回転してのたうち回るような激しい動きが感じられた。その動きは本当にあったのだ。

考えられるようになった。まるで夢を見ているような、はかばかしくない考えだったが、それでも考えは考えであり、意識が戻ったということであった。

自分が考えているということが、リチャードソンには分かった。

（おれは落下しているのだろうか？）と、彼は考えた。

最後によじれるような衝撃があって、それまでのぐるぐる回転する動きが止まった。

（パラシュートだ）、と彼は思った。……（パラシュートが開いたのか？……おれはパラシュートで落下しているのだろうか?)。

そのあとはもう考えられなかった。もう時間がなかった。

感じるだけだ。

新たな衝撃。

冷たい……水。冷たい。緑色。深い。沈んで行く。冷たさの中を、緑色の中を、深く深く、冷たい緑色の中を沈んで行く。

時間がたった。どのくらいだったのか分からない。

これで終わりだ。

そうだ、これで……。

突然、明るくなった。温かくなった。そして……空気は? 空気は?

意識が戻ってから最初に思ったのは、生きているということだった。感覚が戻ると、真っ先に、身体がある、両腕がある、両足がある、両手があるのが分かった。身体が動く。小刻みな波が顔にぶつかって、激しく砕けていた。

目をあけると、見ることが出来た。見渡す限りの広い海原の向こうに、数多くの粒々が長く不規則な線になって、動くたびに彼の視界に入ったり消えたりしながら、浮き沈みしているのが見えた。その中のいちばん近くのものは、下の方に明るい黄色の染みに見えるものをつけていた。それは、彼自身が身につけているライフジャケットと同じような黄色だった。

そのあと、彼には信じられなかったが、確かに水上飛行機を見た。そして、話声を聞いた。アメリカのマークをつけた一機の水上飛行機だ。誰かの声が彼に呼びかけていた。その言葉を彼は理解することが出来た。その水上飛行機がここまで来るには、長い時間がかかったに違いない。それでも、ここまでやって来たのだ。その飛行機はまるで彼に覆いかぶさるように近付いて来た。非常に接近し、あまりにも巨大なので、その黒い機体が視界を遮ってしまった。非常に近付いて来て、彼が腕を海水から持ち上げられないでいるうちに、一本の腕が彼の方に伸びて来た。

そうだ、これは終わりではなかった。これは始まりだったのだ。

あとがき――本書の背景――

日本軍のハワイ真珠湾奇襲を契機として一九四一年に始まった太平洋戦争（当時の日本では、大東亜戦争と呼んでいた）は、初期には日本が優勢であったが、翌年のミッドウェー海戦を転回点として、アメリカ軍は各地で反攻を開始した。アメリカは真珠湾奇襲以後わずか一年で、軍事生産目標をそれまでの「防御兵器」から「攻撃兵器」へと切り替えていた。

一九四二年八月七日、アメリカ軍は南西太平洋のソロモン諸島南端にあるガダルカナル島に奇襲上陸した。これに対し、日本の大本営は、戦局的にはさほどの意味を持たない同島を死守するために、惜し気もなく戦力を投入した末に、四十隻の戦闘艦艇を失い、二万八百人の戦死者を出して敗れた。それ以後、日本軍は「転進」と「玉砕」を繰り返すのみになった（参考文献『大日本帝国の戦争2・太平洋戦争』毎日新聞社）。

一九四四（昭和十九）年六月十六日、中国奥地四川省の成都を発進した約五十機のアメリカ軍B29爆撃機編隊が二千五百キロ以上離れた北九州の八幡製作所を爆撃した（B29の航続距離は五千二百三十キロで、限界ぎりぎりだった）。これは、B29という新鋭重爆撃機による日本本土初空襲であった。

当時の戦局は日本軍自身がその敗勢をはっきり自覚せざるを得ない段階に達していたが、アメリカ軍としてはいずれは日本本土に上陸して、六千万の軍人・民間人と戦わなければ、日本は最終的に降伏しないだろうと考えていた。

アメリカ軍は日本への上陸作戦前に、日本本土の軍需工場を徹底的に破壊する必要があると考えた。そのためには、出来るだけ遠方の基地から爆撃機を発進させる戦略を立てた。

一九四四年一月末、九十七機のテスト用B29が完成した。

新たな対日戦略爆撃の基地を獲得するため、八幡製鉄所爆撃当日、アメリカ軍はサイパン島への上陸作戦を敢行した（参考文献『米軍が記録した日本空襲』草思社）。

「絶対国防圏」死守のため、サイパンは決して譲ることの出来ない要衝だった。東条英機首相は「サイパンは難攻不落」と天皇の前で宣言した。しかし、「不落の島」はアメリカ軍の猛攻により、わずか十日で陥落した。日本軍の戦死者は四万千二百四十四人、民間人の死者は一万人を超えた。「玉砕（全員死亡）」とされたが、実際には千六十二人の日本兵が生き残り、降伏した。島の最北部に逃れた民間人も「捕虜となるなかれ」という日本軍の指示に従い、多くが断崖（バンザイクリフ）から海に投身、または手榴弾で自決した。自決を拒んで日本兵に殺された者もあった。サイパン島の陥落は当時すぐには国民に知らされず、九日遅れで大本営は「玉砕」を発表し、その日に東条内閣は総辞職した（参考文献『大日本帝国の戦争2・太平洋戦争』毎日新聞社）。

サイパンを陥としたアメリカ軍は、引き続き隣のテニアン、そしてグアム島へと上陸を敢行し、日本軍の抵抗を退けて、日本空襲の航空基地確保に成功した。以後の日本空襲は、この三島の基地から行われた（参考文献『米軍が記録した日本空襲』草思社）。

一九四四年十一月十五日までに、サイパン島のイスリイ飛行基地に集結したB29は九十機だった。二十二日には百十一機が進出を終えた。二十四日、当時日本の航空機製造会社として最右翼であった中島飛行機武蔵製作所をB29八十八機で爆撃した。現在の武蔵野市であり、これが東京初空襲であった（参考文献『世界の傑作機ボーイングB―29』文林堂、『米軍が記録した日本空襲』草思社）。

この日以後、翌一九四五（昭和二十）年八月十五日（終戦当日）まで、サイパン、テニアン、グアム三島からの日本本土爆撃が行われた。その中には、四十五年三月十日の東京大空襲、八月六日の広島原爆投下、八月九日の長崎原爆投下も含まれる。

爆撃を指揮する司令官は、初めハンセル少将だったが、軍事施設を中心とする精密爆撃では生ぬるいとして罷免され、一月七日にルメイ少将が着任した。ルメイ司令官は、初め従来の高高度精密爆撃を続行した。これは、昼間、編隊を組んで一万メートル以上の高空を飛行し、爆弾や焼夷弾を大量に投下するもので、日本の兵器の生産源である主力工業地帯を破壊するのが目的であった。また、B29の高空性能と編隊飛行による防御火網によって、日本の戦闘機を寄せつけないというメリットがあった。しかし、日本の上空は雲に覆われていることが多く、強風もよく吹き、期待通りの戦果が上がらず、損失機もしだいに増加した。

そこでルメイ司令官は、パワー准将の助言を容れて発想を転換し、迎撃する日本の戦闘機の少ない夜間に、二倍の弾量を積める低高度で侵入し、大量の焼夷弾で市街地を焼き払うという無差別焼夷弾爆撃を採用した。これは、日本の生産力の底辺は町の中の多数の小工場で構成されているという理由と、都市を焼き払えば市民が疲弊し、厭戦気分を生むという目的もあった。この新たな戦法で、八万人の死者を出す、三月十日の東京大空襲が行われた（参考文献『世界の傑作機ボーイングB―29』文林堂、早乙女勝元『東京大空襲』岩波新書）。

日本の都市を焼き尽くす、このような無差別爆撃について、太平洋戦争研究会の森山康平氏は次のように書いておられる。「戦争遂行能力の破壊という点に絞れば、六大工業都市の焦土作戦だけで、効果としては十分過ぎる。それにもかかわらず、その後の、人口の多い順に中小都市まで焼け野原にする無差別爆撃を実施した彼らの狂乱ぶりは、何かに憑かれた者の、思い詰めたような異様ささえ感じさせる。彼らにそういう行動をとらせたものは何か。それは、日本軍や日本人に対するえたいのしれない恐怖と不安に基づいているように思えてならない」（『米軍が記録した日本空襲』草思社　八十八ページ以下）

以上のような背景をもとにして書かれたのが本書『WARD　TAYLOR・ROLL　BACK　THE　SKY』である。

B29について

一九三九（昭和十四）年、アメリカ陸軍の陸軍航空隊長であったヘンリー・H・アーノルド少将は、行動半径二千マイル（約三千二百キロ）という新しい爆撃機の開発をめざした。彼は、その後の日本空襲を指揮し、アメリカ陸軍航空隊の最高司令官になったアーノルド大将であった。

これは、遠くの基地から発進した爆撃機で敵国を空襲する「戦略爆撃」という考え方に基づいていた。

B29の開発費三十億ドルと原子爆弾の開発費二十億ドル、計五十億ドルは、当時の日本の国家予算に匹敵していた。

一九四四（昭和十九）年、一月末には、テスト用のB29九十七機が完成した（参考文献　平塚柾緒編『米軍が記録した日本空襲』草思社）。

一九四五（昭和二十）年、七月には、毎日四機が生産されるようになった。

B29の乗員は、定員十一名。将校は、機長、副操縦士、爆撃手、航法士、航空機関士。下士官は、無線士、レーダー手、集中火器管制射手、左右側方射手、尾部射手。

胴体は、機首部、中央部爆弾倉、後部、尾部に四分割されている。機首部と後部を連絡する爆弾倉内上部のトンネルは直径八六・四センチ、長さ一〇・八七メートル。

将校と無線士が前部与圧室、尾部射手を除く残りのクルーが後部与圧室にいる。尾部射手は、非与圧時のみ後部と連絡出来る。

コンプレッサーで圧縮された空気は、内側エンジンのターボ過給機を通ることにより冷暖房を調整でき、機関士の操作で送管装置を通じ各与圧室に送られる。このため、乗員は高度三万フィート(約九千メートル)でも、特別装置なしに行動することができる(参考文献『世界の傑作機ボーイングーB29』文林堂)。

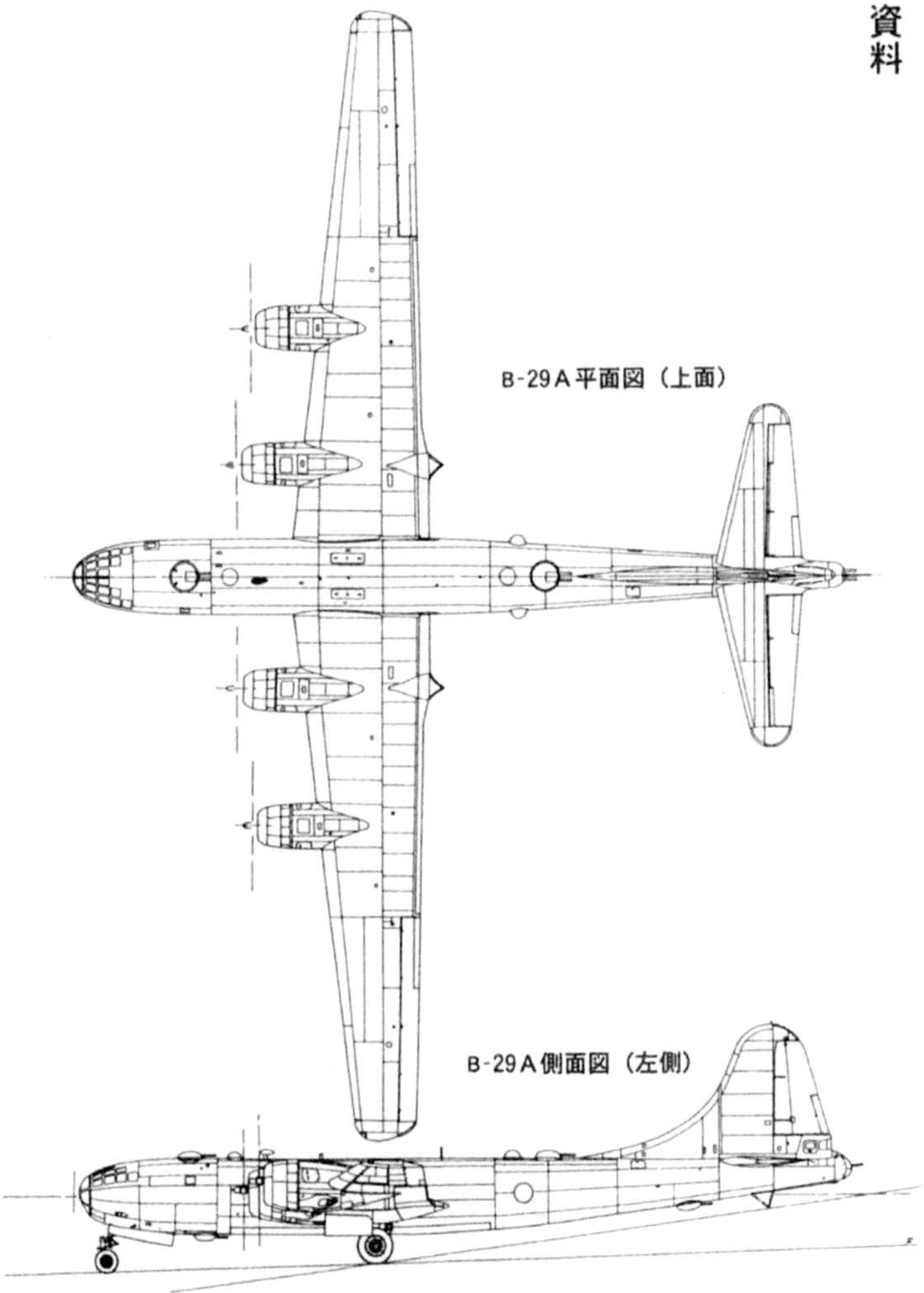

ボーイングB-29　スーパーフォートレス　図面／イラスト作図：鈴木幸雄
「世界の傑作機　ボーイングB-29」 文林堂

内部構造図　1. 機首部分（STA. 218まで）

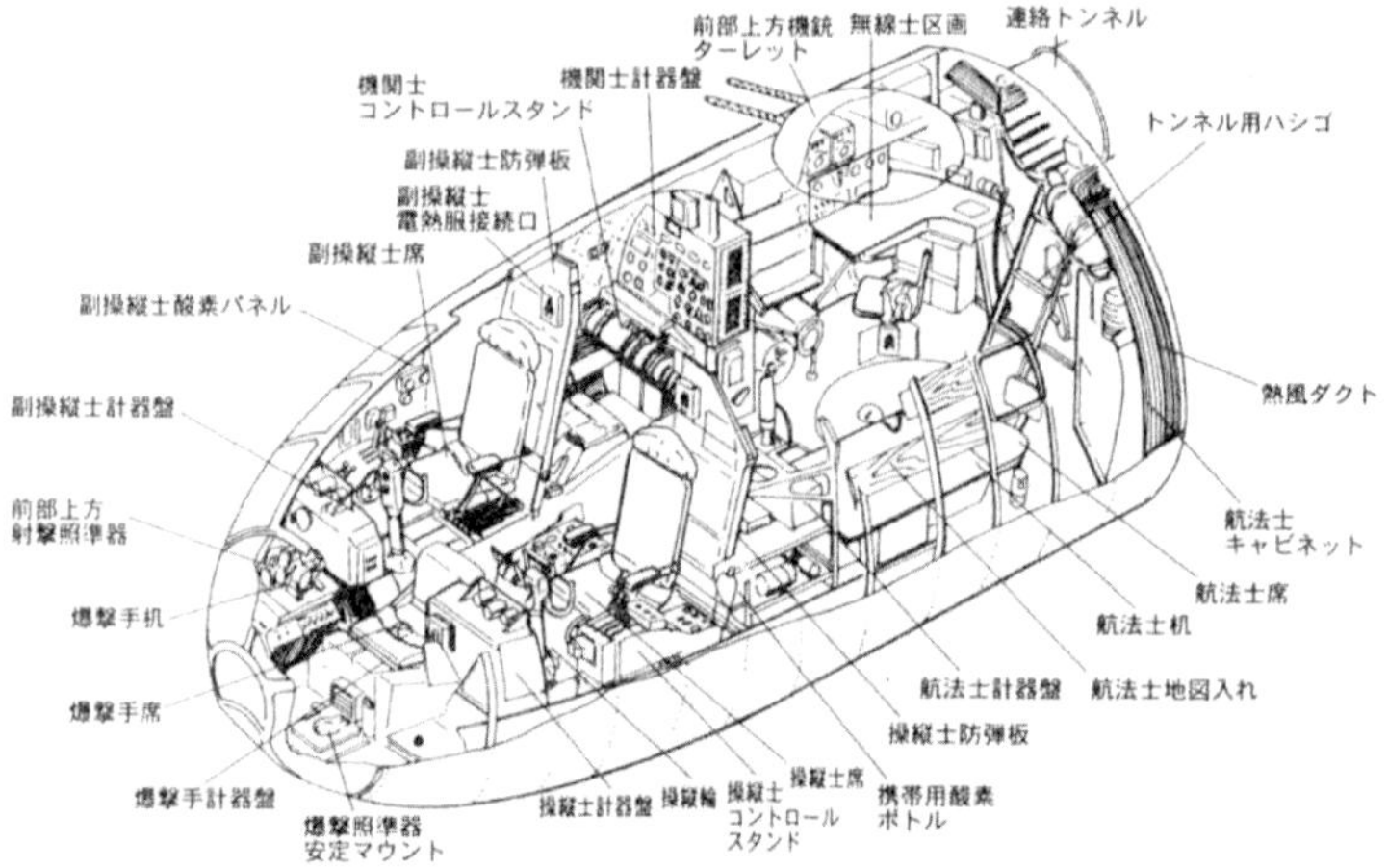

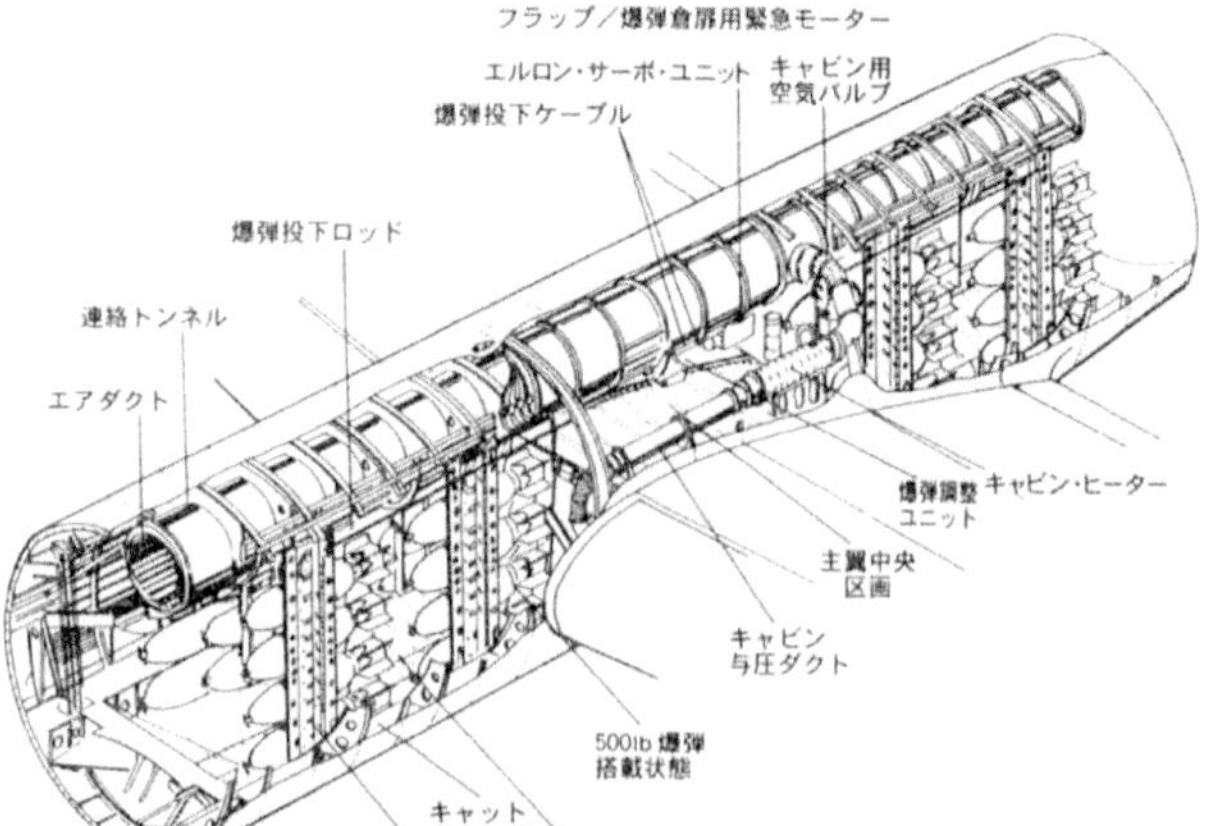

内部構造図　2. 胴体中央（前後爆弾倉付近）部
（STA. 218から STA. 646まで）

ボーイングB-29　スーパーフォートレス　図面／イラスト作図：鈴木幸雄
『世界の傑作機　ボーイングB-29』 文林堂

内部構造図　3. 胴体後部（STA. 646から STA. 834まで）

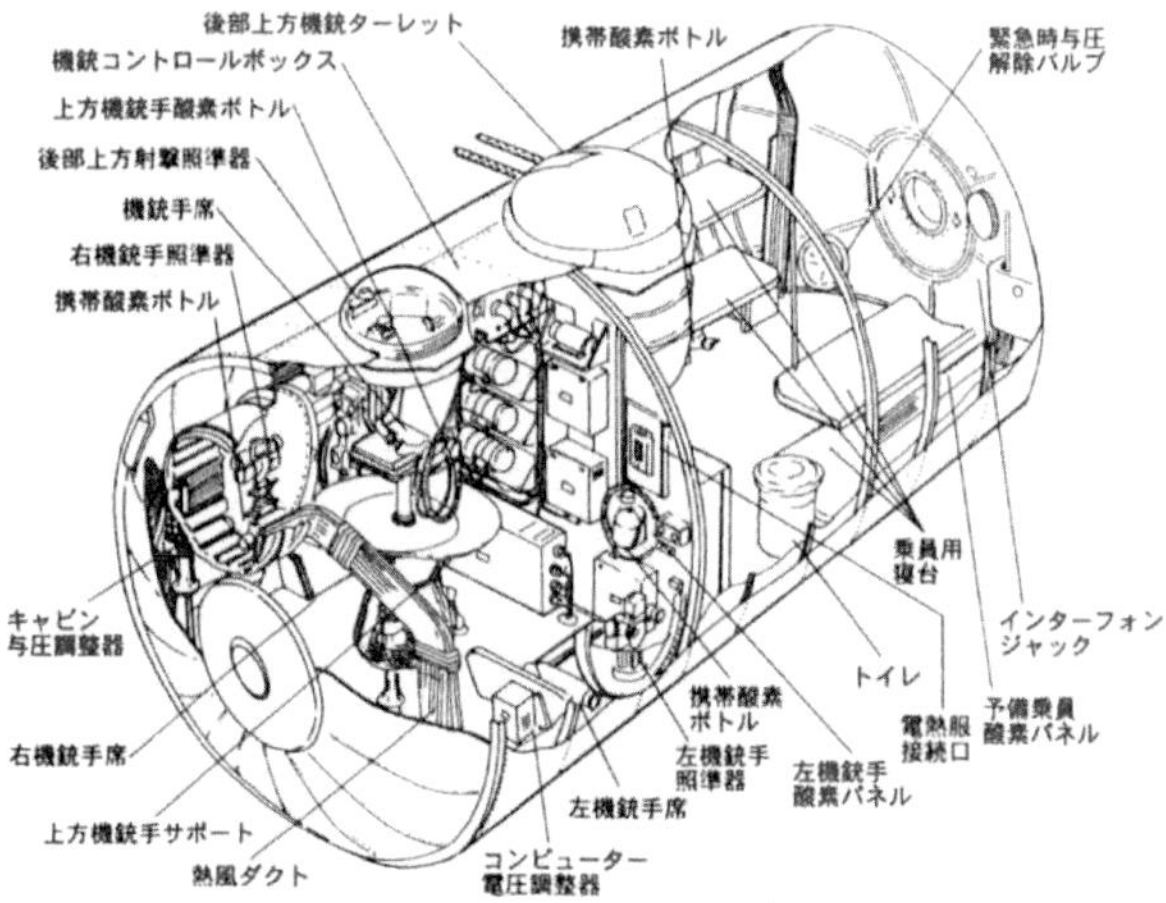

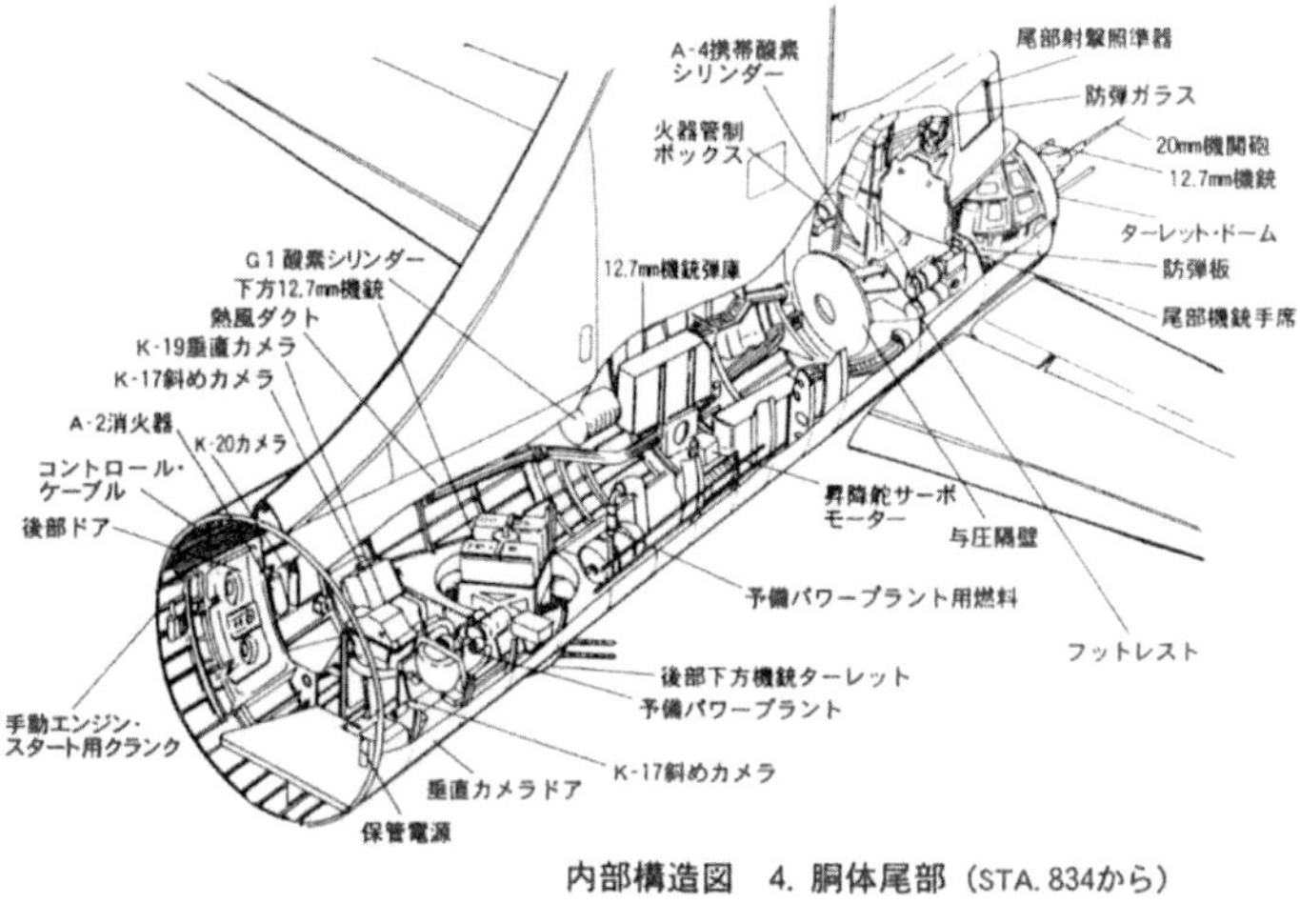

内部構造図　4. 胴体尾部（STA. 834から）

ボーイングB-29　スーパーフォートレス　図面／イラスト作図：鈴木幸雄
「世界の傑作機　ボーイングB-29」 文林堂

『標準世界史地図』吉川弘文館

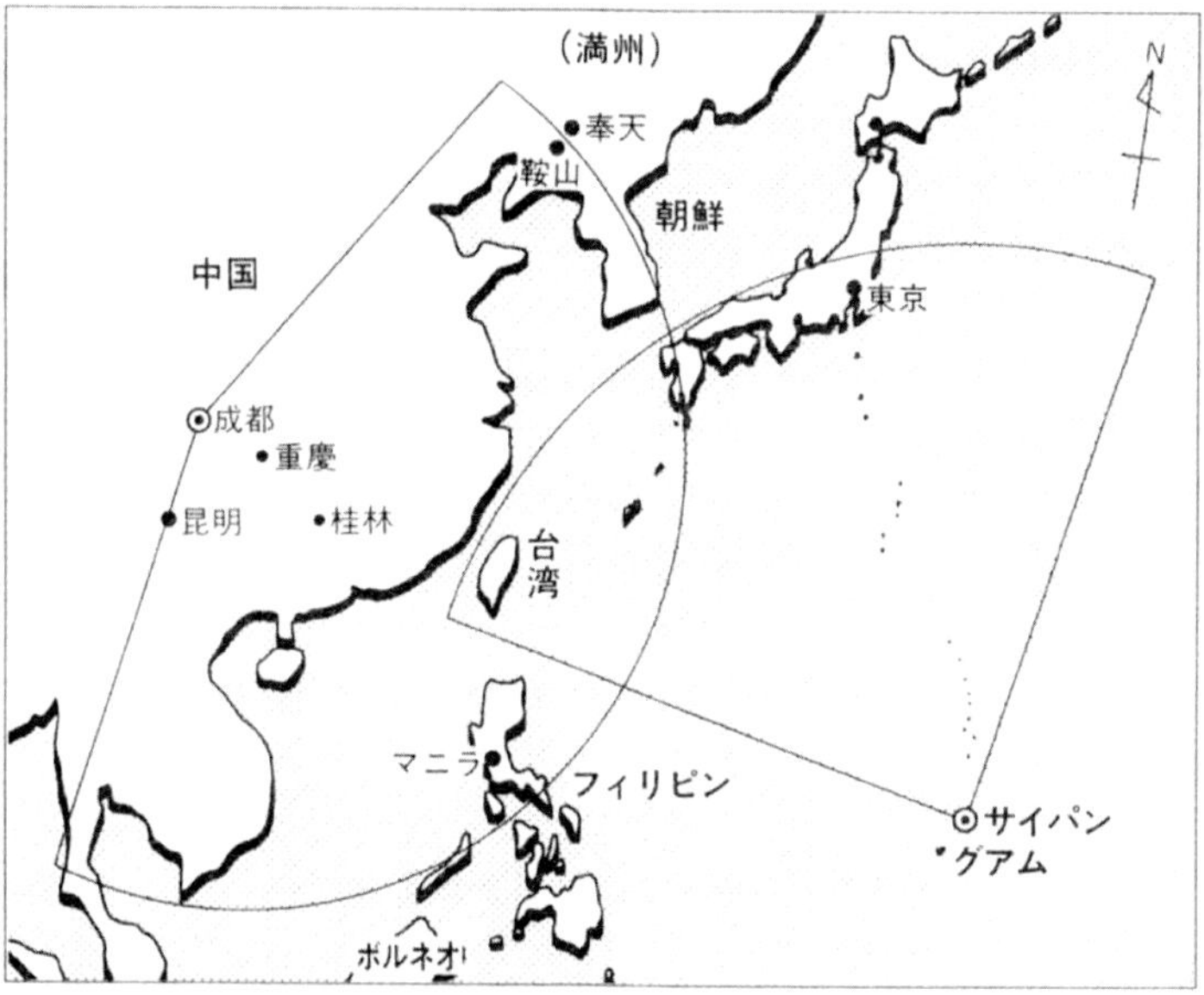

平塚柾緒編『米軍が記録した日本空襲』草思社

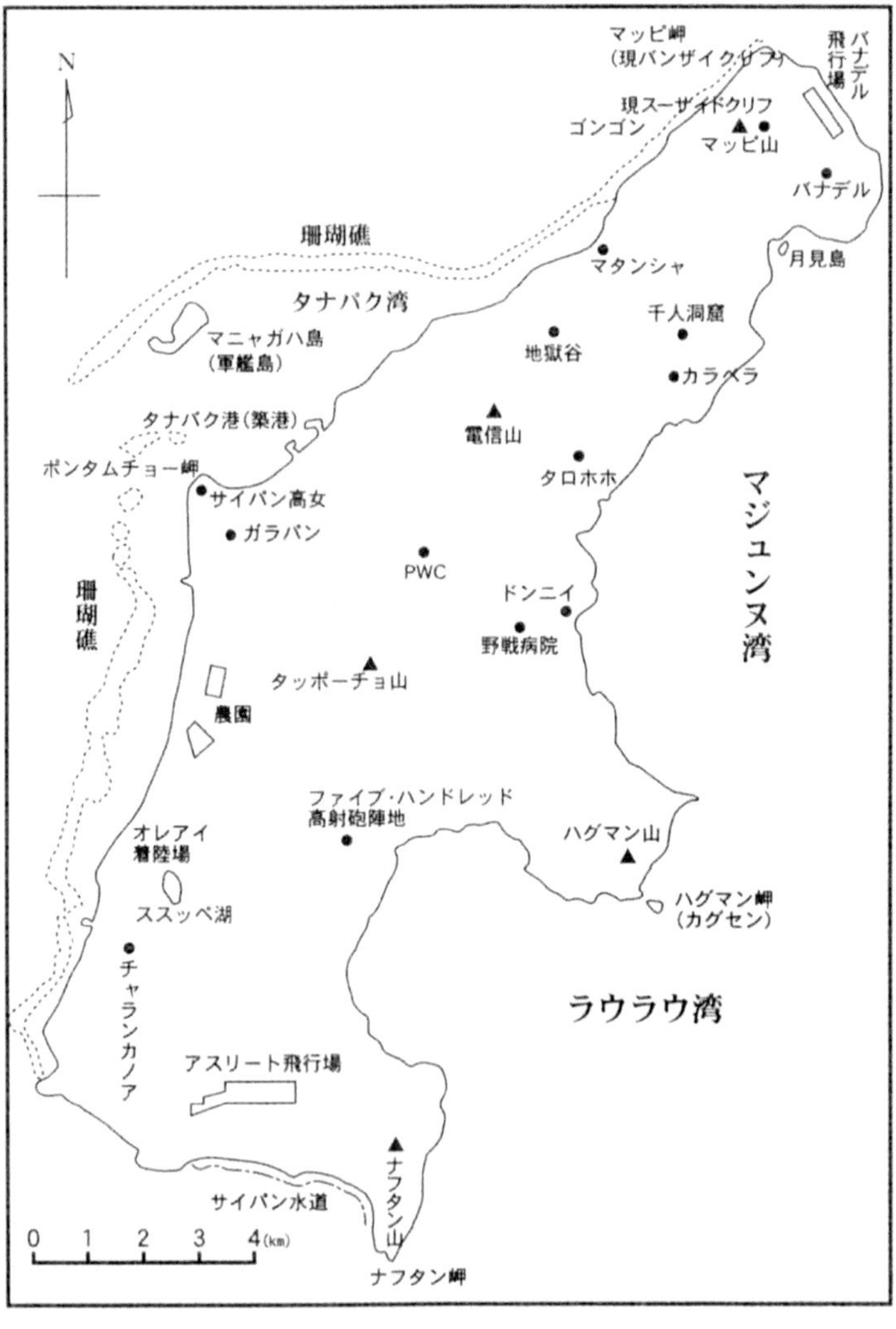
N
マッピ岬
(現バンザイクリフ)
バナデル飛行場
現スーサイドクリフ
ゴンゴン
マッピ山
バナデル
珊瑚礁
マタンシャ
月見島
タナパク湾
千人洞窟
マニャガハ島
(軍艦島)
地獄谷
カラベラ
タナパク港(築港)
電信山
ポンタムチョー岬
タロホホ
サイパン高女
マジュンヌ湾
ガラパン
PWC
ドンニイ
珊瑚礁
野戦病院
タッポーチョ山
農園
ファイブ・ハンドレッド
高射砲陣地
ハグマン山
オレアイ
着陸場
ハグマン岬
(カグセン)
ススッペ湖
チャランカノア
ラウラウ湾
アスリート飛行場
ナフタン山
サイパン水道
0 1 2 3 4 (km)
ナフタン岬

当時のサイパン島

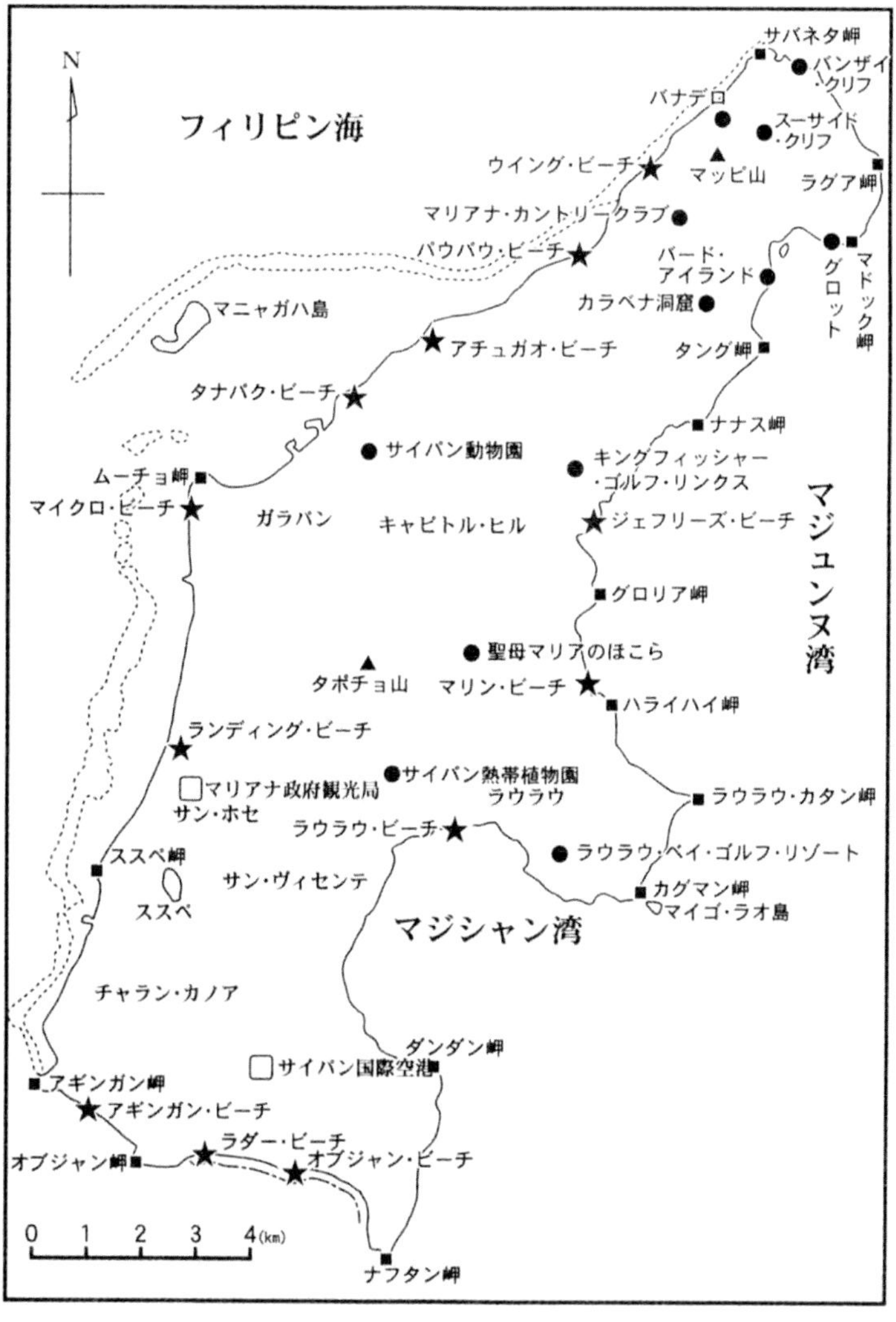
N
フィリピン海
サバネタ岬
バンザイ・クリフ
バナデロ
スーサイド・クリフ
ウイング・ビーチ
マッピ山
ラグア岬
マリアナ・カントリークラブ
バウバウ・ビーチ
バード・アイランド
グロット
マドック岬
カラベナ洞窟
マニャガハ島
アチュガオ・ビーチ
タング岬
タナパク・ビーチ
ナナス岬
サイパン動物園
キングフィッシャー・ゴルフ・リンクス
ムーチョ岬
マイクロ・ビーチ
ガラパン
キャピトル・ヒル
ジェフリーズ・ビーチ
マジュンヌ湾
グロリア岬
聖母マリアのほこら
タポチョ山
マリン・ビーチ
ハライハイ岬
ランディング・ビーチ
サイパン熱帯植物園
マリアナ政府観光局
ラウラウ
サン・ホセ
ラウラウ・カタン岬
ラウラウ・ビーチ
ラウラウ・ベイ・ゴルフ・リゾート
ススペ岬
サン・ヴィセンテ
カグマン岬
マイゴ・ラオ島
ススペ
マジシャン湾
チャラン・カノア
ダンダン岬
サイパン国際空港
アギンガン岬
アギンガン・ビーチ
ラダー・ビーチ
オブジャン岬
オブジャン・ビーチ
0 1 2 3 4 (km)
ナフタン岬

現在のサイパン島

「あとがき」の追記

二〇〇五年二月に初版を発行した際に、次の挨拶文を書いて、本書を知人に送った。

「ご健勝にお過しのことと存じます。

小生、退職後しばらくして本書の翻訳を思い立ち、今回まとまりましたので、お送り致します。お暇な折りに読んで頂ければ幸いに存じます。

小生の住んでおりますあたりは厚木基地に程近いため、毎日のようにジェット飛行機が飛来し、騒音を撒き散らしています。晴れた日に高空を見上げると、羽田空港を飛び立った旅客機が音もなく富士山の方向へ飛来して行くのが見えます。それを見ていると、少年時代に見たＢ29爆撃機を思い出すのです。

昨年でしたか、原爆を体験された方がアメリカを訪れて、展示されているＢ29を目のあたりにし、「こんな美しい飛行機がどうしてあんな悲惨なことを行ったのか」と嘆かれたという新聞記事を読みました。

ウオード・テイラー氏は、本書のほかに、原爆の秘密開発競争を扱った小説を書いています。その本も手に入れて読んでみたいと思っています。

平成十七年初春

川合二三男」

その後、多くの知人から読後の感想を頂き、今も大切に保存して、時折り読み返している。今回、本書のPOD書籍化の話があり、多くの人達に読まれることを期待し、楽しみにしています。

（平成の終る年に）

著者紹介

ウォード・テイラー（WARD　TAYLOR）

ウォード・テイラーは、1908年、アメリカ合衆国ミシガン州のカラマズーで生まれた。インディアナ大学とウイスコンシン大学で学んだ。

1922年、航空に関する記事を雑誌に載せたことで、文筆活動を始めた。

第二次世界大戦中、爆撃機のパイロットとして活躍した。本書の出版当時、合衆国空軍の中佐だった。

趣味は、飛行機の操縦、狩猟、射撃。

中央アメリカ、イタリアを初めとするヨーロッパ、アフリカ、サイパン島を含む南太平洋など各地を旅行した。

『空をさまよって帰る（ROLL　BACK　THE　SKY）』（1957年3月発行　ニューヨーク　ポピュラー・ライブラリー）は彼の処女小説である。

訳者紹介

川合　二三男（かわい　ふみお）

1930（昭和5）年　群馬県生まれ

旧制前橋中学校（現前橋高等学校）卒業
旧制富山高等学校（現富山大学）文科一年修了（学制改革）
金沢大学法文学部卒業（史学地理学科）
都立高等学校を定年退職

本書は東京図書出版会より刊行された『空をさまよって帰る―小説』（２００５年）をもとに適宜編集を加え、加筆修正を行ったものである。

小説　空をさまよって帰る

2023年2月28日発行

著　者　ウォード・テイラー
訳　者　川合二三男
発行者　向田翔一

発行所　株式会社22世紀アート
〒103-0007
東京都中央区日本橋浜町 3-23-1-5F
電話　03-5941-9774
Email: info@22art.net　ホームページ：www.22art.net

発売元　株式会社日興企画
〒104-0032
東京都中央区八丁堀 4-11-10 第2SSビル 6F
電話　03-6262-8127
Email: support@nikko-kikaku.com
ホームページ：https://nikko-kikaku.com/

印刷
製本　株式会社 PUBFUN

ISBN：978-4-88877-176-4